HOT

Julia Harper

HOT

Traduit de l'américain par Caroline Balma-Chaminadour

•MARABOUT•

Publié pour la première fois aux États-Unis en 2008 sous le titre *Hot* par Grand Central Publishing, un département de Hachette Book Group SA, Inc., New York.

Ce livre est une œuvre de fiction. Les noms, personnages, lieux et événements sont le pur produit de l'imagination de l'auteur. Toute ressemblance avec un événement, un lieu, une personne, vivante ou morte, serait une pure coïncidence.

1

Globalement, jusqu'à ce que Yoda tire dans la verrière, le hold-up de la banque ne s'était pas trop mal déroulé. C'était en tout cas l'avis de Turner Hastings, mais ce n'était que son opinion et ne signifiait pas qu'il n'y avait eu aucune difficulté.

La journée avait commencé comme un samedi banal. Turner occupait son poste de caissière au guichet qui communiquait avec l'extérieur de la banque, et elle regardait défiler les clients dans leurs voitures à travers la vitre blindée. Il était presque midi, l'heure de fermeture de la First Wisconsin Bank de Winosha approchait. Devant elle, le vieux et ronchon monsieur Johnson essayait maladroitement de glisser sa carte par l'ouverture du guichet, quand elle avait entendu un grand vacarme derrière elle. Elle avait jeté un coup d'œil par-dessus son épaule et avait aperçu deux hommes qui se précipitaient vers le comptoir à l'intérieur de la banque.

Le premier était grand et dégingandé. Le genre de type si maigre, et ayant si peu de fesses qu'on ne peut s'empêcher de se demander comment son jean peut tenir. Il portait un tee-shirt noir Eminem, un masque de Yoda, le maître zen de *La Guerre des étoiles*, et il se cramponnait d'une façon très gauche à un fusil à canon scié – on aurait dit qu'il ne savait qu'en faire, comme si c'était la première fois qu'il en tenait un. Le deuxième homme était petit et poilu :

ses bras, le dos de ses mains, de ses doigts, et bien sûr sa poitrine étaient littéralement couverts de fourrure, et son débardeur jaune à résille soulignait encore davantage cette abondante pilosité. Peut-être avait-il cherché, en faisant ce curieux choix, à coordonner sa tenue avec le masque jaune de Bob l'Éponge qu'il portait sur le visage ? En tout cas, il tenait son fusil avec plus d'assurance que Yoda, mais, compte tenu des circonstances, cela n'avait rien de rassurant.

— Ceci est un sol ! Tout le monde au hold-up ! avait hurlé Bob l'Éponge d'une bizarre voix enrouée, alors que les petites jambes en plastique du masque s'agitaient dans tous les sens.

Dans la banque, chacun s'était figé, essayant visiblement de comprendre ce qu'il venait de dire. Turner avait ouvert la bouche, évalué la situation et jugé plus sage de la refermer.

Marge, la seule cliente à l'intérieur de la banque, n'avait pas eu le même genre d'inhibition :

— Ceci est un *hold-up* ! Tout le monde au *sol* ! avait-elle corrigé.

Comment lui en vouloir ? Après tout elle avait raison. Marge, qui était plutôt courte sur pattes et avait de grosses fesses, portait ce jour-là un pantalon corsaire Stretch bleu turquoise et un grand tee-shirt décoré de flamants roses et orange. Elle avait largement dépassé la cinquantaine et, à son âge, comme elle le répétait à qui voulait l'entendre, elle était libre de dire ce qu'elle voulait et, surtout, elle ne se sentait plus obligée de supporter la bêtise de la gent masculine.

Mais son intervention avait semblé irriter les voleurs.

— Au sol ! Au sol ! Au sol ! avait hurlé Yoda dont les petites oreilles s'étaient agitées furieusement.

Jugeant que c'était ce qu'il y avait de mieux à faire, Turner s'était aplatie sur le dallage derrière le comptoir. Mais cela n'avait fait qu'énerver Bob l'Éponge qui avait interpellé Yoda en criant :

— Non, andouille ! Ils vont déclencher l'alarme qui est en dessous, il faut les rassembler ici, dans l'entrée.

— D'accord, bon, d'accord. Vous tous, venez ici, ensuite, tout le monde par terre.

Turner avait rampé derrière Ashley, l'autre caissière du samedi qui avait l'air en colère. Juste avant le début du hold-up, elle avait parlé avec enthousiasme de son nouveau tailleur pantalon vert foncé acheté en solde chez Wal-Mart, dans la ville voisine de Superior, et la perspective de se traîner sur le sol de la banque dans sa nouvelle tenue ne semblait pas du tout l'enchanter. De l'autre côté de la vitre blindée, Turner avait entendu distinctement la petite voix de monsieur Johnson amplifiée par le haut-parleur :

— Pourriez-vous me donner des billets de cinq ? Non, plutôt de un dollar. Et aussi des pièces, j'en ai besoin pour la laverie automatique à Spin'n'go. Et des neuves, s'il vous plaît. La dernière fois, celles que vous m'avez données étaient toutes poisseuses.

Tout le personnel et la seule cliente de la banque étaient désormais réunis dans l'entrée. Allongée à plat ventre, Turner avait contemplé avec dégoût le sol en carrelage marron qui avait besoin d'un sérieux lavage. Ce n'était pas surprenant. Le président de la banque, Calvin Hyman, qui évidemment ne travaillait pas le samedi et donc ne risquait aucunement de se faire tirer dessus – ce qui était le plus regrettable –, faisait des économies de nettoyage le week-end.

Turner avait vu un sac poubelle en plastique noir se balancer sous ses yeux.

— Tiens. Va mettre l'argent là-dedans.

Elle avait fixé Bob l'Éponge par-dessus ses lunettes. Ashley avait répliqué d'une voix exaspérée :

— On ne peut pas le faire en étant couchées ! On va devoir se relever, je ne vois vraiment pas pourquoi vous nous avez demandé de nous allonger par terre sur ce sol sale avant de – oh !

Un coup de coude de Turner l'avait interrompue brutalement.

— La ferme, avait dit celle-ci entre ses dents.

— Est-ce que par hasard tu m'aurais dit de la fermer, Turner Hastings ? Si tu crois que…

— Ashley, chérie, était intervenue Marge, elle aussi couchée à plat ventre à côté de Turner, tu vas faire ce que ces gentils voleurs te demandent, tu vas leur donner leur argent.

Merci du conseil, avait pensé Turner.

— Je vais me lever et vous donner l'argent, d'accord ? avait dit Turner aux voleurs en parlant le plus calmement possible pour qu'ils comprennent bien son intention, car elle n'avait aucune envie d'aggraver leur nervosité.

— Oui, oui, c'est ça, et vite ! avait répondu Yoda en secouant la tête.

Turner avait alors noté que l'oreille droite du masque était trouée et qu'on avait tenté de réparer la déchirure avec du Scotch.

Turner s'était levée, avait pris le sac poubelle avec précaution et était revenue vers sa caisse suivie d'Ashley. Derrière elles, toujours allongée sur le sol, Marge murmurait des propos indistincts sur la crasse et les hommes. Turner avait soulevé le couvercle de sa caisse. La voix grinçante de monsieur Johnson s'était élevée à nouveau :

— Hello ? Hellooooo ? Il y a quelqu'un ? Pourquoi est-ce si long ? Je n'ai pas que cela à faire, moi, il y a des gens qui travaillent, vous savez !

Ashley avait sorti en râlant des liasses de billets de sa caisse. Turner avait engouffré une poignée de billets de vingt dans le sac en plastique en jetant un coup d'œil discret à l'horloge – 11 h 56.

Doug, le petit ami d'Ashley, venait la chercher pour déjeuner avec elle tous les samedis à midi. Et le petit ami d'Ashley était un…

— Un flic ! avait hurlé Bob l'Éponge.

— Quoi ? Où ? avait demandé Yoda en se retournant d'une pièce pour voir à son tour, son fusil accompagnant le mouvement.

Doug Larson, l'adjoint du shérif, avait poussé la porte en verre de la banque et s'était figé. Un rayon de soleil provenant de la verrière au-dessus de sa tête avait fait scintiller l'étoile en argent agrafée sur son uniforme kaki. Turner avait toujours pensé que son chapeau de ranger était trop grand pour lui – peut-être parce qu'il avait une tête trop petite et que l'arrière de son crâne était complètement plat, comme on pouvait le voir quand il se mettait de profil. En tout cas, cela lui donnait une étrange allure. Quand il avait compris ce qui se passait, une impression d'horreur avait envahi le visage de Doug, au point que Turner avait presque pu entendre son *Oh, merde !*

Doug avait alors brandi son arme et Turner avait jugé préférable de se coucher sous le comptoir. Elle n'avait donc pas vu Yoda tirer en direction de la verrière, mais elle avait parfaitement entendu le *Boum !* du fusil à canon scié et le fracas du verre explosant sous l'impact et tombant sur le sol. Le gémissement d'Ashley, à côté d'elle, s'était transformé en hurlement aigu :

— Douuug !

Oh, mon Dieu, avait pensé Turner, s'il vous plaît, faites que Doug ne soit pas mort !

Ashley continuait à crier :

— Doug ! Dougy ! Non, ne m'abandonne pas ! Bon sang, Doug Larson, je te préviens, si tu me laisses, tu ne m'emmèneras jamais plus au Ridge !

Turner sursauta, le Ridge était la boîte sexy locale. Elle leva les yeux vers le comptoir. Comme Ashley venait de l'indiquer, Doug avait disparu. Courageux homme. Il avait probablement calculé ses chances et préféré aller chercher des renforts, ou bien un plus gros pistolet. En attendant, Yoda et Bob l'Éponge se tenaient toujours au milieu de l'entrée, l'oreille droite du premier pendant désormais lamentablement – le Scotch n'avait apparemment pas survécu à toute cette agitation.

— Mais pourquoi as-tu fait ça, espèce de crétin ? hurla Bob l'Éponge. Pourquoi as-tu tiré sur la verrière et pas sur le flic ?

— J'ai fait ce que j'ai pu, si tu crois que c'est facile de viser avec un fusil à canon scié !

— Si, c'est facile ! rétorqua Bob l'Éponge, regarde.

Et *Boum !* il tira dans la porte d'entrée qui explosa.

— Ouhlala, s'exclama Marge, ce qui était un assez bon résumé de la situation.

Nul doute que cela ne plairait pas à Calvin quand il découvrirait les dégâts. La banque se remplit d'une âcre odeur de cordite.

— Merde, murmura Yoda, ce n'est pas juste, tu t'es entraîné plus que moi.

— Fish ! s'écria Ashley, les yeux fixés sur le dos de Bob l'Éponge qui, en se retournant, venait de dévoiler un dos couvert d'une superbe et luxuriante toison.

Bob l'Éponge sursauta comme s'il avait reçu un coup de pied dans le derrière. Il pivota et fusilla Ashley du regard.

— Tu es Fish ! répéta Ashley en pointant sur lui un index couvert d'un vernis rose bonbon, apparemment inconsciente du fait que ce n'était peut-être pas une très bonne idée d'identifier ainsi un braqueur de banque en train, justement, de braquer une banque.

— J'aurais reconnu ce dos poilu n'importe où ! poursuivit-elle. J'ai passé une année entière assise derrière toi en deuxième année de sciences sociales. Tu es Fish.

— Non, ce n'est pas vrai, tenta de nier Bob l'Éponge, confirmant ainsi qu'il était bien Fish.

Fantastique ! pensa Turner qui arracha alors le sac en plastique des mains d'Ashley.

— Hé ! protesta celle-ci.

Turner tendit les deux sacs à Yoda et à Bob l'Éponge.

— Tenez !

— Mais qu'est-ce que tu fais ? hurla Ashley.

Turner l'ignora, elle s'adressa aux braqueurs en articulant lentement :

— Allez, prenez l'argent et décampez !

Yoda plongea en avant, attrapa les sacs et partit ventre à terre, suivi de près par Bob l'Éponge.

— Est-ce que je peux me relever maintenant ? demanda Marge plaintivement.

Dehors, on entendit un moteur rugir puis s'éloigner.

— Oui, je crois, répondit Turner.

Elle regarda autour d'elle. Le sol carrelé, et douteux, de la banque de Calvin Hyman était jonché de verre pilé, et la brise chaude du mois d'août s'engouffrait par la verrière et la porte grande ouverte. On avait du mal à croire que dix minutes plus tôt c'était un samedi comme les autres.

— Pourquoi as-tu fait cela ? demanda Ashley en époussetant son précieux ensemble soldé de chez Wal-Mart. Tu leur as donné l'argent. Quel genre d'employée de la First Wisconsin Bank es-tu ?

— Un genre vivant, si tu vois ce que je veux dire, répliqua Turner.

Ashley prit un air dégoûté.

— Heureusement que j'ai glissé une cartouche d'encre indélébile dans mon sac en plastique.

— C'est vrai ? interrogea Turner.

— Oui, pourquoi ? demanda Ashley avec agressivité.

Turner se contenta de secouer la tête en silence et se dirigea vers la vitre du guichet.

— Je suis désolée, monsieur Johnson, la banque est fermée.

Au loin, on entendait déjà des sirènes qui se rapprochaient.

— Je ne comprends pas... protesta monsieur Johnson, mais on n'entendit pas la suite car Turner coupa le micro.

Il y eut un grincement de pneus puis de rapides claquements de portières.

— On dirait que la cavalerie arrive ! cria Marge à la cantonade.

La voix du shérif Dick Clemmons retentit, amplifiée par le haut-parleur de sa voiture de patrouille :

— *Sortez, les mains en l'air !*

— Bon sang, marmonna Turner, excédée.

Jusqu'à présent, cela avait été une bonne journée, mais elle commençait à sentir la fatigue. Elle se dirigea vers la porte en slalomant à travers le verre brisé. Dehors, deux voitures de police du comté de Washburn étaient garées d'une façon spectaculaire en travers de la rue principale. Comme on pouvait s'y attendre, une petite foule avait commencé de s'agglutiner derrière elles.

— Ils sont partis !

— *Quoi ?* rugit le shérif Clemmons dans son micro.

— Ils sont partis ! répéta Turner en hurlant.

— *Oh !*

Le haut-parleur crépita et Dick apparut en tenant son ceinturon noir à deux mains. Comme il était grand et qu'il avait une fâcheuse tendance à l'embonpoint, il avait toujours le plus grand mal à garder son ceinturon en place. Il s'approcha d'un air un peu déçu.

— Il y a des blessés ? demanda-t-il.

— Non, répondit Turner de sa voix sèche de bibliothécaire, tout en maintenant ouvert ce qui restait de la porte d'entrée pulvérisée.

Le shérif enjamba le verre brisé et pénétra à l'intérieur de la banque, suivi par Doug qui avait toujours l'air terrifié – mais comment lui en vouloir, ce n'était quand même pas tous les jours qu'il avait l'occasion de se faire canarder par un maître Jedi ! Le shérif fit le tour de la pièce du regard :

— Bon, maintenant…

— Doug Larson ! s'écria Ashley qui venait d'apercevoir son petit ami.

Doug se ratatina et rentra la tête dans les épaules.

— Tu as fait la chose la plus minable et la plus méprisable qui soit ! commença-t-elle.

— Écoute, chérie, interrompit Marge, tu ne vas quand même pas lui reprocher de ne pas s'être fait tuer pour t'éviter de salir ton ensemble de chez Wal-Mart !

— Mais il m'a abandonnée ! pleurnicha-t-elle, tandis que de grosses larmes coulaient sur ses joues, les zébrant de mascara noir.

Marge la réconforta tandis que Doug tentait de se justifier, puis le shérif Clemmons prit les choses en main. Des ambulanciers arrivèrent qui piétinèrent le verre pilé pour apporter des secours dont nul n'avait besoin. Deux autres adjoints du shérif se présentèrent, ainsi qu'un pompier volontaire. Ils avaient sans doute eu vent du braquage en écoutant leur scanner branché sur celui de la police et avaient souhaité prendre part à l'action.

Turner observa toute cette agitation autour d'elle, ces gens qui donnaient leur avis ou prenaient des notes, marchant sur les plates-bandes les uns des autres en essayant de se donner un air important. Elle se dit que ce serait le moment idéal pour un braquage. Elle jeta un coup d'œil à la caméra de surveillance qui enregistrait tous les mouvements à l'intérieur de la banque. Puis elle se dirigea tranquillement jusqu'au grand bureau en bois imitation acajou de Calvin et ouvrit le tiroir central. Là, juste en plein milieu, trônait une enveloppe rouge dans laquelle était rangée la clé du coffre. Elle la regarda. Jamais plus elle n'aurait une pareille occasion. Elle le savait parce que cela faisait quatre ans qu'elle attendait cet instant. Turner sourit intérieurement en palpant la clé à travers le papier.

C'était à son tour de braquer la banque.

2

Le problème, quand on joue au basket un samedi après-midi avec des types plus jeunes que soi, ce n'est pas qu'ils sont en meilleure forme que vous, c'est qu'ils n'ont pas peur d'y laisser leur peau. Ils n'ont peur de rien.

De-rien-du-tout.

John MacKinnon feinta à droite et, quand le grand gamin blond qui le surveillait changea de position, il lança le ballon au-dessus de son coude droit. Le temps sembla s'arrêter pendant une fraction de seconde, un instant d'espoir immédiatement suivi par une cruelle déception. Le ballon rebondit sur le bord du panier et le bruit retentit longuement à travers toute la salle de sport. Dès qu'il revint dans le jeu, quatre jeunes se jetèrent dessus, essayant de profiter du rebond pour l'attraper.

Ce n'était pas un problème de forme. Loin de là. Il soulevait de la fonte deux fois par semaine, courait chaque jour – en fait, *presque* chaque jour – et jouait au basket le week-end. Peu d'hommes de son âge étaient aussi minces que lui.

Le défenseur de l'équipe adverse, un étudiant sans un gramme de graisse et avec des abdos durs comme du béton – bon sang ! –, attrapa le ballon et traversa le terrain à toute allure. Neuf joueurs le suivirent, pareils à une meute déchaînée et hurlante.

Le problème, quand vous atteignez un certain âge – en l'occurrence quarante ans –, c'est que vous avez davantage conscience de la mort et de votre potentiel de mortalité. Ce petit élancement en haut de votre bras gauche ou ce point de côté pourraient bien être les signes précurseurs de quelque chose de beaucoup plus grave, et cela vous rend vulnérable. Vous devenez plus attentif à ce que vous mangez. Vous réfléchissez à deux fois devant un hamburger double fromage fondu, et vous prenez vraiment au sérieux l'option burger au tofu pour votre déjeuner. Les jeunes hommes, pour leur part, sont tellement occupés à penser à draguer et à boire de la bière que le reste n'a plus aucune importance, *a fortiori* les matières grasses et les risques de maladies cardio-vasculaires.

Quelqu'un lui donna un coup de coude dans les côtes. Il se retourna, son bras moite de transpiration glissa le long d'une épaule tout aussi transpirante. L'autre joueur grogna. C'était bien fait pour lui, ce gamin ! Un point pour le vieux !

Il y avait moins d'un mois, au beau milieu d'un déjeuner avec des hommes d'affaires, Ted York était tombé raide, emporté par une crise cardiaque. N'était-ce pas une façon affreuse de tirer sa révérence ? Le pauvre type n'avait mangé qu'une salade. Ce malheureux Ted aurait mieux fait de commander un double cheese au bacon ; cela n'aurait rien changé à l'issue fatale mais, au moins, il se serait fait plaisir. Là était bien le problème quand on avait passé la quarantaine : on ne savait jamais ce que...

Le bip de John émit une horrible sonnerie stridente. Un de ces jours, il faudrait vraiment qu'il se décide à la changer. Du moins s'il parvenait à comprendre le mode d'emploi. Tout le monde s'arrêta et deux ou trois joueurs protestèrent. Le ballon rebondit dans un coin de la salle de sport et un blond musclé se précipita pour le récupérer.

— Zut ! s'exclama le défenseur-sans-un-gramme-de-graisse.

Encore tout essoufflé, il se plia en deux, les mains posées sur les genoux, et reprit en s'adressant à John :

— On dirait qu'on t'appelle, Mac.

— De toute façon, on était en train de perdre, rétorqua celui-ci.

Sa remarque déclencha de nouveaux grognements de protestation, il lui sembla même entendre des bribes de phrases dans lesquelles il était question de la vertu de sa mère, ou plutôt de son manque de vertu. Il préféra l'ignorer et plongea dans son sac de gym pour attraper son biper. Pour le saisir, il dut repousser son Glock. Il lut le numéro qui s'était affiché sur l'écran et jura entre ses dents.

La partie de basket était terminée pour lui. Dans son dos, le jeu reprit.

John ouvrit une bouteille d'eau et prit une longue gorgée tout en pianotant un numéro sur son portable.

Au bout du fil, quelqu'un décrocha :

— FBI.

— MacKinnon.

— On a un braquage de banque à Winosha, l'informa sans aucun préambule son chef direct, Tim Holt.

— Où ?

John prit son sac et se dirigea vers les vestiaires.

— Winosha, une petite ville au sud de Superior, sur la nationale 53, dans le comté de Washburn, précisa Tim.

— Jamais entendu parler, répliqua John en poussant la porte des vestiaires pour hommes d'un coup d'épaule.

— M'étonne pas, répondit Tim avec son plus pur accent de surfer californien, y'a pas plus de trois mille habitants, et encore, en pleine saison touristique.

— Ah oui ? grimaça John, comprenant que sa prochaine mission se déroulerait à Trifouillis-les-Oies.

Il ôta son tee-shirt mouillé et s'essuya le visage avec, avant de le fourrer dans son sac de sport.

— Qui fait équipe avec moi ? ajouta-t-il.

— McHenry est sur la feuille d'absence, Anderson est toujours sur l'affaire de Sun Prairie et Wilson est de surveillance ce week-end.

Inutile de poursuivre, Tim savait parfaitement que John tirerait lui-même la conclusion.

Merde.

John finit de se déshabiller et fit rouler son épaule droite – elle était toujours douloureuse depuis qu'il s'était froissé un muscle en pelletant de la neige en avril dernier. Le genre de blessure que n'aurait jamais un type de vingt ans. Fichus hivers du Wisconsin ! Un autre inconvénient dû à l'âge : il remarquait qu'en vieillissant, il lui fallait de plus en plus de temps pour se remettre d'une blessure.

— Mac ? demanda Tim.

— Bon, d'accord, donne-moi Torelli.

— Ça te va ?

— Oui, oui, ça va, je vais l'appeler.

— Super. Je laisse la paperasse à ta disposition ici.

John le salua, raccrocha et composa un nouveau numéro. Pendant que les sonneries s'égrenaient à l'autre bout du fil, il frotta son épaule douloureuse.

— Allô ? répondit une voix avec un accent new-yorkais.

John distingua de la musique en fond sonore, un air jazzy et sensuel.

Il grimaça. Dante Torelli était peut-être avec une petite amie.

Ooooh, quel dommage !

— Torelli ?

— Oui ?

— On est sur un coup. Braquage de banque. Retrouvez-moi au bureau à… – il jeta un coup d'œil à sa montre, il était 15 h 14 – à quatre heures.

John raccrocha sans attendre la réponse et jeta son téléphone portable dans son sac de sport. Il transporta celui-ci jusqu'aux douches et le plaça sur le banc le plus proche pendant qu'il se douchait. Puis il enfila un vieux jean et un tee-shirt bleu ciel.

Arrivé chez lui, il devrait se changer à nouveau pour mettre une tenue plus appropriée à sa mission, tout en sachant qu'il ne pourrait jamais rivaliser avec n'importe quelle tenue de grand couturier que Torelli déciderait de porter aujourd'hui. Il grogna en passant son baudrier sous son tee-shirt puis glissa son Glock dedans et attrapa son sac. Dehors, la chaleur d'août l'écrasa et, en un instant, il se sentit aussi moite que s'il n'avait pas pris de douche quelques minutes auparavant. Il avait été muté de Pennsylvanie à Milwaukee à l'automne précédent et n'était toujours pas habitué au climat du Wisconsin, bien qu'il fût lui-même originaire de Lander, dans le Wyoming. Il avait d'abord subi le froid cinglant de l'hiver dans le Midwest, et maintenant il devait affronter la chaleur torride de l'été. Mon Dieu, comment pouvait-il faire aussi chaud si près du Canada ?

John parcourut les quelques mètres d'asphalte collant du parking qui le séparaient de son pick-up Chevy Silverado et déverrouilla les portières. Bien entendu, l'intérieur était brûlant. Il ouvrit les deux portières pour provoquer un semblant de ventilation. C'était incroyable que les pneus n'aient pas encore fondu. Avec un temps pareil, il se prenait à rêver d'être muté à Anchorage. Il s'installa au volant et, avant de démarrer, sortit de son sac son Glock et le posa à côté de lui sur le siège passager, à portée de main.

Dix minutes plus tard, quand il se gara au pied de son immeuble, il régnait un froid polaire à l'intérieur de la Silverado. Il vivait dans un nouveau quartier construit à la fin des années 1980, et son immeuble avait le style terne de ces années-là. Il passa la porte de sécurité, tourna à gauche dans le hall et prit l'escalier recouvert d'une moquette beige. Il ouvrit la porte de son appartement et déposa ses clés sur la petite table de l'entrée. Le mur au-dessus du meuble était blanc. Il aurait sans doute pu faire un effort de décoration et au moins accrocher un tableau de paysage, mais il n'avait jamais trouvé le temps pour le faire. De plus, c'était un appartement de fonction : pourquoi se prendre la tête avec le décor alors qu'il n'était même pas chez lui ?

Sur cette pensée déprimante, il traversa le salon et se dirigea vers la chambre. Au fond de son placard se trouvait un sac toujours prêt, au cas où. Il le tira vers lui et y ajouta quelques chemises et des pantalons, puis il alla dans la cuisine où il prit un paquet de barres de céréales Granola – l'ancien modèle, moins sucré que les nouveaux – et des boîtes en plastique contenant des plats à réchauffer au micro-ondes. La nourriture est parfois vraiment sujette à caution dans les petites villes… John mit les boîtes dans son sac, puis il ôta son jean et son tee-shirt qu'il remplaça par un pantalon kaki et un polo bleu marine ; il fixa son holster en cuir brun à l'épaule et enfila un blazer marron. Puis il mit ses boots Wilson en cuir avec – détail important pour lui – des surpiqûres le long des mollets. Les surpiqûres étaient évidemment dissimulées sous son pantalon, mais lui savait qu'elles étaient là et c'était tout ce qui comptait.

John se redressa et, du regard, fit le tour de son appartement pour vérifier qu'il n'avait rien oublié. Le bruit de l'air conditionné qui se mettait en route brisa le silence. Il n'y avait pas de plante à arroser ni de chat à nourrir, pas même un ami ou une vieille mère à prévenir. Personne ne s'apercevrait qu'il était parti. En fait, il aurait pu fermer la porte et ne jamais revenir. Il ne laisserait rien d'important derrière lui.

Décidément, sa vie était un vaste désert.

S'il restait ici une minute de plus, il allait finir par se tirer une balle dans la tête. Il caressa le Glock rangé sous son bras gauche, prit son sac et marcha jusqu'à la porte.

Il éteignit l'air conditionné en sortant.

3

Quelques minutes après quatre heures, Turner gara sa Ford Escort marron modèle 95 devant sa petite maison. Quatre heures.

Quatre heures d'interrogatoire. Des questions et encore des questions et une attente interminable avant d'être à nouveau interrogée sur le braquage de la banque. Et pendant tout ce temps, le contenu du coffre de Calvin reposait sagement dans son sac à main en cuir marron. Un sac très comme il faut et totalement insoupçonnable. Personne n'avait même remarqué qu'à un moment ses mains avaient commencé à trembler légèrement.

Turner s'efforça de sortir lentement de sa voiture. Délibérément. Surtout, ne pas courir comme une folle paniquée jusqu'à sa porte d'entrée. Sage précaution. Elle était à peine à mi-parcours qu'elle s'entendit appeler par son nom. C'était Ernestine Miller, sa plus proche voisine.

— Turner ! Je suis au courant ! s'écria cette dernière tout essoufflée.

Ernestine se précipita aussi vite que ses chevilles enflées et son corps court et trapu le lui permettaient. Elle possédait un scanner de la police et, évidemment, elle attendait Turner depuis des heures. La jeune femme s'arrêta pour lui permettre de la rejoindre. Elle respira calmement et s'efforça de masquer son impatience et sa peur.

Ernestine la regarda de la tête aux pieds comme si elle cherchait les impacts de balles sur son corps.

— Comment allez-vous ? demanda-t-elle, c'est donc vrai que vous avez été prise en otage par un gang d'horribles braqueurs ?

Techniquement, elle n'avait pas vraiment été prise en otage et, honnêtement, les braqueurs n'avaient pas été si horribles, mais elle n'avait pas le temps de se lancer dans un débat avec sa voisine. Toutefois, pour faire bonne mesure et satisfaire la curiosité d'Ernestine, elle dit ce que celle-ci attendait :

— J'ai eu la peur de ma vie, j'ai vraiment été terrifiée.

Pas aussi terrifiée, en fait, que de rester debout sous ce soleil brûlant, en attendant que les voitures de police déboulent au coin de la rue, toutes sirènes hurlantes, mais évidemment elle se garda d'en faire part à la grosse femme.

— Je veux bien le croire ! dit cette dernière en frissonnant d'excitation. Étaient-ils armés ?

— Ils avaient des fusils à canon scié. Et ils ont tiré dans les portes, elles ont explosé, c'était épouvantable !

Turner résista à la tentation de la planter là et de s'enfuir ventre à terre. Elle devait rester le plus naturelle possible et surtout ne pas éveiller la suspicion. Dans une petite ville comme Winosha, ne pas parler du braquage de la banque dont vous aviez été l'un des acteurs aurait paru pour le moins suspect.

Heureusement, Ernestine n'avait pas besoin qu'elle alimente davantage la conversation.

— Je parie que c'était un de ces gangs dont ils parlent dans *Focus on the Family*. Je suis sûre qu'ils venaient de Superior...

Cinq minutes plus tard, Turner parvint enfin à s'éclipser sous le prétexte que le braquage l'avait vraiment éprouvée, qu'elle avait mal à la tête et qu'elle avait besoin de se remettre de ses émotions. Elle monta calmement les trois marches du perron et ouvrit sa porte avec une lenteur calculée. Elle réussit même à se retourner sur la dernière marche pour faire un petit salut amical à Ernestine.

C'est à ce moment qu'elle remarqua que ses mains s'étaient remises à trembler. Elle fronça les sourcils et fixa ses doigts jusqu'à ce que le tremblement s'arrête. Elle entra, jeta son sac à main par terre et courut sur la pointe des pieds jusqu'à sa chambre en faisant le moins de bruit possible, bien qu'elle sût parfaitement que personne ne pouvait l'entendre. Nul n'avait rien remarqué à la banque, il était donc impossible qu'ils fussent déjà lancés à sa poursuite. Pourtant, elle ne pouvait s'empêcher de redouter que le bras armé de la justice s'abatte sur elle d'une seconde à l'autre et qu'elle soit arrêtée. Son ventre se crispa.

Il ne fallait pas qu'ils l'attrapent, pas encore.

Elle sortit sa vieille valise en Nylon bleu marine de sous son lit et commença à la remplir de sous-vêtements, de shorts et de tee-shirts. Elle contempla pendant un moment les quelques piles de linge qu'elle avait préparées. Elle ignorait combien de temps cela prendrait. Peut-être juste une nuit ou deux, mais s'il y avait des complications... Elle ajouta d'autres sous-vêtements et quelques rechanges supplémentaires ainsi que sa petite trousse de toilette. Elle se dirigea ensuite vers la cuisine, prit des ciseaux, sa vieille paire de lunettes de soleil, un paquet de crackers salés, quelques pommes et trois bocaux de harengs au vinaigre. À la dernière minute, elle ajouta un bocal d'olives, un paquet de saucisses et une demi-douzaine de bouteilles d'eau.

Elle traîna la valise jusqu'à l'entrée et la laissa là. À côté de la porte, il y avait une petite penderie. Elle l'ouvrit et se jucha sur la pointe des pieds pour atteindre un grand carton posé sur l'étagère du haut. La jeune femme y entreposait les vêtements dont elle n'avait pas besoin durant l'été. Elle posa le carton par terre et fouilla dedans jusqu'à ce qu'elle sente du plastique sous ses doigts. Au fond, un sac Zyploc contenait un millier de dollars en liquide. Elle prit l'argent et remit le carton en place.

Turner ouvrit la porte d'entrée et jeta un coup d'œil à l'extérieur. Sa maison était située dans la partie ancienne de Winosha, dans une artère calme baptisée, avec beaucoup d'imagination, rue des Ormes. Sous la chaleur écrasante de cet après-midi d'août, tout paraissait tranquille. Dans les arbres, les cigales s'en donnaient à cœur joie et leur chant emplissait l'air. Aucune sirène de police ne venait perturber la quiétude du quartier assoupi. On n'aurait jamais dit que la banque de la ville avait été cambriolée quelques heures plus tôt – ni qu'après quatre très longues années de patience, Turner pliait enfin bagage.

Elle ôta ses lunettes à monture d'écaille et les déposa sur la table de l'entrée à côté d'un vase, puis empoigna sa valise et la tira jusqu'à sa voiture. Ernestine sortit de chez elle mais Turner ne s'arrêta pas et se contenta de lui adresser un vague salut de la main. Elle posa son fardeau sur le siège passager de l'Escort, s'assit au volant et démarra. Quand sa voisine trop curieuse eut enfin atteint le trottoir en trottinant aussi vite que son poids le lui permettait, Turner avait tourné au coin de la rue et s'éloignait. Elle ralentit prudemment en arrivant dans la rue principale pour se comporter comme les autres badauds. Elle nota la présence de deux voitures du shérif. Toutefois, les véhicules n'étaient plus en travers de la chaussée, comme lors de l'intervention des policiers quelques heures plus tôt : ils stationnaient plus discrètement devant la banque. Au passage, elle aperçut Calvin Hyman qui entrait dans la banque, ses cheveux argentés brillant dans le soleil couchant.

Elle frissonna et sentit un filet de sueur lui couler le long de l'échine. Alors, tout en accélérant pour prendre la direction du nord, vers la nationale 53, elle mit la climatisation à fond.

À l'extérieur de la ville, la route était bordée de grands arbres à feuilles persistantes. Ils avaient été plantés après que la forêt avait été coupée mais ces rangées parfaitement alignées avaient un aspect trop artificiel pour remplacer une authentique forêt. Douze kilomètres plus loin, elle prit l'embranchement pour la State 77. Conséquence de la sécheresse qui sévissait depuis des semaines, l'herbe, sur les accotements, était d'une couleur brun pâle, et, le long de la route, on pouvait voir des panneaux annonçant que le risque d'incendie était à son maximum. Après une quinzaine de kilomètres, Turner tourna à droite vers County H puis elle s'engagea à gauche sur un chemin de terre. Dans le rétroviseur, elle vit que des nuages de poussière s'élevaient sur son passage et recouvraient peu à peu la carrosserie de l'Escort ; cela n'avait aucune importance, car cela faisait longtemps que la vieille voiture n'avait plus qu'une couleur indistincte. La maison de Tommy Zucker, dissimulée derrière un bosquet, se matérialisa tout à coup sur sa droite, et bien qu'elle fît le trajet toutes les semaines, cette apparition soudaine la surprenait à chaque fois. La maison était sombre, presque noire, si bien qu'elle se confondait presque avec la forêt environnante. Elle passa la seconde et roula précautionneusement sur le petit chemin qui longeait la bâtisse. D'habitude elle se garait devant, mais cette fois elle en fit le tour et alla jusqu'au hangar sous lequel Tommy garait ses différents véhicules. Elle coupa le moteur et écouta le silence alentour. Venu du bois tout proche, un geai bleu traversa le ciel, sans doute attiré par les cacahuètes que Tommy déposait sur la véranda.

Il n'était pas là !

Elle se crispa à cette idée. Elle était venue jusqu'ici en présumant qu'elle l'y trouverait, mais Tommy n'avait pas d'horaire. Elle lui avait parlé au téléphone la veille et il ne lui avait rien dit de particulier sur ses projets. Que ferait-elle si le vieil homme avait soudain décidé de se rendre au lac aujourd'hui ? Et s'il avait...

— C'est toi, Turner ?

Elle sursauta et lâcha ses clés qui tombèrent sur le tapis de la voiture. Elle se baissa pour les ramasser et tourna la tête en direction de la voix. Tommy se tenait dans l'entrebâillement de la porte de sa ferme, son pantalon kaki remonté presque jusqu'à sa poitrine, son tee-shirt délavé flottant sur son corps maigre. Ses cheveux blancs clairsemés s'agitaient dans la brise légère. Elle poussa un profond soupir de soulagement. *Merci mon Dieu, merci que Tommy ne soit pas parti.*

Il fallait qu'elle se reprenne.

Elle sortit de la voiture et s'avança vers le vieil homme en silence, sachant qu'il était inutile de lui répondre tant qu'elle ne serait pas plus près de lui. Même s'il ne voulait pas l'admettre, il devenait sourd peu à peu.

— Salut, Tommy, dit-elle d'une voix aussi calme et aussi naturelle que possible, est-ce que je peux t'emprunter la Taurus ?

Le vieil homme plissa les yeux et grommela :

— Non, j'ai bien peur que non.

De nouveau, la même crispation dans son ventre. Elle ne s'attendait pas à un refus.

— Et pourquoi ?

Il fit un geste vague vers l'abri derrière la ferme.

— Marche pas. C'est p't'être la batterie, ou autre chose. J'aime pas ces nouvelles voitures.

Cette nouveauté, en l'occurrence, avait plus de quinze ans. Il poursuivit :

— Tu veux essayer le break ?

Le break en question était aussi gros qu'un bateau et mettait un temps fou à accélérer. Turner refoula la panique qui la gagnait.

— Puis-je prendre la Chevy ?

Tommy prit un air pensif, croisa son bras droit sur sa poitrine pour se gratter l'épaule gauche et finit par dire :

— Ben, j'sais pas, elle est vieille tu sais, comme moi. Elle ne démarrera p't'être pas. Et j'sais pas où sont les clés.

— Oh, elle marchera, tu peux me croire !

— Hmm, j'sais pas comment tu peux en être sûre. Mais fais comme tu veux. J'vais essayer de trouver les clés, dit-il en retournant chez lui.

Turner ferma les yeux et leva son visage vers le ciel, essayant de contenir son impatience. Le lac. Penser au lac. L'eau était bleue et limpide et tellement profonde. Elle écouta le son que faisait l'air en entrant dans ses poumons et retint sa respiration. Elle devait garder son sang-froid. Rester très calme. Elle était si près du but maintenant. Elle entendit les pas de Tommy résonner sur le plancher de la véranda et elle ouvrit les yeux. Il lui tendit un anneau garni de dizaines de clés.

— Ça doit être l'une d'elles, je pense. P't'être. Le problème, c'est : laquelle ?

Turner réussit à ne pas exploser et regarda le vieil homme contempler pensivement le trousseau qu'il tenait entre ses mains. Tommy était fluet et petit, il ne mesurait pas plus d'un mètre soixante-cinq, il était vieux et se voûtait un peu. Il avait maigri ces dernières années, ce qui lui donnait une apparence encore plus fragile. Il avait les poignets osseux et sa peau fine et ridée devait se marquer rapidement. Il ne pesait sans doute pas plus que Turner qui elle-même était plutôt menue. Il leva les yeux, vit qu'elle le détaillait mais ne fit aucun commentaire.

— Je crois que je l'ai. On va essayer celle-là.

Il remonta à nouveau son pantalon et se dirigea vers le hangar. Turner le suivit. Elle fut momentanément aveuglée en passant brutalement de la lumière à l'obscurité. À l'intérieur, l'air était brûlant et sentait l'essence et la poussière. Garées les unes à côté des autres, trois voitures attendaient sagement : un énorme break et sa garniture intérieure en faux bois, une Ford Taurus à la ligne lourde typique de la fin des années 1980, et un pick-up Chevy bleu ciel modèle 68.

La Chevy n'était pas la plus discrète des voitures mais Turner n'avait guère le choix. Tommy tira violemment sur la portière du conducteur qui s'ouvrit en grinçant.

— Elle a besoin d'huile, commenta-t-il.

Turner s'assit à ses côtés et le regarda introduire la clé et démarrer le moteur qui émit un horrible grincement.

— Ça ira, hurla-t-il pour se faire entendre malgré le bruit. Elle fait ce bruit tous les mois quand je la démarre pour qu'elle reste en forme, dit-il, ayant apparemment oublié ses prédictions pessimistes quant à l'état de la voiture.

Il lâcha le frein et commença à sortir de l'abri avec une lenteur extrême. Une fois dehors, il coupa à nouveau le moteur.

— Je ferais mieux de mettre de l'huile, ces vieux moteurs sont increvables, mais celui-ci, on dirait qu'il est assoiffé tellement il boit l'huile qu'on y met.

Il sortit de la voiture et retourna à l'intérieur du hangar. Turner descendit à son tour et alla chercher sa valise qui était dans l'Escort pour la poser sur le siège passager. Tommy revint à pas comptés, ouvrit le capot et commença à verser l'huile en prenant tout son temps. Turner soupira, repartit vers l'Escort et la conduisit sous l'abri à la place de la Chevy. Quand elle revint, Tommy était toujours sous le capot. Elle s'approcha de lui et lui caressa gentiment le dos. Sous sa main, elle sentit les contours aigus de l'épaule. Les os pointaient sous la peau, il n'y avait plus ni graisse ni muscle.

— Il faut que j'y aille, Tommy.

— Hein ? demanda-t-il en se redressant et en plissant ses yeux d'un bleu délavé. Et pourquoi diable es-tu si pressée ?

— J'ai quelque chose à faire, pour Rusty.

Tommy eut l'air pensif puis il claqua le capot de la Chevy.

— D'accord. Mais n'oublie pas de remettre de l'huile tous les deux cents kilomètres à peu près.

— Je le ferai, dit Turner en s'installant au volant.

— Y'a des bidons d'huile sous le siège avant, précisa-t-il en donnant une petite tape sur le capot. Prends soin de toi.

Elle acquiesça et sortit du chemin. En jetant un coup d'œil dans le rétroviseur, elle constata qu'il n'avait pas bougé, ses cheveux blancs voletaient autour de sa tête. C'était l'image qu'elle garderait de lui. Elle ignorait si elle le reverrait un jour.

4

— Ce Fish a forcément un prénom ! dit pensivement le shérif Clemmons, l'air d'en douter. Ça doit être Tom ou Ned.

John posa sur le shérif un regard inexpressif. *Ned ?* Qui, de nos jours, appelait son enfant Ned ? Le seul Ned qu'il connaissait était Ned Yost. Ah, oui, et évidemment Ned Nickerson, le fiancé de Nancy Drew, la fameuse héroïne de livres pour enfants, mais déjà à cette époque – une trentaine d'années plus tôt –, quand il lisait en cachette les livres de sa sœur, il trouvait que ce prénom était nul. John inclina sa tasse en carton pour tenter de happer la dernière goutte de café froid. Elle avait le goût d'un dépôt toxique au fond d'un vieux bidon d'huile, mais elle contenait de la caféine et il en avait besoin. C'était la seule chose qui pouvait le tenir éveillé en ce moment. Cela faisait quatre heures qu'ils étaient arrivés à Winosha. Et il leur avait fallu plus de cinq heures, à Torelli et à lui, pour arriver ici à bord de la Crown Victoria de l'agence. C'était un sacré coup de chance qu'il soit le plus ancien de l'équipe car cela lui avait donné le pouvoir d'écouter ce qu'il aimait, sinon il aurait dû subir du jazz soporifique pendant cinq heures. Lui-même était un fervent admirateur de la musique de Garth Brooks. Évidemment, il avait bien remarqué, en approchant d'Eau Claire, que Torelli commençait à avoir l'air un peu fébrile. Il faut dire qu'ils venaient d'écouter trois disques de Brooks à la suite, plus un de Johnny Cash, pour changer un peu. Et Eau Claire était encore à une bonne heure de Winosha.

— Je pense que Fish est son prénom, monsieur, intervint l'adjoint.

John avait déjà oublié le nom du jeune officier de police, et comme celui-ci lui tournait le dos, il ne put pas lire son nom sur sa plaque. C'était un poulet de grain, dont les cheveux blonds étaient tondus si court qu'ils étaient presque invisibles. Le genre de flic parfaitement capable d'arrêter un ivrogne sur la voie publique un vendredi soir dans une petite ville mais ayant besoin d'un sérieux coup de main le lundi matin pour remplir la paperasse.

— Ne dis pas n'importe quoi, Fish n'est pas un prénom ! protesta le shérif.

Un point pour lui. Sa réplique cloua le bec temporairement à son subordonné et comme personne d'autre ne connaissait le nom de Fish – prénom ou nom de famille –, le silence se fit. Ils étaient tous rassemblés dans la salle de réunion de la petite mairie de Winosha, pièce fonctionnelle dont le sol était recouvert d'une mince moquette gris foncé et dont les murs en parpaings étaient peints en vert clair. Au-dessus de leurs têtes, à la limite du plafond, une frise représentant des chats roses courait le long des murs, sans doute l'œuvre d'une main féminine soucieuse d'apporter une note de fantaisie dans ce cadre impersonnel. Quelques longues tables et une pile de chaises en métal, un poste de télévision et une machine à café vide constituaient le seul décor. Outre le shérif et son adjoint, Torelli et lui-même, un cinquième homme était assis à la même table qu'eux, qui semblait ne prêter aucune attention à leur conversation. Calvin Hyman jetait des regards furtifs à sa montre. John, lui, n'avait pas besoin de consulter la sienne pour savoir qu'il devait être près de minuit. Hyman n'était pas seulement le président de la First Bank de Winosha, il était aussi le maire de la ville et était apparemment candidat au siège de député de l'État. Il était grand et ses cheveux argentés lui donnaient tout à fait l'allure d'un président de banque et d'un maire. Distingué. Mais il portait d'incroyables boots vertes en peau de serpent, et John se dit qu'il ne pourrait pas faire entièrement confiance à un homme ayant si mauvais goût. Pendant plus d'une heure, Hyman leur avait dressé la liste de toutes les mesures de sécurité en vigueur dans sa banque, mais cette fois la sécurité n'avait pas vraiment fait la preuve de son efficacité – un seul des employés avait eu le réflexe de glisser une cartouche d'encre explosive et indélébile dans un des sacs contenant l'argent. Où qu'ils fussent, les braqueurs se baladaient désormais avec des billets pleins d'encre. Hyman se leva et défroissa le pli de son pantalon.

— Bien, il me semble que nous en avons fini pour ce soir, qu'en pensez-vous ?

— Non, répondit obligeamment John.

Hyman hésita, puis il se rassit avec un ennui évident. John dissimula un sourire et regarda une nouvelle fois l'écran sur lequel était projetée la cassette enregistrée par la caméra de surveillance de la banque. La petite caissière brune bousculait la caissière aux cheveux roux. Ils avaient visionné cette cassette si souvent depuis le début de la soirée qu'ils finissaient par la connaître par cœur.

— Que fait-elle ? demanda-t-il.

Il n'avait rencontré aucune des deux caissières, elles avaient été interrogées et renvoyées dans leurs foyers avant que lui-même arrive en ville. C'était du reste ce qu'il comptait faire le lendemain à la première heure : interroger les témoins.

Réveillé, le shérif le toisa :

— Qui ?

John désigna l'écran avec sa tasse vide.

— Miss Hastings, là. Vous disiez qu'elle ne travaille que le samedi à la banque. Que fait-elle le reste de la semaine ?

— Turner est la bibliothécaire de notre ville, répondit Hyman.

— Vraiment ? demanda John les yeux écarquillés.

Sur l'écran, la jeune femme allongée sur le sol se relevait lentement, attrapait le sac noir que lui tendait le braqueur portant le masque rectangulaire de Bob l'Éponge. C'était une petite chose, elle devait mesurer à peine un mètre soixante. La rousse la dépassait largement. Mais, apparemment, c'était Turner qui menait les opérations. Un peu plus loin, sur la cassette, elle désamorçait une situation qui menaçait de dégénérer et se débarrassait des braqueurs en leur donnant l'argent. John porta machinalement la tasse à ses lèvres avant de se souvenir qu'elle était vide. Le problème, c'est qu'elle avait justement un peu trop le look d'une bibliothécaire d'une petite ville dans les années 1950. Avec sa robe boutonnée jusqu'au cou, elle faisait très dame comme il faut. Il ne se souvenait pas avoir jamais croisé une bibliothécaire vêtue de la sorte. Celle de la bibliothèque locale de Milwaukee portait des tresses africaines, de nombreux piercings et avait un rire tonitruant. Turner, la bibliothécaire, portait une robe noire, brune ou bleu marine, sombre en tout cas, car il était difficile de se prononcer exactement au vu de la cassette en noir et blanc. Elle était petite et mince et, sur elle, la robe avait l'allure d'un sac à patates. Impossible de savoir si là-dessous il y avait des formes, c'était aussi transparent que la burqah prônée par les talibans et tout aussi frustrant. Elle l'avait sans doute choisie dans le seul but d'embêter les types comme lui. Et en plus, elle s'était fait un chignon. Pas un chignon banane ou une de ces torsades sexy en spirale, mais un vieux chignon serré bas sur la nuque. Et, comble de la mocheté, elle portait d'énormes lunettes à monture d'écaille. Où les avait-elle trouvées ? Chez Goodwill ? Qui de nos jours pouvait bien fabriquer ce genre de monstruosité ?

Bon sang, elle aurait aussi bien fait d'agiter un drapeau rouge sous son nez !

— Elle plante toujours un crayon dans son chignon ? demanda-t-il en fixant l'écran.

Quelqu'un grogna derrière lui, sans doute Torelli. L'adjoint se tourna vers lui et le dévisagea d'un air perplexe. Larson. C'est ça. Il s'appelait Larson.

— Maintenant que j'y pense, je l'ai déjà vue faire ça à la bibliothèque, dit-il, pourquoi ?

— Si je le savais, répondit John pensivement.

Torelli poussa un soupir sonore et se tourna vers lui.

— Et vous êtes certain que l'autre homme s'appelle Nald ?

— Parfaitement, dit le shérif en remontant sa ceinture.

Il avait une bonne cinquantaine et un ventre qui lui rendait toute course-poursuite impossible. Cela dit, dans une petite ville, courir n'était pas forcément une qualité essentielle pour un policier.

— Son nom est Nald ? demanda Torelli avec incrédulité.

— C'est peut-être son nom de famille, *Dante*, rétorqua John.

Le shérif les regarda alternativement mais préféra ne pas intervenir.

— Son prénom est Reginald mais tout le monde l'appelle Nald. Lui et Fish sont réputés inséparables.

— Réputés ? Ils ont battu une sorte de record ?

— Pas un record officiel, mais ils traînent tout le temps ensemble. On a eu pas mal de cambriolages dans des maisons de vacances cet hiver. On les soupçonne d'y être mêlés. En tout cas, ceux qui ont fait cela n'ont pas pris grand-chose, ce sont des délits mineurs.

— Un braquage de banque est rarement considéré comme un délit mineur, répliqua Torelli d'une voix sèche à l'accent newyorkais très prononcé.

Il était près de minuit, ce type avait roulé cinq heures dans une voiture dont l'air conditionné fonctionnait mal, il portait un costume et, bon sang, il était aussi élégant et impeccable qu'au début de la journée. Ce n'est pas normal, se dit John. Torelli avait une trentaine d'années, des cheveux noirs bouclés coupés court, le teint basané et un corps d'athlète. Il était un peu plus petit que

John qui mesurait un mètre quatre-vingt-dix. C'était sans doute puéril mais ce détail enchantait MacKinnon. Le jeune homme portait un costume gris foncé avec des rayures à peine visibles dans un ton plus clair et, en dessous, une chemise gris clair et une cravate gris foncé. Ses chaussures noires brillaient comme un miroir. Ou bien toute sa paie passait dans sa garde-robe, ou bien Torelli avait de l'argent de famille.

John l'avait rencontré pour la première fois sept mois plus tôt, en enquêtant sur une série de braquages de banques aux environs de Milwaukee. Le vernis très East Coast de Torelli ne l'avait pas impressionné et, apparemment, l'antipathie était réciproque. Le plus jeune n'avait même fait aucun effort pour dissimuler qu'il ne tenait pas en grande considération le style décontracté avec lequel son supérieur menait ses enquêtes. Après avoir échangé quelques piques acérées, John pensait que les choses en resteraient là. Jusqu'au moment où il avait découvert que Torelli était passé par-dessus sa tête pour aller se plaindre auprès de Chris Donaldson, l'agent spécial en poste à Milwaukee. C'était contraire à l'esprit d'équipe. Cela faisait peu de temps que Donaldson était arrivé à Milwaukee et il y avait un risque qu'il croie les conneries que Torelli lui avait racontées. Heureusement, Tim Holt, le supérieur direct de John, avait pris le parti de John. Mais toute cette affaire lui avait laissé un goût amer et désormais il s'appliquait à ne plus faire équipe avec Torelli.

Jusqu'à aujourd'hui.

— Tuna ! s'exclama Larson.

En voyant toutes les têtes se tourner vers lui, il rougit jusqu'à la racine de ses cheveux ras.

— C'est le prénom de Fish. Tuna.

— Tuna Fish[1] ? articula Torelli, incrédule.

---

1. En anglais, *tuna* veut dire thon et *fish*, poisson (NdT).

— Pas étonnant qu'il ait mal tourné, commenta John en revenant à la cassette de la banque – Yoda et Bob l'Éponge quittaient les lieux, et Turner se dirigeait vers son guichet pour le fermer.

La porte de la salle de réunion de la mairie s'ouvrit et une femme d'une soixantaine d'années, avec des cheveux orange et un énorme grain de beauté sur la joue gauche, fit son entrée. Elle portait une glacière qu'elle posa sur une des tables et en sortit des paquets de sandwichs enveloppés dans de la Cellophane verte et rouge, des paquets de Fritos et de cookies.

— Il y a une autre glacière dans ma voiture, avec de l'iced tea, si vous voulez bien aller la chercher, Doug ? demanda l'employée municipale.

Doug acquiesça et quitta la pièce.

— Merci beaucoup, madame, dit John en se levant, c'est très aimable de votre part.

Il disposa sur une assiette en carton deux sandwichs et une poignée de cookies. Derrière lui, Torelli défaisait un sandwich pain blanc et bolognaise à l'aspect spongieux et peu appétissant. Il plissa le nez. Délibérément, John écrasa une des chaussures impeccablement cirées de Torelli. Son jeune collègue se raidit mais resta impassible et ne manifesta aucun signe de protestation. John enleva son pied. Larson revint avec une grande glacière rouge.

— Posez-la ici, dit la femme qui se mit à remplir des verres en plastique bleus avec de l'iced tea. Alors, reprit-elle d'un air curieux en regardant les hommes autour d'elle, j'espère que vous avez trouvé des indices pour comprendre le braquage ?

— Tout va bien, Louise, répondit le shérif. Merci pour cet en-cas, ne vous inquiétez pas, nous nettoierons quand nous aurons terminé, il est inutile que vous nous attendiez.

Louise eut l'air déçue mais elle lui rendit son sourire et quitta la pièce. John revint s'asseoir en face du poste de télévision. Cela faisait un moment que les braqueurs avaient quitté l'écran mais il n'avait pas l'énergie de tendre le bras pour rembobiner la cassette.

Il ouvrit son sandwich – poulet, salade – et mordit dedans. Trop d'assaisonnement. C'était mou et fade mais comme il n'avait rien mangé depuis des heures, car ils ne s'étaient pas arrêtés en route, il avait faim. Il prit une deuxième bouchée, puis, pour la première fois de la soirée, il regarda ce qui s'était passé dans la banque après le braquage. La rousse avait manifestement piqué une crise de nerfs, tout le monde se précipitait vers elle, ce qui, visiblement, était son but. Tout le monde sauf Turner Hastings. Celle-ci se tenait sur le côté, elle regardait la scène mais, curieusement, n'y prenait pas part.

— Iced tea ? demanda Torelli en lui tendant un verre.

— Merci, répondit John qui but avidement.

Le thé venait d'être préparé et les glaçons n'avaient pas eu le temps de fondre. Parfait. Il mordit à nouveau dans son sandwich. Torelli, à côté de lui, regardait l'écran. Les équipes de secours faisaient leur entrée dans la banque.

— Qu'en pensez-vous ? demanda Torelli, on dirait un coup fait par des gosses désœuvrés. D'après Hyman, ils ne risquent même pas grand-chose.

John ayant la bouche pleine, il se contenta de hocher la tête. Sur la cassette de surveillance, il vit Turner se diriger vers un bureau qu'elle ouvrit. Elle prit quelque chose à l'intérieur. Nul ne lui prêtait attention. Tout le monde était beaucoup trop occupé à s'activer sur la scène du crime. John sentit une légère irritation. La moindre des choses aurait été que le personnel de secours s'intéressât à elle et lui demandât si elle allait bien.

— On a déjà contacté l'entourage des deux types, continuait Torelli, personne ne les a vus, en tout cas pas depuis le braquage. Je pense aller voir les familles demain matin pour les interroger à nouveau, mais je doute que cela nous apprenne quelque chose de nouveau.

John vit ce que Turner avait sorti du bureau. Une clé. Sans marquer la moindre hésitation, elle l'introduisit dans le coffre-fort mural. Elle donnait l'impression d'être parfaitement à l'aise, à sa place et dans son droit. Ce qui était peut-être le cas, mais alors pourquoi ?...

— Il faudrait sans doute chercher du côté de leurs copains, de leur ancienne école. Je n'ai pas l'impression qu'ils la fréquentaient beaucoup mais on ne sait jamais...

Torelli s'arrêta soudain. Lui aussi fixait la cassette.

Turner ouvrait maintenant le coffre et vidait calmement son contenu dans son sac à main, puis elle le referma. Elle revint au bureau dans lequel elle avait pris la clé et y redéposa ladite clé.

— Que fait-elle ? murmura Torelli.

John ne répondit pas, il était trop captivé.

Turner referma le tiroir. Puis elle tourna la tête et, pour la première fois, regarda fixement l'objectif de la caméra, droit dans les yeux. Les coins de sa bouche s'incurvèrent, elle fit un petit sourire en coin, comme un chat content de lui-même.

— Merde ! s'exclama dans leur dos Calvin Hyman, qu'ils n'avaient pas entendu approcher.

Alors, John se rendit compte de trois choses.

La première, c'est que Turner, la petite sorcière, avait braqué la banque. La deuxième, c'est que cette affaire ne serait pas aussi simple que Torelli le pensait. Et la troisième, c'est qu'il avait une violente érection.

5

Calvin Hyman sortit sa clé et tendit le bras avec lassitude pour l'introduire dans la serrure. La porte s'ouvrit devant lui avant qu'il eût terminé son geste. Shannon, sa femme, le regardait, ses cheveux volant autour de son visage comme un halo dément.

— Eh bien, on peut dire que cela en a pris des heures ! s'exclama-t-elle. Je commençais à croire que tu allais y passer la nuit. Tu as été avec le shérif Clemmons pendant tout ce temps ? Est-ce qu'il y avait Doug Larson ? T'ont-ils demandé de faire une déposition ?

Calvin hocha vaguement la tête sans répondre, entra chez lui et accrocha ses clés à côté de la porte. Inutile d'essayer de placer un mot, du reste, ça l'arrangeait, car il avait besoin de réfléchir…

— Et ils ont envoyé des agents du FBI ! s'exclama sa femme. Tu te rends compte, des agents du FBI ici, qui aurait pu imaginer ?

Apparemment pas elle en tout cas. Elle parlait d'une voix aiguë, saccadée, et ses yeux bleu pâle brillaient d'excitation.

— Un braquage de banque est un crime fédéral, articula-t-il lentement. Ils étaient obligés d'appeler le FBI.

— On se croirait à la télé. Le FBI, c'est *CSI* ou *24* ? Kiefer, c'était bien un agent du FBI, non ? Est-ce que l'un d'eux ressemble à Kiefer ?

Mon Dieu !

Était-elle vraiment obligée d'étaler toute cette stupidité ?

— Non, répondit-il en allant dans la cuisine pour se servir un verre d'eau. Personne ne ressemble à Kiefer Sutherland. Ce sont de vrais agents du FBI, Shannon, pas des acteurs.

— Je parie qu'ils ont toujours deux armes sur eux, babilla-t-elle en le suivant. Est-ce que tu as vu s'ils en portaient une attachée à la cheville ?

— Non.

— Je t'ai préparé un hamburger, dit-elle en passant du coq à l'âne. Cela ne prendra qu'une minute pour le réchauffer au micro-ondes.

Il était presque une heure du matin, et la dernière chose dont il avait envie, c'était de manger un plat trop cuit et réchauffé. Mais s'il ne le mangeait pas, Shannon se sentirait blessée, et quand Shannon se sentait blessée, elle boudait. Supporter la mauvaise humeur de sa femme était une épreuve qu'il ne souhaitait à personne. Il soupira, prêt à subir son sort.

La maison était neuve, ils l'avaient fait construire à peine deux ans plus tôt, mais la cuisine était déjà saturée de cochons. En matière de décoration, Shannon était en quelque sorte une addicte du thème. De gros porcelets roses en céramique se suivaient à la queue leu leu le long du comptoir de la cuisine. Les rideaux de la fenêtre au-dessus de l'évier représentaient des gorets gambadant joyeusement, et sur le papier peint les mêmes, mais en plus petit, dansaient une sorte de gigue. Il ne s'était jamais posé de question sur le sujet avant d'y être confronté quotidiennement. Deux ans plus tôt, si on l'avait interrogé, il aurait haussé les épaules et tout ce qu'il aurait trouvé à dire, c'est que le cochon était un animal sympathique qui vivait dans une ferme.

Maintenant ?

Maintenant, il haïssait tout ce qui pouvait y ressembler, de près ou de loin.

Shannon posa une assiette sur le billot de boucher au centre de la cuisine.

— Voilà.

Il baissa les yeux. Sur les bords de son assiette, des petits cochons roses se tenaient par la main. Au centre s'élevait un monticule verdâtre d'où dégoulinait, en masse orange et brillante, le fromage fondu. On aurait dit de la lave sortant d'un cratère fumant. Shannon avait souvent la main lourde avec le micro-ondes.

— Est-ce que les types du FBI savent où Nald et Fish ont trouvé l'idée de braquer la banque ? demanda Shannon en posant deux mugs de café fumant sur la table.

Calvin fronça les sourcils :

— L'idée ? Que veux-tu dire ? Ils s'ennuyaient, cela ne va sans doute pas plus loin.

Il ne manquait plus qu'on cherchât le cerveau derrière le braquage de la banque ! Shannon s'assit en face de lui et posa ses coudes sur la table en tenant fermement entre ses mains son mug rose et rebondi dont l'anse était une queue en tire-bouchon. Elle posa ses lèvres sur le gros derrière porcin et bu une gorgée du liquide brûlant.

— Je t'en prie, tout le monde sait qu'ils sont incapables d'avoir organisé un braquage de banque tout seuls.

— Pourquoi ? Il n'est pas nécessaire d'être très intelligent pour prendre une arme et voler de l'argent.

En revanche, il fallait un cerveau pour profiter du braquage et voler le contenu d'un coffre-fort. S'il ne l'avait pas vu lui-même, il n'aurait jamais pu croire que Turner Hastings en était capable. Que cherchait-elle ?

— Je t'assure, continuait Shannon, je suis sûre que Nald et Fish n'ont pas eu l'idée eux-mêmes. D'après Eileen, ils ne savent même pas comment se lever de leur lit certains matins.

— C'est ce qui se dit en ville ? Qu'ils ont eu de l'aide ?

Génial, c'est tout ce dont il avait besoin. Il goûta une bouchée fumante et étouffa un soupir. Elle utilisait à nouveau du fromage allégé. Un morceau de plastique orange aurait eu le même goût. Il tendit le bras pour attraper la salière en forme de tête de cochon et la secoua mollement au-dessus de son plat.

— Évidemment. Quelqu'un les a aidés, dit-elle en haussant les épaules. On ne le saura pas tant que Dick ne les aura pas arrêtés, mais cela ne devrait pas être trop difficile quand on connaît Fish et Nald. Tout ce qu'il a à faire, c'est attendre devant la section porno du magasin de location de cassettes vidéo, conclut-elle en riant de sa propre blague.

Calvin réfléchit en fixant son assiette.

— Voilà peut-être pourquoi le FBI s'intéressait autant à Turner.

— Turner Hastings ? demanda Shannon en reposant son mug. Pourquoi elle ?

— Elle a dérobé tout le contenu de mon coffre-fort après le braquage.

— Le coffre-fort ? cria Shannon d'une voix suraiguë qui lui vrilla les tympans. Pourquoi ne l'as-tu pas dit tout de suite ? Est-ce qu'elle a volé mes boucles d'oreilles en saphir ? Et la bague de fiançailles de ma mère qui était dans ce coffre ?

— Silence, dit-il en regrettant de ne pas avoir su se taire – il était trop tard pour se lancer dans une longue explication. C'était *mon* coffre-fort…

— Calvin Hyman, quand nous nous sommes mariés, tu as dit que tu partagerais toutes tes possessions terrestres avec moi. Je voudrais bien savoir pourquoi tu as eu besoin d'un coffre-fort rien que pour toi ?

— C'était pour des documents professionnels. Rien d'autre.

Grâce à Dieu, Turner n'avait pas pu avoir accès à ces papiers. Quoique.

— Pourquoi Turner t'aurait-elle pris ces documents ?

Calvin regarda sa femme. C'est vrai qu'au moment de leur mariage, il ne s'était pas beaucoup intéressé à son intelligence, mais s'il avait pu imaginer à quel point elle était stupide...

— Je ne pense pas qu'elle savait ce que le coffre contenait avant de l'ouvrir.

— Alors pourquoi a-t-elle fait une chose pareille ?

Il haussa les épaules.

— Revanche ?

— Revanche ? répéta-t-elle. Elle ne pourrait pas être encore...

— Il y a quatre ans, elle a très mal pris l'arrestation de Rusty.

— Mais tu lui as donné ce job à la banque ! Je ne comprends pas ! s'exclama Shannon sur un ton scandalisé.

— Ils l'ont vue sur la cassette de la banque, chérie. C'est évident. Elle a dévalisé le coffre-fort.

Peut-être avait-elle finalement attendu tout ce temps pour se venger. Incroyable. Jamais il ne l'aurait imaginé. Avait-elle suffisamment d'éléments pour savoir ce qu'il fallait chercher ? Est-ce que Rusty lui-même... L'air climatisé le fit frissonner. Il se leva et posa son assiette vide sur le comptoir à côté de l'évier. Il était sûr que Rusty ne s'était jamais douté...

— Oh, j'aimerais pouvoir appeler Eileen ! s'exclama Shannon.

Il jeta un coup d'œil à l'horloge de la cuisine qui reprenait plaisamment le thème porcin. Normalement, elle aurait dû sonner à chaque heure, mais il avait déprogrammé le mécanisme.

— Il est presque une heure et demie. Tu vas devoir attendre demain matin.

— Oh, zut ! dit-elle dépitée en posant son mug dans l'évier.

Un hurlement lugubre s'éleva soudain dehors. Calvin sursauta.

— Bon sang, Shannon, tu as encore oublié de faire rentrer Duke ?

— C'est ton chien, rétorqua sa femme. Moi, je voulais un joli petit shih tsu, mais non, tu as préféré cet énorme machin.

— C'est un sujet de race...

— Mais il pue. Et il coûte beaucoup trop cher. Je ne comprends pas pourquoi on n'a pas acheté un joli petit chien comme un carlin. As-tu vu celui d'Eileen ? C'est la chose la plus mignonne que j'aie jamais vue. On devrait se séparer de ce monstre.

Calvin soupira. Shannon avait raison. Duke, à part son impressionnant pedigree, était devenu une lourde charge dont il n'avait pas le temps de s'occuper. Il pourrait peut-être le laisser dehors pour cette nuit…

Un autre hurlement sinistre rompit le silence.

— Ne soit pas trop long, gazouilla Shannon, on va à l'église demain matin, puis nous aurons ce dîner où tu rencontreras tes électeurs, et lundi c'est l'audit de la banque, les vérificateurs des comptes viennent, c'est cela n'est-ce pas ?

— Non, répondit Calvin la main sur la poignée de la porte. Je les ai appelés aujourd'hui, l'audit est reporté.

Grâce à Dieu ! c'était du reste la seule bonne nouvelle de la journée, pensa-t-il avant de reprendre :

— Je pense que la banque va encore être examinée par la police lundi, et nous devons faire réparer les portes et la verrière avant de rouvrir.

— Bon, peu importe, en tout cas, le mieux c'est d'aller se coucher. Je ne parviens pas à croire que cette petite Turner Hastings ait pu faire une chose pareille, répéta-t-elle en montant l'escalier.

Calvin non plus.

Mais, à l'évidence, il valait mieux commencer à se faire à cette idée. Parce que la petite et insignifiante Turner Hastings venait de se transformer en une prodigieuse emmerdeuse.

6

— Je ne parviens pas à croire que cette petite Turner Hastings ait pu cambrioler la banque, dit Larson en secouant la tête, l'air abasourdi, sous la lumière des réverbères. C'est la bibliothécaire de la ville.

John frappa à la porte du petit cottage blanc.

— Il faut pourtant se rendre à l'évidence.

Ils s'étaient partagé le travail. Torelli allait interviewer la famille et les amis de Yoda et de Bob l'Éponge avec le shérif pendant que John et Larson s'occuperaient de Turner. Il avait fallu quelques heures pour obtenir le mandat de perquisition et il était maintenant presque deux heures du matin. Il était sûr que d'habitude, à cette heure-ci, cette petite rue était aussi tranquille qu'une tombe, mais cette nuit, la lumière brillait encore dans au moins quatre maisons et quelques personnes se tenaient devant leurs porches en les regardant. John frappa une nouvelle fois, au grand intérêt des voisins. Il ne fut pas surpris de ne pas obtenir de réponse. Il ne s'attendait pas à la trouver chez elle après ce qu'il avait vu sur la cassette. À tout hasard, il actionna la poignée.

La porte n'était pas fermée à clé.

Il ressentit une étrange excitation à l'idée de pénétrer dans la maison de cette femme. C'était peut-être le manque de sommeil. Ou bien cette incroyable attirance sexuelle qu'il avait ressentie brutalement en la voyant piller le coffre de la banque. C'était totalement inattendu et il essayait encore de comprendre ce qui lui était arrivé.

— Elle ferme sa porte d'habitude ? demanda-t-il à Larson en enfilant une paire de gants en latex et en en tendant une autre à l'adjoint du shérif.

— Je ne sais pas.

— Bon, en tout cas, tu ne déranges rien, d'accord ?

— Oui, monsieur, répondit Larson, vexé.

John fit claquer ses gants, poussa le battant de la porte et alluma la lumière. Le cottage ne devait pas occuper plus de quatre-vingts mètres carrés tout compris. La porte d'entrée menait directement dans un salon meublé d'un vieux canapé vert, d'un beau rocking-chair en bois sculpté, d'un téléviseur âgé d'au moins dix ans et de quelques plantes. Le canapé était un modèle deux places et l'assise avait l'air raide. Il ne semblait pas confortable pour un homme, en tout cas pour un homme de sa taille. Une odeur légère et terriblement excitante flottait dans l'air mais il ne parvenait pas à la définir.

— Elle a un petit ami ? demanda John en inspectant les étagères en face du poste de télévision.

Ses pas résonnaient sur le plancher en bois. Peut-être l'intérêt particulier qu'il portait à cette femme tenait-il au fait que justement c'était une femme, et de surcroît une femme fugitive. Il sentait pourtant qu'il y avait autre chose. Il avait poursuivi de nombreuses criminelles dans le passé, mais c'était la première fois qu'il éprouvait une telle excitation. Merde, il ne serait jamais un bon flic si le seul fait de voir une braqueuse en pleine action le mettait dans un état pareil !

— Je ne crois pas, répondit Larson lentement, non, ça se saurait à Winosha si elle était sortie avec quelqu'un. Je ne pense pas qu'elle ait fréquenté qui que ce soit depuis sa rupture avec Todd Frazer.

— C'était quand ?

— Il y a quatre ans, je crois. Il s'est marié depuis.

— Ah oui ?

John plissa les yeux pour lire les titres des livres rangés dans la bibliothèque. Jane Austen, Edgar Allen Poe, Faulkner, Barbar Kingsolver, et toute une rangée de Graham Greene. Waouh ! Il prit *Notre agent à la Havane*, l'un de ses livres favoris. Certaines pages étaient cornées et l'édition avait au moins quinze ans. À l'évidence, elle l'avait lu plus d'une fois.

— Qu'est-ce qu'on cherche ? demanda Larson derrière lui.

— Je n'en sais rien, répondit John en remettant le livre en place.

Il n'y avait pas l'air conditionné dans le cottage, et, bien que la nuit fût avancée l'air était étouffant. Sous sa chemise et sa veste, il sentait des gouttes de sueur perler à hauteur de sa nuque et ruisseler le long de son dos. Il jeta un coup d'œil à la pièce. Une petite table surmontée d'un miroir se trouvait juste à côté de la porte d'entrée. Sans doute pour qu'elle vérifie sa tenue avant de sortir. Il le dépassa, fit quelques pas puis revint en arrière. Sur la table, il y avait un vase bleu et vert et une paire de lunettes en écaille. John fronça les sourcils. Elles ressemblaient à celles qu'elle portait sur la cassette de surveillance de la banque. Elle devait en avoir plusieurs paires. Il les prit, regarda à travers et les tendit à Larson en grognant.

— Tu vois quelque chose ?

L'adjoint les mit sur son nez, regarda, puis dit :

— Non. Je devrais ?

— Elles sont neutres.

— Et donc ? demanda Larson en les remettant sur son nez.

— La plupart des gens qui portent des lunettes de vue ont des verres correcteurs.

— Oh !

Pourquoi les portait-elle ? Pour se donner un air intellectuel ? Il avait entendu dire que certaines femmes qui travaillaient dans des professions dominées par les hommes choisissaient ce genre d'artifice. Mais elle était bibliothécaire, bon sang ! Il sentit la sueur lui couler le long de l'échine. C'était peut-être parce qu'il la soupçonnait de jouer un rôle. Mais il avait déjà mené des poursuites contre de vrais artistes du crime, cela ne l'avait jamais remué à ce point. Qu'avait donc cette femme pour le mettre dans cet état ? Il revint vers le téléviseur. Sur le canapé, le *Chicago Tribune* était plié à la page des mots croisés du samedi. Il l'examina sans le toucher. Elle avait rempli toutes les cases, à l'encre. Larson passait les livres en revue, il leva les sourcils en déchiffrant les titres. John mit la télé en marche : PBS, le choix de la chaîne ne le surprit pas. Il l'éteignit et alla dans la cuisine, en allumant la suspension au passage. La pièce était minuscule, et impeccable, comme il s'y attendait. Un torchon coloré pendait à côté de l'évier. En face de celui-ci il y avait une petite table en fer forgé peinte en blanc et deux chaises contre le mur. Un calendrier représentant un paysage d'Europe était pendu à côté du téléphone. John le feuilleta. Les pages étaient vierges de toute annotation. Il décrocha le téléphone et appuya sur la touche rappel. Il entendit environ treize sonneries avant que quelqu'un réponde.

— Quoi ? grommela une voix âgée.

— Je suis l'agent spécial MacKinnon du FBI. Identifiez-vous s'il vous plaît, monsieur.

On raccrocha.

John haussa les sourcils et raccrocha à son tour. Il ouvrit la porte du frigo : de la nourriture féminine, yaourts, laitue, pommes. Mais il y avait aussi du lait entier, ce qui était intéressant, même si cette découverte ne lui était d'aucune aide. Peu de gens buvaient encore du lait entier de nos jours.

— Vérifie les derniers appels qu'elle a passés et ceux qu'elle a reçus, et vois si certains font partie de sa liste de numérotation abrégée. Après, tu vérifieras les placards et le congélateur. Je m'occupe de la chambre.

Pour une raison obscure, il ne voulait pas que l'homme qui l'accompagnait fût à ses côtés quand il fouillerait dans la lingerie de Turner.

— D'accord, répondit l'adjoint.

John pénétra dans la petite chambre et alluma la lampe de chevet. Il n'y avait pas d'autre source de lumière dans la pièce. Le lit à une place – ce qui le fit sourire – était recouvert d'un édredon piqué à la main avec des tissus de différentes couleurs. Bien que l'odeur fût plus perceptible désormais, il ne parvenait toujours pas à l'identifier. Il ouvrit la porte du placard et prit, dans une poche intérieure, une petite lampe torche pour l'éclairer. Des rangées de robes et de jupes noires, les jumelles de ce qu'elle portait sur la cassette. Sur le sol, s'alignaient cinq paires de chaussures noires et plates qui se ressemblaient toutes mais qui sans doute présentaient de subtiles différences aux yeux d'une femme. Il repoussa les robes pour regarder ce qu'il y avait derrière. Dans l'angle du placard, sur le sol, il trouva une paire d'escarpins rouges à haut talon.

Ses lèvres se plissèrent dans un sifflement silencieux, il se baissa et attrapa une des chaussures rouges au bout pointu et au talon fin retenu par une gracieuse bride. Très peu pratique et terriblement sexy. Il retourna l'escarpin dont le vernis rouge brilla dans la lumière. Taille 37. Il le compara avec une des ballerines posées sur le sol. La pointure était la même ; indéniablement, il lui appartenait. Il se tapota pensivement la cuisse avec le talon. Cet escarpin ne collait pas avec l'image que Turner projetait d'elle-même. Malgré le peu qu'il avait vu de la jeune femme et ce qu'il en avait appris, il ne la voyait pas porter ces chaussures rouges à Winosha. Que faisait-elle, toute seule la nuit chez elle, nantie de ces chaussures rouges à talons ? La vision le troublait. Il n'avait jamais résisté aux énigmes : découvrir ce que les gens pensaient et ce qui les faisait agir l'excitait au plus haut point… et jusqu'à présent, il ne comprenait absolument pas Turner. C'était peut-être très simple ; il prenait cela comme un challenge.

Il reposa la chaussure à côté de sa jumelle et se redressa. Il y avait autre chose. Quelque chose qui lui échappait. À côté du lit, sur l'habituelle petite table de chevet, il y avait un réveil et un cadre à photo. C'était un cliché d'amateur, un peu flou. Il montrait un homme d'une soixantaine d'années, un grand sourire éclairant son visage rougeaud. Il tenait une canne à pêche dans une main avec, suspendu au bout, un poisson de belle taille. L'arrière-plan représentait un lac. John ôta la photo du cadre et regarda au dos. Parfois, le laboratoire met son nom et la date du développement, mais pas cette fois. Il la remit en place. La table de chevet n'avait qu'un seul tiroir. Il contenait un tube de crème pour les mains, des pastilles pour la toux, quelques stylos et un petit livre dont la couverture brillante était décorée d'un collage de feuilles de satin pliées. John le feuilleta et écarquilla les yeux : de la littérature féminine érotique ! Il eut la vision soudaine de la petite miss Hastings blottie dans son lit minuscule et lisant ce livre. Elle porterait un tee-shirt d'homme et sa main ramperait jusqu'à...

— Trouvé quelque chose ? appela Larson depuis la cuisine.

John faillit laisser tomber le livre.

— Rien, répondit-il en toussant pour s'éclaircir la voix. Et toi ?

— Rien non plus, à moins que l'on considère que dix boîtes de sardines constituent un indice, répondit-il sur un ton dégoûté.

John sourit d'un air narquois, rangea le livre dans la table de chevet et referma le tiroir.

— Et les appels ?

— Les derniers ont été passés par Tommy Zucker, un vieux type qui vit au nord de la ville.

— Bon boulot.

John se dirigea lentement vers la coiffeuse sur laquelle était posée une boîte à bijoux remplie de colifichets sans valeur et d'un bracelet en argent terni. Il ouvrit l'un des tiroirs où étaient rangés des culottes et des soutiens-gorge en coton blanc. Dans un autre, il découvrit des chaussettes soigneusement pliées par paires. Tâtant le fond et les bords du tiroir, il sentit un morceau de métal froid. John le ramena dans la lumière. C'était une montre d'homme en métal avec le bracelet élastique. Il la retourna, sur le dos était gravé « Russel Turner, 1955 ». John revint à la photo posée sur la table de nuit. Il était presque sûr que l'homme à la canne à pêche portait une montre identique au poignet. Évidemment, vu la taille de la photo, il était impossible d'affirmer que c'était exactement la même, mais il aurait parié sa paie mensuelle que le pêcheur n'était autre que Russel Turner. Larson apparut à la porte.

— Je m'occupe de la salle de bains ?

— Oui, euh, non, attends une seconde, rectifia-t-il en lui montrant la photo, tu connais ce type ?

— Oui, monsieur, répondit Larson en avançant dans la chambre. C'était Rusty Turner. L'oncle de Turner.

— C'était ?

— Il est mort il y a trois, non, quatre ans, dit l'adjoint en se grattant le cou. Il y a eu un gros scandale. Monsieur Hyman a découvert qu'il détournait les fonds de la banque et il l'a viré.

— Vraiment ? Et malgré cela il a employé Turner à mi-temps ?

— Ce n'était pas sa faute à elle, rétorqua Larson en haussant les épaules, et puis cela s'est passé il y a quatre ans. Monsieur Hyman sait pardonner.

— Et Turner Hastings ?

— Pardon ?

— Rien, laisse tomber dit John en reposant le cadre à photo. Tu as fini dans la cuisine ?

— Oui, monsieur, j'allais m'occuper de la salle de bains.

John revint vers la coiffeuse et ouvrit d'autres tiroirs inexplorés. Il trouva des sweat-shirts et des jeans. Au moins, il lui arrivait parfois de s'habiller normalement. Le tiroir suivant ne comportait que des pyjamas, tous en pilou. Cette jeune femme avait un besoin urgent de consulter un catalogue de chez Victoria Secret. Au fond, il trouva une petite pochette en jean fermée par un cordon.

John ouvrit le sac, il n'eut pas besoin de regarder dedans pour savoir ce qu'il contenait. Des aiguilles de pin. Il comprit enfin que c'était l'odeur qu'il cherchait à identifier depuis qu'il était entré dans cette maison. L'odeur des pins. Pas un parfum artificiel de détergent industriel, mais l'odeur acide, verte et légère de la forêt. Il éleva sa main jusqu'à son nez et vit soudain les montagnes bleues du Wyoming. Avec précaution, il replaça la pochette dans le tiroir.

John regarda la chambre autour de lui. Le seul mobilier restant était un petit bureau dans le coin de la pièce. Il tira la chaise en bois et s'assit devant. C'était un meuble ancien en bois sombre et aux pieds travaillés, avec deux petits tiroirs de chaque côté et un grand au fond. Le plateau central, sur lequel on pouvait écrire, coulissait sur une rangée de petits casiers. John ouvrit le tiroir du fond, il était rempli de photos éparpillées, comme les feuilles d'un arbre tombées à l'automne. Il étala le tas de photos du bout de son index. Ici, un cliché en noir et blanc d'une femme avec un bébé et un petit garçon. Là, un jeune homme arborant fièrement la robe noire et la toque portée par les étudiants lors de la remise de leurs diplômes universitaires. Sur de nombreuses prises de vue, il reconnut le visage rougeaud de Russel, toujours souriant. John fouilla dans le tas jusqu'à ce qu'il trouve une photo de Turner elle-même. Elle avait l'air d'avoir seize ou dix-sept ans, avec son short et son petit haut, et était assise sur les marches en bois d'une maison. Elle souriait timidement au photographe. Ses yeux verts et fendus lui donnaient un regard de chat. Il contempla la photo pendant quelques secondes, son pouce caressant doucement le petit visage de Turner. Il remit le cliché dans le tas, referma le tiroir et ouvrit celui de droite. À l'intérieur, il trouva son carnet de chèques. Il consulta le solde du compte. Turner était méticuleuse, chaque chèque était parfaitement noté et d'après la dernière ligne, elle avait 1 056,73 dollars sur son compte courant. Elle avait aussi un compte épargne avec plus de cinq mille dollars dessus. Il exhuma des casiers quantité de trombones, des stylos, une calculatrice et deux factures impayées, une de chez Visa et une d'essence. Les comptes de ses deux cartes de crédit avaient été alimentés, si bien qu'à moins que Turner n'ait des factures en suspens, il était clair qu'elle n'avait pas vidé le coffre-fort de Hyman pour l'argent.

Intéressant.

John ouvrit le dernier tiroir, celui qui était à sa gauche. Il découvrit un petit agenda noir. Il le parcourut en souriant. Elle avait visiblement commencé l'année en prenant de bonnes résolutions. Janvier et février présentaient des listes de choses à faire avec des dates précises, lesquelles s'espaçaient en mars et avril, et, au mois d'août, il n'y avait plus rien. Il retourna à la première page, celle où l'on peut inscrire les informations d'usage. Turner avait bien fait les choses, elle était apparemment dans sa période bonnes résolutions quand elle l'avait remplie. Il n'y avait aucun espace vide, y compris celui mentionnant son numéro de portable.

Wah.

John prit son téléphone et composa les chiffres notés sur l'agenda.

7

Le téléphone sonna dans le noir et pendant quelques instants, Turner fut désorientée. Pourquoi n'était-elle pas dans son lit ? Où était sa table de chevet ?

Puis la mémoire lui revint.

Elle avait cambriolé le coffre-fort de Calvin Hyman et elle était dans la Chevy bleu ciel de Tommy. Elle s'assit et frotta son dos douloureux. Le siège avant en vinyle de la Chevrolet avait beau être spacieux, il était loin d'être confortable. Elle avait décidé de passer la nuit sur le bas-côté d'une petite route secondaire, un de ces petits chemins menant aux nombreux lacs qui étaient l'un des attraits de la région de Winosha. L'endroit avait l'avantage d'être désert et isolé, mais à cette heure de la nuit il y faisait aussi noir que dans un four.

La sonnerie retentit à nouveau.

Elle pressa un bouton sur sa montre afin de lire l'heure, il était 2 h 34 du matin. Qui pouvait bien l'appeler ? Elle fouilla à l'aveuglette dans son sac et en sortit le téléphone. Le numéro affiché lui était inconnu et elle hésita un moment avant de répondre.

— Allô ?

— Turner Hastings ?

La voix était lente, profonde, virile.

Bien que la nuit fût chaude, elle sentit un frisson la parcourir. Le ton était officiel.

— Oui ?

— Je suis l'agent spécial John MacKinnon du FBI. Je voudrais vous poser quelques questions.

Elle s'y attendait tôt ou tard, mais pourtant cela lui fit un choc qu'ils aient réussi à la contacter si vite. Elle n'eut aucune peine à masquer sa surprise, cela faisait pas mal d'années qu'elle s'entraînait à dissimuler ce qu'elle pensait.

— Je vous écoute.

Elle avait lu quelque part qu'il était possible de localiser les appels reçus sur un téléphone portable mais que ce n'était pas simple. Néanmoins, ce n'était pas une raison pour s'éterniser au bout du fil.

— J'espérais que vous pourriez revenir à Winosha, j'aimerais avoir une petite conversation avec vous, dit l'agent du FBI avec ironie.

— Oh, je suis désolée, monsieur MacKinnon, répondit-elle très poliment comme si elle déclinait l'offre d'un démarcheur en aspirateurs, je crains que cela ne soit pas possible.

— Le problème, mademoiselle, c'est que nous avons entre les mains, une cassette de télésurveillance d'une banque sur laquelle vous apparaissez en train de voler le contenu du coffre-fort de Calvin Hyman. Je vous suggère de venir ici pour que nous puissions tirer cela au clair.

— Je ne pense pas pouvoir me déplacer prochainement afin, comme vous le dites, de tirer tout cela au clair. Cela dit, monsieur MacKinnon, vous avez tout à fait raison, j'ai bien dérobé le contenu du coffre-fort de Calvin.

Et elle raccrocha.

Turner ouvrit sa valise et chercha à tâtons un des bocaux de harengs salés. Ce réveil nocturne lui avait donné faim. Au moment où elle venait de dévisser le couvercle, le téléphone sonna pour la troisième fois. Elle saisit délicatement un morceau de poisson entre le pouce et l'index et le dégusta en prenant tout son temps et en contemplant le bruyant téléphone posé à côté d'elle sur le siège passager. Elle savait qu'il eût été beaucoup plus sage de ne pas répondre, mais elle avait du mal à résister à la tentation. La curiosité avait toujours été un problème pour elle.

— Oui ?

— Trois choses, mademoiselle.

Il avait vraiment une voix sexy. Évidemment, il devait être chauve, avoir une cinquantaine d'années, de la bedaine et une mauvaise haleine.

— Oui ?

— La première, au FBI nous souhaitons que l'on s'adresse à nous ainsi : agent spécial, suivi du nom de famille.

— J'essaierai de m'en souvenir, répondit Turner d'une voix pénétrée. La deuxième ?

— Je souhaite vraiment que vous veniez jusqu'ici.

— Je suis vraiment navrée, agent spécial MacKinnon, mais cela n'entre pas dans mes plans de me faire arrêter cette nuit.

Une pause.

— Vraiment ? Et qu'est-ce qui entre dans vos plans cette nuit ?

— Je ne crois pas que répondre à votre question servirait mes intérêts.

— Ah. Et que diriez-vous d'une tasse de café ?

Turner éloigna le téléphone de son oreille et le regarda interloquée.

— Est-ce que c'est un rendez-vous ?

— Qui sait ?

Intriguée, elle demanda :

— Et où voudriez-vous m'inviter à boire un café à cette heure de la nuit ? Au Kwik Trip ?

— Je suis certain qu'ils font du très bon café.

— Visiblement, vous ne l'avez jamais goûté.

— Alors, il y a ce café en ville…

— Il n'ouvre pas avant six heures du matin. C'est une petite ville, agent spécial MacKinnon. Par ailleurs, ne risquez-vous pas de tout gâcher lorsque vous me passerez les menottes ?

— On pourrait garder cela pour plus tard.

Jonglant difficilement entre le téléphone et le bocal, elle attrapa un autre morceau de poisson qu'elle grignota.

— Est-ce que proposer un rendez-vous à une fugitive n'est pas une étrange façon de la capturer ?

— Ce n'est pas une technique que j'utilise fréquemment.

— J'espère bien que non, dit Turner en fronçant les sourcils. Cela me déplairait fortement de savoir que mes impôts sont gaspillés de cette manière.

— Les impôts sont une préoccupation pour chacun d'entre nous.

— On a de bonnes raisons pour cela !

Il soupira.

— Dois-je comprendre que c'est non ?

— Je le crains, dit Turner en saisissant une petite rondelle d'oignon.

— Qu'est-ce que vous mangez ?

— Des harengs marinés.

— Des quoi ?

Non mais ce type sortait d'où ?

— Des harengs, répéta-t-elle en levant les yeux au ciel, vous savez, le poisson.

— Du poisson mariné !

Le ton était pince-sans-rire mais elle sentit malgré tout une pointe d'horreur.

— Oui. C'est délicieux, dit-elle en souriant.

— Je vous crois volontiers sur parole, mademoiselle.

— Eh bien, vous le pouvez, répondit-elle d'une voix acerbe, d'où venez-vous pour ne jamais avoir entendu parler de harengs marinés ?

— Wyoming.

Elle eut la vision soudaine du cow-boy avec jambières de cuir et bottes poussiéreuses, le chapeau rabattu sur les yeux. *Arrête !*

— Maintenant que vous êtes dans le Wisconsin, vous devriez goûter à la cuisine locale.

— Je crois que je vais m'en tenir aux cheese curds, vos beignets au fromage.

— Et au poulet.

— Oui, mademoiselle. En tout cas, s'il faut choisir entre poulet et poisson mariné. Mais pas s'il y a une autre option.

D'une voix très lente, presque un grognement, il ajouta :

— Voulez-vous me dire maintenant où vous êtes ?

Elle frissonna.

— Pas vraiment, non.

— Cela simplifierait les choses.

— Pour vous peut-être, mais pas pour moi.

Pourquoi ce type badinait-il avec elle ainsi ? Méfiante, elle demanda :

— Ne seriez-vous pas en train d'essayer de me localiser ?

— Ce ne serait pas bête, dit-il à mi-voix comme s'il se parlait à lui-même.

— Cela veut dire que vous n'êtes pas en train de le faire ? demanda-t-elle, soupçonneuse.

Ce n'est pas comme cela qu'elle s'imaginait les relations entre un agent du FBI et un suspect.

— Eh bien…

— Je ne suis pas née de la dernière pluie, vous savez.

Les gens avaient parfois des *a priori* curieux sur les habitants des petites villes.

— Non, mademoiselle.

— Est-ce que, par hasard, vous vous moqueriez de moi ?

— Je m'en garderais bien.

— Mouais, dit-elle en regardant la nuit noire à travers le pare-brise devant elle. Et c'était quoi la troisième chose ? Vous disiez que vous vouliez me parler de trois choses ?

Il y eut une pause, et quand il reprit la parole sa voix était redevenue sérieuse.

— J'attrape toujours les hommes que je poursuis. Et les femmes aussi.

Turner écarquilla les yeux. Elle aurait pu rire, la phrase était tellement mélodramatique, mais venant de lui, avec cette sonorité profonde, ce ton si sûr de lui, cette intonation franche, elle sut qu'il disait la vérité.

La panique la submergea. Elle raccrocha brutalement et jeta le téléphone sur le siège voisin. Elle revissa précipitamment le bocal de harengs, mit le contact et reprit la route en sens inverse sans savoir où elle allait. Elle avait besoin de bouger.

Cela faisait trop longtemps qu'elle n'avait pas eu quelqu'un à qui parler. Vraiment parler. Quelqu'un qui la connaisse sous son identité de Turner la Femme et non pas Turner la Bibliothécaire d'une petite ville. Durant ces quatre années où elle avait attendu de réaliser son objectif, elle était devenue vulnérable. C'était la première fois que quelqu'un – un homme – lui manifestait un soupçon de sympathie et semblait avoir le même sens de l'humour qu'elle, et voilà qu'elle se sentait toute ramollie.

Mais si elle se laissait aller, elle finirait en prison. Ou pire.

Le mieux était de garder son sang-froid.

8

Le lendemain après-midi, en se garant devant la petite agence immobilière de Todd Frazer, John se dit qu'il avait fait le mauvais choix question restaurant. Il faut dire qu'en la matière, Winosha n'offrait qu'un éventail assez restreint. À part le café où il avait pris son petit déjeuner – et qui portait le nom peu attirant de Grill la Friture –, il n'y avait guère que le bar de la station-service du coin qui proposait des pizzas. Larson et lui avaient besoin de se détendre, ils avaient passé la matinée à parler avec la caissière rousse et celle-ci s'était montrée plutôt hostile, ce qui n'avait pas amélioré sa tension. Elle semblait considérer le vol de Turner comme un affront personnel. Si l'on y ajoutait sa relation sentimentale mouvementée avec l'adjoint du shérif – visiblement ils venaient de rompre –, autant dire que l'interrogatoire n'avait pas été un moment très agréable. Ils avaient ensuite cherché un endroit pour manger un morceau. John avait commandé une pizza au chorizo qu'il avait réussi à ingurgiter grâce à des litres de Coca light. Une heure plus tard, il souffrait de brûlures d'estomac. Génial. Si la journée continuait à ce rythme, il finirait avec un ulcère ou une crise cardiaque.

L'agence immobilière de Frazer était installée dans une maison en préfabriqué avec des marches en contreplaqué et une rampe en bois blanc. Planté dans l'herbe, un panneau indiquait « Agence immobilière Big Woods ». Ils s'étaient d'abord rendus chez Frazer mais ils avaient fait chou blanc, apparemment le type travaillait le dimanche. Avant même de le rencontrer, John savait qu'il ne l'apprécierait pas. Larson et lui grimpèrent les marches et entrèrent. La petite pièce était tellement glaciale qu'il sentit aussitôt la sueur geler le long de son dos. Le sol était recouvert d'une banale moquette grise. En face d'eux, un simple bureau occupait le centre de la pièce. Le long du mur, deux chaises encadraient bizarrement une plante verte. Une jeune femme aux longs cheveux noirs se tenait assise derrière le bureau. Elle parut surprise de les voir. Il ne devait pas y avoir beaucoup de visites le dimanche. À moins que ce fût la vue de l'uniforme de Larson.

— Puis-je vous aider ?

— Je cherche Todd Frazer, répondit John en lui montrant sa plaque.

Elle le dévisagea d'un air interloqué.

— Il est rentré chez lui pour le déjeuner.

Son regard affolé chercha celui de Larson comme pour l'implorer de confirmer qu'elle ne mentait pas.

— On a dû le rater, alors. Est-ce qu'il doit revenir après le déjeuner ? demanda John gentiment.

— Euh, je crois, dit-elle en jetant un coup d'œil vague autour d'elle.

— Bien, alors nous allons l'attendre, ajouta John qui s'assit dans l'une des chaises en plastique en ignorant l'air inquiet de la réceptionniste.

Larson demanda où se trouvaient les toilettes et, muni de l'information, quitta la pièce. La fille dévisagea John en silence. Il soupira.

— Auriez-vous des cachets pour l'estomac ?

Elle sursauta et fouilla son bureau du regard comme si elle s'attendait à en découvrir soudain une boîte devant elle.

— Non, je suis désolée. Voulez-vous que j'aille vous en chercher ?

— Non merci, ça va.

Pas du tout…

La réceptionniste continuait à le regarder fixement. John réprima une furieuse envie de lui montrer les dents, mais il jugea plus sage de fermer les yeux.

Torelli et lui avaient réservé deux chambres dans un petit motel familial parce que les deux autres motels appartenant à une chaîne étaient complets. Saison touristique oblige. Il n'avait pas passé beaucoup de temps dans sa chambre – ils étaient arrivés au motel à trois heures du matin et il s'était levé à l'aube –, le matelas était trop mince et son oreiller avait le confort et le moelleux d'un vieux morceau de mousse. Ajouté à cela le cliquetis de la climatisation – qui, malgré le bruit qu'elle faisait, ne rafraîchissait rien du tout –, il n'avait quasiment pas fermé l'œil. Il était probable que le manque de sommeil aggravât les risques d'ulcère et de crise cardiaque…

Et puis il y avait eu ce coup de fil avec Turner Hastings.

Sa voix rauque l'avait surpris, sans doute qu'inconsciemment il s'était attendu à un timbre plus clair, plus aigu, parce qu'elle était petite. Mais elle avait au contraire la voix basse et enrouée d'une femme qui a crié. Ou d'une femme qui n'a pas parlé depuis très longtemps à quelqu'un. Ou d'une femme qui se réveille. Il était intrigué : qu'est-ce qui l'avait empêchée de parler, de vivre ? Son appel ne l'avait pas alarmée. Ils auraient aussi bien pu parler de la météo que des charges qui pesaient contre elle et qui risquaient de la mener en prison. Elle était intelligente, elle devait bien savoir qu'elle était plongée dans les problèmes jusqu'au cou, mais elle n'avait pas du tout l'air d'être décontenancée. La bravade et la désinvolture de cette femme n'auraient pas dû lui faire autant d'effet.

Et pourtant c'était le cas.

La porte s'ouvrit, John leva les yeux. L'homme qui venait d'entrer avait une quarantaine d'années, il était mince, mesurait environ un mètre soixante et portait des lunettes à monture en acier. Il s'arrêta et regarda la réceptionniste d'un air interrogateur, celle-ci roula des yeux exagérément en désignant John.

— Puis-je vous aider ? demanda l'homme qui, sans le savoir, répéta la première phrase que la jeune femme avait elle-même prononcée.

Larson choisit ce moment pour émerger des toilettes. Frazer, si c'était lui, regarda l'adjoint d'un air confus.

— Que se passe-t-il ?

John se leva.

— Je suis l'agent spécial John MacKinnon du FBI, j'aimerais vous poser quelques questions, monsieur Frazer, si vous n'y voyez pas d'inconvénient.

Le ton était aimable et la demande poliment formulée, mais si le type en face de lui avait un tant soit peu de cervelle, il devait comprendre qu'il n'avait pas le choix.

— Euh, bien sûr, répondit Frazer aussitôt, montrant ainsi qu'il n'était pas complètement idiot. Euh, Sylvie, prenez mes appels, s'il vous plaît.

L'air toujours aussi surpris, il ouvrit la porte de son bureau, une pièce meublée de trois armoires de rangement en métal et d'un grand bureau, en métal lui aussi. Frazer en fit le tour et tenta de restaurer son autorité en s'asseyant dans le fauteuil pivotant destiné à impressionner ses visiteurs. John se dirigea nonchalamment vers les armoires. Sur le mur, étaient accrochés des cadres à photos.

— Si j'ai bien compris, Turner Hastings et vous êtes sortis ensemble ?

— Oui, répondit Frazer en fronçant les sourcils, nous avons même été fiancés.

— Pendant combien de temps ?

Une première série de photos montrait une petite jeune femme blonde avec un gros ventre. On la voyait ensuite tenir dans ses bras un bébé blond aux cheveux filasses.

— Presque un an, répondit Frazer en jetant un coup d'œil à Larson qui lui rendit un regard impénétrable. Mais c'était il y a quatre ans ; depuis, j'ai épousé Debbie, cela fait trois ans que nous sommes mariés. Pourquoi me posez-vous des questions sur Turner ?

— Avez-vous vu miss Hastings récemment ?

— Pas récemment.

John le regarda silencieusement, attendant la suite. Frazer se troubla, rougit et ajouta :

— Nous faisons partie de la même Église, je l'ai probablement vue là-bas le mois dernier.

— Quand ?

— Quatre semaines, six peut-être, dit-il en regardant à nouveau Larson. Je ne me souviens pas. Ma femme a dû la voir plus récemment, elle emmène Collins à la bibliothèque pour le club de lecture.

— Votre femme sait-elle que vous avez été fiancés, miss Hastings et vous ?

— Toute la ville le sait, répondit Frazer en grognant, ce n'est un secret pour personne.

— Cela ne gêne pas votre femme ?

— Debbie sait que je l'aime, répliqua-t-il simplement.

John le dévisagea en silence pendant un moment avant de poursuivre.

— Pourquoi avez-vous rompu, miss Hastings et vous ?

— Écoutez, c'était il y a plus de quatre ans. En quoi cela peut-il vous intéresser ?

Comme dans la pièce adjacente, il y a avait deux chaises installées le long du mur. John en prit une et s'assit.

— Est-ce que, par hasard, vous auriez des cachets pour l'estomac ?

— Euh, c'est possible.

Frazer ouvrit un des tiroirs du bureau, fouilla un peu et en sortit un paquet à demi entamé qu'il lui tendit.

— Merci, dit John.

Il prit quatre cachets et lui rendit le reste, puis il reprit :

— Miss Hastings était à la banque le jour du braquage.

— Oui, je sais.

— Il semblerait que, dans la confusion qui a suivi, elle en ait profité pour ouvrir le coffre-fort de Calvin Hyman et pour en dérober le contenu.

— Quoi ? s'exclama Frazer l'air ahuri en secouant la tête, comme s'il doutait d'avoir bien entendu.

Sachant qu'il avait parfaitement compris ce qu'il venait de lui dire, John ne se donna pas la peine de répéter. Il prit tout son temps pour mastiquer les cachets plâtreux aux arômes artificiels de fruits, afin de laisser Frazer digérer la nouvelle.

— Mais pourquoi ? demanda ce dernier en retrouvant enfin la parole.

— C'est exactement ce que nous aimerions comprendre.

— Vous en êtes sûr ? demanda Frazer en secouant à nouveau la tête. Je veux dire… peut-être est-ce quelqu'un d'autre ?

— Non, dit John en avalant la mélasse qu'il avait dans la bouche, on la voit clairement sur la vidéo de surveillance de la banque.

— Cela n'a aucun sens. Je doute qu'elle ait besoin d'argent. Et ce truc qui s'est passé avec Calvin remonte à longtemps maintenant.

— Quel truc ?

— Toutes ces histoires avec son oncle, Rusty Turner, dit Frazer avec un coup d'œil à Larson. Vous en avez sûrement déjà entendu parler ?

— Et si vous me donniez votre propre version ?

— Eh bien, dit Frazer en se grattant la joue et en se redressant, Rusty Turner travaillait à la banque, en fait, il en était le vice-président. C'était un type sympa, tout le monde l'aimait bien dans cette ville, jusqu'à ce qu'on découvre qu'il détournait l'argent de la banque depuis plusieurs années.

John écarquilla les yeux.

— C'est Calvin qui s'en est aperçu et – Frazer haussa les épaules – il l'a viré. Calvin n'avait pas le choix. Personne ne peut garder un employé qui détourne de l'argent, surtout pas une banque.

— Quelle a été la réaction de Turner ?

— Comment voulez-vous qu'elle réagisse ? Tout le monde savait ce que Rusty avait fait. Je me souviens qu'elle en a voulu à Calvin, elle était furieuse contre lui mais elle s'en est remise.

S'en était-elle vraiment remise ? John étendit les jambes devant lui et les croisa à la hauteur de ses chevilles. Il joignit ses deux mains sur son ventre.

— Vous disiez que vous aviez rompu il y a quatre ans : est-ce que cette rupture s'est produite à la même époque que la découverte de ce détournement de fonds ?

— Un peu après, répondit Frazer, c'était juste après l'enterrement de Rusty. Je m'en souviens.

— Comment est-il mort ?

— Il a eu une crise cardiaque, expliqua Frazer, les yeux agrandis derrière ses lunettes. Ce n'était pas un meurtre, ni un truc bizarre, si c'est à cela que vous pensez. Il avait une soixantaine d'années, de la tension et du cholestérol, et un jour il est mort, c'est tout.

— Emporté par une crise cardiaque, dit John à mi-voix.

Il prit un trombone sur le bureau devant lui et le déplia machinalement.

— Oui, on peut dire cela comme ça, répondit Frazer avec raideur.

— Et pourquoi avez-vous rompu Turner et vous ?

— Je pense que nous avions évolué différemment. Vous savez ce que c'est. On se voit de moins en moins jusqu'à ce que, un beau jour, on se rende compte que la relation est morte sans qu'on s'en soit aperçu.

John hocha la tête.

— Et qui de vous deux a rompu ?

— Je me souviens que Turner m'a téléphoné un jour pour me dire qu'elle voulait me rendre ma bague. Je pense que l'on peut appeler cela une rupture officielle et cela s'est fait sans drame. Cela n'a pas été brutal : il y avait longtemps que c'était fini entre nous, je le savais et elle aussi, je pense.

Entre les doigts de John, le trombone était droit comme un i.

— Voyez-vous une raison pour laquelle elle pourrait en vouloir à Calvin aujourd'hui ?

— Non, répondit-il en écartant les bras dans un geste d'ignorance, tout cela n'a aucun sens.

— Vous ne voyez rien du tout ?

— Non, rien.

John resta silencieux. Le trombone avait maintenant une forme en spirale. Dans la pièce voisine, on entendait le cliquetis des ongles de Sylvie, la réceptionniste, sur le clavier de son ordinateur. Larson bougea sur sa chaise et la fit grincer.

— Enfin, je… je veux dire que si cela s'était passé il y a quatre ans, dit finalement Frazer lentement, j'aurais pu comprendre.

— Pourquoi cela ?

— À cette époque, elle était vraiment très en colère contre Calvin. Je me souviens même qu'à l'enterrement de Rusty, elle m'a dit qu'elle était sûre que Calvin avait détourné l'argent et avait fait porter le chapeau à Rusty.

— Et qu'avez-vous répondu ?

— Que pouvais-je lui dire ? maugréa Frazer. Elle était bouleversée par la mort de son oncle. Dans de telles circonstances, les gens ne sont pas forcément eux-mêmes et disent souvent des choses qui dépassent leur pensée.

— Vous croyez qu'elle ne pensait pas ce qu'elle disait au sujet de monsieur Hyman ? demanda John en le regardant fixement.

— Comment aurait-elle pu ? Calvin Hyman est le maire de cette ville. Politiquement et socialement, il est très actif ; était-ce plausible qu'il détourne de l'argent de sa propre banque ?

— Et, bien sûr, vous ne pouvez pas en dire autant de monsieur Turner ?

— Euh ?

John se leva et jeta négligemment le trombone-spirale sur le bureau de Frazer.

— En quoi était-ce plus plausible que le vice-président détourne de l'argent de sa propre banque ?

Depuis son fauteuil, Frazer leva les yeux et le dévisagea d'un air ébahi.

— Calvin a tout. Pourquoi aurait-il besoin de plus ?

John sourit.

— Croyez-en mon expérience, le désir n'a rien à voir avec le besoin.

9

Turner scruta son reflet dans le rétroviseur de la Chevy et, avec précaution, coupa une de ses mèches noires. Elle avait un peu peur de se couper les cheveux elle-même mais elle pouvait difficilement se rendre chez Bea, le salon de coiffure sur Main Street, pour demander une coupe et un brushing. En tout cas pas sans prendre le risque d'être arrêtée. Elle n'avait donc pas d'autre choix que de jouer des ciseaux et, à vrai dire, elle était assez satisfaite du résultat. Qu'elle n'ait pas cherché à reproduire un style en particulier aidait sans aucun doute. Elle donna un petit mouvement aux mèches qui encadraient son visage et jeta un coup d'œil à sa montre-bracelet. 17 h 50. Calvin et Shannon allaient bientôt rejoindre les membres de l'Église luthérienne pour le dîner. Celui-ci avait lieu le deuxième dimanche du mois, et les Hyman y participaient régulièrement. En tout cas depuis un an, après que Calvin eut décidé de poser sa candidature à la législature de l'État. Le législateur en poste était Mason Carter, mais ce dernier avait annoncé qu'il prendrait sa retraite à la fin de son mandat en raison de problèmes de santé. Carter appuyait la candidature de Calvin et comme ce siège revenait traditionnellement à un républicain, c'était pratiquement du tout cuit pour Calvin. Si tout se passait comme prévu, d'ici deux semaines, il recevrait l'investiture de son parti.

Turner soupira et se regarda à nouveau dans le rétroviseur. Elle avait l'impression que ses cheveux étaient un peu plus longs à gauche qu'à droite mais c'était difficile de juger dans le petit miroir. Elle haussa les épaules et rangea les ciseaux.

Elle entendit un bruit de moteur sur le petit chemin. Bien qu'elle eût pris la précaution de dissimuler la Chevy sous le couvert des arbres pour qu'on ne devine pas sa présence, instinctivement elle se coucha sur le siège.

La voiture s'éloigna.

Elle sortit ses jumelles et se mit à genoux pour regarder par la vitre arrière de la Chevy. Depuis l'endroit où elle se trouvait, elle pouvait distinguer la route du comté que le véhicule qu'elle guettait devait emprunter. Une minute plus tard, une voiture passa. Elle reconnut la Cadillac couleur crème de Calvin. Bien joué ! Elle attendit encore dix minutes, au cas où ils auraient oublié quelque chose et décideraient de faire demi-tour. Mais ils ne revinrent pas. Elle enfila ses gants, prit un petit sac en papier et sortit du pick-up. La température n'avait pas baissé et le temps qu'elle remonte le chemin jusqu'à l'allée, ses nouveaux cheveux courts étaient déjà moites de transpiration.

Les Hyman habitaient une maison neuve recouverte de briques pâles. Une monstruosité à deux étages avec une multitude de pignons et deux colonnes encadrant la porte d'entrée et montant jusqu'au toit. Située en dehors de la ville, la propriété couvrait deux hectares et demi. Une pelouse parfaitement entretenue s'étendait devant la maison et descendait jusqu'à la route, formant un puissant contraste avec les bois sombres qui l'entouraient. Les Hyman devaient dépenser une petite fortune en arrosage. Turner remonta l'allée gravillonnée sans craindre d'être vue, les plus proches voisins étant à un kilomètre. Elle contourna la maison et s'arrêta net. Un chien noir et blanc, assis au milieu d'un chenil entouré d'un grillage, la regardait. Il était énorme et se tenait totalement immobile. C'était peut-être un dalmatien géant, ou plutôt un danois, mais quoi qu'il en soit il la fixait, ses grandes oreilles tendues vers elle. Son cœur manqua un battement avant qu'elle se rende compte que l'animal ne pouvait pas sortir du chenil. Turner se faufila jusqu'au patio situé à l'arrière de la maison. Le dogue se leva, sa langue rose pendant entre ses impressionnantes mâchoires. Il avait l'air d'avoir chaud – ce qui n'était pas étonnant car le chenil était en plein soleil. Cela ressemblait bien à Calvin de laisser un chien dehors avec un temps pareil, sans possibilité de se mettre à l'ombre. Elle s'attendait à ce qu'il se mette à aboyer mais il la regarda s'approcher de la maison sans broncher. Sous le patio, il y avait une table et des chaises en teck, et, sur le côté, un barbecue au gaz dernier cri. Deux portes vitrées donnaient sur la cuisine. Elle les examina pendant une bonne minute. Zut, elle aurait dû prévoir un marteau. Mais la collection de cochons en terre cuite artistiquement disposés dans la plate-bande du patio ferait l'affaire. Turner choisit celui des porcs qui avait l'air le plus suffisant – assis sur son derrière, il se fendait d'un sourire fat –, le souleva avec effort et le lança contre la vitre. Celle-ci explosa dans un vacarme assourdissant. La jeune femme jeta un coup d'œil pardessus son épaule. Le chien la regardait toujours mais ne semblait pas alarmé le moins du monde. Ce n'était peut-être pas la première fois qu'il assistait à un cambriolage. À l'aide d'une spatule trouvée sur le barbecue, Turner dégagea les plus gros éclats de verre restés accrochés à la porte, puis pénétra à l'intérieur. Le plafond de la cuisine était en forme de voûte. Au-dessus de l'îlot central, accrochée à une poutre patinée, une suspension supportait une série de casseroles en cuivre. Le décorateur avait apparemment choisi le thème des régions de France, mais à un moment, entre la conception et l'exécution, il avait dû être attaqué par une armée de porcs. Des cochons gambadaient sur le papier peint, batifolaient sur les rideaux au-dessus de l'évier, et se promenaient sur le comptoir à la queue leu leu, du plus petit au plus grand, sous la forme de pots en céramique. Turner cligna des yeux, interloquée par le décor, puis elle se ressaisit et se dirigea vers l'entrée. Elle passa devant une salle de bains, traversa un immense salon où trônait une cheminée gigantesque, avisa un escalier et, au fond, une chambre d'amis vide. Elle revint vers l'escalier qu'elle gravit. La chambre principale occupait la quasi-totalité de l'étage. Elle s'arrêta à la porte et inspecta la pièce du regard mais ne vit pas ce qu'elle cherchait. Elle poursuivit sa visite. La pièce suivante était un bureau. Bingo ! À l'évidence, d'après la décoration, c'était celui de Calvin. Cette fois, pas un seul cochon en vue mais des poissons nageant sur une frise en bordure du plafond. Un angle de la pièce était occupé par une bibliothèque. Au centre, se trouvaient un grand bureau noir et une table supportant un écran d'ordinateur et un clavier.

Turner se retint de pousser un cri de joie. Elle s'assit devant le bureau et pianota sur le clavier, puis elle fit le tour de la pièce en attendant que l'ordinateur se mette en marche. Parmi les livres de la bibliothèque, elle reconnut le *Da Vinci Code*, deux livres de Clive Cusslers, des ouvrages sur la pêche, et toute une rangée de *Chicken Soup*. Des instruments de navigation en cuivre étaient artistiquement disposés sur les étagères – comme si Calvin savait se servir d'un sextant ! Une photo dans un cadre le montrait en compagnie de plusieurs types, sur un lac gelé, brandissant fièrement un poisson mort. Elle regarda attentivement le cliché. Un poisson mort et couvert de givre. Ils devaient pratiquer la pêche sur glace. L'un des hommes ressemblait à un ancien gouverneur républicain. Elle eut une moue de mépris et se mit à ouvrir les tiroirs. Dans celui du milieu, elle trouva des agrafes, des trombones, des stylos, des Post-it et un porte-clés avec quatre clés. Au fond, elle découvrit des papiers, les feuilleta rapidement mais ne vit rien de compromettant. Avant de poursuivre, elle décida d'explorer le contenu de l'ordinateur, c'était après tout la source d'information la plus probable. En fond d'écran, Calvin avait choisi un dessin animé montrant des petits poissons sautant par-dessus un canot. Elle ouvrit *Mes documents* et trouva une liste de dossiers. Dix minutes plus tard, elle se rassit, frustrée. Elle n'était pas une spécialiste en matière d'informatique mais elle en savait autant que la moyenne et elle se débrouillait suffisamment pour se rendre compte qu'il n'y avait là aucune trace de dossier comptable. Zut. Et pourtant Calvin devait bien garder des livres comptables quelque part, sinon comment aurait-il pu suivre la trace de l'argent qu'il détournait à la banque ? En profitant du braquage pour ouvrir son coffre, elle avait pris un risque. Elle avait misé gros mais elle avait perdu son pari. Elle s'attendait à y trouver un disque informatique ou même carrément un livre de comptes avec le détail des sommes qu'il avait volées à la banque.

S'il n'avait rien conservé…

Non, elle refusait d'envisager cette possibilité. Penser qu'il n'y avait ni disque ni trace de ses crimes lui était insupportable. Une preuve devait exister quelque part, et elle la trouverait.

Elle ouvrit d'autres tiroirs du bureau. Celui de droite contenait un pistolet noir. Elle espérait qu'il n'était pas chargé. Le suivant renfermait divers documents, l'assurance de la maison, des garanties, des dossiers médicaux, la copie d'assurance automobile et des factures. Si l'historique de ses comptes n'était pas sur son ordinateur, où les rangeait-il ? En tout cas sûrement pas dans son bureau à la banque. Même Calvin n'était pas aussi confiant et, de toute façon, elle avait fouillé là-bas plus d'une fois et, à part la clé du coffre, elle n'avait jamais rien trouvé. Restait cette maison. Dans un autre tiroir, elle découvrit une pile de brochures sur les bateaux de pêche, les moteurs, l'entretien de la Cadillac ainsi que des documents relatifs à un emprunt pour l'acquisition d'un cottage au bord d'un lac.

Les preuves ne se trouvaient sûrement pas dans la voiture. Shannon devait souvent la conduire et Turner aurait parié que celle-ci ignorait les activités illégales de son mari. En tout cas, elle ne croyait pas Shannon – la plus célèbre commère de la ville –

capable de garder un pareil secret si elle en avait eu connaissance. Elle rouvrit le tiroir central et son regard se posa sur le trousseau de clés. Un cottage au bord d'un lac. Est-ce là que Calvin dissimulait la preuve de ses malversations ? Ce n'était pas aussi accessible que dans cette maison mais ce n'était pas non plus trop loin. Qu'un homme fasse de fréquents séjours dans son propre cabanon de pêche ne pouvait surprendre personne. Et cela présentait un autre avantage pour Calvin : échapper au contrôle de Shannon et ne pas à avoir à expliquer pourquoi il se plongeait dans des livres de comptes en dehors de la banque. Turner prit le trousseau et l'examina soigneusement. Il y avait deux clés identiques, c'étaient des clés simples qui devaient fermer une porte ordinaire. Les deux autres étaient différentes. L'une était une clé de contact, l'autre était plus petite et plus fine.

Elle empocha le trousseau.

Elle jeta un coup d'œil à l'horloge murale en forme de poisson entourant un leurre. 18 h 45. Les Hyman ne rentreraient pas avant une heure au moins mais elle ne voulait prendre aucun risque. Elle nota sur une feuille l'adresse du cottage relevée sur les documents de l'emprunt, puis elle se leva et fit le tour de la pièce du regard. Elle avait une folle envie de balancer l'ordinateur par terre et tous les jolis instruments de pêche avec. Dieu savait à quel point Calvin le méritait. Mais cela ne l'aurait pas avancée à grand-chose. Au contraire, elle éteignit l'ordinateur et replaça chaque objet à sa place.

Elle revint dans la chambre principale et grimaça devant le dessus-de-lit en satin rose matelassé brodé de cochons volants. Elle vida le sac en papier au beau milieu du couvre-lit. Pièces en or, bijoux, actions, reçus de versements, se répandirent sur le lit. Tout le contenu du coffre-fort de Calvin.

Turner pensa soudain à l'agent du FBI qui lui avait téléphoné. Que penserait-il quand il verrait ce qu'elle avait fait ? Comprendrait-il le message qu'elle venait de délivrer à Calvin ? Le fait que Mac-

Kinnon la suivait pas à pas et analysait chacun de ses mouvements lui donnait une impression étrange. Mais ce n'était pas le plus important. Son message s'adressait à Calvin et il comprendrait forcément sa signification : *je n'en veux pas à ton argent mais à toi.*

Turner esquissa un petit sourire. Elle fit un dernier tour rapide de la maison pour ne rien laisser au hasard et au cas où son instinct la tromperait sur l'endroit où il avait dissimulé les preuves, mais elle ne trouva rien de compromettant à part un mauvais goût évident en matière de décoration. Une heure et demie plus tard, elle en avait terminé et redescendit l'escalier. Dehors, le chien avait apparemment abandonné tout espoir de la revoir car il s'était allongé sur le sol du chenil, sa grosse tête reposant sur ses pattes croisées. En l'entendant sortir par la porte éventrée donnant sur le patio, il se redressa et remua la queue. Turner l'ignora et commença à s'éloigner.

Derrière elle s'éleva un long gémissement.

Elle poursuivit sa route.

Le gémissement se transforma en hurlement lugubre – *Houhouhou. Houhouhou. Houhouhou. Ouaf !* – avant de se terminer bizarrement en glapissement. Turner se retourna.

— Chut ! dit-elle fermement à l'animal. Tu n'as pas honte ? Un grand chien comme toi qui pleure comme un bébé ?

Il ouvrit sa mâchoire, laissant pendre sa langue, et remua la queue. Turner fronça les sourcils en voyant à côté de la porte, une gamelle rouge renversée.

— Qu'est-ce que tu as fait ? Tu as renversé ton eau !

À ces mots, le chien se mit à frétiller en balançant tout son arrière-train. Elle soupira, déverrouilla le chenil et tendit le bras avec précaution pour attraper la gamelle. Le chien la regardait, remuant faiblement sa queue. Elle trouva le robinet sur le mur extérieur de la maison, remplit le bol et le remit en place. Le molosse but bruyamment à grands traits. Elle repartit.

Houhouhou. Houhouhou. Houhouhou. Ouaf !

Elle se retourna. Le chien la regardait, la gueule fermée, l'eau s'égouttant de son museau. Il remua faiblement la queue.

— Quoi ?

Mon Dieu, voilà maintenant qu'elle parlait à un chien ! Pire encore, au chien de son ennemi. Sauf qu'il était assez difficile de voir un ennemi dans ce dogue affable. Et quel genre de maître peut laisser son animal dehors dans la chaleur étouffante du mois d'août et sans eau ?

— Bon.

Turner revint sur ses pas, ouvrit la porte du chenil. Le chien lui lécha la main et entama une course de victoire autour de la maison.

— Allez, viens.

Elle prit la gamelle rouge et descendit l'allée.

Le danois aboya une fois puis la suivit.

10

Il était presque minuit, ce dimanche soir, lorsque John regagna enfin le motel Starlight Inn. Il gara la Crown Victoria bleu marine en face de sa chambre et sortit lentement, s'attendant à entendre ses genoux craquer. La journée avait été longue, et il aurait préféré ne pas recevoir le dernier coup de fil qui lui annonçait le cambriolage chez Hyman, l'obligeant à se rendre sur place pour enquêter. L'allée qui conduisait à la porte d'entrée du motel était pauvrement éclairée par une ampoule nue, autour de laquelle grouillaient moustiques et moucherons. Parfois, l'un d'eux se rapprochait dangereusement et cognait l'ampoule dans un bruit sec. Pauvres insectes, condamnés à une mort aussi certaine que vaine, due à une installation électrique défaillante. Il y avait sans doute une morale à en tirer.

Il ouvrit la porte de sa chambre avec sa clé : pas de système d'ouverture magnétique moderne ici. Il referma la mince porte derrière lui et mit le verrou – lequel ne résisterait même pas à un gamin de trois ans. Quelque chose avait dû stopper l'air conditionné si bien que la chambre ressemblait à une fournaise. Il ôta ses boots et ses chaussettes, enleva sa veste, détacha son holster, posa son Glock sur la table de chevet, puis retira sa chemise. Il brancha la climatisation au maximum de sa puissance – laquelle était assez limitée. Il avait besoin d'une douche et d'une bonne bière.

Et il avait besoin de parler à Turner Hastings. Le bon sens aurait voulu qu'il commence par la première, qu'il profite de la seconde et qu'il oublie la troisième. Mais question femme, il n'avait jamais été très brillant, alors il passa directement à la troisième.

John sortit ses clés, son portefeuille et son téléphone portable de sa poche et les déposa sur la table de chevet. Il enleva son pantalon et s'allongea sur le lit, vêtu de son seul caleçon. Il cala l'oreiller sous sa tête, attrapa le téléphone et appuya sur la touche rappel.

— Mmm ?

Sa voix était si rauque qu'elle en paraissait éraillée. Il devait l'avoir réveillée.

Oh, mon Dieu. Il l'imagina aussitôt sur un grand lit moelleux, en combinaison shorty de soie noire – non, rouge –, les bretelles glissant sur ses épaules, ses seins tendant le tissu. Il changea de position.

— Étiez-vous obligée de lancer le cochon à travers la vitre ?

De l'autre côté, seul le silence lui répondit. Enfin, elle dit :

— Vous m'avez encore réveillée.

— Je me suis dit que puisque j'étais encore debout à cause de vous, il n'y avait pas de raison pour que vous dormiez.

— Vous m'en voulez ?

— Oh, juste un peu. Savez-vous à quel point Shannon Hyman tient à ses cochons ?

— J'ai vu la cuisine. Il y en a partout, même sur le papier peint.

Elle paraissait bien réveillée cette fois, mais sa voix était toujours aussi rauque. Il se demanda si elle avait conscience de l'effet qu'une telle sonorité pouvait produire sur un homme. Sans doute pas.

— Était-ce dans le but de fouiller le bureau de Hyman ?

— Oui.

— C'est une effraction, vous savez, c'est un élément aggravant.

— Attendez, j'ai fait très attention dans le bureau, je l'ai laissé plus propre et mieux rangé qu'il était.

— Peut-être mais c'est comme cela qu'il l'aimait, rangé ou pas.

Il l'entendit grogner.

— Et était-ce bien nécessaire d'emmener le chien avec vous ?

Il devait reconnaître que la tête de Hyman découvrant la disparition d'un chien de race et donc hors de prix lui avait donné envie de rire. Le banquier était furieux, mais John le soupçonnait de regretter davantage la perte financière que la perte affective.

— Oui, c'était nécessaire.

— Il vaut beaucoup d'argent, répliqua John doucement, vous le saviez ? C'est un grand danois, un chien de pure race avec un pedigree. J'ignorais qu'ils avaient différentes couleurs.

— Alors Calvin aurait dû en prendre soin davantage.

— Qu'allez-vous faire d'un grand danois ?

— Je ne sais pas, mais au moins maintenant je suis sûre qu'il aura de l'eau, de la nourriture et de la compagnie.

— Et comment savez-vous que Calvin ne lui donnait pas de compagnie ?

— Parce qu'il a des cals aux coudes à force de rester assis dans son chenil.

— Et si vous le rendiez, Turner ?

— Et il glapit quand il hurle.

— Turner.

Silence.

Était-ce un effet de son imagination, il avait l'impression de l'entendre respirer.

— Que cherchez-vous ?

— Je ne peux pas vous le dire.

— Vous ne pouvez pas ou vous ne voulez pas ?

— Je ne veux pas.

John soupira, mon Dieu que cette conversation était frustrante !

— Où êtes-vous ?

— Vous ne croyez tout de même pas que je vais vous le dire ?

John regarda le plafond couvert de chiures de mouches. Qu'était-il en train de faire ? Il se comportait comme un collégien qui a le béguin pour la plus jolie fille de la classe de chimie.

— Vous avez pris Hyman pour cible parce qu'il a viré votre oncle, c'est ça ?

Il l'entendit retenir sa respiration, puis :

— Vous, vous avez parlé avec les gens.

— Oui. C'est un peu mon métier, vous savez ? J'ai raison ?

— À votre avis ?

— Je crois que oui.

— Vous êtes très intelligent.

— Je crois que vous aimiez beaucoup votre oncle.

Elle soupira.

— Oui, c'est vrai, je l'aimais beaucoup.

— Tellement que vous avez organisé le braquage d'une banque pour vous venger de son accusateur.

Il ne s'attendait pas à sa réaction. Elle se mit à rire. Un rire bas et rauque qui lui descendit jusqu'au bas-ventre.

— C'est ce que vous croyez ?

— Je me trompe ?

Elle fit un bruit évasif.

— Je vous ai vue prendre la clé dans le bureau de Hyman et vous diriger tout droit vers son coffre-fort, comme si c'était planifié.

— Les apparences sont parfois trompeuses, murmura-t-elle.

— Que voulez-vous dire ?

Silence.

Il soupira.

— Bien sûr, vous avez laissé tout le contenu du coffre-fort sur le lit de Hyman cette nuit, ce qui laisse penser que ce n'est pas l'argent qui vous intéressait.

Nouveau silence.

— Avez-vous vu les mots croisés du jour ? demanda-t-il doucement.

— Quoi ?

— Les mots croisés du *Wisconsin State Journal*, précisa-t-il en prenant le journal posé sur la table de nuit où il l'avait laissé le matin, presque dix-huit heures plus tôt.

— Si vous croyez que j'ai eu le temps ! s'exclama-t-elle d'un air boudeur.

Il sourit.

— J'ai séché à plusieurs reprises. En quatre lettres, messagère divine.

— Iris.

— Vraiment ? Il ouvrit le tiroir de la table de chevet et y prit un stylo. Et roi Indien en cinq lettres ?

— Ranee. Vous ne devez pas faire beaucoup de mots croisés, il y est toujours ce Ranee.

— Ah oui ?

— Oui. Et les mots croisés dans les journaux locaux sont vraiment très faciles, vous devriez essayer ceux du *New York Times* ou du *Chicago Tribune*.

— Eh bien, je l'ignorais, répondit-il en repoussant journal et stylo. Il faut que vous m'enseigniez les usages en matière de mots croisés.

— Je ne pense pas que ce soit une bonne idée, rétorqua-t-elle.

— Peut-être, mais ça pourrait être drôle.

— Bonne nuit, agent spécial MacKinnon.

— John.

— Pardon ?

— Appelez-moi John.

Il entendit parfaitement le déclic quand elle raccrocha, mais il dit quand même :

— Bonne nuit, Turner.

Il donna un coup de poing sur le lit et reposa le téléphone sur la table de chevet. Il se sentait épuisé. La journée avait été très très longue et il était tellement fatigué qu'il ne parvenait plus à réfléchir. Il le fallait pourtant. Quelque chose lui échappait. Il y avait un lien entre Turner et le président de la banque… John grogna.

Hyman avait exigé une surveillance de sa maison vingt-quatre heures sur vingt-quatre. Il affirmait que Turner avait déclenché une vendetta personnelle contre lui et qu'il se sentait menacé. Poliment, le shérif lui avait fait remarquer que Turner pesait une quarantaine de kilos de moins que lui, mais cela l'avait rendu encore plus enragé. Finalement, le shérif Clemmons lui avait dit que même s'il avait accepté de faire surveiller la maison jour et nuit, ce n'aurait pas été possible, faute d'effectifs. Hyman s'était calmé quand le shérif lui avait suggéré d'engager, à ses frais, des agents de sécurité privés. Mais il n'avait vraiment pas l'air content. À l'évidence, ce type-là n'aimait pas qu'on le ridiculise en public.

Quel était le but de Turner ? Humilier le président de la banque ? Parce que ce n'était pas très prudent de sa part de ne pas s'être enfuie après avoir braqué une banque. Elle devait avoir une bonne raison pour être restée dans les parages. Bien sûr, elle n'était pas stupide, elle devait avoir pris la fuite après le cambriolage de la maison. Peut-être, en ce moment, était-elle en route pour le Mexique ? Mais il ne croyait pas qu'elle soit partie aussi loin. Tout ce que Turner avait fait tournait autour du président de la banque et John aurait mis sa main à couper qu'elle était encore dans les environs. Il se souvenait parfaitement de l'expression de rage – de peur ? – qui était apparue sur le visage de Hyman quand il avait découvert le contenu de son coffre-fort au milieu de son lit. John était quasiment sûr qu'il savait pourquoi Turner lui avait fait ce cadeau.

Il soupira et éteignit la lampe de chevet.

Il espérait seulement qu'elle n'avait pas sous-estimé son adversaire.

11

— Hé, mec, c'est dégueulasse ! s'exclama Nald en battant des bras pour tenter de reprendre son équilibre. On dirait du vomi d'extraterrestre, de la bouillie de cervelle, du jus de mort vivant...

— Ou un globe oculaire explosé, suggéra Fish d'une voix haletante en avançant sur le sol spongieux. Ou du...

Un *plouf !* bruyant interrompit sa description lorsqu'il s'étala dans une flaque boueuse et que son sac poubelle rempli de billets de banque atterrit dans l'eau. Nald zigzagua autour de la masse étalée de son compagnon. Il avait suivi Fish parce que celui-ci lui avait affirmé qu'il était déjà venu dans ce marais pour chasser les canards avec son oncle Earl et donc qu'il le connaissait comme sa poche. Pour sa part, Nald pensait que seul un canard retardé aurait eu l'idée de se poser dans un endroit pareil, parce que, comme il venait de le dire, c'était dégueulasse. En plus, il faisait nuit noire, il ne voyait même pas sa propre main, et cela faisait des heures qu'ils erraient dans cette tourbière. Nald fronça le nez.

— Hé, mec, et en plus ça sent...

— Ouais, confirma Fish en se relevant difficilement, ça sent le vieux frigo.

— Hé, c'est toi qui pue, mec ! corrigea Nald. Tu sens la mouffette écrabouillée.

Ce qui était exact, le braquage de la banque ayant apparemment eu un effet certain sur les aisselles de Fish.

— T'es dégoûtant, et en plus, c'est ta faute ! On ne pataugerait pas dans ce marais si tu n'avais pas bousillé la Camaro, protesta Fish.

— C'est pas ma faute !

— Qui conduisait la voiture ?

— Moi, admit Nald, mais...

— Donc, c'est ta faute ! Cette stupide voiture n'est pas allée toute seule se planter dans un arbre !

— Je surveillais les flics, répondit Nald le plus dignement possible, ça peut arriver à tout le monde.

— Non, sauf quand on est débile, répliqua Fish qui émit un bruit étrange avant de s'exclamer : beurk, je crois que j'ai un insecte dans la bouche !

— C'est vrai ? questionna Nald avec intérêt. Tu l'as avalé ?

— Faut pas rêver, morveux !

— Tu crois qu'on va pouvoir quand même utiliser les billets avec toute cette encre dessus ? demanda Nald qui, depuis deux jours, était inquiet à ce sujet.

— Évidemment, le rassura Fish pour la énième fois, tout le monde s'en fiche.

— Oui, mais... insista Nald, apparemment pas convaincu.

— Écoute, violet ou pas, un billet de vingt, c'est un billet de vingt. Les gens le prendraient même s'il y avait du vomi dessus, insista Fish. Avec le fric, y'a pas de limite, mec !

— Hé, mec, moi j'ai atteint la limite ! s'écria Nald en retirant son pied droit de la boue avec un bruit de succion. Je n'ai jamais vu quelque chose d'aussi répugnant depuis ce film où le type avait découpé le crâne de la fille. Elle courait dans tous les sens en criant *ahh ! ahh ! ahh !* avec son cerveau qui giclait partout.

— Tu vas la fermer, oui ?

— Et les moustiques ! Bon sang, ils vont me saigner à blanc ! cria Nald qui fit de grands moulinets de bras devant lui et se donna un coup de sac-poubelle sur le nez. Et quand on retrouvera mon corps, je serai tout ratatiné, je ressemblerai à la momie dans ce film avec Tarzan.

— Tarzan ne s'est pas battu avec une momie, tête de nœud.

Nald se sentit vexé, il connaissait ses classiques et, en matière de film de momies, il estimait être incollable.

— Tête de nœud toi-même. Je sais ce que je dis.

— Ouais, t'as raison, c'est ça, il était dans les pyramides avec Cheetah !

— Cheetah n'était pas là...

— Hiii !!! Tarzan, il y a une momie !!!

— Je te dis que Cheetah n'était pas dans *La Momie*.

— Tu as dit que Tarzan...

— T'as pas vu *La Momie* ? interrompit Nald, interloqué. Y'a des insectes qui courent sous ta peau et ils se baladent partout jusqu'à ce qu'ils arrivent au cerveau ; alors tu commences à hurler et tu secoues la tête en faisant *Aahh, aahh, aahh !* et quand tu souffres trop, quand tu n'en peux plus, alors tu te jettes la tête la première contre un mur.

— Ah oui, c'est vrai, c'était vraiment dégueu, commenta Fish.

— Ouais.

— Et tu te souviens quand la momie a mangé un des insectes ? On le voyait parce que sa joue commençait à tomber en décomposition.

— Dégueu ! s'exclama Nald avec jubilation.

— Hé, tu crois que tu pourrais manger un insecte ? demanda Fish qui avait parfois des pensées profondes.

— Nan ! décréta Nald en secouant la tête dans le noir. Ou peut-être, si je mourais vraiment de faim.

— Comme une limace. Tu pourrais manger une limace ?

— Dégueu !

— Et un cafard ? Tu mangerais un cafard ? demanda Fish.

— Ça doit être croquant. Beurk, dégueu.

— Ouais, ça doit faire *crunch crunch* sous la dent.

— Ah oui, *crunch crunch*, c'est ça, s'enthousiasma Nald.

Ils restèrent silencieux un moment, progressant difficilement. Quand Nald entendit Fish se cogner dans un arbre, il reprit le fil de ses préoccupations.

— Pourquoi ne prenons-nous pas la route ? Elle est juste à côté, dit-il en montrant une direction vers la droite, ce qui lui fit à nouveau perdre l'équilibre.

— Je te l'ai déjà dit. On doit se débarrasser des chiens.

— Quels chiens ? Il n'y a pas de...

— Il y a toujours des chiens dans les films, l'interrompit Fish, pour traquer les prisonniers.

— Merde ! s'exclama Nald qui venait de marcher dans quelque chose d'humide et de collant.

Il mit un certain temps à s'en débarrasser. Ce n'est que lorsqu'il eut fini qu'il comprit le sens de la dernière phrase de Fish.

— En prison ? Je ne veux pas aller en prison !

— C'est le but justement, idiot. Ne pas aller en prison !

— Mais...

— Mais si les chiens nous trouvent, on est cuits, d'accord ?

— Euh...

— C'est pourquoi il ne faut pas qu'ils nous trouvent.

Nald sentait que quelque chose clochait dans cette démonstration mais, ne parvenant pas à mettre le doigt dessus, il laissa tomber. De toute façon, Fish n'en ferait qu'à sa tête. Quand il avait une idée, personne ne pouvait l'arrêter. Ce qui était la raison pour laquelle ils pataugeaient depuis des heures dans ce marais, dans la nuit noire.

— À ton avis, pourquoi il voulait qu'on braque la banque ? demanda Nald dont les pensées avaient pris une nouvelle direction.

— Quoi ? demanda Fish, planté dans la vase.

Nald l'attrapa par le bras et le tira vers lui.

— Pourquoi est-ce qu'il voulait qu'on braque la banque ?

— Pour le fric, mon vieux.

— Mais il ne l'a pas pris, souligna Nald.

— C'est pas notre faute.

— Oui, nous on était au rendez-vous, acquiesça Nald vertueusement.

— Si ça se trouve, il a oublié, dit Fish haletant mais victorieux car il avait enfin réussi à se dégager du trou boueux dans lequel il était tombé.

— Mais toi, t'aurais oublié d'aller le chercher, le fric ?

— Non, mais nous on est intelligents. On a des priorités. On n'oublie pas le fric.

— J'te crois !

Silence, puis Nald eut un petit rire.

— Hé, Fish, comment sait-on que c'est un homme ?

— Quoi ?

— Ben, dit Nald qui dut s'arrêter pour mieux se concentrer, la voix au téléphone, elle était comme celle de Tron, dans le film.

— Alors ?

— Alors, c'était peut-être une fille, comme qui dirait, qui se déguiserait.

— Ooh ! Une super-pépée, alors ? demanda Fish, tout émoustillé.

— Ouais, répondit Nald rayonnant, comme Buffy.

— Ou Trinity. Elle parlerait avec une voix modifiée, comme les espions.

— Non, mec, objecta Nald, ça c'est Tomb.

— Non, andouille ! La fille dans *Matrix* est plus canon que la pépée de *Tomb Raider*...

— Elle a pas de nichons !

— Oh, toi et tes nichons ! répliqua Fish méprisant, ce que tu veux c'est Pamela Anderson, tu parles !

— Tête de nœud !

— Obsédé !

Puis ils tombèrent dans le lac.

12

Le lendemain matin, le téléphone portable de Turner se mit à sonner avant même que les oiseaux commencent à chanter. Elle s'étira, bâilla et poussa la tête du chien qui reposait lourdement sur sa hanche. Le dogue bâilla lui aussi. Elle grimaça. L'haleine du grand danois était repoussante. Cela sentait très mauvais dans la voiture mais elle ne pouvait pas tout mettre sur le dos du chien. Elle non plus ne sentait pas la rose.

Comment rester propre quand on est en fuite ? En prenant la poudre d'escampette, samedi, elle n'avait pas réfléchi à la question. La journée de dimanche avait été chaude et moite et, apparemment, celle qui s'annonçait serait tout aussi poisseuse. D'habitude, l'été, elle prenait deux douches par jour au moins, mais dans la situation présente, c'était impossible. Rien que d'y penser, son crâne commença à la démanger.

Le portable, qui avait sonné sans discontinuer une bonne dizaine de fois, finit par s'arrêter. Elle ressentit un bref pincement de regret en se rendant compte que l'agent du FBI avait raccroché. Elle se secoua et, suivie du chien, sortit de la voiture. Ils se dirigèrent vers les buissons où, chacun de son côté, ils firent ce qu'ils avaient à faire. Alors qu'elle était accroupie, le téléphone se remit à sonner. Bizarrement, cela l'enchanta. Elle se releva et revint en hâte à la Chevy.

— Allô ?

— Qu'est-ce que vous prenez pour le petit déjeuner ?

Il avait la voix basse et enrouée comme s'il venait de se réveiller. Elle sourit malgré elle.

— Je vais prendre des harengs marinés.

— Au petit déjeuner ?

— Je ne suis pas à côté d'un café ou d'un bar, répondit-elle en levant les yeux au ciel.

— Moi si. Je suis assis devant une assiette d'œufs au bacon avec des pommes de terre sautées et des toasts beurrés.

— C'est mauvais pour votre cœur.

— Je n'en sais rien. Et j'ai du café aussi.

— Du café, ce serait bien, admit-elle.

— Vous voyez ? Rejoignez-moi et je vous en offrirai une grande tasse, plusieurs même.

— C'est tentant, mais je n'ai pas le temps, j'ai des choses à faire aujourd'hui.

Le danois ressortit des buissons et trottina jusqu'à la voiture. Elle le laissa monter.

— Avec de la crème. Beaucoup de crème.

Turner déglutit. Comment savait-il ?

— Je ne vois pas de quoi vous parlez.

— Si, vous le savez parfaitement. Mais si vous préférez parler boulot, je suis d'accord. Où êtes-vous ?

— Loin, très loin de vous, mentit-elle.

— Tiens tiens, dit-il sur le ton du doute, je ne sais pas pourquoi, mais moi j'ai l'impression que vous n'êtes pas loin de Winosha.

— C'est une drôle d'impression, non ? demanda-t-elle en prenant un bocal de harengs sous l'œil intéressé du chien.

— Oui, c'est bizarre, cela me titille dans la nuque. C'est comme un picotement.

— Vous devriez peut-être voir un kiné, non ?

— Allez-y, moquez-vous. Ce n'est pas grave, j'aime bien les peaux de vache.

— Je ne suis pas une peau de vache.

— Mais si, chérie.

— Quoi ?

— J'ai vu votre ex-fiancé hier, Todd Frazer.

Elle écarquilla les yeux sous l'effet de la surprise. Qu'est-ce que Todd avait bien pu lui dire ?

— Alors ?

— Alors vous l'avez laissé tomber comme une vieille chaussette.

— Nous avons rompu d'un commun accord.

— Il ne sait toujours pas pourquoi, n'est-ce pas ?

Elle retint sa respiration. Qu'est-ce que cela pouvait bien lui faire ?

— C'est mieux comme ça, dit-il insidieusement, il n'était pas assez bien pour vous.

— Non mais, dites donc…

— Il ne vous aurait pas… soutenue, n'est-ce pas ?

Le signal commençait à s'affaiblir. Les batteries étaient en bout de course. Mais elle entendit très clairement ses derniers mots :

— Moi, je le peux.

Puis la ligne fut coupée.

John était décidément le genre d'homme à toujours vouloir avoir le dernier mot, mais Turner s'aperçut qu'elle affichait un grand sourire. C'était bizarre d'échanger des piques avec ce type. Elle ne s'était pas sentie aussi libre avec quelqu'un depuis des années. Elle n'était pas obligée de porter un masque, de dissimuler ce qu'elle pensait, de craindre de révéler ses erreurs, parce qu'il connaissait déjà ses secrets. C'était étrangement libérateur, et, en même temps, assez inquiétant. Elle revint sur terre. Cet agent du FBI savait ce qu'il faisait. Il avait parfaitement conscience de l'effet séducteur que leurs conversations avaient sur elle. Mais son but était de la capturer, elle ne devait pas l'oublier.

Turner posa le téléphone sur le siège à côté du chien. Il faudrait qu'elle le recharge sur une aire de repos, mais dans l'immédiat, elle voulait seulement bouger. Elle démarra le pick-up, roula jusqu'à ce que le chemin arrive à un carrefour et prit à droite une route poussiéreuse et défoncée. La forêt était déserte et, de ce côté du lac, les chemins n'étaient pas balisés, contrairement à la rive d'en face avec ses routes qui conduisaient aux quais. Elle emprunta une voie d'accès – deux traces de pneus dans l'herbe – et avança. La Chevy était invisible de la route. Elle prit un bocal de harengs, une bouteille d'eau et les crackers puis, suivie du danois, elle sortit de la voiture et descendit à travers les bois jusqu'à la rive. À ses côtés, le chien reniflait les herbes hautes. Turner contempla le lac Redfin, calme et profond et dans lequel se reflétait le ciel. Le bleu de cette étendue d'eau était si intense qu'à force de le fixer on finissait par avoir mal aux yeux. Mais sa couleur avait toujours eu l'étrange pouvoir de l'apaiser. Sur la berge opposée, un héron solitaire s'aperçut de sa présence et s'envola lentement, ses longues pattes frôlant la surface de l'onde. Une bourrasque de vent dessina des frisottis sur l'eau et des vaguelettes vinrent mourir à ses pieds. Le lac Redfin n'était pas grand mais sa taille dépassait celle d'un étang. Voilà pourquoi il y avait peu de pêcheurs. Rusty aimait cet endroit. Presque tous les samedis, il amenait ici son vieux bateau tout délabré et lançait sa ligne. Il pouvait passer une journée entière à attraper perches et brèmes, et parfois des brochets, même s'il appréciait moins ces derniers car ils avaient trop d'arêtes à son goût. Il apportait une vieille glacière au couvercle rouge remplie de saucisses au porc, de sandwichs, de mayonnaise, de quelques tomates et de canettes de bière.

Turner s'assit sur un rocher au bord de l'eau et ouvrit son bocal de harengs marinés au vinaigre. Ils étaient encore meilleurs sur des biscuits salés. La combinaison du vinaigre, du poisson, des oignons et du biscuit sec était pour elle un délice. Elle en mangea trois avant de déboucher une bouteille d'eau. La dernière fois qu'elle était venue ici, c'était avec Rusty. Une magnifique journée de juin, quatre ans plus tôt. C'était avant le début des problèmes à la banque, avant qu'il perde son job et tout ce qui avait suivi. Il était encore heureux, insouciant comme un petit garçon malgré ses soixante-trois ans. Elle s'était montrée impatiente. Elle voulait faire autre chose ce jour-là, sans doute travailler, elle ne s'en souvenait pas précisément. Mais Rusty avait insisté jusqu'à ce qu'elle accepte de l'accompagner au lac. Elle se rappelait qu'il avait apporté des navets du jardin. C'étaient de gros tubercules parce que la saison était déjà bien avancée. Elle avait froncé le nez quand il en avait mangé un. Il avait promené le monstre mauve sous son nez en riant. *Allez, Turner, essaie. Dis-toi que tant que tu peux manger un bon gros navet, c'est que tu es encore vivante.*

Elle avait refusé. Rusty l'avait mangé d'un air triste et inquiet, comme s'il se demandait ce qu'il allait bien pouvoir faire d'elle. Après ce jour-là, elle ne l'avait plus jamais vu manger de navet, petit ou gros. Elle aurait voulu revenir en arrière et accepter de le partager avec lui. Ce n'était pas grand-chose, mais pour lui c'était important. Elle se demandait comment un homme de l'âge de Rusty avait pu avoir une vie aussi riche, aussi remplie que la sienne. Depuis qu'il était mort, elle avait parfois l'impression qu'elle était enfermée dans une cage de verre, condamnée à regarder les autres vivre leur propre existence, en spectatrice. Lorsqu'elle avait dédaigné le navet, n'était-ce pas dans la vie elle-même qu'elle avait refusé de croquer ? Turner regarda l'eau d'un bleu profond, un rat musqué passa en nageant, mais le lac ne lui apporta pas de réponse.

13

Le vieil homme ne sortit pas avec un fusil.

C'était déjà ça, se dit John, mourir à sept heures et demie du matin, c'était un peu tôt. D'autant qu'il n'avait pas encore eu sa dose de caféine. Torelli s'était disputé avec la serveuse pendant leur petit déjeuner au bar et ils avaient eu de la chance qu'elle accepte de leur apporter l'addition. Dans ces conditions, demander un deuxième café était hors de question. Il avait donc dû s'arrêter sur la route et se contenter de remplir sa chope de voyage en plastique avec le jus de chaussette servi au Kwik Trip et il n'avait pas encore eu le temps de l'avaler.

— Que voulez-vous ? demanda le vieux bonhomme planté devant sa porte branlante.

— Monsieur Zucker ? demanda John patiemment.

Le numéro de téléphone de Zucker était le dernier que Turner avait composé de chez elle avant de plier bagage.

— Oui, c'est moi, je suis Zucker. Mais j'aime mieux qu'on m'appelle Tommy, répondit l'homme en balayant l'air devant lui comme s'il chassait une mouche.

— Très bien. Je suis l'agent spécial John MacKinnon du FBI. Me permettez-vous de jeter un coup d'œil aux alentours ?

— Pour quoi faire ?

— Nous recherchons Turner Hastings.

— Ah ! Elle n'est pas là, alors vous pouvez repartir chercher de vrais criminels.

Et il claqua la porte au nez de John. Derrière lui, Larson s'éclaircit la gorge comme s'il essayait de dissimuler un rire. John soupira et frappa à nouveau. Un cardinal lança un cri d'un arbre voisin. C'était encore une magnifique journée ensoleillée, et les types de la météo avaient semblé tout excités d'annoncer que le thermomètre risquait de dépasser les trente-huit degrés à midi. Et, bien sûr, lui, John, portait une veste.

— Quoi ? cria le vieil homme.

— Ouvrez, Tommy, ou bien j'enfonce la porte.

— Hé ! Il faut un mandat, pour ça, monsieur le flic.

— J'ai un mandat.

Il y eut un silence assez court, puis le bruit d'un verrou, et le visage de Tommy réapparut.

— Bien. Mais s'il y a quoi que ce soit de cassé, je poursuivrai le gouvernement.

— Parfait. Faites donc.

John pénétra dans un intérieur sombre et regarda autour de lui. Soit Tommy vivait seul depuis longtemps, soit le ménage n'était pas son truc. Ou les deux. Des magazines, de vieux journaux et des sacs en papier s'empilaient jusqu'au plafond. Une allumette là-dedans et, en cinq minutes, la maison partirait en fumée. Au moins, il y avait l'air conditionné. Sans le vouloir, Larson poussa une pile qui s'effondra dans un nuage de poussière. L'adjoint du shérif éternua violemment.

— Quand avez-vous vu miss Hastings pour la dernière fois ? demanda John.

Le vieil homme fit mine de verrouiller sa bouche et de jeter la clé au loin. John leva les sourcils.

— Allez, je ne vois pas quel mal il y a à me le dire.

— C'est vous qui le dites, monsieur le flic, mais moi, je ne dirai rien. Si vous voulez que je parle, il faudra me traîner jusqu'à la salle des interrogatoires, m'arracher les ongles, me battre jusqu'à ce que m'évanouisse…

— D'accord, d'accord, nous verrons.

John regarda autour de lui. À moins que Turner se cache derrière les meubles, elle n'était pas là. Il contourna les piles pour aller dans la cuisine. Cela sentait le renfermé. Vieux graillon, poussière et vieillard. Il se dit qu'une femme ne pourrait s'empêcher de faire un peu de ménage, ou du moins de vaporiser un spray. La maison de Turner était impeccable. Si elle avait vécu ici, elle aurait nettoyé de fond en comble. Dans la cuisine, la seule chose qui avait l'air d'être propre était une petite cocotte blanche. Il s'assit devant le bar et s'approcha pour observer l'objet en prenant garde de ne pas le toucher. Il entendit le vieil homme entrer dans la pièce.

— Elle vous prépare vos repas ?

Tommy ne répondit pas. John ouvrit alors la porte du frigo. À côté de bouteilles de bière et de plats tout prêts, il y avait une autre cocotte, la jumelle de celle qui se trouvait sur le bar. Elle contenait un ragoût de thon qui avait l'air fameux.

— Et qu'est-ce que vous lui voulez à Turner ? demanda soudain Tommy, apparemment incapable de garder le silence plus longtemps. C'est la seule personne que je supporte dans cette ville. Et elle me fait des plats fantastiques, elle met des légumes et tout ce qu'il faut pour que j'aie ma dose de fibres.

— Elle a braqué une banque, dit John.

Le vieil homme émit un drôle de bruit, puis :

— Ça prouve que vous, les hommes du gouvernement, vous ne comprenez pas grand-chose.

John ignora sa remarque. Il se dirigea vers la salle de bains et visita deux chambres avant de ressortir par l'arrière. À l'extérieur, des traces de pneus s'enfonçaient profondément dans l'herbe. Au bout de l'allée, il y avait un hangar en bois et des appentis qui avaient l'air inoccupés.

— Ça y est, c'est fini ? demanda Tommy qui l'avait suivi.

John secoua la tête et s'avança vers l'allée.

— Je vais jeter un coup d'œil au hangar.

— Hé, hé ! s'énerva le vieux bonhomme en courant derrière lui, il vous faut un autre mandat pour ça !

— Larson, montre le mandat à monsieur Zucker, rétorqua John sans se retourner.

Dans le hangar, il découvrit des voitures alignées, visiblement le hangar servait de garage. Un établi avec une belle collection d'outils occupait tout un pan de mur. John jeta un coup d'œil aux voitures. Deux d'entre elles – un break et une Taurus – étaient couvertes de poussière. Visiblement, elles n'avaient pas bougé depuis des siècles. La troisième, une Ford Escort, était poussiéreuse à l'extérieur mais l'intérieur avait l'air entretenu. Et Turner possédait une Ford Escort. John se releva pour consulter son carnet. Bingo, mêmes plaques. Maintenant, il lui fallait savoir avec quelle voiture elle était repartie de chez Tommy.

Son portable sonna et, l'espace d'un instant, il sentit une vague d'excitation. Puis il regarda le numéro et reconnut celui de Torelli.

— MacKinnon, répondit-il.

— Ils sont consanguins.

— Qui ? demanda John en s'accroupissant pour regarder sous la voiture.

— La famille de Fish. Si mes informations sont bonnes, la mère de Fish a épousé son oncle.

— Vérifiez encore une fois vos informations.

Torelli murmura quelque chose d'indistinct avant de reprendre plus haut :

— Je peux vérifier des dizaines de fois, le résultat sera le même. Dans ce trou perdu, ils sont tous analphabètes et consanguins.

— Torelli, grommela John.

— Quoi ?

— Est-ce que vous vous rendez compte que cette ligne n'est pas sécurisée ?

Silence à l'autre bout. John se demanda si Torelli ne lui avait pas raccroché au nez. Ce type était tellement imbu de lui-même. John n'avait toujours pas digéré qu'il soit passé par-dessus sa tête…

— Nous avons retrouvé la voiture avec laquelle ils ont fait le braquage, monsieur.

— Bien.

— Ils l'ont abandonnée dans un champ et, apparemment, sont repartis à pied.

— À pied ? demanda John en ouvrant la portière du conducteur et en déverrouillant le coffre.

— À pied.

— À votre avis, quel est leur plan ? Ils ont sûrement une autre voiture cachée quelque part, dit-il en inspectant le coffre.

Celui-ci était impeccablement propre, et à part des câbles de démarrage, un matériel de première urgence et une roue de secours, il ne trouva rien de suspect. Il le referma dans un claquement sec.

— Cela m'étonnerait. Vous n'avez pas vu leurs maisons et celles de leurs familles.

— Vous êtes en train de me dire qu'ils n'ont aucun plan ?

Assis à l'avant, il recula le siège du conducteur au maximum et fronça les sourcils. *Du pin.* Cela sentait l'odeur de la forêt. La voix de Torelli le fit revenir à la réalité.

— Je dis que c'est plus que probable.

— Ah.

— Écoutez. Pour moi, ces deux types seraient incapables de trouver leur propre derrière avec leurs deux mains. Alors, imaginer un plan pour braquer une banque !

— Nous savons tous les deux qu'il ne faut pas forcément être un cerveau pour ça.

— Et personne ne sait où ils ont trouvé les fusils à canon scié.

John, qui était en train de fouiller la boîte à gants, interrompit son geste.

— Aucun des deux n'en possédait ?

— Non. L'oncle de Fish en a mais ils sont tous là. Et aucun ne semble avoir été utilisé récemment. J'ai vérifié.

John inspecta la boîte à gants. Il en sortit le livret d'entretien de la voiture, deux tampons, quelques stylos et des cartes routières. Rien d'autre. Même pas ces petits sachets de ketchup que l'on trouve généralement en grande quantité dans les boîtes à gants.

— À votre avis ?

— Quelqu'un leur a fourni leurs armes et a organisé le braquage. Et la bibliothécaire a disparu.

— Voilà pourquoi je suis en train de fouiller sa voiture, répliqua John avec irritation. Allez sur place et trouvez Fish et Nald ; à pied ils n'ont pas pu aller très loin. Et appelez-moi dès que vous avez du nouveau.

Il raccrocha sans attendre la réponse de Torelli. Il savait que c'était puéril et qu'il était en train de devenir déraisonnable. Que lui traque Turner, c'était une chose, mais il ne supportait pas que Torelli s'y mette. Torelli était un enfoiré malin qui courait après une promotion éclair. John ne lui faisait aucune confiance et il ne voulait pas qu'il s'approche de Turner.

Elle était peut-être derrière le braquage – peut-être –, mais ce n'était absolument pas une criminelle endurcie.

Turner était chasse gardée.

Il fallait simplement qu'il l'attrape avant Torelli.

14

— Il faut vraiment faire quelque chose pour ces glapissements ridicules, murmura Turner au grand chien noir et blanc.

Celui-ci remua la queue et la suivit comme son ombre. Une ombre énorme et impossible à rater. Elle avait bien tenté de le laisser dans la voiture pour pouvoir parler tranquillement avec Tommy, mais le hurlement plaintif qu'il avait aussitôt poussé l'avait fait revenir sur ses pas pour le chercher. Voilà pourquoi elle se dirigeait vers le nord, en avançant furtivement à travers les bois, le danois dans son sillage.

— Et il faut que je te trouve un nom.

Turner déboucha sur le chemin qui menait chez Tommy et revint aussitôt à l'abri du bois. Le chien – *George ?* – l'imita, sortit du bois et, comme elle, fit demi-tour. Il devait penser que c'était une sorte de jeu. En réalité, elle venait de voir la voiture du shérif.

Zut.

Heureusement qu'elle s'était garée sous les arbres, que la voiture était bien cachée et qu'elle avait marché jusque-là, au lieu de venir se jeter bêtement dans la gueule du loup. Elle s'accroupit près du dogue – *Arnold ?* – et essaya de réfléchir à la suite. Les jumelles se balancèrent autour de son cou et heurtèrent le molosse qui lui lécha le visage. Oh, l'haleine de cet animal !

Il faisait chaud, même sous le couvert des arbres, et son dos la grattait comme si quelque chose, une brindille ou une feuille, était tombé dans son tee-shirt. Il fallait qu'elle parle à Tommy, qu'il lui indique où se trouvait le cottage de Calvin et s'il y avait des voisins proches. De là où elle était, elle ne voyait pas grand-chose de la maison, à part le toit et la voiture de patrouille. Elle pouvait faire demi-tour, courir jusqu'à la Chevy, ficher le camp ou attendre que les intrus aient disparu. Mais comment savoir s'ils étaient partis et si la voie était libre ? Elle se releva et s'enfonça dans le bois. Elle décrivit un large cercle autour de la maison pour rejoindre une petite clairière d'où elle aurait une vue meilleure.

Quinze minutes plus tard, tout en prenant garde de ne pas s'asseoir sur du sumac vénéneux, elle s'installa contre un érable. Le chien – *Howard ?* – s'affala à ses pieds en haletant comme si la journée avait été épuisante, et posa son énorme tête sur ses genoux. À quelques mètres d'elle, un homme sortit de la grange de Tommy et regarda autour de lui en plissant les yeux dans le soleil. Turner chaussa ses jumelles et les dirigea sur lui. À ce moment, il tourna la tête vers elle. Elle retint sa respiration. On aurait dit qu'il la regardait dans les yeux et elle se sentit comme un lapin devant un loup. Il semblait dépité, impression accentuée par les rides profondes qui encadraient sa bouche large et ses paupières lourdes qui lui donnaient presque un air endormi. Elle sut intuitivement qu'il ne fallait pas se fier aux apparences. Ce type était intelligent et pouvait certainement se montrer rapide et vif quand il le fallait. Il était grand, ses cheveux poivre et sel étaient coupés court. À cette distance, il était difficile d'en être sûre, mais Turner aurait juré qu'il avait les yeux d'un bleu intense. Et elle comprit immédiatement que c'était l'agent spécial John MacKinnon.

Il se tourna vers quelqu'un que Turner ne distinguait pas. La jeune femme ajusta ses jumelles. Tommy entra dans son champ de vision, il parlait au grand type qui pinça les lèvres avec impatience en l'écoutant. L'agent fit demi-tour, se dirigea vers la voiture de patrouille et se pencha à l'intérieur, Tommy sur ses talons. Turner vit que John avait une grande tasse à la main. Il prit une longue gorgée. Il avait l'air d'écouter le vieil homme d'une oreille distraite – Turner était bien placée pour savoir que nul ne pouvait arrêter son bavardage une fois qu'il était lancé. Des fleurs violettes et un cœur rouge ornaient le mug dans lequel buvait John. C'était une de ces chopes que l'on trouvait dans le commerce et sur lesquelles les enfants pouvaient exprimer librement leurs talents de dessinateurs. Turner sentit son estomac se contracter. Ce mug était sans doute l'œuvre d'une petite fille. Un garçon n'aurait pas dessiné de fleurs violettes. Avait-il des enfants ? Peut-être l'agent spécial MacKinnon était-il marié et avait cinq enfants. Elle haussa les épaules et abandonna les jumelles. Qu'est-ce que cela pouvait lui faire que l'agent du FBI qui lui courait après pour l'arrêter fût marié ? Elle caressa machinalement la tête du chien posée sur ses genoux. Il lui lécha la main et se mit à haleter. Bon sang, elle devait lui trouver un nom ! Turner sortit son téléphone portable de sa poche et pianota sur les touches, puis, de l'autre main, elle tint les jumelles devant ses yeux. Elle vit John, qui parlait toujours avec Tommy, s'interrompre et mettre la main à sa ceinture, ouvrir un étui, en sortir un téléphone et le porter à son oreille.

— MacKinnon, entendit-elle comme s'il était à côté d'elle.

— Quel nom Calvin a-t-il donné à son chien ? demanda-t-elle d'une voix peu assurée.

Il tourna brusquement le dos à Tommy et fit quelques pas. Il avait de grandes jambes, nerveuses et musclées. Elle nota les bottes de cow-boy et se dit malgré elle qu'il devait être hyper-sexy en jean.

— Turner ? demanda-t-il d'une voix basse et acérée, comme s'il n'était pas content de l'entendre.

Dommage.

Elle ignora la question.

— Je dois absolument lui donner un nom. Sinon, je crains qu'il fasse un complexe.

— Où êtes-vous ?

Elle resta silencieuse. C'était plus prudent. Si elle ouvrait la bouche, elle craignait de le lui dire, ou, pire, de lever les bras en l'air en criant : « Je suis là, viens me chercher ! »

— Hyman l'appelait Duke, dit-il en soupirant.

Turner baissa les yeux et regarda le chien.

— Duke ? répéta-t-elle, incrédule.

L'animal ouvrit un œil mais elle n'aurait pu dire si c'était parce qu'il reconnaissait son nom ou simplement parce qu'il réagissait au son de sa voix. Elle reprit :

— Duke ? Comme Marmaduke dans le dessin animé ? C'est un affreux cliché. Calvin manque vraiment d'imagination, pas étonnant que ce chien n'ait aucune estime de lui-même. Vous l'avez vu ?

— Turner, pourquoi ne venez-vous pas ?

Ce type était un séducteur. Elle le voyait parfaitement dans les jumelles. Il se frottait le front d'un air las avec une main. Elle avait envie de le toucher, envie de sentir sa main sur sa peau, de poser sa tête sur sa poitrine, de fermer les yeux et de s'imprégner de son odeur. Elle avait soudain un tel désir de connaître son odeur que c'en était presque douloureux. Pourquoi, après tant d'années de solitude, fallait-il que ce soit justement cet homme qui, derrière les barrières qu'elle avait érigées pour se protéger, devine qui elle était ?

— Il ne peut absolument pas s'appeler Duke, dit-elle finalement en secouant la tête…

— Vous pourriez prendre une douche, changer de vêtements…

— Zeus, c'est mieux.

— Vous pourriez vous en sortir avec un bon avocat. J'en connais un…

— Ou Captain.

— Vous seriez en sécurité...

— Ou Rafe.

— Turner...

— Je ne peux pas.

— Quoi ?

— Je ne peux pas venir, dit-elle surprise de sentir les larmes monter dans ses yeux. Je dois terminer ce que j'ai commencé. Je ne peux pas venir.

À travers les jumelles, elle le vit froncer les sourcils, les sillons autour de sa bouche se creusèrent, puis sa voix l'atteignit à nouveau, basse et intime.

— Je ne peux pas arrêter de vous rechercher, non plus. Vous le savez, n'est-ce pas ?

Oh, mon Dieu.

— Je sais.

— C'est mon job. Je vais vous trouver et je vais vous arrêter.

— Vous pouvez toujours essayer, répondit-elle avec bravade.

— Turner.

Il l'avait dit d'une voix grave et virile, presque un grognement. Mais c'était clairement un avertissement. Elle eut un sursaut inconscient de féminité.

— J'ai quelque chose à faire et vous ne m'en empêcherez pas, agent spécial MacKinnon.

Il y eut un silence, puis il soupira.

— Je vous ai dit de m'appeler John.

— John, répéta-t-elle comme une caresse.

— Vous avez vu les mots croisés de *La Tribune*, ce matin ?

— Vous savez très bien que je ne l'ai pas, répondit-elle en souriant malgré elle.

— Il y en a un sur lequel j'ai vraiment séché. C'était à propos du père de Regan.

— Lear.

— Quoi ?

— C'est le *Roi Lear*, affirma-t-elle.

— Ah. Évidemment, les bibliothécaires ont un avantage sur les agents du FBI, protesta-t-il.

— Seulement sur les agents du FBI qui ne lisent pas Shakespeare.

— Ce qui doit être notre cas à tous.

Souriait-il ? Il lui semblait que les coins de sa bouche s'étaient relevés.

— Il y a sûrement des fans de Shakespeare parmi les employés du gouvernement.

— Peut-être Torelli, mais il est tellement bizarre.

— Qui est Torelli ?

— Mon partenaire.

— Vous ne semblez pas beaucoup l'apprécier.

— C'est vrai. Mais cela ne m'empêche pas de collaborer avec lui pour vous retrouver.

Sa voix était brusque. Pour lui c'était du boulot et il avait sûrement une bonne raison pour la garder aussi longtemps au téléphone. Il avait peut-être envoyé quelqu'un pour fouiller les bois. Soudain paniquée, elle regarda autour d'elle. Le chien leva la tête. Mais non. John ne pouvait absolument pas savoir où elle était. Malgré tout, elle avait été bien imprudente de lui téléphoner.

Elle respira profondément.

— J'ai décidé de l'appeler Glapy.

— Mon Dieu, ce n'est pas très viril !

Elle sourit.

— Glapy. Cela lui va bien. Au revoir, John.

Elle raccrocha.

15

— Vous avez perdu la trace de Yoda et de Bob l'Éponge au milieu d'un marais ? s'exclama John interloqué.

Il baissa la tête et contempla d'un air maussade la version locale de la salade Cobb. Une montagne de laitue iceberg nappée de fromage fondu et décorée de lanières d'une viande rose à l'origine douteuse et à l'aspect peu engageant, le tout présenté dans une boîte en polystyrène. Son idée de départ était de faire un repas plus diététique que la veille, mais apparemment c'était raté.

— On a suivi leurs traces autant qu'on a pu, répliqua Torelli.

Le jeune agent avait l'air à bout de nerfs. Ses cheveux courts étaient plaqués sur son crâne, et sa cravate en soie peinte à la main pendait lamentablement sous son cou, tire-bouchonnée et visiblement fichue. Quant à sa belle veste de costume bleu marine, elle était maculée de taches. John aurait volontiers parié la moitié de sa paie que Torelli n'avait pas croisé un miroir récemment. Il réprima le sourire qui lui montait aux lèvres.

— Vraiment ? répliqua-t-il enfin.

— Vraiment, grogna Torelli qui, après avoir réfléchi, précisa :

— Vraiment, monsieur. Le shérif a même fait venir des chiens, comme si nous étions dans un film à la recherche de prisonniers évadés.

— Est-ce que les chiens ont relevé des traces ?

— Ils ont tourné un moment puis ils ont filé, ajouta-t-il avant de mordre avec appétit dans son sandwich Reuben.

Un filet de sauce salade bien grasse s'échappa et évita de justesse sa cravate. Il avala sa bouchée avec un plaisir manifeste. Le veinard qui malmenait allégrement ses jeunes artères, se dit John avec envie. Il leva les sourcils d'un air interrogateur pour engager le jeune flic à poursuivre.

— Ils ont filé derrière des lapins, précisa Torelli.

— Je vois, commenta John en piquant sa fourchette dans une feuille de laitue. Et quoi de neuf du côté des fusils ? Avez-vous découvert qui les leur a fournis ?

Torelli, qui venait de mordre à nouveau dans son sandwich, prit le temps de répondre.

Ils étaient à nouveau dans la salle de réunion de la mairie de Winosha, lieu choisi autant pour sa climatisation que pour son côté discret. Le shérif Clemmons et son adjoint Larson devaient les rejoindre pour déjeuner avec eux, mais ils étaient en retard. C'était aussi bien : John ne voulait pas marcher sur leurs plates-bandes et il savait que son enquête avancerait plus vite à deux, c'est-à-dire Torelli et lui-même. Le jeune homme avala sa bouchée, puis sortit de sa poche un petit carnet en cuir qu'il se mit à feuilleter avant de tomber sur la page qu'il cherchait.

— Nald vit avec un de ses oncles maternels en pleine cambrousse sur la route G. On a fouillé la cabane dans laquelle ils habitent et je peux vous dire qu'on aurait bien eu besoin de combinaisons de protection. À part des tonnes d'ordures, on a trouvé trois pistolets, dont un seul en état de fonctionner, deux fusils de chasse et un fusil à air comprimé. L'oncle de Nald a dit qu'il avait bien été en possession d'un fusil à canon scié, mais que cela faisait des années qu'il ne l'avait pas vu et qu'il n'avait pas la moindre idée de l'endroit où il pouvait être.

John but une gorgée d'iced tea dans une tasse en polystyrène.

— Bon, c'est peut-être un des fusils que l'on cherche.

— J'en doute. D'après l'oncle de Nald, il l'aurait mis au clou il y a longtemps.

— Possible, mais il ne faut pas négliger cette éventualité.

— D'accord, répondit Torelli en haussant les épaules.

— Qu'avez-vous trouvé sur Fish à part cette histoire de consanguinité ?

— Vous devriez aller voir l'endroit où il vit, dit Torelli en secouant la tête d'un air dégoûté.

Il ouvrit un paquet de chips et commença à manger songeusement. John se sentit saliver. Mon Dieu, comme il haïssait la salade ! Torelli tourna les pages de son carnet en cuir.

— Fish vit seul dans un studio au-dessus de la quincaillerie de Main Street. Encore un vrai trou à rats. Il y a un matelas par terre, une plaque chauffante et une télé plutôt récente. C'est tout.

— Au moins on connaît ses priorités, murmura John.

— Ouais, dit Torelli en finissant son Reuben.

Il s'essuya la bouche avec une serviette en papier et s'adossa contre sa chaise, avant de reprendre :

— En tout cas, il n'y avait pas d'armes. On a trouvé un peu de marijuana, moins de quinze grammes.

John abandonna sa salade et étendit ses longues jambes devant lui, faisant grincer sa chaise en métal.

— Ça ne nous avance pas à grand-chose. Bon, alors où ces types…

— Désolé, nous sommes en retard, l'interrompit le shérif en entrant dans la pièce suivi de Larson qui buvait dans un verre en carton.

— Pas de problème, répondit John fraîchement.

Il attendit que les deux hommes s'installent autour de la table. Clemmons laissa tomber sur la table un sac en papier brun et en sortit un sachet de chips et un sandwich maison au rosbif. Larson s'assit à côté de lui et défit l'emballage d'un énorme double cheeseburger au bacon. Ignorant joyeusement les risques que cette bombe de cholestérol suintant le gras lui faisait courir, il mordit dedans avec voracité. Il essuya le filet de gras qui coulait sur son menton, croisa le regard de John posé sur lui, cligna des yeux et lui tendit le burger.

— Vous en voulez ?

— Non merci, répondit John en levant la main.

— On sait quelle voiture Turner Hastings a échangée contre la sienne, dit Larson la bouche pleine après une deuxième bouchée de burger.

— Oui ?

— C'est un pick-up Chevy bleu ciel de 68. J'ai interrogé un mécanicien du garage en ville. Il dit que Tommy le lui a amené il y a un an pour l'entretien. J'ai vérifié, il est toujours immatriculé et la carte grise est au nom de Tommy.

— C'est du bon boulot, dit John. Torelli et moi étions en train de parler du job des braqueurs.

Le shérif arrêta de mastiquer et se tourna l'air surpris vers Torelli.

— Parce que vous croyez que Nald et Fish travaillent ?

— Je… commença Torelli.

— Est-ce que Nald ne faisait pas un peu de taxidermie avec son oncle ? l'interrompit l'adjoint du shérif.

— Taxidermie ? répéta Torelli, l'air interloqué.

— Ben, oui, vous savez les animaux empaillés, précisa l'adjoint en buvant une gorgée dans son verre en carton.

— Je sais ce qu'est la taxidermie, mais…

— Et il est même plutôt bon, enfin, à moins que ce soit son oncle. En tout cas, vous devriez voir le blaireau qu'ils ont exposé à la quincaillerie. Il est assis sur son derrière avec une paire de lunettes sur le nez, on dirait un prof dans sa classe, et les élèves sont des chipmunks, des petits écureuils rayés ! C'est le truc le plus marrant que j'aie jamais vu ! s'exclama-t-il en se tapant sur les cuisses.

— J'imagine volontiers, répliqua Torelli de son accent new-yorkais le plus pointu.

— Et Fish, que fait-il ? coupa John.

— Euh, dit l'adjoint à court d'informations.

— Il lui arrive de conduire le bus scolaire, suggéra Clemmons.

— Oui, mais c'était avant... fit remarquer Larson.

— Oui, avant le printemps, ajouta Clemmons. Il a démarré le bus et a laissé le volant à Ralston Fish – c'est un de ses cousins et le pire jeune délinquant que j'aie jamais vu, et il n'a que neuf ans. Quoi qu'il en soit, Ralston a conduit le bus directement dans la vitrine du Kwik Trip. Heureusement, il n'allait qu'à quinze kilomètres à l'heure. Personne n'a été blessé, mais la direction de l'école a aussitôt viré Fish.

John resta pensif un moment, réfléchissant à la morale de ce conte rural en évitant soigneusement de croiser le regard de Torelli.

— Cela veut dire qu'ils sont tous les deux sans emploi, dit ce dernier après s'être éclairci la voix, et qu'ils sont sans ressource, ou presque. La taxidermie ne doit pas rapporter beaucoup d'argent à Nald, ajouta-t-il en regardant Larson. Pour Hastings, ce sont de parfaits pigeons.

John s'apprêta à répliquer mais le shérif fut plus rapide.

— Je ne sais pas si nous pouvons affirmer que Turner est derrière tout ça !

Tous les regards se tournèrent vers lui, il s'interrompit et devint tout rouge, mais il reprit courageusement.

— Écoutez, je connais Turner depuis longtemps. Je connaissais sa mère et son père, et aussi Rusty Turner. Elle n'a pas de casier judiciaire, n'a jamais causé de trouble à l'ordre public, pas même de contravention pour excès de vitesse.

— On l'a vue sur la cassette, coupa Torelli.

— Elle vidait le coffre-fort de Hyman, objecta Clemmons d'une voix irritée, je le sais, mais cela ne veut pas nécessairement dire qu'elle a demandé à Nald et à Fish de braquer la banque.

— Elle est entrée chez Hyman par effraction, dit John d'une voix lente. Elle l'a reconnu elle-même, ajouta-t-il en ignorant délibérément le regard acéré de Torelli, préférant s'adresser au shérif.

— Oui, mais elle n'a rien volé qui ait de la valeur, et entrer chez quelqu'un par effraction n'est pas un crime violent, objecta le shérif, ce n'est pas comme menacer des gens avec une arme.

— Yoda et Bob l'Éponge n'ont pas été très violents. Ils auraient pu aussi bien se tirer dessus que tirer sur quelqu'un, se moqua Torelli en se balançant sur sa chaise.

— Je suis d'accord avec vous. Ils ont descendu la verrière et explosé la porte d'entrée, dit Clemmons d'une voix coupante. Ces deux imbéciles ne contrôlaient même pas leurs armes, on a eu de la chance qu'ils n'aient pas tué quelqu'un accidentellement.

— Ouais, ajouta Larson en frissonnant, j'aurais pu y laisser ma peau.

— C'est vrai, reconnut le shérif, celui qui les a armés et les a envoyés braquer cette banque a pris le risque qu'ils tuent un innocent. Je ne vois pas du tout Turner Hastings faire quelque chose d'aussi irresponsable.

Torelli arrêta de se balancer, les pieds de sa chaise touchèrent le sol bruyamment.

— Hastings est entrée chez Hyman par effraction, elle a vidé son coffre-fort, elle est entrée sur son ordinateur et elle est repartie avec son chien, entre autres. Moi, je trouve cela très irresponsable !

— Elle avait ses raisons ! protesta Clemmons en se levant.

— Quelles raisons ? demanda Torelli en fronçant les sourcils.

Le shérif se rassit et passa la main dans ses cheveux clairsemés.

— Son oncle. Vous n'ignorez pas qu'il a été viré de la banque après avoir été accusé de détournement de fonds ?

— Mac me l'a dit, répondit Torelli.

— Calvin l'a mis à la porte et Turner l'a très mal pris. Je me suis toujours demandé s'il aurait été déclaré coupable si l'affaire avait été jugée.

— Il n'a pas essayé de se défendre ? demanda John.

— Non, il est mort avant. Il a fait un infarctus avant même qu'une date soit fixée pour un procès. Entre-temps, il s'était quasiment ruiné en frais d'avocats et en caution. Et il n'avait que Turner de son côté. Le frère de Turner n'est même pas venu de Californie avant le jour de l'enterrement.

— Elle avait d'autant plus de raisons de braquer la banque et d'en vouloir à Hyman, souligna Torelli en haussant les épaules. Je suis désolé, mais vous n'avez pas bien défendu votre cause, monsieur.

— Quelqu'un d'autre aurait-il eu intérêt à braquer la banque dans cette ville ? demanda John.

— Bien sûr, tous les feignants, répondit Clemmons en riant.

— Mais personne en particulier ?

Le shérif ouvrit la bouche puis la referma et dit :

— Non.

— Bon alors, je propose que nous nous concentrions sur Turner Hastings jusqu'à ce que nous ayons une autre piste, admit-il à regret.

Il n'aimait pas le reconnaître, mais c'était son job et tout désignait Turner.

— Apparemment, elle a une idée en tête, dit Torelli.

— Oui, acquiesça John d'un air sombre, et cela concerne Hyman. Où peut-elle être allée ?

— Allée ? demanda le shérif alarmé.

— Elle cherche quelque chose. Où cela peut-il être ? Est-ce que Hyman a un bureau ou...

— Il a un cottage, un cabanon.

Tous les regards convergèrent, ce qui le fit rougir jusqu'à la racine de ses cheveux ras.

— Il est au bord d'un lac, je crois.

— C'est vers Rhinelander, précisa Clemmons avec lassitude. Je peux vous trouver l'adresse précise.

— Bien, Larson et moi on continue à chercher Turner Hastings. Torelli, vous vous chargez de Yoda et Bob l'Éponge, dit John en se levant pour jeter les restes de son repas dans la poubelle.

— Où ? demanda Torelli en se levant à son tour. On a déjà fouillé le marais ce matin.

— Ils en sont bien sortis à un endroit ou à un autre.

— Mais ils peuvent être…

— Un problème avec cette mission ? demanda John.

— Non, monsieur.

Torelli jeta la boîte en polystyrène qui avait contenu son repas dans la poubelle et sortit.

— Je suppose que je continue à faire équipe avec lui ? demanda le shérif en levant les yeux au ciel.

Et il quitta la pièce à son tour.

John se tourna vers Larson.

— Je ne savais pas que Turner avait un frère.

— Désolé, monsieur, dit l'adjoint en rougissant. Il vit quelque part en Californie. Comme l'a dit le shérif, il n'est pas revenu à Winosha depuis quatre ans. Je ne savais pas…

— Ne t'inquiète pas, interrompit John. Trouve-moi son numéro de téléphone. Je veux lui parler.

Peut-être le frère de Turner pourrait-il l'innocenter ? À moins qu'il la charge davantage.

16

Le plus difficile, quand on est en cavale, c'est de trouver un endroit pour dormir, se dit Turner. C'était la troisième nuit – on était lundi soir – qu'elle allait passer dans le pick-up et elle en avait assez. Elle adorait la vieille voiture, mais les sièges en vinyle étaient durs et peu confortables, et désormais ils étaient deux. Et l'autre passager était un gros, très gros chien.

Turner poussa l'arrière-train osseux de Glapy mais le pauvre animal n'avait pas d'autre endroit où se mettre. Elle avait bien essayé de le faire coucher sur le plancher du pick-up mais il lui avait fait pitié. L'énorme danois était coincé dans un espace qui pour lui était minuscule, si bien que, prise de remords, elle l'avait fait remonter sur le siège. Il s'était installé du côté conducteur et elle s'était lovée contre la vitre du passager. Ils auraient pu dormir à la belle étoile, mais elle avait craint d'être dévorée vivante par les moustiques.

Turner se retourna en soupirant. Sa jambe gauche s'engourdissait, si seulement tout son corps pouvait en faire autant ! Elle repensait à la conversation qu'elle avait eue avec Tommy l'après-midi même. Elle avait attendu que John et Doug Larson fussent partis pour quitter sa cachette avec Glapy. Qu'elle ait dérobé son chien à Hyman avait mis le vieil homme aux anges. Il lui avait préparé des hamburgers que l'animal avait dévorés en un clin d'œil, attendant sagement la suite, ce qui avait beaucoup amusé Tommy. Finalement, il avait fini tous les restes qui étaient dans le réfrigérateur pendant que Turner s'entretenait avec le vieil homme. Non seulement celui-ci connaissait l'emplacement du cottage de Calvin, mais il y était déjà allé. Turner s'était alors souvenue que, autrefois, Calvin, Tommy et Rusty étaient amis ; c'était bien avant que Calvin trahisse et détruise Rusty.

Et elle.

Le cottage était au bord d'un lac, près de Rhinelander, au nord-est de l'État, à l'autre bout du Wisconsin. Quand elle avait quitté Tommy, l'après-midi était déjà bien avancé. La jeune femme avait fait monter le chien dans la voiture et ils avaient pris la direction du sud par des routes secondaires. Elle espérait rejoindre la nationale 8 et la suivre jusqu'à Rhinelander, mais la nuit était venue et elle avait de plus en plus de mal à garder les yeux ouverts. Finalement, elle avait renoncé, avait quitté la route et s'était installée pour dormir. Mais elle ne parvenait pas à trouver le sommeil. Elle poussa encore une fois Glapy qui ronflait bruyamment.

Si seulement…

Son téléphone sonna dans le noir, la faisant sursauter. Glapy leva sa grosse tête et la regarda d'un air interrogateur. Turner fouilla dans son sac à main, cherchant son portable à tâtons. Lorsqu'elle l'eut en main, elle reconnut le numéro affiché sur l'écran ; il lui semblait presque familier maintenant.

— Allô ?

— Où êtes-vous ?

Sa voix était plus grave ce soir, comme s'il était fatigué. Cette fois, elle avait un visage à associer avec la voix. Elle l'imagina allongé sur un canapé, sans veste, ses longues jambes étendues devant lui, se passant la main sur le visage. Avait-il une barbe naissante en fin de journée ou seulement le matin au réveil ? Elle tenta de garder une voix ferme, mais quand elle ouvrit la bouche, elle fut surprise de la douceur avec laquelle elle lui parla.

— Savez-vous l'heure qu'il est ?

— Onze heures passées.

— C'était une question purement rhétorique. À cette heure-ci, la plupart des gens sont couchés.

— C'est votre cas ?

Elle s'installa contre la portière de la Chevy, Glapy s'était rendormi et ronflait à nouveau.

— Vous savez très bien que non.

Il y eut un silence bref.

— Rendez-vous. Vous dormirez dans un lit. Vous aurez l'air conditionné, de l'eau chaude…

— Vous savez pertinemment que je ne le ferai pas.

— Turner…

— Qui vous a fabriqué votre mug ?

— Quoi ?

— Votre mug. Celui qui a des fleurs violettes et un grand cœur rouge…

— … Chez Tommy ! s'exclama-t-il d'une voix blanche.

Elle ne répondit pas.

Il prit une inspiration profonde, elle l'entendit à travers le téléphone. Lorsqu'il parla à nouveau, il y avait de la colère dans sa voix.

— Vous m'avez vu chez Tommy. Où vous cachiez-vous ? Je suis certain d'avoir fouillé cette maison et ce hangar de fond en comble.

— Je n'étais pas là.

— Alors, où m'avez-vous vu si ce n'est pas là-bas ?

— Non, corrigea Turner en grimaçant, je veux dire, j'étais chez Tommy, mais ni dans le hangar, ni dans la maison.

— Où, alors ?

— Quelle importance ? Je n'y retournerai pas.

Silence. Elle soupira et reprit :

— J'étais dans le bois, en face du hangar. Avec Glapy.

— Merde, s'exclama-t-il d'un air dégoûté.

— Vous ne pouviez pas savoir...

— Pendant toute notre conversation ?

— Oui, répondit-elle en se sentant bêtement coupable. C'est votre fille qui l'a fait ?

Étrangement, il répondit comme s'il avait suivi le cours de sa pensée.

— Non, ce mug, c'est une de mes nièces qui l'a fait pour moi à la maternelle. C'était un cadeau de Noël.

C'était fou, mais elle était heureuse qu'il ne soit pas marié.

— Ah, dit-elle, se sentant soulagée. Je croyais que vous aviez une fille.

— J'en ai une. Elle a seize ans. Cela fait trois ans que je ne lui ai pas parlé.

Elle retint sa respiration. Il avait dit cela naturellement, mais il ne pouvait pas se sentir aussi blasé d'être devenu un étranger pour son propre enfant. Elle se demandait s'il était encore marié.

— Pourquoi ? demanda-t-elle simplement.

— Vous voulez quelle version ? La longue ou la courte ?

— J'ai toute la nuit devant moi, murmura Turner, allons-y pour la longue.

— De toute façon, il n'y a pas grand-chose à en dire, coupa-t-il d'une voix brusque comme s'il regrettait d'avoir accepté de parler de sa fille. Voilà, je me suis marié jeune, j'ai eu un enfant et puis j'ai divorcé. Mon ex s'est remariée, puis elle a déménagé dans l'État de Washington et finalement son deuxième mari a adopté ma fille.

Elle resta silencieuse un moment, écoutant les criquets dans les bois.

— Comment s'appelle-t-elle ? demanda-t-elle enfin.

— Rachel.

— C'est un joli...

Il interrompit soudain ce qu'elle allait dire banalement.

— Comme je le disais, elle est en dehors de ma vie, elle ne m'a pas parlé depuis des années.

Cela devait être douloureux pour sa fierté personnelle. Elle ne l'imaginait pas renoncer facilement à quelque chose qui avait été sien, surtout l'amour d'un enfant.

— Cela doit être difficile.

— Je ne souhaite pas en parler, répondit-il simplement. Comment va Glapy ?

Turner regarda le chien qui ronflait tranquillement. Sa tête était posée sur le volant. Elle espérait qu'il ne baverait pas.

— Il est un peu à l'étroit.

Il eut un petit rire bref.

— Vous auriez dû y réfléchir à deux fois avant de kidnapper un danois.

— Je préfère parler de libération.

— On dirait une écoterroriste, la gronda-t-il. Comment êtes-vous habillée ?

Elle plissa les yeux, aussitôt sur ses gardes.

— Qu'est-ce que c'est que cette question ?

— C'est une question un peu spéciale.

— Il me semble que je ne vous connais pas assez pour jouer à ce genre de jeu.

— Vraiment ? demanda-t-il lentement à voix basse.

Elle regarda dehors par la fenêtre du pick-up et fixa la nuit noire en clignant des yeux. S'il était là, dehors, tout proche, elle serait terrifiée, et pas seulement à cause du risque d'être arrêtée. Pourquoi était-il si perspicace ? si fin ? si attirant ?

— Je ne sais même pas si vous êtes marié aujourd'hui.

— Je ne le suis pas.

— Vous ne m'avez jamais rencontrée, vous ne me connaissez pas, murmura Turner.

— J'ai fouillé dans votre tiroir de lingerie chez vous.

— Quoi ? Mais vous n'aviez pas le droit !

— C'est mon job, coupa-t-il. Vous le savez. Au moment où vous avez ouvert le tiroir du bureau de Hyman, où vous avez fait ce petit sourire narquois à la caméra de surveillance de la banque, vous avez déclenché une série d'événements que vous n'êtes plus en mesure d'arrêter. Ni moi, d'ailleurs.

Elle serra les poings. Elle le savait, mais ce qui était choquant, c'était sa façon directe de le lui dire.

— Vous...

— Je vais faire bien plus que de fouiller dans votre lingerie, chérie, je vais vous faire tomber. Et c'est moi qui vous passerai les menottes. Nul autre que moi, dit-il d'une voix implacable.

— Pourquoi me dites-vous cela ? demanda-t-elle, la gorge serrée, en respirant avec difficulté.

— Parce que je représente ce maudit FBI, voilà pourquoi. Ce n'est pas un jeu pour moi, c'est mon travail. C'est ce que je fais dans la vie.

— Alors pourquoi parlez-vous ainsi avec moi ?

— Je n'en sais rien, grommela-t-il entre ses dents, comme si les mots avaient du mal à franchir ses lèvres. Vous avez fixé la règle du jeu avant que j'entre dans la partie, j'ai pris les choses en route.

— Je devrais raccrocher.

— Vous devriez, dit-il d'une voix plus calme. Mais ne le faites pas.

— Pourquoi pas ? dit-elle, sentant les larmes monter. Nous sommes sur deux versants opposés, tellement éloignés que nous pourrions aussi bien être sur deux continents différents. Deux mondes distincts.

Il y eut un silence à l'autre bout de la ligne, elle ferma les yeux, juste pour mieux entendre sa respiration.

— J'ai parlé à votre frère aujourd'hui, dit-il soudain.

Elle écarquilla les yeux.

— Brad ?

— Oui.

— Pourquoi ?

— C'est la procédure habituelle, on prend contact avec la famille du fugitif.

— Fugitif ? s'exclama-t-elle, choquée.

— Et il est votre seule famille, n'est-ce pas ?

Elle ne répondit pas.

Il attendit un peu, puis poursuivit d'une voix douce :

— À part votre père, évidemment.

— C'est du bon boulot, mais je ne crois pas que papa compte dans la mesure où il est parti alors que j'avais à peine trois ans.

— Et Brad, il compte ?

— Bien sûr, dit-elle avec impatience. En voilà une question !

— D'après lui, vous vous parlez rarement. Les dernières nouvelles qu'il a reçues de vous, c'était une carte pour son anniversaire.

— Et alors ? Nous sommes tous les deux adultes. Qu'attendiez-vous ? Qu'on s'appelle tous les jours ?

— Et pourquoi pas ? Je parle à ma sœur aînée au moins une fois par semaine, et plus quand ses ados la font tourner en bourrique et qu'elle a besoin de se changer les idées.

C'était la deuxième fois qu'il parlait des siens. Elle ne l'avait pas imaginé avec une famille autour de lui, cela ne collait pas avec l'image qu'elle avait d'un agent du FBI.

— Combien de sœurs avez-vous ? demanda-t-elle intriguée.

— Trois, dit-il avec un sourire dans la voix. Une plus âgée, c'est Lisa, et deux plus jeunes, Sheryl et Karen.

— Pas de frères ?

— Non.

— Cela a dû être sympa de grandir dans une grande famille.

— Non, pas quand on est pressé le matin de partir au lycée et qu'il y a trois filles dans la salle de bains en train de se maquiller.

— Quand même…

Elle s'interrompit pour bâiller.

— Vous êtes fatiguée ?

— Un peu.

— Je devrais vous laisser pour que vous puissiez dormir.

Mais il ne raccrocha pas. Elle coinça le téléphone entre son épaule et sa joue et laissa tomber sa tête sur l'appui-tête. Dehors, les criquets donnaient un concert doux et triste.

— Bonne nuit, John.

— Bonne nuit, Turner, murmura-t-il dans son oreille.

Elle entendit le clic puis raccrocha à son tour. Elle voyait un croissant de lune à travers le pare-brise. L'astre brillait sereinement dans la nuit. La température avait finalement chuté, elle frissonna et resserra ses bras autour de ses épaules. Il n'y avait rien de plus mélancolique que de contempler un ciel plein d'étoiles toute seule.

17

Calvin Hyman regarda à travers le pare-brise de sa Cadillac DeVille crème modèle 2006. Il cherchait le chemin, mais devant lui, tout était noir parce qu'il était presque minuit. La seule chose qu'il voyait, c'était le V lumineux que ses phares dessinaient et malgré cela, tout lui paraissait étrangement sombre. Difficile d'identifier quoi que ce fût. Autour de lui, il faisait noir comme dans un four. Le chemin était par là, il le savait, mais cela faisait des années qu'il n'était pas allé au lac et c'était impossible de…

Ici !

Il avait failli rater l'embranchement, mais il donna un coup de volant et s'engagea dans le chemin poussiéreux et accidenté. Il grommela quand un caillou rebondit contre une portière. Avec la chance qu'il avait en ce moment, la porte serait rayée. Il faudrait qu'il jette un coup d'œil plus tard et qu'il se rende chez le carrossier de Superior. Les garagistes de Winosha étaient des incapables : il n'était pas question qu'il les laisse s'approcher à moins de dix mètres de sa Cadillac. Il avança au pas, la route était défoncée et il ne voulait pas prendre le risque de laisser son pot d'échappement dans un nid-de-poule. Il avait dit à Shannon qu'il allait à une soirée poker entre hommes, mais cela lui ressemblerait bien d'examiner la voiture sous toutes les coutures à son retour, pour chercher un signe de duplicité. Il ne savait pas pourquoi, mais elle doutait de sa fidélité bien qu'il ne lui eût jamais donné de raison de la remettre en cause. Si elle croyait qu'il lui mentait, elle deviendrait hystérique, ce qui était bien la dernière chose dont il avait besoin en ce moment.

Les deux derniers jours avaient été un enfer. D'abord le braquage de la banque et toute l'angoisse que cet événement avait provoquée. Puis, alors qu'il commençait à se détendre, que les choses semblaient se tasser et qu'il s'apprêtait à rentrer chez lui l'esprit tranquille, la menace de cet audit désastreux enfin levée – au moins pour le moment –, il avait vu Turner Hastings cambrioler son coffre-fort. Il avait failli tomber dans les pommes devant toutes les personnes présentes dans la salle municipale de Winosha. Qu'est-ce qu'elle pouvait bien faire là ? Il avait pensé – non, espéré – que c'était un de ces hasards étranges de la vie qui avait transformé cette vieille fille bibliothécaire en professionnelle du crime. Mais même ce soir-là, ce samedi soir, en visionnant la cassette, il savait au fond de lui que ce n'était pas par hasard qu'elle avait dérobé le contenu de son coffre-fort.

Et puis elle s'en était pris à son domicile. Elle avait exploré le disque dur de son ordinateur. Il n'avait plus aucun doute, elle voulait le faire tomber. Elle en avait après lui pour sauver l'honneur de Russel Turner. Tout cela à cause du sacrifice que Calvin avait fait quatre ans plus tôt. Il l'avait échappé belle alors. Cela sentait le roussi, les vérificateurs des comptes allaient lui poser des questions et il fallait que quelqu'un paie les pots cassés. Il était profondément désolé que cela tombe sur Rusty, mais c'était le seul dont la culpabilité fût crédible. Le détournement de fonds ne pouvait avoir été commis que par quelqu'un de haut placé dans la hiérarchie. Par ailleurs, et bien qu'il aimât Rusty comme un frère, il s'était dit qu'après tout son vieil ami avait fait une belle carrière et qu'il était désormais proche de la retraite. Il l'avait sacrifié et, avec le temps, avait cru que c'était une vieille histoire, oubliée depuis quatre ans et à laquelle personne ne pensait plus. Mais voilà que Turner Hastings s'était mis en tête de tout ressortir au grand jour, et s'était lancée dans une revanche ridicule pour laver l'honneur de Rusty qui, depuis, était mort et enterré. Garder rancune aussi longtemps était à l'évidence un signe d'instabilité mentale. C'était sans doute pour cela qu'elle avait kidnappé le chien. Turner Hastings avait l'esprit troublé, elle perdait la boule, il en était persuadé. Quel dommage qu'il ne puisse pas l'expliquer simplement au shérif. Elle avait aussi parfaitement choisi son moment. Les primaires de septembre approchaient, elles auraient lieu dans moins de deux semaines. Carter, le représentant de l'État qui prenait sa retraite, lui avait promis que le siège qu'il quittait était pour lui. Calvin était si proche du but, si près de devenir un membre du corps législatif de l'État !

Il rêvait de lancer cela à la figure de tous ceux qui parlaient dans son dos quand il était enfant. Pauvre Calvin Hyman, vous avez appris que son père est parti ? Pauvre Calvin Hyman, sa mère s'est encore soûlée hier soir, au bar, elle a fini la soirée ivre morte. Pauvre Calvin Hyman, cela fait deux ans qu'il a la même salopette, le fond de culotte est usé jusqu'à la corde.

Eh bien, le pauvre Calvin Hyman était devenu le maire de la ville. Il était aussi président de la banque, membre respecté de l'Église luthérienne et du conseil d'établissement de l'école. Ce pauvre Calvin Hyman était l'homme le plus puissant de la ville et, bientôt – c'était tellement proche qu'il savourait déjà la victoire –, il serait l'homme le plus puissant du district. Il allait devenir membre de la Chambre des représentants. Il allait faire partie de ceux qui décident les lois. Alors, elles en disent quoi, les commères de la ville ?

Bientôt.

Si seulement Turner Hastings ne s'était pas mis en tête de fouler tous ces beaux rêves à ses pieds !

Il consulta l'heure sur le tableau de bord. Il n'était que 23 h 46, il était donc un peu en avance. Calvin se gara sur le bas-côté et coupa le contact. En refroidissant, le moteur émit de petits bruits, dehors les insectes bourdonnaient. Il s'installa confortablement, faisant grincer le cuir du siège et regrettant soudain de ne pas avoir emporté un magazine pour passer le temps. Mais il aurait épuisé la batterie de la voiture s'il avait allumé pour lire.

La porte côté passager s'ouvrit brutalement et la lumière du plafonnier éclaira brièvement un homme grand et barbu portant de grosses lunettes noires. Sa corpulence était impressionnante, Calvin eut l'impression que l'habitacle avait soudain rétréci. Et l'odeur ! Le banquier plissa le nez de dégoût. C'était un mélange de transpiration, d'antimoustique et de tabac froid. Quelque chose qui évoquait la puanteur d'une mouffette écrabouillée.

— Vous avez le fric ? demanda Hank, allant droit au but.

— Bien sûr, répondit Calvin en s'éclaircissant la gorge. Mais je veux que nous discutions des termes de notre contrat d'abord.

— Les termes ? demanda l'homme en se tournant vers lui. De quels termes voulez-vous discuter ? Vous voulez que la fille meure, je veux l'argent. Y'a rien d'autre à discuter.

Calvin se crispa. Bon sang, le type était direct, il n'y allait pas par quatre chemins. Mais c'était aussi pourquoi il l'avait choisi. Un homme civilisé n'aurait pas pu exprimer les choses aussi crûment.

— Il me faut un alibi pour le jour où vous le ferez.

— Un alibi ? Comme à la télé ?

— Ne soyez pas insultant, répliqua Calvin en se tournant à demi vers lui. Ils pourraient me suspecter et…

— Pourquoi ?

— Cela ne vous regarde pas. Planifiez les choses et faites-moi savoir quand vous êtes prêt. J'ai un dîner demain soir et…

— Pas possible, dit Hank, presque maussade.

Il devait être gros fumeur car sa voix était rauque et éraillée.

— Pourquoi ?

— Vous m'avez dit que vous ne savez même pas où elle est. Il faut d'abord que je la trouve...

— Elle cherche mon cabanon de pêche, répliqua Calvin d'une voix impatiente.

Cela ne pouvait pas échouer maintenant, le nord du Wisconsin ne regorgeait pas de tueurs à gages et Hank était sa seule chance.

— Mais vous ne savez même pas quand elle va se pointer là-bas, cela va vous coûter un max.

— Nous étions d'accord sur la somme. Cinq mille dollars. La moitié maintenant et...

— Non. Je veux tout maintenant.

— Tout ? s'écria Calvin qui, s'apercevant qu'il parlait trop fort, baissa le ton.

Ils étaient seuls, mais on ne sait jamais. Il reprit à voix basse :

— Est-ce que vous me prenez pour un imbécile ? Si je vous donne tout maintenant, vous partirez avec l'argent.

— Non.

— Bien, dit Calvin en soupirant, je vais vous donner trois mille avant et quand vous l'aurez tuée, vous aurez les deux mille restants.

— Trois mille.

— Écoutez, on était convenu de... commença Calvin, sentant l'impatience le gagner.

— Non, répliqua Hank en se tournant vers lui – son corps massif masqua la fenêtre et il fit soudain plus sombre à l'intérieur de l'habitacle. Je veux trois mille maintenant et trois mille après.

— C'est... hoqueta Calvin pour une fois à court d'argument. C'est scandaleux !

— Ce sont mes conditions, répliqua Hank.

Il sortit un paquet de cigarettes de sa poche et en alluma une sans demander la permission. L'odeur de la fumée combinée à la puanteur de l'homme manqua faire défaillir Calvin. Il fallait qu'il se débarrasse vite du bonhomme, sinon il risquait de suffoquer.

— Trois mille maintenant, deux mille cinq cents plus tard.

Hank ouvrit la portière. La lumière du plafonnier s'alluma, révélant ses cheveux gras collés sur son crâne. Ses lunettes noires masquaient ses yeux, impossible de déchiffrer ce qu'il pensait. Il se leva.

— D'accord, d'accord, cria Calvin en s'agrippant à son volant.

Il avait envie de le laisser partir et de le faire mariner un moment pour qu'il revienne à de meilleures dispositions, mais il savait qu'il n'avait pas le choix. Il avait besoin de lui. Maintenant.

— D'accord. Trois mille avant et trois mille après. Asseyez-vous.

Hank se rassit lentement et referma la porte. À l'intérieur de la voiture, l'obscurité revint.

— Bien.

Calvin sortit une enveloppe épaisse de la poche de son pantalon et la lui tendit.

— Je n'ai que deux mille cinq cents parce que c'est le prix sur lequel nous nous étions mis d'accord. Je peux vous donner les cinq cents restants demain matin.

Sans répondre, l'homme ouvrit la portière pour faire de la lumière, décacheta l'enveloppe et, tout en tenant toujours sa cigarette entre ses doigts, compta les billets un à un. Calvin bouillait. À la fin, Hank enfouit la liasse au fond de la poche de son jean et tendit l'enveloppe vide à Calvin. Il tira sur sa cigarette, enfumant la voiture encore davantage.

— OK, mais souvenez-vous je ne ferai rien tant que je n'aurai pas les cinq cents restants.

— D'accord.

Hank commença à sortir de la voiture, Calvin l'arrêta.

— Hé, vous avez besoin d'une photo, dit-il en fouillant dans sa poche.

— Ah oui.

Calvin trouva le cliché. Il lui avait fallu un certain temps pour mettre la main dessus. Il l'avait finalement trouvé dans une série qui avait été prise lors d'un pique-nique de la banque quelques années plus tôt. Le visage de Turner n'était pas très grand mais on voyait bien ses lunettes rondes et ses cheveux longs. C'était suffisant pour la reconnaître. Hank prit la photo sans même y jeter un coup d'œil et elle alla rejoindre l'argent au fond de sa poche. Puis il sortit de la voiture.

— N'oubliez pas de me prévenir à l'avance, cria Calvin. Vous avez mon numéro, appelez-moi.

— Ouais, ouais, dès que j'aurai les cinq cents.

Il fit un vague signe de la main et s'éloigna sans se retourner. L'obscurité l'avala, la lumière de sa cigarette fut la dernière à disparaître.

Calvin démarra et fit marche arrière pour revenir sur la route.

Il fallait que ça marche.

Son avenir en dépendait.

18

Le mardi matin, Turner venait de prendre la première sortie sur la nationale 53 lorsque son téléphone sonna. Elle regarda son sac à main posé à côté d'elle. Depuis le braquage du samedi précédent, personne ne l'avait appelée, sauf un certain agent du FBI. Elle sentit son cœur battre follement. À la radio, les Dixie Chicks préparaient avec jubilation le meurtre d'Earl. Elle chantait à tue-tête avec elles – c'était étrange, les Chicks et elle semblaient avoir la même philosophie de la vie ces jours-ci –, mais en entendant la sonnerie, elle s'interrompit. Glapy, allongé sur le siège du passager, ouvrit un œil. Le téléphone se manifesta à nouveau. Elle ne voulait pas répondre. Parler avec John ne la mènerait nulle part. Et ce n'était pas sain. Bon sang, il était en train de la chercher partout pour l'arrêter. Devant elle, elle vit un autre panneau de sortie. Elle s'engagea sur la voie en se mordant la lèvre. Elle avait décidé, ce matin, de prendre la 53 vers le sud, espérant que ce serait plus rapide. Elle monta le long de la rampe, passa la première et arrêta le moteur, clouant le bec des Chicks en plein milieu d'une vocalise. Elle prit son portable, qui sonnait toujours, afin de vérifier que ce n'était pas John. En fait, le numéro de code géographique ressemblait à celui de...

— Brad !

Elle entendit un soupir exaspéré à l'autre bout du fil.

— Tu en as mis un temps à décrocher, Turn !

— Pourquoi appelles-tu ?

Elle se sentait vraiment très exposée en haut de cette rampe. Tôt ou tard, John allait alerter la police de la route, c'était même peut-être déjà fait et son instinct lui disait de quitter les lieux au plus vite.

— Oh, c'est sympa ! Je ne t'ai pas parlé depuis, quoi ? Noël ? Et la première chose que tu veux savoir, c'est pourquoi je te téléphone ?

— Brad, pourquoi téléphones-tu ?

Glapy s'assit et posa une de ses grosses pattes sur le rebord de la fenêtre. La pauvre bête avait probablement besoin de faire un arrêt-pipi.

— Écoute, dit Brad, il y a un agent du FBI qui a appelé mon bureau six fois hier et qui a l'air d'avoir des problèmes avec toi.

— Six fois ? demanda Turner en souriant à l'idée de John essayant de briser les différents barrages pour atteindre son frère.

Brad était une grosse pointure et, dans son entreprise de Silicon Valley, il n'y avait que deux impératifs, les délais et la bonne santé des actions de sa société.

— J'ai fini par prendre son appel parce qu'il a menacé d'envoyer un agent local du FBI pour m'interroger. Cela dit, poursuivit-il d'une voix amusée, je suis presque sûr qu'il n'aurait pas pu faire une chose pareille, les lois de Californie n'autorisent pas ce genre de trucs.

— Et alors ?

— Il m'a raconté une histoire incroyable. D'après lui, tu aurais braqué une banque ! Je me demande s'il t'a bien regardée. Ton plus grand frisson, c'est tout de même de faire les mots croisés du dimanche…

Turner regarda la route ; il n'y avait pas un souffle d'air et, depuis qu'elle avait arrêté la voiture, la chaleur était devenue insupportable. Un semi-remorque, portant sur ses flancs une immense photo d'un sachet de chips, la dépassa. À côté d'elle, Glapy gémit.

— Turn ? reprit Brad plus sérieusement.

— Quoi ? demanda-t-elle.

Elle sortit de la Chevy, claqua la portière et se sentit aussitôt écrasée de chaleur.

— Tu n'as pas braqué la banque ?

— Tu sais ce qui est arrivé à Rusty, Brad, dit-elle en contournant la voiture pour ouvrir au chien.

Celui-ci sauta dans l'herbe et leva aussitôt la patte contre un arbuste desséché. Si le buisson n'était pas déjà mort, cette fois il ne résisterait pas.

— Tu ne reparles pas encore de... Enfin, Turner, cela s'est passé, quoi... il y a cinq ans ? Tu ne vas tout de même pas ressasser cette vieille histoire ?

Elle raccrocha et croisa les bras, regardant Glapy qui courait joyeusement sur le bas-côté.

— Hé ! cria-t-elle.

Le chien s'arrêta, la tête levée vers elle, les oreilles dressées, la parfaite image d'un noble danois fier et racé. Au moins, il répondait à sa voix.

— OK, dit-elle.

Et le chien retourna à ses occupations.

Le portable sonna une nouvelle fois.

Elle décrocha.

— Quoi ?

— C'est dingue...

Elle raccrocha.

Un van argenté avec deux canoës sur le toit s'arrêta au stop au bout de la rampe de sortie. Elle tourna la tête vers le chien, prête à intervenir, mais il ne s'approcha pas de la route. Dans le van, un petit garçon fit de grands signes au dogue. Le téléphone sonna.

— Quoi ?

— Pour l'amour du ciel, Turner, ne raccroche pas, s'exclama Brad, apparemment à bout de nerfs.

— Pourquoi ?

— Parce que je suis ton frère.

Turner tourna le dos à la route et tenta de refouler les larmes qui montaient.

— Il y a quatre ans, à l'enterrement de Rusty, tu m'as dit que j'étais folle, et aujourd'hui tu recommences. Tu crois qu'il l'a fait, qu'il a détourné l'argent de la banque dans laquelle il a travaillé toute sa vie. Tu m'as lâchée.

— Je suis désolé.

— Vraiment ?

Il soupira.

— Que veux-tu que je te dise, Turner ? Que je suis content que tu aies cambriolé une banque ? Écoute, j'ai un bon copain qui bosse au bureau du District Attorney. Je n'ai qu'à lui passer un coup de fil et…

— Brad ?

— Il te recommandera le meilleur avocat dans ton coin et…

— Brad ?

— Si tu ne peux pas le payer, je prendrai les frais à ma charge et…

Turner soupira et attendit que son frère se calme. Elle siffla pour appeler Glapy. Le chien inclina la tête en la regardant. Elle siffla à nouveau et il la rejoignit en courant. À l'autre bout du fil, Brad protesta :

— C'est quoi, ça ? Pourquoi est-ce que tu me siffles dans les oreilles ?

— J'appelle mon chien.

— Un chien ? Quel chien ? Tu ne m'avais pas dit que tu en avais un.

— J'ai un chien, répondit-elle, tandis que Glapy glissait son museau dans sa main tendue, la barbouillant de bave. Écoute, Brad, je n'ai pas besoin d'un avocat. En tout cas, pas encore.

Elle ouvrit la portière de la Chevy et le chien grimpa sur le siège passager.

— Mais si, tu en as besoin. Quand tu te rendras...

— Je ne me rendrai pas.

Silence.

Assis à l'intérieur du pick-up, Glapy, la tête posée sur le rebord de la fenêtre, la regardait fixement.

— Je ne comprends pas, soupira Brad.

— Je sais. Tu n'as rien compris. Rusty n'a rien fait.

Elle fit le tour de la voiture et ouvrit sa portière. Glapy se précipita aussitôt vers elle et s'installa sur le siège du conducteur. Elle dut faire appel à toute sa force pour le déloger et s'asseoir au volant.

— Je n'ai rien...

— Il n'a pas détourné l'argent de la banque. Il était innocent, Brad.

Elle claqua la portière. Le siège était tellement chaud qu'elle eut l'impression que sa peau allait griller. Heureusement, elle avait pris la précaution de mettre un tee-shirt sur l'assise.

— Même si oncle Rusty est innocent, c'était il y a quatre ans. Il est mort. Qu'est-ce que tu espères maintenant ?

— Prouver son innocence en démasquant celui qui a détourné l'argent, répliqua-t-elle en attrapant une bouteille d'eau.

Elle la dévissa et remplit la gamelle de Glapy posée sur le plancher.

— Même si tu y parvenais...

— Écoute, cela ne nous mènera à rien, Brad...

— Ne raccroche pas !

Il respira profondément et reprit :

— J'aurais peut-être dû t'écouter davantage à l'enterrement de Rusty. Je suis désolé. Je ne me suis pas rendu compte à quel point ces accusations de détournement t'avaient touchée.

— C'est parce que tu n'étais pas là, répondit-elle sur un ton de reproche dont elle fut la première surprise.

Brad avait sept ans de plus qu'elle et, à la mort de Rusty, cela faisait longtemps qu'il avait pris son indépendance. Elle comprit qu'elle en voulait à son frère depuis des années.

— Je te répète que je regrette. Mais je ne peux pas m'excuser de vivre ma vie. Je travaille en Californie et c'est là que se déroule ma carrière, pas dans les forêts du Wisconsin.

— Tu aurais pu m'écouter au moins.

Elle savait que c'était puéril, mais cela faisait si longtemps qu'elle se battait seule. Brad était son unique famille, comme John l'avait si délicatement souligné. Est-ce qu'il n'aurait pas pu la soutenir un peu ?

— Je t'écoute, maintenant, Turner. Je suis en train de comprendre que cela fait quatre ans que tu planifies ta revanche et cela ne me paraît pas très sain.

— Parce que tu trouves que c'est plus sain d'oublier ?

— Eh bien… oui, je crois.

— Laisser croire à tout le monde que Rusty était un voleur et un menteur ? dit-elle en appuyant volontairement sur les mots. Et laisser celui qui a fait ça s'en tirer tranquillement ?

— Que feras-tu après ? demanda-t-il après un silence.

— Après quoi ?

— Après avoir attrapé Hyman. Tu vises bien Hyman, n'est-ce pas ?

— Oui.

— Alors, une fois que tu l'auras fait tomber, et que tu auras démontré à tous qu'il a piégé Rusty, que feras-tu ?

— Je… commença-t-elle en se passant la main dans les cheveux.

Qu'est-ce que c'était, cette question ?

— Je ne sais pas, quelle importance ?

— Je crois au contraire que c'est une question essentielle. Tu as adopté la politique de la terre brûlée, comme si ta vie allait s'arrêter après.

— Oh, je t'en prie !

— Tu veux refaire *Thelma et Louise* ? C'est ça ?

Elle rit malgré elle.

— Ne dis pas n'importe quoi ! Bien sûr que non !

— Alors tu pourrais commencer à penser au futur. À ton avenir. À ce qui se passera après.

— Je n'ai pas le temps pour l'instant.

— Turn, tu n'as que trente-deux ans.

— Trente et un.

C'était agaçant, Brad oubliait toujours son âge.

— Désolé, trente et un. Tu as toute la vie devant toi. Rusty n'aurait pas voulu que tu la gâches.

— Tu ne vas pas...

— Chut. Écoute-moi un peu pour une fois.

Il attendit.

— J'écoute, répondit-elle avec impatience.

— Bon. Rusty t'aimait. Et jamais il n'aurait accepté que tu gaspilles ta vie pour essayer de le venger afin de laver son honneur.

— Je ne mets pas toute ma vie en l'air !

— Es-tu sortie avec quelqu'un pendant ces quatre dernières années ?

Turner grimaça.

— On ne peut pas dire que ça grouille de célibataires séduisants à Winosha.

— Si tu le voulais, tu en trouverais suffisamment. Est-ce qu'il y a au moins une personne avec qui tu puisses parler ?

Elle pensa soudain à l'agent du FBI. Une petite voix idiote murmura dans sa tête, *lui*. Je peux lui parler à *lui*. Une voiture de police passa sur la 53. Turner sentit passer une vague de peur.

— Écoute, il faut que je te laisse.

— Bon, d'accord, dit Brad rapidement, comme s'il craignait qu'elle raccroche, mais n'oublie pas ce que je t'ai dit.

— D'accord, dit-elle en démarrant.

— Et... Turn ?

— Quoi ? demanda-t-elle avec impatience.

— Je… euh, prends soin de toi.

Quel idiot, se dit-elle. Mais elle répondit gentiment :

— Toi aussi, Brad.

Elle raccrocha et s'engagea sur la route. À côté d'elle, les oreilles au vent, Glapy regardait défiler le paysage. Il rentra la tête quand la voiture prit de la vitesse. Elle se demandait ce que John avait dit exactement à Brad pour le mettre dans cet état. Son frère pouvait être très nerveux mais, en général, il ne faisait guère attention aux autres ni à ce qui se passait autour de lui. Il devait vraiment être très inquiet pour avoir pris le temps de lui téléphoner. Et ces questions sur son avenir… Turner haussa les épaules. Elle n'avait pas la force d'y réfléchir maintenant. Elle refoula dans un coin de sa tête les doutes que cette conversation avait fait naître. Une fois qu'elle aurait démontré que Calvin Hyman était un escroc, elle aurait tout le temps de s'interroger.

Pour le moment, elle devait se concentrer sur son objectif, désormais à portée de main.

19

Heureusement que l'air conditionné existe, son inventeur devrait être béatifié, se dit John en poussant la climatisation à fond jusqu'à ce qu'il sente la transpiration givrer sur son visage. En cette fin de matinée de ce même mardi, le soleil avait transformé sa voiture en four solaire. Il se demandait comment Turner supportait de rouler dans une voiture datant de 1968 et n'ayant donc pas de climatisation. Il avait pris la 53 et conduisait en direction du sud, en passant par Rice Lake et l'autoroute 8. Il espérait ne pas courir pour rien, mais il n'avait pas d'alternative. Il devait aller là où Turner se rendait et elle était sur les traces de Hyman, elle l'avait elle-même reconnu. Après le coffre-fort et la maison de Hyman, restait son cottage, près de Rhinelander. Par conséquent, c'était logique de penser qu'il la trouverait là-bas.

À moins, bien entendu, qu'elle ait renoncé à sa soif de vengeance et qu'elle se soit envolée pour Las Vegas pour commencer une carrière de danseuse de cabaret. Imaginer Turner avec une parure de plumes sur la tête et pas grand-chose d'autre sur le corps fit naître un petit sourire coquin sur ses lèvres. Une autre pensée interrompit son fantasme et lui fit froncer les sourcils. Et si elle avait pris une direction opposée à Rhinelander pour une raison qu'il ignorait ? Parce que, il fallait bien l'avouer, il n'avait aucune idée de ce qui se passait dans la tête de Turner Hastings. John soupira et mit une cassette de Johnny Cash, bien décidé, pour l'instant, à se concentrer sur sa conduite.

Son téléphone sonna. Il le sortit de sa poche et répondit sans vérifier l'origine de l'appel.

— MacKinnon.

— À cause de vous, mon frère est inquiet maintenant, rugit Turner.

John sourit malgré lui. Parler avec elle lui était devenu étrangement nécessaire.

— Il vous a appelée alors ?

Cela ne le surprenait pas. En fait, c'est ce qu'il espérait et c'est pour cela qu'il avait laissé entendre au jeune homme que Turner avait son portable avec elle.

— Il frisait l'hystérie, il veut que je prenne un avocat.

Cela signifiait au moins que ce type tenait à sa sœur, même s'il ne prenait pas la peine de donner souvent de ses nouvelles.

— Ce n'est pas une mauvaise idée.

— Que lui avez-vous dit ?

— Pas grand-chose. Je l'ai seulement informé que sa petite sœur, bibliothécaire de profession, avait braqué la banque locale.

— Ce n'est pas vrai. J'ai cambriolé Calvin, pas la banque.

— Je suis navré, mais je crains que les policiers ne voient pas les choses de cet œil…

— Hummm.

Il éleva la voix pour finir sa phrase :

— Et j'en fais partie.

Il entendit son souffle tendu à l'autre bout du fil et regretta le tour que prenait la conversation. Il soupira.

— Où êtes-vous ?

Il ne savait pas pourquoi il répétait toujours cette même question alors qu'il était persuadé qu'elle ne le lui dirait pas. Mais quelque chose, en lui, exigeait de le savoir, comme si c'était son droit. Il avait besoin de tout connaître d'elle et de l'espace qu'elle occupait. C'était étrange, il l'admettait volontiers, de penser à un suspect de cette façon, mais il n'y pouvait rien.

— Cela ne vous regarde pas, occupez-vous de vos affaires, répondit-elle sèchement, comme si elle était fatiguée de la question.

Il souleva l'épaule droite. Elle le faisait à nouveau souffrir et l'attitude de Turner n'arrangeait rien.

— Il se trouve que ce sont justement mes affaires, rétorqua-t-il en grognant.

Il crut qu'elle allait raccrocher et eut le sentiment d'une perte imminente, lorsqu'un hurlement sinistre traversa l'air.

— Mon Dieu, qu'est-ce que c'est ?

— Glapy, hurla-t-elle dans le téléphone jusqu'à ce que le hurlement s'apaise en se transformant en glapissement puis en gémissement pitoyable.

— Je l'ai laissé dans la voiture. Tais-toi, espèce de toqué !

Il espéra que cette dernière remarque s'adressait au chien...

— Son nom lui va bien.

— C'est un gros bébé, dit-elle doucement. Quel est votre plat préféré, John ? Quand vous sortez, je veux dire. Où aimez-vous aller ? Qu'aimez-vous manger ?

Il nota qu'elle utilisait de plus en plus son prénom.

— Cela dépend de la personne avec laquelle je dîne.

— Contentez-vous de répondre à ma question, agent spécial MacKinnon, rétorqua-t-elle avec impatience.

— Je suis un inconditionnel de la viande rouge.

— Oh, quelle surprise ! ironisa-t-elle.

— Allons, allons, j'aime aussi les restaurants mexicains. J'apprécie ceux qui ont des petits box cosy, où l'on peut manger des tortillas et des sauces maison et où ils ne lésinent pas sur les poivrons.

Il braqua pour dépasser un camion trop lent.

— Ah, les poivrons, dit-elle sur un ton à la fois dégoûté et fasciné. Et je parie que vous aimez la salsa vraiment très hot.

— Plus c'est hot, meilleur c'est.

— Un de ces endroits où il y a des sombreros dessinés sur les murs ? Et où l'on boit cet alcool avec des vers dedans ?

— C'est de la tequila.

Il jeta un coup d'œil dans le rétroviseur avant de changer de voie.

— Je parie que vous n'aimez pas la cuisine mexicaine ?

— Oh, les Margarita, ça va, dit-elle d'un ton peu convaincu, et les plats aux crevettes.

— Évidemment, répondit-il simplement. *Des crevettes dans un restaurant mexicain ?* Et vous, quelle est votre cuisine préférée ?

— Sushis.

Il fit une grimace. Alors, avec elle, ce serait du poisson cru ? Non ! C'était trop dégoûtant.

— Et où trouvez-vous des sushis à Winosha ?

— Je n'en trouve pas, je dois aller jusqu'à Madison. J'ai découvert un petit restaurant quand j'étais étudiante à l'université. Il n'y a que deux comptoirs avec des tabourets devant. Et vous pouvez regarder le chef préparer les sushis frais. Ils ont le saumon le plus délicieux que j'aie jamais mangé, découpé si finement qu'il est d'un rose presque transparent.

Cela ne le tentait pas vraiment, mais sa voix rauque était lente et rêveuse et rien qu'à l'écouter, John sentait monter l'excitation.

— J'aimerais essayer.

— Vraiment ?

— Oui.

— Vous aimez les sushis ?

— Heu, eh bien…

— C'est ce que je pensais, dit-elle d'une voix animée. Et la cuisine thaïe ?

— Je préfère.

Il continuait sur un ton désinvolte puisque apparemment c'était le tour qu'elle désirait donner à leur conversation.

— Il y a aussi un excellent thaï à Madison. Ils font le meilleur Pad Thaï que j'aie jamais goûté, avec des petits morceaux de poisson séché dedans…

Beurk.

John se mordit l'intérieur de la joue pour ne pas rire. C'était quoi ce truc entre Turner et les poissons ?

— Est-ce qu'ils servent ces fameux petits poivrons thaïs ? Ils sont tellement épicés qu'ils vous mettent la bouche en feu.

— Mais vous ne pensez qu'à ça, vous ?

— Quand je suis avec vous, c'est vrai, dit-il sans réfléchir et avec sincérité.

Il y eut une pause gênante, puis elle murmura :

— Vous n'avez jamais été avec moi. Pas vraiment.

Le timbre de cette voix éraillée était si sexy que John sentit son excitation l'envahir dangereusement, au point qu'il préféra se rabattre sur la voie d'arrêt d'urgence plutôt que de risquer une collision…

— Mais je le serai bientôt.

— Vous me faites peur, dit-elle d'une voix si basse qu'il avait presque du mal à entendre ce qu'elle disait.

— Pourquoi ?

Elle eut son petit rire rauque.

— Parce que vous courez après moi pour m'arrêter.

— C'est vrai, mais je ne crois pas que cela vous fasse peur, dit-il en regardant les mirages se former sur le bitume brûlant. Je crois que vous avez peur d'autre chose.

— De quoi, alors ?

— Vous avez peut-être peur parce que je n'abandonnerai pas.

Elle retint sa respiration, puis finit par dire :

— Qu'entendez-vous par là ?

— Est-ce qu'ils ne vous ont pas tous abandonnée ? Les hommes de votre vie ?

— Je ne...

Il parla plus fort pour qu'elle l'entende bien.

— Votre père est parti, votre frère a déménagé à l'autre bout du pays au moment où vous aviez le plus besoin de lui, Rusty est mort...

— Écoutez, vous...

— Et votre fiancé n'a même pas cherché à vous retenir quand vous lui avez annoncé que c'était fini entre vous.

Elle retint sa respiration, John se prépara à entendre le clic final. Mais elle ne raccrocha pas.

— Vous avez l'air bien sûr de vous, dit-elle d'une voix glaciale. Et de moi.

Il sourit en lui-même. *Oh, chérie, tu n'imagines même pas !*

— Vous avez peur parce que je n'abandonnerai pas jusqu'à ce que je vous tienne entre mes mains.

— Comment pouvez-vous avoir la certitude que je vous laisserai vous approcher d'aussi près ?

— Il le faudra bien.

— Mais vous voulez m'arrêter...

Était-ce une question ou une affirmation ? Difficile à dire.

— Je *veux* que vous le sachiez, dit-il d'une voix très douce, je *dois* vous arrêter. C'est mon job.

— Vous ne pourrez pas faire les deux à la fois. Il vous faudra choisir.

Elle avait raison, il le savait. Mais...

— Peut-être, *peut-être qu'il devenait fou.* Peut-être pourrai-je faire les deux.

— Je dois vous laisser, dit-elle en retenant son souffle.

— Turner...

Mais elle avait raccroché.

Merde !

John raccrocha à son tour et remit le téléphone dans l'étui à sa ceinture. Il se rendit compte alors que ses mains tremblaient. Ébahi, il les contempla un moment avant d'éclater de rire. Plus il parlait avec cette femme, plus elle l'intriguait. C'était une justicière. C'était sans doute la raison pour laquelle elle l'attirait tant depuis le début. En décidant de faire la loi elle-même, elle avait franchi l'interdit. Combien de fois avait-il entendu ses collègues protester contre les lourdeurs administratives qu'il fallait subir afin que justice soit rendue ? Combien de fois avait-il vu l'envie de les contourner dans les yeux des autres agents ? Le désir de faire tomber un criminel avéré sans s'embarrasser des scrupules de la loi. Prendre un raccourci. John n'avait jamais fait partie des adeptes d'une justice d'autodéfense, mais la détermination de Turner le fascinait. En fait, elle réalisait le rêve de tout officier de police. Elle cherchait à faire éclater la vérité par tous les moyens. Et lui courait après elle avec un intérêt plus que professionnel.

Il soupira et leva les yeux. Un énorme camion-citerne rouge passa, faisant trembler au passage la Crown Victoria. S'il ne bougeait pas rapidement, il allait attirer l'attention des patrouilles de la route. Il démarra et quitta la bande d'arrêt d'urgence. Était-elle devant lui un peu plus loin sur la route ? Avait-il de l'avance sur elle ? Se dirigeaient-ils seulement dans la même direction ? Il n'avait aucun moyen de le savoir. Il ne pouvait que continuer en souhaitant ne pas s'être trompé. Il espérait surtout qu'elle était à portée de main.

Parce qu'il devait la trouver.

Rapidement.

20

S'encombrer d'un gros chien quand on est en cavale, c'est compliqué, parce qu'il faut trouver de la nourriture en grande quantité sans se faire remarquer.

Turner se planta dans l'allée principale du Kwik Trip de Rice Lake et contempla les choix qui s'offraient à elle. Elle pouvait acheter à Glapy une demi-douzaine de beignets, qu'il apprécierait très certainement, ou une boîte de crackers salés. Elle hésita devant un sac de cacahuètes, mais elle doutait que cela soit un bon choix sur le plan digestif. En revanche, elle pourrait acheter tout le rayon de lanières de bœuf séché, mais cela grèverait son budget et la ferait remarquer par le caissier. Elle jeta un coup d'œil à sa montre. Cela faisait quatre minutes qu'elle était entrée. Il était temps de se décider. Elle prit les crackers salés, quatre bouteilles d'eau et un hot dog sur la plaque chauffante rotative du libre-service, puis se dirigea vers la caisse.

— C'est tout ? demanda l'adolescent roux derrière son comptoir en regardant ses achats puis en levant les yeux vers elle.

— Oui, répondit Turner. Oh, et l'essence aussi, ajouta-t-elle en montrant la Chevrolet garée devant une pompe à l'extérieur.

Le rouquin se dévissa le cou et, apercevant le pick-up, s'exclama :

— Waouh, c'est votre caisse ?

— Hum, oui.

— Elle est cool, commenta-t-il en faisant défiler les crackers qui passèrent devant le scanner en émettant un bip.

— Merci.

— 66 ou 67 ?

Il passa une bouteille d'eau mais il n'y eut pas de bip.

— 68, répondit-elle en serrant les poings pour résister à la tentation de lui prendre la bouteille des mains pour aller plus vite.

Le jeune homme tourna la bouteille et la représenta devant le scanner en prenant tout son temps. Par expérience, elle savait que cela ne marchait jamais.

— Ah ouais ? Mon grand-père avait un pick-up comme celui-ci – la bouteille ne passait toujours pas, il continua à parler en faisant de grands gestes –, mais c'était une Ford, elle était de 75 et elle était noire. Mais vous savez, à part ça, elle ressemblait vraiment à la vôtre.

— Vraiment ? répondit-elle avec un sourire encourageant. Je crois que vous devriez entrer le prix manuellement.

— Quoi ?

— Le prix de la bouteille d'eau, ajouta-t-elle en désignant l'objet qu'il tenait dans les mains.

— Oh ! Ah oui, d'accord.

Le rouquin fronça les sourcils et se concentra pour taper les chiffres d'un seul doigt. Il fit le total et éclata de rire.

— Ce n'est pas bon, cela indique cinquante-neuf virgule neuf.

Turner esquissa un sourire forcé. Elle sentait que dans cette station, elle gaspillait inutilement un temps précieux.

— Vous vous rendez compte, cinquante dollars pour une bouteille d'eau ? dit-il en riant, révélant ainsi une bouche pleine de plombages. Je ferais mieux de tout annuler et de recommencer.

Oh, non. Annuler prendrait un temps fou. Turner ferma les yeux en serrant fort ses paupières.

— Est-ce que ça va ?

Elle ouvrit les yeux et vit que le garçon la dévisageait avec inquiétude. Il tenait toujours la bouteille dans ses mains.

— Très bien, répondit-elle en souriant.

Mais son sourire ne devait pas être aussi amical et aussi détendu qu'elle l'aurait souhaité parce qu'il plissa les yeux et, redressant la tête, il recommença à taper sur sa caisse sans ajouter un mot. Dix minutes plus tard, Turner sortit enfin de la boutique et se dirigea vers sa voiture en clignant des yeux sous le soleil aveuglant. Glapy était sagement assis, la mâchoire appuyée sur le rebord de la fenêtre du passager. Il tourna la tête en l'apercevant, on aurait dit qu'il souriait, sa grande langue rose pendant entre ses babines.

— Salut, bébé, chantonna-t-elle en entrant dans la voiture.

Elle repoussa le museau qui reniflait avec intérêt le sac en papier que le rouquin lui avait donné et démarra, puis roula lentement vers les places de parking sur le côté de la boutique. Là, elle ouvrit le sac et plongea la main pour prendre le hot dog.

— Regarde ce que je t'ai apporté.

Glapy prit le hot dog délicatement entre ses mâchoires et l'engloutit. Le sandwich disparut, corps et biens. Il remua la queue en attendant la suite.

— Heureusement que j'ai aussi pris des crackers, murmura-t-elle.

Elle remplit le bol de Glapy avec de l'eau fraîche et sortit son dernier bocal de harengs marinés. Elle avait déjà mangé les pommes et les saucisses qu'elle avait emportées le samedi précédent. En dévissant le bocal, elle repensait à la conversation qu'elle avait eue avec John le matin même. Sa façon de parler de la cuisine mexicaine. Bien qu'elle fût une grande amatrice de harengs marinés, après trois jours de ce régime et quasiment rien d'autre, elle aurait mangé mexicain avec joie. Même les haricots, qui étaient pourtant ce qu'elle détestait le plus au monde, auraient été les bienvenus. Elle le dirait à John la prochaine fois qu'elle lui parlerait…

Turner s'arrêta net. À quoi pensait-elle ? Elle ne pouvait plus lui parler, il voulait l'arrêter ! Malgré ce qu'il lui murmurait à l'oreille de sa voix sexy et profonde, cet homme voulait la conduire en prison. Cette évocation aurait dû la faire frissonner de terreur, mais penser à John lui donnait un tout autre genre de frisson. Elle ne l'avait pas encore approché, mais le son de sa voix déclenchait au plus profond d'elle une espèce de réflexe pavlovien. Il avait peut-être raison. C'était sans doute son obstination et sa persévérance qu'elle trouvait si séduisantes. Elle sentait avec certitude que lorsque John s'était fixé un but, il n'en changeait pas, quels que fussent les obstacles. Tant de détermination, tant de force étaient dangereusement attirantes. Cela faisait si longtemps qu'elle n'avait pas pu s'appuyer sur quelqu'un, et encore moins sur un homme. C'était troublant de découvrir qu'elle avait un point faible. Et *John* était son point faible.

Turner fronça le nez devant ses harengs. Elle était trop vieille pour se délecter de ces nourritures adolescentes. Bon sang ! cela faisait un an qu'elle avait franchi le seuil de la trentaine ! Sa vie amoureuse avait toujours été terne, et ces dernières années elle était même plutôt inexistante. Mais elle n'était sortie qu'avec de gentils garçons bien sages, du genre timide avec boutons d'acné et le nez plongé dans les bouquins. Elle n'avait jamais joué un jeu aussi risqué ni aussi excitant. Il est vrai qu'elle n'avait jamais été attirée par les types dangereux. Un homme lancé sur sa piste dans le but de l'attraper – littéralement. Peut-être était-elle en train de découvrir tardivement qu'elle avait des tendances sado-maso pour que son choix se porte sur l'agent du FBI qui voulait l'arrêter ?

Elle secoua la tête et s'aperçut que Glapy fixait les harengs avec insistance. Il suivait sa fourchette, du bocal aux lèvres et des lèvres au bocal, avec un regard intense et un filet de bave naissant au coin des babines.

— Tu en veux ? demanda-t-elle en lui tendant un morceau de poisson.

Question stupide.

Le chien l'avala dans un claquement de mâchoires, et malgré le vinaigre il eut l'air d'apprécier, sans doute parce qu'il n'avait pas pris le temps de mâcher. Elle lui donna le reste du bocal, qu'il engloutit avec appétit, puis elle s'essuya les mains. Il était temps de revenir aux choses sérieuses et d'arrêter de rêver à l'agent spécial MacKinnon. Elle était déjà restée trop longtemps dans cette station-service, il valait mieux lever le camp avant qu'un policier en patrouille la voie. Elle sortit son portable et appuya sur une touche pour composer un numéro qu'elle avait préenregistré mais qu'elle n'avait encore jamais utilisé. Pendant qu'elle écoutait la sonnerie, Glapy à ses côtés lécha les dernières miettes de cracker sur le siège.

Quelqu'un décrocha.

— Bureau du procureur fédéral. À qui voulez-vous parler ?

Turner s'éclaircit la voix.

— Victoria Weidner, s'il vous plaît.

— Un moment, je vous prie.

Une autre sonnerie. Turner regarda sa montre. Il était presque une heure. Zut, elle n'avait pas vérifié l'heure avant d'appeler. Peut-être que Victoria était en train de déjeuner...

— Victoria Weidner.

Elle avait la même voix que quinze ans plus tôt.

— Bonjour, dit Turner, ne sachant pas par quoi commencer.

— Oui ? demanda Victoria d'une voix impatiente.

Elle prit une profonde inspiration et se lança.

— Je m'appelle Turner Hastings. J'habite à Winosha. Je ne sais pas si tu te souviens de moi, nous étions dans la même classe au collège Lincoln de Winosha...

— Turner. La voix se fit soudain plus nette et plus claire. Oui, je me souviens de toi. Nous étions en deuxième année de chimie ensemble avec Mrs. Knutson. Que puis-je faire pour toi ?

— J'ai besoin de ton aide dans l'affaire du détournement de fonds à la First Wisconsin Bank de Winosha.

Elle sentit une hésitation à l'autre bout du fil. Quand Victoria reprit la parole, ce fut d'une voix prudemment neutre.

— N'est-ce pas de cela justement que Russell Turner était accusé ?

— Oui. Il a été accusé, mais il n'y a jamais eu de procès, répondit Turner en prenant sur elle pour parler d'une voix calme. S'il y avait eu un procès, je ne crois pas qu'il aurait été reconnu coupable.

— Je suis désolée pour la mort de ton oncle, répondit Victoria froidement. Mais même s'il était innocent, je ne pourrais rien faire pour toi. Comme ce cas n'a jamais été jugé, le bureau du procureur fédéral…

— Je ne te demande pas ton aide pour défendre la cause d'oncle Rusty, dit Turner en élevant la voix, je voudrais que tu ouvres une enquête.

— Que veux-tu dire ?

— Oncle Rusty pensait que l'auteur du détournement de fonds de la First Wisconsin Bank, il y a quatre ans, était Calvin Hyman. Je le crois aussi.

Il y eut un bref silence, puis :

— As-tu des preuves de ce que tu avances ?

— Non, soupira Turner, pas encore. Mais je compte en avoir bientôt.

— Quel genre de preuves exactement ?

— D'après oncle Rusty, Calvin a caché des livres de comptes quelque part. J'espère les trouver.

— Tu espères ? Donc ils n'étaient pas dans le coffre-fort ?

Turner retint son souffle. Quelle idiote ! Elle aurait dû se douter que Victoria était au courant du braquage de la banque.

— Non.

— Alors, je ne tiens pas à savoir comment tu envisages de te les procurer, dit Victoria avec un rire brusque. Écoute, Turner, pourquoi ne t'adresses-tu pas au shérif pour…

— Non. Je ne fais confiance à aucune autorité locale, répliqua-t-elle en fermant les yeux. Il y a quatre ans, le shérif Clemmons a cru Calvin Hyman, et Calvin Hyman est le maire de Winosha. Pour quelle raison m'écouterait-il aujourd'hui ?

— Bon, dit la jeune femme en soupirant, que veux-tu que je fasse ?

— J'aimerais qu'on se rencontre dans quelques jours pour en discuter et pour que je te présente les preuves de ce que j'avance.

— D'accord, répondit Victoria sur un ton moqueur, pourquoi pas demain ?

Turner ne prêta pas attention à l'ironie, l'essentiel était qu'elle l'écoute.

— Demain, c'est trop tôt, je n'aurai pas rassemblé tous les éléments. Vendredi, ça va ?

— Non, désolée. Je ne serai pas en ville ce jour-là, je vais à une conférence, dit-elle en feuilletant les pages de ce qui devait être un agenda. Mercredi ou jeudi sont les seuls jours possibles pour moi cette semaine.

Turner se sentait embarrassée, elle n'avait pas prévu de fixer une date de rencontre lors de cette première prise de contact. Maintenant, elle était troublée et déstabilisée.

— Puis-je te rappeler ?

— Si tu veux. Est-ce que tu peux me dire où tu te trouves actuellement ?

Turner jeta un coup d'œil par la fenêtre. Le rouquin était sorti du Kwik Trip pour fumer une cigarette. Il regardait la Chevy en faisant des ronds de fumée.

— Je ne crois que pas que ce soit une bonne idée, répondit Turner, mal à l'aise.

— Réfléchis, dit Victoria d'une voix douce.

Mais Turner n'écoutait plus, elle fixait toute son attention sur le pompiste. Le rouquin lança sa cigarette à ses pieds, ce qui, compte tenu du fait qu'il était dans une station-service, était assez irresponsable, puis il leva les yeux et leurs regards se croisèrent.

Il détourna les yeux trop vite.

Elle sentit son pouls s'accélérer.

21

John essayait de déballer le taco graisseux d'une seule main lorsque son portable sonna. Il jura et tendit la main pour prendre l'appareil à sa ceinture. La Crown Victoria fit une embardée et le taco vomit viande hachée, fromage fondu, salade et sauce sur sa veste et sur sa chemise blanche. Ça lui apprendrait d'essayer de manger, de conduire et de téléphoner en même temps.

Il soupira et répondit au téléphone.

— MacKinnon.

À l'autre bout du fil, il entendit une voix de femme. Il sourit.

— Turner ?

Il lui avait parlé quelques heures plus tôt mais peut-être qu'elle rassemblait son courage pour…

— John MacKinnon ?

Son sourire s'effaça. Cela faisait trois ans et sa voix avait mûri, mais il la reconnaîtrait jusqu'à la fin de sa vie, quel que fût le nombre d'années passées.

— Rachel.

Un silence lui répondit. Que signifiait son appel ? La dernière fois qu'il avait parlé avec sa fille, elle lui avait dit qu'elle ne voulait plus jamais le revoir et il avait compris qu'elle pensait ce qu'elle disait.

— Que se passe-t-il ? Est-ce que ça va ? Et ta mère ?

Elle poussa un soupir d'ado exaspérée.

— Mais oui, John, tout va bien.

Il grimaça. Si leur relation avait été meilleure, il aurait insisté pour qu'elle ne s'adresse pas à lui en utilisant son prénom, mais il avait renoncé au droit d'être appelé papa quand il avait accepté que le second mari d'Amy adopte Rachel.

— Pourquoi appelles-tu ?

— Je n'ai pas le droit d'appeler si j'en ai envie ?

— Si, si, bien sûr que tu peux m'appeler quand tu en as envie !

John se gara sur le bas-côté, cet appel requérait toute son attention.

— Eh bien, euh…

Elle fit une pause.

Il prit une serviette en papier au fond du sac de tacos et tenta de réparer les dégâts sur sa veste et sa chemise.

— Bon, comment ça va à l'école ?

— Ça n'a pas encore recommencé.

Bon début, se dit-il en grimaçant.

— Ah.

— On a déménagé, dit-elle d'une voix plus basse. Tu le savais ?

— Oui. Ta mère m'a donné votre nouvelle adresse.

Rien à faire, sa cravate était désormais décorée d'une grosse tache de graisse. Il roula la serviette en boule et la renvoya d'une pichenette dans le sac en papier.

— Vous vous parlez encore tous les deux ?

En fait, il était le seul qui appelait. Si cela n'avait tenu qu'à Amy, le contact aurait été rompu depuis longtemps. Mais sa fille n'avait pas besoin de ces détails.

— On se parle de temps en temps. On parle surtout de toi. *On ne parle que de toi.*

— Oh.

— Tu aimes ta nouvelle maison ?

Il regarda l'herbe sèche sur le bord de la route. Un peu plus loin, les arbres paraissaient tout aussi desséchés. Le risque d'incendie était à son maximum.

— Oui, dit-elle en s'éclaircissant la gorge.

Il ouvrit son portefeuille et en sortit la photo de Rachel. C'était un cliché scolaire qu'Amy lui avait envoyé un an plus tôt par e-mail après de nombreuses pressions. Rachel souriait largement à l'appareil, ses cheveux blonds comme les blés arrivaient à ses épaules, ses joues avaient commencé à perdre la rondeur de l'enfance. Trois ans plus tôt, elle disait qu'elles ressemblaient à des joues de hamster et elle les détestait. Lui la trouvait jolie mais il était partial, il était son père.

— Je veux te parler de maman, dit-elle.

Il revint aussitôt sur terre.

— Comment ?

— Je veux savoir pourquoi vous vous êtes séparés tous les deux.

— Ta mère ne t'en a pas parlé ? demanda-t-il prudemment.

Amy n'aurait sûrement pas perdu une aussi belle occasion de lui casser du sucre sur le dos.

— Elle m'a dit que tout était ta faute. Que tu n'étais jamais à la maison.

— C'est à peu près ça. Plus ou moins.

— Donc tu en avais assez de maman ? de nous ?

— Un divorce, ce n'est jamais aussi simple. Tu dois le savoir, Rachel.

Elle resta silencieuse, puis soudain :

— Tu avais quelqu'un d'autre ?

— Non !

Où avait-elle pêché cela ?

— Il n'y avait pas d'autre femme ? Une copine ? Est-ce que tu as trompé maman ?

Sa voix était lourde de soupçon.

— Non, écoute, je ne sais pas ce que maman t'a dit, mais…

— Elle ne m'a rien dit, c'est bien le problème.

Il contempla la photo, caressant le coin du cliché avec le pouce. Cela faisait trois ans qu'il n'avait pas vu sa fille.

— Qu'est-ce que tu attends de moi, chérie ?

— Je veux la vérité. Je veux savoir pourquoi maman et toi avez divorcé.

— Écoute, Rachel. Il n'y a jamais une bonne raison pour divorcer. Le fond du problème, c'est que nous avons pensé que nous étions mieux chacun de notre côté.

— Donc, tu en avais assez de moi ?

Il nota au passage qu'elle avait gommé sa mère de sa question. Elle avait dû se sentir abandonnée. Il regarda sur la route, Turner était quelque part dans sa Chevy bleu ciel et il fallait qu'il la trouve. Rachel n'aurait pas pu choisir un pire moment pour lui demander des comptes. Il prit néanmoins le temps de lui répondre :

— Non ! s'exclama-t-il, je voulais rester dans ta vie. C'est toi qui…

— Si tu voulais rester dans ma vie, tu aurais dû rester marié avec maman.

Mon Dieu, qu'elle était têtue. Il respira profondément.

— Écoute, cela ne s'est pas passé ainsi. J'aime discuter avec toi, Rachel. Mais est-ce que nous pouvons parler d'autre chose ?

— Non. Je veux savoir au sujet de votre divorce. Je n'ai aucune autre raison de t'appeler.

Elle savait très bien où taper pour que cela fasse mal.

— Ne crois-tu pas que nous devrions avoir cette conversation en présence de ta mère ?

— Elle ne me donne que des réponses vagues.

Et pour cause. John passa une main lasse dans ses cheveux.

— Je ne veux pas…

— Je vais raccrocher.

Mon Dieu !

— Écoute, j'ai très envie de te voir. Je suis sur une affaire importante en ce moment, mais je pourrais prendre un avion pour venir te voir quand…

— Je te répète que nous n'avons rien d'autre à nous dire.

— Rachel !

Mais un clic dans son oreille lui indiqua qu'elle avait raccroché.

Merde !

Un flot de panique l'inonda, elle l'avait appelé, il ne pouvait pas la laisser s'enfuir ainsi. John tripota le bouton de son portable, essayant de rappeler le numéro, lorsque soudain le téléphone sonna à nouveau. Il se sentit aussitôt profondément soulagé.

— Allô ?

— On a retrouvé la trace de Hastings, dit la voix de Torelli.

John plissa les yeux et tenta de rassembler ses idées. Il fallait qu'il rappelle Rachel mais cela attendrait.

— Mac ? demanda Torelli.

— Oui, oui, je suis là, dit-il en démarrant la Crown Victoria. Où est-elle ?

— Un pompiste nous a signalé une Chevy bleu ciel au Kwik Trip de Rice Lake.

Il avait passé Rice Lake depuis trois miles. Zut. Il croyait qu'elle le précédait.

— Sortie est ou ouest ? demanda-t-il en jetant un coup d'œil par-dessus son épaule pour avoir une idée de la circulation.

Une file de camions arrivait, mais derrière la voie semblait libre.

— Sortie est.

— OK, j'y vais.

John s'engagea sur la route, coupant rapidement les voies pour effectuer un demi-tour sauvage.

— Est-ce que je demande du renfort ?

— Non ! Je ne veux personne d'autre là-bas !

L'aiguille du compteur montait rapidement jusqu'au maximum autorisé et se stabilisa.

— C'est vous qui décidez, répondit Torelli d'un air désapprobateur.

— Bon sang, bien sûr que c'est moi qui décide ! répliqua John. Personne d'autre. C'est un ordre !

— Très bien, répondit Torelli avant de raccrocher.

John jeta un coup d'œil au portable avant de le reposer à côté de lui. Rachel avait apparemment appelé depuis le téléphone de la maison. Sa fille pensait avoir eu le dernier mot en lui raccrochant au nez, mais elle avait tort. Après trois longues années, c'était une ouverture et il serait fou de ne pas saisir cette chance. Il rétablirait la situation dès qu'il le pourrait.

Dans l'immédiat, cependant, il fallait qu'il se concentre sur sa conduite.

John regarda le compteur, il roulait à plus de quatre-vingt-dix. Il fallait qu'il arrête Turner et qu'il mette fin à cette histoire, sans casse. Il ne faisait aucune confiance à Torelli, il le croyait tout à fait capable de passer au-dessus de lui et de faire appel aux services de police. Ne connaissant pas Turner, les flics pouvaient croire qu'elle était dangereuse. Ils tireraient les premiers et poseraient les questions après. Tous les ingrédients d'un désastre imminent étaient réunis. La sortie Rice Lake apparut sur sa droite. John la prit, la Crown Victoria ralentit en montant la rampe. Arrivé en haut, il regarda sur la gauche. Ne voyant personne arriver, il tourna à droite.

Le Kwik Trip était un peu plus haut sur sa gauche. Deux pompes et une boutique abritée par un store rouge. Deux voitures étaient garées devant les pompes, une berline marron et un minivan bleu marine. Il repéra la Chevy bleu ciel garée le long de la boutique, mais une file de voitures venant en sens inverse l'empêcha de tourner. Jurant entre ses dents, John stoppa net et mit son clignotant. Le trafic s'espaça, les roues de la Crown Vic crissèrent quand il accéléra vers la station. Il s'engagea dans l'allée juste au moment où la Chevy partait dans le sens contraire. Merde !

Elle allait dans la direction opposée. S'il parvenait à se faufiler pour la dépasser, il pourrait bloquer le pick-up qui s'apprêtait à partir. Il parvenait aux pompes, il y était presque. À ce moment-là, la berline marron déboîta devant lui. Il freina brutalement. La Crown Vic gémit. Il ne s'arrêta qu'à quelques centimètres du pare-chocs de la berline. Le conducteur sortit en colère de son véhicule.

Et Turner Hastings s'échappa en sens inverse. Leurs regards se croisèrent. Il vit ses yeux verts briller dans son visage pâle.

Mais ce qu'il vit surtout quand elle le dépassa, c'est qu'elle avait coupé ses cheveux.

22

Oh, mon Dieu !

Turner avait l'impression que son cœur allait exploser. Elle zigzagua dangereusement pour sortir au plus vite de ce piège. En arrivant sur l'autopont, les roues hurlèrent sur l'asphalte. Secoué comme un prunier, le chien fut projeté contre la portière et grogna, ses pattes dérapant sur le siège. La respiration de Turner était saccadée et ses mains tremblaient en serrant le volant. La jeune femme s'accrocha de toutes ses forces et appuya sur l'accélérateur. Est-ce que John la suivait ? Elle jeta un coup d'œil dans le rétroviseur, mais le pick-up bringuebalait et elle avait du mal à voir quoi que ce fût. Elle prit la première à droite puis encore à droite et se retrouva dans une zone résidentielle.

C'était John.

Elle ne lui avait jeté qu'un coup d'œil mais elle en avait la certitude. Il conduisait une berline bleu marine et non plus la voiture de police qu'elle avait vue chez Tommy. Si elle avait hésité une seconde de plus, si elle ne s'était pas méfiée de l'air fourbe du rouquin, John l'aurait attrapée. Elle avait raccroché au nez de Victoria alors que celle-ci était encore en train de parler. Il faudrait qu'elle la rappelle plus tard pour s'excuser. Pour l'instant, elle devait se concentrer sur l'essentiel. S'éloigner de John le plus possible.

Et le pire, c'est qu'une petite partie d'elle-même, une parcelle infime quelquc part au fond de son cœur, avait envie qu'il la rattrape. Pour pouvoir enfin le voir de près. Pour sentir son odeur d'homme et plonger son regard au fond du sien pendant qu'il lui parlerait. Voir les expressions de son visage, arrêter toute cette histoire, plus de peur, plus de fuite, se poser, enfin. S'il l'arrêtait, elle ne serait plus obligée de se tenir sur ses gardes. Si elle ne trouvait pas les preuves accusant Calvin, ce ne serait pas sa faute. Ce serait un échec, mais un échec honorable.

Mais elle ne voulait pas tomber dans ce piège séduisant – celui de l'échec honorable. Elle ne voulait pas échouer. Elle ne le pouvait pas. Elle continuerait sa traque, quelle que fût la difficulté. Ce n'était pas le moment de se reposer, pas encore. Elle devait bien ça à Rusty, elle devait le blanchir et traîner Calvin en prison. À ses côtés, Glapy gémit. Une de ses pattes postérieures reposait sur le sol alors que son arrière-train était en équilibre sur le siège, il avait l'air très mal à l'aise. Turner jeta un coup d'œil dans le rétroviseur, personne. John avait-il érigé un barrage à l'extérieur de la ville ? D'autres policiers étaient-ils à ses trousses ?

Elle était maintenant sur une petite route à la périphérie de la ville. Devant elle, s'élevait une vieille maison décrépie bordée de cabanons et de hangars abritant toute une collection de voitures rouillées. Elle prit une décision rapide, s'engagea dans l'allée et sautant sur les ornières, contourna la maison. Elle mit le pick-up au point mort et observa les alentours. Elle ne voyait plus la route, la maison et les vieilles voitures formant comme un écran protecteur. Au milieu de toutes ces vieilles carrosseries, personne ne remarquerait la Chevy. Turner éteignit le moteur au moment où son portable sonnait. Pendant sa course folle, il avait glissé sous son siège. Elle se pencha et le prit dans sa main. Elle le contempla un moment sans décrocher. Elle savait que John ne pouvait pas savoir où elle était simplement en discutant avec elle. Malgré tout, elle avait une envie folle de balancer le téléphone le plus loin possible.

Mais elle répondit.

— Quoi ?

— Calmez-vous, je ne vous poursuis pas, dit-il d'une voix en colère et essoufflée comme s'il venait de courir.

— Tu parles, répondit-elle avec un rire sans joie.

— Je n'ai pas l'intention de provoquer un accident en vous prenant en chasse à travers les rues d'une petite ville, Turner. Alors ralentissez et calmez-vous, bon sang. Inutile de vous tuer en essayant de vous échapper loin de moi. Je ne vous suis pas.

— Et je devrais vous croire après…

— C'est mon job, bon Dieu ! dit-il comme s'il était à bout de nerfs.

Elle en était au même point.

— Je hais votre stupide job !

Au son de sa voix, Glapy rabattit ses oreilles et la regarda d'un air inquiet.

— On en a déjà parlé…

— Je n'ai pas braqué la banque ! Ne pouvez-vous pas me laisser tranquille ? Fichez-moi la paix !

Elle l'entendit soupirer.

— Non. Non, je ne peux pas.

— S'il vous plaît.

— N'insistez pas, dit-il à voix basse. Ne me demandez pas l'impossible.

Turner contempla l'environnement sordide. Au milieu des herbes hautes, comme des squelettes de dinosaures, des carcasses de voitures rouillaient lentement, éclairées par le soleil couchant. Des larmes brouillèrent sa vision.

Elle entendit la voix de John qui lui parlait à l'oreille, une voix lente, basse et intime.

— Je ne peux pas vous laisser toute seule, je ne peux pas vous laisser échapper. Ni à moi, ni à la loi. Je ne peux pas fermer les yeux et faire une exception pour vous, quels que soient mes sentiments personnels. Et je ne peux pas changer ce que je fais ni ce que je suis.

— Alors, arrêtez de me téléphoner.

Ses larmes coulaient le long de ses joues et elle déglutit pour parler clairement.

— Arrêtez de me suivre. Arrêtez de me parler de votre fille et de cuisine mexicaine et des mots croisés du jour. Arrêtez de murmurer dans mon oreille la nuit dans le noir…

— Vous êtes complètement stressée…

— Arrêtez de me faire ressentir des choses !

— Je ne peux pas.

— Mais si, vous le pouvez, dit-elle d'une voix hachée, désignez quelqu'un d'autre pour suivre mon affaire.

— Je ne peux pas faire cela non plus, dit-il en soupirant.

— Pourquoi ?

— Je ne peux pas. Et même si je le pouvais, je ne le ferais pas. Vous êtes à moi, chérie.

— Oh, mon Dieu ! s'exclama-t-elle en renversant la tête en arrière et en laissant le flot de larmes couler librement sur ses joues et mouiller son tee-shirt. Je ne peux plus continuer cela.

— Pourquoi ?

— Ça ne peut pas marcher.

— Vous êtes seule depuis trop longtemps, dit-il d'une voix apaisante, vous devez vous rendre.

Elle se mit à sangloter.

— Non. Vous me faites du mal. Vous…

— Ne pleurez pas, murmura-t-il, cela me fait mal à moi.

— Je ne peux pas m'arrêter.

Elle se remit à trembler. C'était trop. Beaucoup trop d'émotions. Comme si tous les sentiments qu'elle avait enfouis en elle depuis quatre ans explosaient enfin. Glapy gémit et posa son énorme tête sur ses genoux.

— Je ne veux pas vous faire de mal.

— C'est pourtant ce que vous faites, répliqua-t-elle en caressant les oreilles soyeuses du chien. Je cours après l'impossible. Je cours après des ombres. On ne peut pas continuer comme cela. Je ne peux pas vivre ainsi.

— Alors arrêtez tout. Dites-moi où vous êtes.

Elle émit un son, mi-rire, mi-hoquet.

— Je viendrai vous chercher.

Elle lécha le sel de ses larmes sur ses lèvres et regarda la voiture-dinosaure. Un écureuil roux était monté dessus et se frottait les pattes.

— Oh, John.

Il soupira.

— Est-ce que cela vaut vraiment la peine ?

Elle ferma les yeux en pensant à Rusty. Comment expliquer ? Elle prit une longue inspiration, essayant de refouler ses larmes afin de pouvoir parler.

— Ma mère est morte lorsque j'avais dix-sept ans, vous le saviez ?

— Oui.

Bien sûr.

Il devait avoir un dossier complet sur elle. Il connaissait probablement la taille de ses soutiens-gorge et son classement en cours de biologie au collège. Elle écarta cette pensée désagréable.

— Maman avait un cancer. Cela a duré longtemps, presque un an, avant qu'elle meure. Ce fut long et douloureux. Elle passait son temps entre la maison et l'hôpital pour la chimio... Papa nous a quittés quand j'étais petite. Je vous l'ai déjà dit. Il ne restait que nous. Maman et moi. Et oncle Rusty...

John resta silencieux.

— Quoi qu'il en soit, reprit-elle, la gorge douloureuse de sanglots contenus, son cancer, c'était très dur, l'hospitalisation et tout ça. Oncle Rusty vivait dans une grande maison victorienne en bordure de la ville, et il nous a invitées à nous installer chez lui, parce que maman…

Elle poussa un soupir.

— Maman ne pouvait plus faire grand-chose, ni pour moi, ni pour elle. La plupart du temps, elle souffrait beaucoup trop. Oncle Rusty et moi nous nous partagions les courses et la cuisine.

Elle eut un petit rire.

— Vous savez, oncle Rusty avait été célibataire toute sa vie, alors quand c'était son tour, on mangeait des plats surgelés de chez Swanson. Des boulettes de viande, des lasagnes ou des sandwichs à la saucisse, c'était son plat favori. Il faisait de son mieux. Il a fait tout ce qu'il pouvait pour nous.

— Turner…

— Et quand maman est morte…

Sa voix se brisa.

— Je suis désolé…

Glapy posa son museau sur sa main. Elle le caressa et se força à poursuivre :

— On n'avait plus d'argent, presque tout avait été dépensé en factures d'hôpital. Oncle Rusty a payé l'enterrement, la concession au cimetière et la pierre tombale.

— Chérie ! s'exclama-t-il d'une voix peinée.

Elle secoua la tête et sa gorge se serra.

— Brad était déjà parti. Après l'université, il a enchaîné avec son premier job. Oncle Rusty et moi on est restés tout seuls. Il avait déjà un certain âge, il avait dépassé la cinquantaine, mais jamais il ne m'a fait sentir que j'étais de trop. Il ne s'est jamais plaint que sa vie était bouleversée et qu'il était quasiment obligé d'adopter une adolescente. Il était tellement… gentil. J'aurais aimé que vous le connaissiez, vous auriez compris.

— J'aurais aimé le connaître aussi, dit John avec douceur.

— Il ne l'a pas fait. Il n'a pas volé la banque, ajouta-t-elle en raffermissant sa voix, et il ne méritait pas ce qui lui est arrivé.

Rusty a travaillé toute sa vie dans cette banque. Il n'était qu'à deux ans de la retraite. Il voulait acheter un cabanon au bord d'un lac et peut-être un nouveau bateau. Il voulait aller à la pêche tous les jours.

— Turner…

Elle ferma les yeux, il fallait qu'elle aille jusqu'au bout.

— Quand Calvin a accusé Rusty et qu'il l'a mis dehors, quelque chose s'est brisé chez oncle Rusty, longtemps avant sa mort. Il s'est senti humilié que l'on puisse croire qu'il avait pu faire une chose pareille. Il n'a plus souri, il n'a plus jamais ri.

— Je suis désolé, vraiment désolé. Je comprends que votre oncle était quelqu'un de très important pour vous.

— Il l'était.

— Avez-vous réfléchi à ce que Rusty aurait pensé de ce que vous êtes en train de faire ? Croyez-vous qu'il aurait aimé que vous viviez ainsi ?

Elle sourit avec amertume. John savait trouver les bons arguments. Présenter les différents choix, écouter sans juger ni condamner. Il devait amener les fugitifs à se rendre avec cette voix lente, profonde, et son empathie. Elle était presque – presque – tentée de céder.

— Non, bien sûr que non. Rusty n'aurait pas voulu que je vive cela. Il était bon, c'était un homme gentil et il m'aimait.

— Alors…

— La question n'est pas là, ajouta Turner d'une voix douce mais ferme. Je suis maîtresse de mes actes et j'ai choisi de blanchir son nom parce que c'était quelqu'un de droit et d'honnête, et parce qu'il m'aimait.

— Bon Dieu ! s'exclama-t-il d'une voix déçue.

Et pleine de colère.

Même si elle savait qu'il faisait son travail, elle sentit la colère la gagner à son tour. Il était temps de couper court à cette relation naissante entre eux, elle ne devait pas se laisser attendrir par l'homme qui était sous l'agent du FBI, l'homme avec lequel elle parlait et auquel elle s'était confiée ces derniers jours.

Elle soupira.

— Vous m'avez dit que je ne pouvais pas vous faire changer d'avis, et en même temps vous me demandez de changer mes plans.

— Turner…

— Non, John, écoutez-moi. Je crois que l'on peut changer le cours des choses quand on y croit. Je crois qu'il ne faut pas abandonner les gens que l'on aime. Et je pense que les gens malfaisants doivent payer pour leurs crimes. Je suis comme cela.

— Je crois aussi dans ces choses-là. La différence, c'est que je suis un professionnel. Laissez Hyman au FBI.

— Je l'ai fait, ils ont eu quatre ans pour traduire Calvin en justice et personne n'a levé le petit doigt pour enquêter sur lui.

— Bon, et si je vous promets d'ouvrir une enquête sur le détournement de fonds ?

C'était si tentant d'accepter, mais…

— Vous avez besoin de preuves de toute façon. Vous n'auriez pas pu ouvrir le coffre-fort de Calvin sans preuve ni mandat de perquisition, n'est-ce pas ?

— C'est vrai, répondit-il du bout des lèvres.

Elle sourit. John n'était pas un menteur, même quand il savait qu'il risquait de perdre la partie. Elle poussa son avantage jusqu'au bout.

— Et vous n'auriez pas pu obtenir de mandat uniquement sur mes soupçons, n'est-ce pas ?

Il jura mentalement.

— Je vais trouver la preuve, affirma-t-elle.

Elle n'eut pas besoin de préciser qu'elle se passerait de mandat pour cela.

— Et je vais faire en sorte que Calvin se retrouve en prison pour ce qu'il a fait à Rusty.

— Et si c'est vous qui allez en prison ? demanda-t-il doucement. Je ne m'arrêterai pas, vous savez, jusqu'à ce que je vous aie arrêtée.

Elle jeta un coup d'œil inquiet par la fenêtre, s'attendant presque à le voir surgir devant elle.

— Je dois vous laisser.

— Non, dit-il d'une voix tendue, frustrée. Vous vous enfuyez encore une fois. Pour une femme aussi intrépide, vous me paraissez bien dégonflée tout d'un coup.

— Je ne suis pas… s'exclama-t-elle en éclatant de rire.

— Mais c'est bon pour cette fois, parce que tôt ou tard, je vous attraperai.

Oh, mon Dieu !

— Au revoir, John.

— Au revoir. J'aime bien votre nouvelle coupe.

Et il raccrocha.

Elle fixa le portable sans bouger. Sa coupe ? Puis elle se souvint qu'elle avait coupé ses cheveux. Taillé dedans, plutôt. John ne l'avait aperçue qu'une demi-seconde et cela lui avait suffi pour se rendre compte qu'elle s'était coupé les cheveux.

Turner frissonna.

Elle ne savait pas si c'était de peur ou de plaisir.

23

— Hé, mec, je crois que ce n'est pas la bonne route pour aller dans le Minnesota, dit Nald d'une voix haletante.

— Oh, tu te prends pour monsieur Panneau Indicateur ? répliqua Fish sans même se retourner. Quoi ? Tu as un GPS dans le derrière ?

Il faisait chaud. Fichtrement chaud. Tellement chaud que le goudron fondait et collait à leurs semelles. Les fourmis auraient frit si elles étaient sorties de leurs trous. Mais elles s'en gardaient bien. Nald sentait la sueur couler entre ses jambes, ce qui lui donnait une furieuse envie de se gratter.

Hot.

La canicule.

— Moi, je dirais que le Minnesota est vers l'ouest. Si tu regardes une carte, tu vois bien que c'est à gauche du Wisconsin, et à gauche, c'est l'ouest, poursuivit-il.

— Et alors, andouille ?

— Je ne crois pas qu'on aille vers l'ouest, mec.

Fish stoppa net au milieu de la route et fit face à Nald. Une tique grimpait sur sa joue. Il était répugnant. Ses cheveux étaient plats, gras et poisseux, après sa chute dans les marais. La sueur avait dessiné des lignes plus claires sur sa peau sale. C'était dégoûtant.

Son nez était tout rouge et commençait à peler. Il avait sans doute pris un coup de soleil, à moins que cela soit le sumac vénéneux dans lequel il était tombé la veille. Fish était allergique, du pus jaunâtre coulait de ses bras, on aurait dit un zombie victime d'une attaque nucléaire.

Immonde.

— On va vers l'ouest, affirma Fish en montrant le soleil couchant.

Nald s'arrêta et prit un morceau de lanière de bœuf séché volé le matin même dans un magasin sur la route.

— Vers l'est ! T'en veux ? demanda-t-il en tendant le morceau peu ragoûtant qui portait, encore collées dessus, des peluches venues du fond de sa poche.

— Vers l'ouest.

Nald mordit dans la viande et la mâcha.

— Vers l'est. Tu crois que la caissière nous reconnaîtrait ?

— Je ne vois pas comment ! On avait échangé nos masques !

En matière de crime, Nald reconnaissait que Fish était parfois un véritable cerveau. Fin, habile et rusé. Ce matin, par exemple, après avoir rappelé qu'ils étaient recherchés par les flics qui avaient sans doute lancé une alerte du genre *On recherche deux effrayants braqueurs de banque. Armés et très dangereux*, Fish avait suggéré de tromper leurs poursuivants en échangeant leurs masques. Fish deviendrait Yoda et Nald serait Bob l'Éponge. Ce qui convenait à Nald, parce que, même s'il aimait bien le personnage de Yoda, son masque avait perdu une oreille et il trouvait que cela lui donnait un air beaucoup moins cool.

— Oui, mais elle nous a quand même regardés bizarrement, marmonna Nald en mâchouillant.

Le bœuf n'était pas jeune et il faudrait le mâcher longtemps.

— C'est parce que nous lui avons fait très peur, mec ! dit Fish.

— Tu crois ? demanda Nald d'un air de doute.

— Elle tremblait.

— Oui, et elle faisait de drôles de bruits, comme si elle avait une attaque.

— Eh bien, ça veut dire qu'on était tellement terrifiants que ça lui a fichu un coup. Qu'est-ce que tu voulais de plus ?

— Je ne sais pas. C'est dommage, elle n'avait que ce bout de viande et des canettes de Yoo-hoo.

— Tu t'attendais à quoi ? demanda Fish en se donnant une claque sur la joue.

La tique tomba sur son menton.

— C'est ça les petites villes. Et t'oublies les cheese curls !

— C'est vrai, ça c'était bon.

— Et ce sont des beignets au fromage et ça compte dans les produits laitiers. C'est bon pour la santé, ça !

— Oui, c'est comme les protéines du bœuf, souligna Nald. Il tentait de rassembler ses souvenirs en matière d'alimentation qui remontaient à l'école primaire. Mais il manque les légumes.

— Les cheese curls, dit Fish en se grattant le bras – un magma jaune et infâme en sortit en coulant.

— Mais t'as dit que c'était dans les produits laitiers ? objecta Nald.

— Et dans les légumes.

— Comment les cheese curls peuvent être des légumes et des produits laitiers ?

— Parce que, répondit Fish lentement, comme si Nald était attardé, ils sont faits aussi avec du maïs. C'est marqué sur le paquet.

— Ah, répondit Nald déstabilisé d'apprendre soudain qu'il mangeait « sainement » depuis des années.

— Bon, on y va, conclut Fish.

Il se retourna, une deuxième tique grimpait le long de son dos.

— Ah bon, mais on va vers l'est, dit Nald en trottant derrière lui.

— Je te dis que non, tête de nœud.

Fish tenta de passer sa main dans ses cheveux mais ils étaient complètements collés sur sa tête. Il trouva la tique sur son menton, l'arracha et la jeta dans les buissons le long de la route. Une autre tique sortit de derrière son oreille.

— On est trop débiles.

— C'est pas vrai, rugit Fish qui stoppa, se retourna, mit ses mains sur ses hanches et hurla, le visage de plus en plus rouge : On. Marche. Vers. L'ouest !

— Non, répliqua Nald en croisant les bras d'un air buté.

Fish resta sans voix, les bras écartés le long de son corps, puis il commença à trembler de la tête aux pieds.

— Ouest ! hurla-t-il.

Il laissa tomber le sac remplit de billets et se mit à sauter sur place les bras en l'air en criant :

— Ouest ! Ouest ! Ouest !

Nald pinça le nez. Cela faisait des heures qu'il avait réussi à rester dans le bon sens du vent, mais la brise avait dû tourner parce qu'une odeur répugnante le prenait à la gorge.

— Ouest !

— Mouffette ! hurla Nald.

— Où ? brailla Fish en continuant à sautiller.

— Là ! s'écria Nald en désignant un gros animal gris sortant du bois. C'est la plus grosse saloperie de mouffette que j'aie jamais vue !

Fish arrêta de sauter et regarda l'animal.

— Hé, couillon, c'est pas une mouffette !

— Ouais ? Alors, c'est quoi ?

— J'sais pas, mais c'est pas une mouffette.

— Il a des bandes blanches.

— C'est gris.

Nald regarda l'animal qui les dévisageait de ses petits yeux noirs profondément enfoncés dans sa tête plate. Un coin de ses lèvres était relevé comme s'il n'était pas content de les voir.

— C'est peut-être une vieille mouffette.

— Dis pas de conneries, répondit Fish, les mouffettes ça vieillit pas, ça meurt écrasées sur les routes.

— C'est une mouffette, mec.

La mouffette grise se détourna et commença à marcher dans la poussière le long de la route.

— C'est pas une mouffette, c'est un raton laveur, affirma Fish.

— C'est pas un raton laveur, il a pas le masque sur sa fourrure.

— C'est pas une mouffette non plus. Tu trouves qu'il ressemble à Pépé Le Pew ?

Maintenant que Fish le disait, cette grosse boule de poils ne ressemblait pas tellement à Pépé Le Pew, le putois noir et blanc des dessins animés. Mais plutôt à…

— Bucky Badger ! cria Nald triomphalement. C'est Bucky Badger, la mascotte du Wisconsin. Il n'est pas mignon ?

Bucky se retourna et son petit derrière s'agita alors qu'il fouillait la terre de son museau.

— Comment tu sais que c'est « il » ? observa Fish dédaigneux.

— Parce que Bucky est un garçon, gloussa Nald en haussant les épaules. Tu le savais pas ?

— Je te parle de celui-ci ! Comment tu sais que c'est un garçon ?

— Tu trouves qu'il ressemble à une fille ? demanda Nald.

Fish tourna autour de l'animal et sourit en découvrant des dents jaunes. Un garçon, hein ?

— Et où il est son zizi, hein, andouille ? railla-t-il.

— C'est toi l'andouille. Le zizi de Bucky est caché dans toute cette – Nald agita les mains vaguement en cherchant ses mots – cette fourrure.

— Je suis pas une andouille, c'est toi, répliqua Fish et je vois pas de zizi. Je crois que c'est un blaireau.

— Bucky est pas un blaireau ! protesta Nald.

— Si !

— Non !

— Si ! hurla Fish. Ton Bucky Badger porte un petit pull rouge et il se pavane les fesses à l'air d'un air important.

Nald eut envie de pleurer. Comment Fish pouvait-il dire des choses pareilles à propos de Bucky Badger ?

— Mais il porte pas n'importe quoi ! Il porte le sweat-shirt du Wisconsin !

— Et alors ? Tu le vois, là, le sweat-shirt ? ironisa Fish.

— Peut-être qu'il l'a pas mis parce qu'il a trop chaud ! suggéra Nald.

— Il est chaud ! T'as raison ! C'est une tapette !

Et Fish retroussa ses lèvres épaisses sous son gros nez rouge et fit d'horribles bruits de baisers, sans toutefois déranger la tique installée sur sa joue comme un gros grain de beauté.

— C'est pas vrai ! cria Nald.

— Tapette, tapette, tapette ! chantonna Fish en dansant sur la route. Bucky est une tapette !

— Tête de nœud !

— Crâne d'œuf !

C'est alors que Bucky attaqua.

24

Lorsque John trouva enfin le cottage de Calvin près de Rhinelander, il était presque dix heures du soir. Hyman lui avait donné les indications nécessaires pour s'y rendre mais il lui avait fallu une heure, à travers des dizaines de petits chemins, pour trouver l'endroit. Ensuite, il avait dû déchiffrer des noms, souvent illisibles, sur des boîtes aux lettres. Il était passé deux fois devant celle du cottage, sans s'en rendre compte. Il fit marche arrière, sortit de la voiture pour vérifier le nom sur la boîte aux lettres en forme de camion de pompier. L'allée était sombre dans le crépuscule, les buissons qui la longeaient n'avaient pas été taillés depuis des lustres et les branches griffèrent les flancs de la voiture. John se gara et descendit pour inspecter les environs. Il était resté assis trop longtemps, son épaule droite le faisait souffrir. Il la fit rouler en grimaçant tout en se dirigeant vers le cabanon.

C'était une charmante maison en bois à deux étages. Une véranda, protégée par un toit en bardeaux, en faisait le tour et lui apportait ombre et fraîcheur. À côté et séparé de la maison par une allée de graviers, se devinait un garage suffisamment spacieux pour accueillir deux voitures. Une pente douce descendait jusqu'au lac au bord duquel il distingua une autre construction qui devait être un hangar à bateaux. Derrière la maison se trouvait une clairière avec un filet de volley-ball complètement distendu, puis les bois. Il gravit les marches du perron et vit que la porte d'entrée était ornée d'une magnifique toile d'araignée. Si Turner était venue ici, elle n'était certainement pas passée par la porte. Il ne dérangea pas l'animal et fit le tour du bâtiment. Les fenêtres grillagées n'offraient pas une grande résistance mais il ne constata aucune trace d'effraction car la poussière, sur les appuis, était uniforme. Lui qui était grand aurait été obligé de se jucher sur la pointe des pieds pour pénétrer à l'intérieur. Cela signifiait que Turner aurait eu besoin de grimper sur quelque chose pour entrer par là. Comme il ne voyait rien, il en conclut qu'elle n'était pas encore venue. Cette pensée le réjouit. Il retourna à la voiture et manœuvra pour la conduire derrière la maison. Il alla jusqu'au terrain de volley et recula jusqu'aux arbres. De là, il voyait parfaitement l'arrière de la bâtisse et l'allée de graviers. La lune dessinait un mince croissant dans le ciel mais elle n'éclairait pas suffisamment pour qu'on voie le véhicule. John passa son bras par la portière et contempla le dos de la maison.

Où était-elle ce soir ? Il aurait juré qu'elle était toute proche. Après l'avoir ratée à la station-service, il l'avait cherchée en vain pendant des heures dans les rues grouillantes de Rice Lake. Elle avait dû quitter la ville en prenant cette direction, mais il n'avait vu aucune trace d'elle et personne n'avait signalé de Chevy bleu ciel dans ce secteur. Il appuya sur un bouton de sa montre pour voir l'heure. 22 h 23. Dans l'État de Washington, il était donc un peu plus de 20 h. Il sortit son portable et composa le numéro de son ex-femme. Le téléphone sonna à l'autre bout du pays. Un répondeur se mit en marche. John hésita mais raccrocha sans laisser de message. Qu'aurait-il pu dire ? Si Amy l'écoutait, ou Dennis, son mari, ils ne prendraient même pas la peine de répondre, et il n'était même pas certain, par ailleurs, que Rachel ait dit à sa mère qu'elle lui avait téléphoné. Si Rachel l'avait appelé sans en parler à Amy, il ne voulait pas prendre le risque de trahir la confiance de sa fille alors qu'elle venait de reprendre contact avec lui. Mais n'était-ce pas un argument facile ? N'avait-il pas plutôt la trouille de parler avec une petite fille qui avait grandi et qui lui demandait des comptes ?

Il grogna et renversa sa tête en arrière contre son dossier. Fichue journée.

Après tout, pourquoi pas ? Il céda à la tentation et appuya sur une touche. Turner répondit à la première sonnerie.

— John ?

Il sourit, sentant déjà se détendre son corps, et surtout sa nuque douloureuse.

— Oui.

— Où êtes-vous ? demanda-t-elle en murmurant tout bas.

Il se raidit aussitôt.

— Vous inversez les rôles. C'est vous maintenant qui me demandez où je suis !

— Vous me répondez ?

— Non.

Elle soupira. Le son lui parut bien solitaire dans le noir de la nuit.

— Je ne peux pas vous dire non plus où je suis.

Il changea de position, cherchant à s'installer plus confortablement mais se tenant toujours aux aguets au cas où elle se montrerait.

— Comment va Glapy ?

— Il dort. Il a eu peur à Rice Lake.

Cette remarque le mit en joie.

— Glapy a eu peur ? Et vous ?

— J'ai eu peur, moi aussi, admit-elle.

— Je suis désolé. Qu'avez-vous mangé pour votre dîner ?

— Des crackers et des olives espagnoles.

Il rit.

— Et vous ? demanda-t-elle.

— Un cheeseburger avec du bacon et un milk-shake à la vanille.

— Ce n'est pas bon pour vous, c'est trop gras et trop salé, dit-elle sur un ton désapprobateur qui lui serra le cœur.

— Peut-être, mais c'était très bon, et il y avait aussi du chou.

— Oui, mais cela ne compte pas, ils le servent en condiment.

— C'est vrai.

Il y eut un silence.

John ferma les yeux pour l'entendre respirer. Mon Dieu, il aurait donné cher pour être auprès d'elle à cet instant. Il désirait la toucher, sentir son parfum, embrasser ses cheveux. L'imaginer dans ses bras était une pensée trop tentante, il ouvrit les yeux et se redressa. La fraîcheur dispensée par la climatisation s'était dissipée, mais avec la nuit une petite brise s'était levée, et comme il faisait moins chaud dehors, il ouvrit grand la portière. Il leva les yeux pour regarder le ciel.

— Vous êtes dehors ?

— Humm, oui, répondit-elle dans un murmure ensommeillé.

Sa voix rauque et troublante eut sur lui un effet immédiat, il se sentit palpiter. Il toussota.

— Vous voyez les étoiles ? demanda-t-il.

— Oui.

— Vous savez où est l'étoile du Nord ?

— C'est l'étoile Polaire, je la vois, dit-elle.

— Et la Petite Ourse ?

— Oui. Et Cassiopée ? demanda-t-elle.

— C'est celle qui ressemble à un W ?

— Oui, et juste à côté, il y a sa fille, Andromède, précisa-t-elle.

— Waouh, je suis impressionné, celle-là je ne la connaissais pas. Où est-elle ?

— Vous voyez les deux plus grosses étoiles dans Cassiopée ?

— Mmmh.

— Suivez-les vers le bas, dit-elle d'une voix lente, la plus grosse étoile suivante, c'est le pied droit d'Andromède. Vous voyez la forme en triangle. Il y a trois étoiles qui partent de son pied, vous les voyez ?

Il n'en était pas sûr, mais il ne voulait pas l'avouer.

— Oui.

— Et sur le côté opposé de Cassiopée, c'est Cygnus le Cygne. Il a une forme de croix. On l'appelle aussi parfois la Croix du Nord. Vous le voyez ?

— Oui, mentit-il.

— Et Vega est là aussi. C'est une étoile très brillante, vers l'horizon. Vega est dans la constellation de Lyra. Vous la connaissez ?

Il ne se donnait même plus la peine de chercher. Il avait posé sa tête en arrière et fermé les yeux pour mieux entendre sa voix rauque murmurant dans son oreille. Elle l'excitait tellement qu'elle aurait pu lui lire l'annuaire.

— Oui.

Elle émit un son sourd et sexy.

— Quoi ? demanda-t-il.

— Vous ne la voyez pas, n'est-ce pas ?

— Non, avoua-t-il en souriant. Comment le savez-vous ?

— Parce que personne n'a jamais entendu parler de Lyra ! s'écria-t-elle sur un ton triomphal, apparemment ravie de l'avoir piégé.

— Vous l'avez inventée ?

— Non. C'est une obscure constellation. Je ne la connais qu'à cause du mythe que l'on raconte sur elle.

— Racontez-le-moi, demanda-t-il doucement.

— Lyra, c'est la lyre d'Orphée. C'est une petite harpe de la Grèce antique.

— Mmmh.

Il aurait pu s'endormir, bercé par son murmure hypnotique.

— Orphée était un merveilleux musicien, le plus grand de tous les temps. Quand il jouait, les oiseaux cessaient de chanter et les animaux sauvages le suivaient comme s'ils étaient envoûtés.

— Super !

Elle rit à nouveau.

— Oui, super. Il est tombé amoureux d'une femme qui s'appelait Eurydice et elle aussi s'est éprise de lui. Ils se sont mariés mais Eurydice a été mordue par un serpent et elle est morte. Naturellement, elle a été conduite dans l'Hadès, c'est-à-dire dans l'autre monde, laissant Orphée inconsolable.

— C'est une histoire triste.

— Oui, mais elle n'est pas finie. Orphée aimait tellement Eurydice qu'il a bravé l'entrée de l'Hadès pour la chercher. Après un long voyage et de nombreuses épreuves, il est enfin parvenu devant Pluton, le dieu de l'autre monde en personne. Pour le séduire, Orphée lui a joué de la musique et Pluton a été tellement ému par la beauté de sa musique qu'il a fait une chose qu'il n'avait jamais faite : il a permis à Eurydice de rejoindre le monde des vivants.

Elle s'arrêta. Il tendit l'oreille. Elle reprit.

— Mais il y avait une condition, murmura-t-elle.

— Il y en a toujours.

— Oui, il y en a toujours, dit-elle d'une voix triste qui mit John mal à l'aise. Orphée pouvait repartir accompagné de sa femme, mais il ne devait pas se retourner, il ne devait en aucun cas regarder sa femme tant qu'il ne serait pas revenu dans le monde des hommes.

John grimaça, s'attendant à l'inévitable.

— Alors Orphée conduisit Eurydice à travers les cavernes de l'Hadès et Eurydice le suivit sans parler, car elle n'avait pas le droit de dire un seul mot à son mari avant d'avoir rejoint le monde des vivants. Orphée devait avoir confiance, il devait avancer sans se retourner, et sans avoir la certitude qu'elle le suivait puisqu'il ne pouvait entendre sa voix. Il n'entendait rien, et au fur et à mesure qu'il se dirigeait vers la surface, son inquiétude grandit. À un moment, n'y tenant plus, il voulut vérifier qu'elle était bien derrière lui, et il se retourna.

— Elle avait disparu.

— Non, dit-elle lentement. C'est justement là le pire. Elle était bien là, juste derrière lui, et Orphée a juste eu le temps de l'apercevoir avant que Pluton la reprenne à jamais.

— Quel salaud ! s'exclama John en passant une main dans ses cheveux. Mais je comprends la raison pour laquelle il s'est retourné.

— Vraiment ? demanda-t-elle d'une voix curieuse. J'aurais cru au contraire que vous n'auriez pas beaucoup de sympathie pour quelqu'un comme Orphée qui aurait perdu le contrôle.

— Oui, mais il ne pouvait pas l'entendre.

— Et ?

— Et, pour un homme, la voix d'une femme c'est ce qui la distingue le plus des autres femmes. Après tout, il l'entend en permanence, nuit et jour.

— Je sens du machisme dans cette remarque, dit-elle d'une voix amusée.

— Il n'y en a pas, je suis sérieux, répondit-il sincèrement. Les femmes parlent plus que les hommes. Un homme est habitué à entendre sa femme parler dans la maison, elle se raconte plus volontiers que lui, elle dit ce qu'elle-même a fait de sa journée, elle papote tout simplement.

— Elle papote tout simplement ?

Il grimaça. Il savait qu'il ne s'expliquait pas bien.

— Oui, elle papote. Les femmes font cela tout le temps. Constamment. Même vous. C'est apaisant. Normal. Pour un homme, cela veut dire que tout va bien et que le monde tourne rond.

— Je n'avais jamais entendu cette théorie auparavant, répliqua-t-elle en riant.

Il poursuivit néanmoins.

— Je suis sûr que ce brave Orphée a été déconcerté de ne pas entendre sa femme lui parler alors qu'elle était juste derrière lui.

— Je ne suis pas certaine que cela soit un compliment pour les femmes.

— Oh si ! dit-il en fermant les yeux. La voix d'une femme peut suffire à exciter un homme.

Et Dieu sait s'il pouvait en témoigner !

Elle eut un rire incrédule.

— *Quoi ?* s'écria-t-elle effarouchée.

— Vous m'avez très bien entendu.

— Je ne peux pas croire que vous me disiez une chose pareille.

— Vous pouvez le croire. C'est très excitant pour un homme d'entendre une femme murmurer à son oreille avec une voix rauque et haletante. Il imagine aussitôt une chambre à coucher et ce que cette même voix pourrait lui dire à ce moment-là.

— Mon Dieu ! mais les hommes pensent-ils au sexe en permanence ?

— La plupart, répondit John en souriant – elle était si collet monté ! Mais je crois que les femmes y pensent aussi.

— Vous êtes affreusement sûr de vous.

— Peut-être. Allez, reconnaissez que vous vous êtes déjà demandé ce que cela vous ferait de m'embrasser.

John avait pleinement conscience qu'il était en train de franchir ses propres limites. Et elle ? Le laisserait-elle aller encore plus loin ?

— Je ne vous répondrai pas, dit-elle dans un souffle.

— C'est presque un aveu, dit-il avec un sourire de triomphe. Je n'arrête pas d'y penser… à vos lèvres sous les miennes, au goût de votre bouche.

— Je… Je ne peux pas, John.

— On ne fait que parler, répliqua-t-il d'une voix rassurante. Nous parlons au téléphone. Il n'y a rien de terrifiant là-dedans.

Elle fit un petit bruit, rire ou sanglot, il n'aurait pu le dire.

— Tout en vous me terrifie. Même parler au téléphone.

Il ferma les yeux. Il se sentait tellement plein de désir et de frustration qu'il s'en fallait de peu qu'il n'explose, mais quelle que fût l'urgence, il ne pouvait y répondre pour le moment.

— Il faut que nous travaillions sur cette peur, répondit-il en prenant sur lui.

— Je... Je dois vous laisser.

C'était une excuse pour fuir, il l'aurait juré. Bon sang, elle allait disparaître à nouveau ! Il lutta de toutes ses forces contre des sentiments contradictoires, déjà impatient de réentendre sa voix. Mais c'était terminé pour ce soir. Il était le chasseur et il saurait attendre le bon moment. Il valait mieux la laisser aller, il reprendrait la chasse à l'aube.

— Bonne nuit, dit-il tendrement.

— B... bonne nuit, John.

Il coupa lui-même la communication en grimaçant dans le noir.

La nuit serait longue. Il savait qu'il aurait du mal à trouver le sommeil. Mais il savait aussi que son heure viendrait.

25

La sonnerie du téléphone réveilla brutalement Turner à l'aube. Elle étira son bras droit en grimaçant.

— Aïe !

À côté d'elle, Glapy leva la tête et bâilla, révélant une bouche caverneuse et deux rangées de dents jaunes.

Turner se redressa et regarda autour d'elle. Elle avait passé la nuit sur un parking entre Woodruff et Rhinelander. Depuis qu'elle avait aperçu John à Rice Lake, elle n'avait pas encore osé s'approcher du cottage de Calvin. En tout cas, elle n'avait plus aucun doute, il était sur sa piste. Ce n'était pas prévu et elle craignait que cela fasse échouer son plan. Désormais, tous – le FBI, la police et les patrouilles routières – planchaient sur son cas, et sans aucun doute tous savaient qu'elle se rendait au cabanon de pêche de Calvin. L'endroit était certainement sous haute surveillance et elle se demandait comment elle allait pouvoir…

Le téléphone sonna à nouveau, la jeune femme le prit et répondit.

— Allô ?

— J'espère que je ne te réveille pas ? dit Victoria d'une voix vive.

Turner s'assit, passa sa main dans ses cheveux courts et jeta un coup d'œil à sa montre. Il n'était que sept heures du matin. Comment pouvait-on appeler les gens à une heure pareille ?

— Oh, non, mentit-elle, je suis contente que tu me rappelles. Il faut que nous fixions un rendez-vous.

— Bien. C'est pour cela que je te téléphone, dit Victoria, que dirais-tu de demain, 12 h 30 ?

Le lendemain était un jeudi et Victoria lui avait dit lors de leur dernière conversation qu'elle ne serait pas libre le vendredi. Elle n'avait donc pas le choix.

— D'accord pour demain.

Elle devrait donc se rendre aujourd'hui même au cabanon de pêche de Calvin pour trouver les preuves.

— Où ?

— Tu pourrais venir à mon bureau, suggéra Victoria.

Turner sentit un frisson lui parcourir l'échine. La jeune juriste semblait vouloir l'aider, mais pouvait-elle lui faire confiance ? Après tout, elle ne la connaissait pas si bien que cela. Et la dernière fois, Victoria avait insisté pour lui faire dire où elle se cachait. D'un autre côté, c'était son seul contact au bureau du procureur fédéral. Elle devait prendre un risque, mais un risque calculé.

— Je préfère un lieu plus neutre, proposa-t-elle prudemment.

— Bien, répondit Victoria, on peut se retrouver dans un restaurant ou dans un coffee shop.

— Eh bien…

— Écoute, je suis en face du jardin du centre-ville, on peut se retrouver dans la partie nord.

— Oui, dit Turner, se sentant plus détendue.

Le jardin du centre-ville était grand et c'était un espace ouvert, elle pourrait voir Victoria de loin et vérifier qu'il n'y avait pas de policiers alentour.

— C'est parfait, ajouta-t-elle.

— Très bien, demain à 12 h 30.

— OK.

— Bye, dit Victoria avant de raccrocher.

Turner resta pensive un moment. L'assistante du procureur était déjà au courant pour le braquage et pour le coffre-fort de Calvin, elle devait penser que Turner était le cerveau du casse comme le FBI avait l'air de le croire. Elle était sûrement en contact avec John et ses collègues. La rencontre de demain serait peut-être un piège, mais avait-elle un autre choix ? Elle avait un avantage : Victoria la connaissait, elle écouterait donc avec plus d'attention ses accusations contre Calvin que toute autre personne du bureau du procureur fédéral. Tout bien pesé, le bénéfice dépassait les risques. Turner secoua la tête. Elle n'allait pas passer la journée à tergiverser, elle avait mieux à faire, et surtout plus urgent. À côté d'elle, Glapy tenta de s'étirer mais il manquait d'espace, il se mit à gémir.

— Moi aussi, murmura-t-elle.

Elle sortit de la voiture et le chien se précipita vers l'herbe jaune et sèche du bas-côté avant de se mettre à renifler quelques maigres buissons avec beaucoup d'intérêt.

Le soleil brillait, annonçant une nouvelle journée de grosse chaleur et de sécheresse. Un corbeau sortit du bois voisin en croassant, Glapy s'arrêta et leva la tête pour le voir passer. Elle repensait à la conversation de la veille avec John et à la frustration qu'elle avait sentie dans sa voix avant qu'il raccroche. Comment en étaient-ils arrivés là ? Ils avaient commencé à parler des astres et des mythes, chacun de son côté mais contemplant le même ciel, regardant les mêmes étoiles. Ils avaient réussi à éviter des sujets beaucoup plus explosifs comme la détermination de John à la trouver et à l'arrêter et son obstination à elle à venger la mémoire d'oncle Rusty. Comment cette conversation calme avait-elle dérapé ensuite sur des chemins de traverse ? Cela ne venait sûrement pas d'elle, ce n'était pas son genre d'être émoustillée parce qu'un agent du FBI l'avait prise en chasse.

Même quand elle avait eu un petit ami – et elle pouvait compter les types avec lesquels elle était sortie sur les doigts d'une seule main –, le sexe était pour elle quelque chose de basique. La plupart du temps, quand elle faisait l'amour, elle n'avait pas d'orgasme, ce qui, du reste, ne lui faisait ni chaud ni froid. Elle se satisfaisait très bien elle-même. Très peu s'en étaient rendu compte, mais ceux qui s'en étaient aperçus l'avaient mal pris. L'un d'eux lui avait même laissé en guise de cadeau d'adieu le numéro de téléphone d'un psy pour qu'elle se fasse soigner. Il lui avait tendu le morceau de papier en fronçant les sourcils avec un air d'inquiétude pour ce qu'il avait appelé une déficience. Elle l'avait remercié et avait jeté le papier dans la première poubelle venue. Le sexe n'était pas vraiment important pour elle. Cela supposait tant de contraintes désagréables, comme celle d'être très près d'un autre corps humain, à la fois physiquement et émotionnellement. Et cela impliquait des odeurs, des bruits, des échanges de fluides corporels et surtout cette abominable perte de contrôle. Hé, vous êtes tout de même supposé, en théorie, vivre un moment très intime – un orgasme ! – en présence d'une autre personne, là dans la même pièce que vous. En fait, *à l'intérieur* de vous ! Elle ne parvenait pas à comprendre comment cela pouvait plaire à tant de gens. Elle se demandait comment on pouvait se détendre dans des circonstances pareilles.

Et voilà que cette nuit, elle s'était sentie profondément retournée rien qu'en entendant le son de la voix de John. Turner frissonna. N'était-ce pas un peu pervers ? Dieu seul savait comment elle réagirait si John posait ses mains sur elle. Elle se consumerait debout probablement. Ce qui évidemment serait assez délicat. Qu'est-ce qui, chez John, lui faisait ainsi perdre le contrôle ? Était-ce la situation ? la poussée d'adrénaline ? le stress dû à ce jeu du chat et de la souris ? Le fait qu'il avait failli l'attraper au Kwik Trip de Rice Lake ?

Un faucon planait au-dessus d'elle, cherchant un rongeur ou un oiseau pour son petit déjeuner. Elle aurait aimé – vraiment – mettre l'excitation qu'elle avait ressentie cette nuit sur le compte de la situation ou de l'adrénaline. Mais elle ne le pouvait pas. Quand elle s'imaginait avec John, seuls, se caressant mutuellement… Turner se tortilla, elle avait les joues en feu. Cette réaction était très nouvelle. Pas de doute, ce n'était pas les circonstances, c'était l'homme. Ce qui était une conclusion pour le moins inquiétante.

Glapy débusqua une dinde sauvage qui sortit de derrière un buisson. Le gros volatile marron foncé tenta de s'enfuir en battant des ailes en direction du sous-bois avec le chien à ses trousses. Turner suivit sa course enthousiaste au bruit de branches cassées qui l'accompagnait. Elle sortit son téléphone de sa poche et le regarda. Elle mourait d'envie d'appeler John. Elle voulait entendre sa voix, savoir comment il allait ce matin.

Non, non, non. C'était une adulte, elle avait plus de trente ans, elle était éduquée, comme les héroïnes de *Sex and the City*, sauf qu'elle vivait dans une petite ville du Wisconsin. Elle n'appellerait pas John. Et elle ne l'encouragerait pas non plus. Et tant pis pour les sentiments qu'il faisait naître en elle, sexuellement et émotionnellement. Leur relation n'était pas saine. Et puis, elle se sentait incapable de dire quoi que ce fût sans bégayer et rougir. Elle repoussa le téléphone. Au boulot ! Elle devait trouver le cottage de Calvin et le moyen d'y pénétrer.

— Glapy ! appela-t-elle en espérant que le chien répondrait à son nouveau nom.

Il y eut un fracas dans le bois et le danois jaillit de la forêt la gueule grande ouverte. Il courut vers elle et tenta de poser ses pattes de devant sur ses épaules.

— Non, dit-elle en le repoussant doucement.

Elle lui versa un bol d'eau qu'il se mit à laper goulûment.

— Tu as attrapé la dinde ? demanda-t-elle.

En guise de réponse, il se mit à remuer la queue. Il avait dû traverser des buissons de bardane car des petits picots s'étaient accrochés dans ses poils. Turner les enleva un à un, il faudrait qu'elle vérifie plus tard s'il n'avait pas de tiques. Prendre soin d'un chien était plus compliqué qu'elle l'aurait cru. Glapy lui manifesta sa reconnaissance en lui bavant dessus. Elle frotta le devant de son tee-shirt en soupirant. Il fallait qu'elle trouve un endroit pour se laver.

Il était temps de se remettre en route.

26

Il devenait trop vieux pour ce genre d'exercice. Il était à peine 7 h 30. John s'extirpa en grimaçant de la Crown Victoria. Il bougeait lentement comme un vieil arthritique qui aurait été passé à tabac. Il entendit ses articulations craquer. L'heure était peut-être venue de chercher un job sédentaire. Il s'étira et ressentit une douleur aiguë à l'épaule droite, il étouffa un juron et se massa l'épaule. Bon sang, il était en train de perdre ses moyens. Il fit quelques pas vers le haut des bois pour soulager sa vessie. Dans la lumière du jour, la voiture était trop visible, il fallait qu'il lui trouve une meilleure cachette. Il était coincé là sans nourriture ni douche jusqu'à ce que Turner se montre et il avait terriblement envie d'une bonne douche. Il pourrait aller jusqu'à Rhinelander, faire un brin de toilette et manger un morceau. Mais il risquait de la manquer et il ne pouvait ni ne voulait prendre ce risque. Dans la Crown Vic, son portable sonna, il courut en espérant que c'était elle.

Zut. C'était Torelli.

— MacKinnon.

Le jeune flic ne perdit pas de temps en amabilités.

— On a un autre signalement concernant Turner Hastings, dit-il de son plus pur accent côte Est.

— Oui ?

John entra dans la voiture et tendit le bras vers son mug posé dans l'espace réservé à cet effet sur le tableau de bord.

— Une femme du nom de Victoria Weidner, qui travaille au bureau du procureur fédéral à Madison, vient d'appeler le bureau de Milwaukee, on m'a transféré son appel.

— Qu'a-t-elle dit ? demanda John.

Il trempa ses lèvres dans le liquide froid et aigre datant de la veille et fit la grimace.

— Hastings l'a contactée.

— Quoi ? s'exclama John en reposant le mug.

— Apparemment, Turner Hastings veut la rencontrer pour lui donner les preuves que Calvin Hyman est l'auteur du détournement de fonds de la banque de Winosha.

Cette petite sorcière ! Si elle avait des preuves, pourquoi diable ne lui en avait-elle pas parlé ? Pourquoi ne lui faisait-elle pas confiance plutôt qu'à Weidner ?

— Weidner est originaire de Winosha, elles se connaissent depuis le collège.

— Et Weidner l'a dénoncée ?

— Weidner est l'assistante du procureur fédéral, répondit Torelli, elle est au courant par la presse de ce qu'a fait Hastings et elle s'est dit qu'elle devait nous prévenir.

— Une bonne copine, commenta John en soupirant. Quand doivent-elles se rencontrer ?

Il se passa la main dans les cheveux. Heureusement qu'il les portait courts car, après une nuit passée dans sa voiture, il aurait fait peur aux écureuils.

— Demain, à 12 h 30, en face de l'immeuble du procureur, dans la partie nord du jardin public de Madison.

— Pourquoi ce délai ? demanda John en plissant des yeux à cause du soleil matinal.

— Je n'en sais rien.

— Parce qu'elle n'a pas encore les preuves, dit John, répondant ainsi lui-même à sa propre question.

Torelli resta silencieux.

— OK, dit enfin John, je pense toujours qu'elle va venir ici, aujourd'hui ou cette nuit. Rhinelander est à quatre heures de Madison et elle doit fouiller le cabanon de Hyman pour trouver les preuves qu'elle cherche avant sa rencontre avec Weidner.

— Voulez-vous que je contacte la police de Madison pour encercler le jardin public demain ?

— Non.

— Mac…

— C'est un ordre, grogna John.

Il entendit le soupir exaspéré de Torelli.

— On sait qu'elle sera à Madison à 12 h 30 demain, dit-il d'une voix contenue. Vous prenez le risque de la laisser filer.

Il n'évoqua pas l'échec de la veille au Kwik Trip, mais l'allusion était implicite et il y avait de la révolte dans sa voix.

Bon sang !

Il ne pouvait pas laisser Torelli intervenir.

— Écoutez, elle doit d'abord venir à Rhinelander et je compte bien l'arrêter ici avant qu'elle se rende à Madison.

— Et si vous la ratez encore une fois ? demanda Torelli.

— Je ne la manquerai pas.

— Cela s'est déjà produit.

Salaud.

John respira pour se calmer.

— Si cela devait arriver, quatre heures après je serais à Madison.

— Mais…

— Pas de discussion, Torelli.

Le jeune flic marmonna une protestation indistincte, qu'il valait mieux sans doute que John n'entende pas, puis il s'inclina :

— Oui, monsieur.

— Je ne veux aucune intervention extérieure.

— Oui, monsieur.

— Vous ne demandez pas de renfort local.

— Non, monsieur.

— Et vous n'allez pas vous plaindre auprès de la hiérarchie dans mon dos, assena enfin John d'une voix glacée. Compris ?

— Oui, monsieur, grinça Torelli entre ses dents serrées.

John eut un sourire féroce. Du moment que ce type lui obéissait, il se fichait pas mal de savoir s'il l'avait vexé ou non.

— Bien. Tenez-moi informé, dit-il avant de raccrocher sans attendre la réponse de son subordonné.

John jeta le café froid dans l'herbe et se dit que cette journée commençait de la façon la plus désagréable. Il n'irait pas à Rhinelander aujourd'hui, il était persuadé que Turner allait se montrer dans les prochaines vingt-quatre heures et il devait l'attendre. Il s'étira en soupirant. Heureusement qu'il avait acheté la veille quelques bouteilles d'eau et qu'il avait toujours dans sa voiture une boîte de barres de céréales, cela lui permettrait de tenir le coup jusqu'au prochain repas convenable. Il alla chercher la boîte dans son coffre. Après son « petit déjeuner », il irait garer la voiture plus loin à l'abri des éventuels regards indiscrets. La seule façon de se dissimuler, tout en gardant le cabanon sous surveillance, c'était de s'enfoncer dans les bois avec leurs tiques et leurs moustiques, sans parler de la chaleur.

Oh, joie !

Il ouvrit la boîte en réfléchissant. Il était clair qu'il était trop impliqué personnellement dans cette affaire. Et non seulement il le savait, mais, le pire, c'est que Torelli le savait aussi. Et cette fois, si Torelli passait au-dessus de lui, il risquait d'avoir du mal à s'expliquer et à trouver une défense crédible. S'il avait demandé le renfort d'une patrouille locale la veille au Kwik Trip, il est probable que Turner aurait été capturée. Il pourrait toujours tenter de plaider qu'il avait agi seul pour préserver la sécurité des autres clients de la station-service et pour ne pas impliquer des éléments extérieurs au FBI sur cette affaire. Mais cette défense ne tiendrait pas à propos de la rencontre de demain à Madison. Le fait est qu'il devrait normalement impliquer la police de Madison. Mais ce n'était pas une affaire normale.

Cette affaire concernait Turner.

Il déchira le papier entourant une barre de céréales au beurre de cacahuètes et mordit dedans. Pourquoi Turner ? Elle n'était pas spectaculairement belle. Elle était même plutôt ordinaire, le genre voisine d'à côté, petite et mince. Et pourtant, il n'avait pas ressenti cette puissante attirance pour une femme depuis des lustres. Les femmes avec lesquelles il était sorti depuis son divorce étaient plutôt jolies mais il leur manquait quelque chose. Il n'était jamais parvenu avec aucune d'entre elles à établir une relation de complicité et de confiance suffisante pour éprouver l'envie d'aller plus loin. Peut-être en était-il tout simplement incapable. Il en avait conclu qu'il était passé à côté de sa chance et qu'il finirait sa vie tout seul. Avec le temps, il avait même commencé à se faire à cette idée. Mais voilà qu'il venait de rencontrer une femme pour laquelle il ressentait quelque chose de très fort et avec laquelle il parlait sincèrement. Le problème, c'est qu'il la poursuivait.

John eut un sourire ironique. Peut-être n'était-il pas aussi résigné que cela à sa vie solitaire ?

Elle le fascinait. C'était comme si Turner avait passé ces quatre dernières années à dissimuler sa beauté derrière de grosses lunettes et sous la façade, platement banale, d'une petite bibliothécaire de province. Elle s'était efforcée de s'enlaidir, exactement le contraire de ce que la plupart des femmes recherchaient. Elle n'attirait pas le regard et aucun homme n'avait dû la remarquer. Il reconnaissait que, s'il l'avait rencontrée lui-même dans d'autres circonstances, il ne lui aurait sans doute pas accordé la moindre attention. Mais dès l'instant où il avait vu ce petit sourire espiègle et coquin qu'elle avait adressé à la caméra de surveillance de la banque, il avait été captivé par le mystère qui l'enveloppait. Quelle force de caractère il lui avait fallu pour mentir ainsi pendant tant d'années sur ce qu'elle était en réalité, dans le seul but de laver l'honneur de son oncle injustement accusé !

Il voulait qu'elle se confie à lui, pour lire dans son âme et comprendre ce qui l'avait construite. Il avait envie de prendre le temps de lui poser des questions, de décortiquer les détails de sa vie. Il brûlait de lui demander depuis combien de temps elle cachait des escarpins rouges à hauts talons dans le fond de son dressing. Pourquoi était-elle devenue bibliothécaire ? Était-ce une couverture choisie délibérément pour mener à bien son projet, ou bien avait-elle gardé son métier parce qu'il était pratique pour mener sa vengeance à son terme ? Pourquoi avait-elle coupé ses cheveux ? Il y avait quelque chose de profondément érotique dans son besoin de la traquer. Il voulait la capturer et montrer qui elle était au grand jour. Il était un prédateur et elle était sa proie, une proie séduisante. Le jeu qu'ils jouaient tous les deux était un jeu sexuel. Il le sentait, et il savait qu'elle aussi le sentait. Le seul problème, c'est qu'elle était littéralement obsédée par la mort de son oncle. Cette obsession, le fait qu'elle attendait de se venger depuis quatre ans – quatre ans ! – était typique de son caractère et cela contribuait à la fascination qu'elle exerçait sur lui. Mais c'était frustrant également car il avait l'impression d'être en compétition avec un mort, et dans ce combat il ne pourrait pas l'emporter.

Il soupira et marcha jusqu'à la clairière située à l'arrière du cottage. Bon. Première mission de la journée, déplacer la voiture pour que Turner ne tombe pas dessus en arrivant. Il devait trouver un emplacement dans les bois où il ne serait pas dévoré par les insectes. Puis il appellerait Turner. Parce qu'il avait besoin de savoir comment elle se sentait après la soirée d'hier, dans quel état d'esprit elle était ce matin et où elle se trouvait.

Même s'il savait qu'elle ne répondrait pas, il fallait qu'il le lui demande.

27

— Y'a qu'à les faire frire, dit Luther Hindenburg en tapant son index rongé sur la table en Formica pour donner plus de force à son propos. C'est tout ce que je te dis, moi, tu les envoies se faire frire sur la chaise, dès le premier délit. T'attends pas le deuxième ou le trente-troisième, putain ! Et t'attends pas non plus qu'ils passent des lustres en prison pendant qu'ils font appel ! Si un mec tue quelqu'un, pas plus tard que le lendemain soir, il doit lui-même être transformé en viande froide.

Un murmure d'approbation circula autour des tables disposées dans la salle. Calvin avala une bouchée de pancake pâteux et ouvrit la bouche pour parler à son tour, mais il fut devancé par Harvey Johnson, plus rapide que lui.

— Et pourquoi est-ce si foutrement difficile de les condamner, les criminels ? demanda ce dernier en brandissant sa fourchette à laquelle était resté accroché un morceau de saucisse. Pourquoi est-ce qu'on ne parvient pas à les juger vite fait, tous ces pédophiles qui ont violé des douzaines de gamins et tous ces salopards qui ont tué leur famille entière ? Eh bien, je vais vous le dire, moi. C'est à cause des avocats de la défense ! C'est écrit où que les criminels ont le droit d'avoir un avocat ? demanda-t-il avant d'avaler le morceau de saucisse en hochant la tête, comme s'il mettait la salle au défi de lui répondre.

— Heu, eh bien, techniquement, je dirais dans la Déclaration des droits, intervint Calvin en haussant les sourcils.

— En tout cas, s'ils ne peuvent pas payer eux-mêmes leur espèce de racaille de charognard d'avocat, ces criminels devraient se défendre tout seuls devant les tribunaux ! Ouais, j'aimerais bien voir ça ! s'exclama Harvey en tapant sur la table.

Sa déclaration fut suivie d'une vague de hochements de tête approbateurs.

— Ouais, dit Luther en riant, t'imagines le meurtrier essayant de s'expliquer ? *J'ai pas voulu le faire, m'sieur ! C'est vrai, même que c'est elle qui a mis sa tête contre le canon et le coup est parti tout seul !*

Sa remarque provoqua des éclats de rire virils qui se répercutèrent sur les murs de la salle. Luther, un chauve qui devait se raser la tête tous les matins et qui tenait la quincaillerie de Main Street, se rassit très content de lui. Fort comme un turc, il se vantait de pouvoir porter sans aide, depuis son arrière-boutique jusqu'à son camion, les tondeuses à gazon qu'il réparait.

On était mercredi matin et ils étaient tous rassemblés dans le Club des Élans de Winosha. Le local était désormais utilisé par le Kiwanis Club car il ne restait plus que deux « Élans », âgés respectivement de quatre-vingt-douze et quatre-vingt-quatorze ans. Le bâtiment en bois sombre abritait une grande salle à l'extrémité de laquelle s'élevait un podium surmonté d'une tête d'élan empaillée, un trophée si décati qu'il perdait sa fourrure qui se répandait en touffes sur le sol.

C'était le petit déjeuner annuel du Kiwanis Club sur le thème « pancakes et récolte de fonds » et lui, Calvin, en était l'invité d'honneur. Il n'aurait su dire avec précision pour quelle cause le Kiwanis Club récoltait de l'argent, mais il savait pourquoi il était là : prononcer un discours pour les convaincre de voter pour lui. Heureusement, il savait que l'assemblée était acquise à sa cause : d'après ses renseignements, les Kiwanis de Winosha étaient cent pour cent républicains, à l'exception de Ed Riley, qui vivait dans les bois et ne participait jamais aux réunions.

— C'est exactement ce que je pense, dit Calvin en intervenant enfin dans le débat. Et voilà pourquoi, lorsque je serai élu, je vous promets d'instaurer dans cet État une loi sur la récidive et je ferai tout pour qu'elle soit appliquée ! En outre...

— Ouais, Cal, et pour les avocats de la défense ? interrompit Harvey.

C'était un homme de petite taille qui avait sans doute besoin de se faire remarquer car il mettait son grain de sel partout. L'été, il se soûlait tous les vendredis soir dans les bars de Main Street, puis il cherchait la bagarre en provoquant les touristes. L'hiver, c'était le même programme, sauf qu'il se déplaçait sur sa motoneige, et le samedi matin on pouvait suivre sa trace zigzagante depuis les bars jusqu'à son domicile.

Calvin afficha son sourire spécial « On est entre hommes » :

— Je suis évidemment d'accord avec toi, Harv, et...

Le téléphone qui était dans la poche de sa chemise se mit à vibrer. Calvin l'attrapa sans perdre son auditoire des yeux et enchaîna :

— Et ce que tu ne dois pas perdre de vue, Harv, c'est que, une fois élu, je me battrai pour cela contre tous les représentants des autres districts, comme Madison.

Tout le monde gloussa, sauf Harvey qui eut l'air agacé :

— Oui, mais Madison...

Calvin jeta un coup d'œil sur l'écran de son portable. *Bon sang !*

— Excusez-moi, dit-il avec un sourire navré, c'est un appel important.

— Mais... commença Harvey.

Calvin l'ignora, quitta la salle et sortit par l'arrière du bâtiment.

— Qu'y a-t-il ? murmura-t-il dans le téléphone.

— Je suis là, grogna Hank à l'autre bout.

— Où ?

— Là.

Ce type, un ex des Forces spéciales, jugeait apparemment viril de s'exprimer avec le moins de mots possible, se dit Calvin agacé. C'était peut-être ce qu'on vous enseignait dans les écoles militaires, à moins qu'ils n'engagent que des types presque muets et à moitié cinglés comme Hank. Au moins, il l'avait rappelé. La veille, Calvin lui avait donné les cinq cents dollars supplémentaires qu'il réclamait, et il n'avait pas eu de nouvelles depuis. Il commençait à craindre que Hank ait filé vers le Canada avec l'argent.

— C'est où, là ? demanda-t-il, excédé.

— Le cottage.

Calvin leva les yeux au ciel. N'aurait-il pas pu le dire tout de suite ?

— Le paquet est là ?

— Quoi ? demanda Hank avant de souffler bruyamment.

Il devait encore être en train de fumer, se dit Calvin. Il jeta un coup d'œil par-dessus son épaule. Personne en vue. L'arrière du Club des Élans donnait sur une cour dont le revêtement en béton se désagrégeait. Au-delà, il y avait une bande de gazon puis les arbres.

— *Le paquet.* Celui que vous êtes venu chercher, insista-t-il.

— Vous voulez dire la fille ?

— Oui.

— Pourquoi vous le dites pas simplement ?

— Parce que, grinça Calvin entre ses dents serrées, je suis au petit déjeuner annuel des Kiwanis.

— Oh !

— Alors ?

— J'ai oublié votre question.

Calvin poussa un soupir exaspéré et se tordit le cou pour surveiller les alentours. Hank prétendait avoir fait partie des Rangers et racontait ses souvenirs d'Afghanistan, mais, franchement, les Rangers allaient-ils si mal pour engager des types comme lui ?

Après tout, il s'en fichait. Même si Hank n'avait jamais fait partie des Rangers, il avait déjà tué des gens. Il suffisait de croiser son regard pour en être persuadé.

— Elle est là ? demanda Calvin.

— Non.

— Vous en êtes sûr ?

— Ouais, certain. J'ai vérifié la maison et les bois. Il y a des traces de pneus à l'arrière…

— Merde ! s'exclama Calvin.

Si ça se trouve, cet idiot l'avait ratée.

— Mais ce sont les traces d'une voiture, pas celles d'un pick-up. Elle n'est pas encore venue, ajouta Hank.

— Bon. Alors vous l'attendez.

— Vous ne savez même pas si elle viendra.

— Elle viendra.

Silence à l'autre bout du fil.

Calvin grinça des dents.

— Vous ne…

La porte s'ouvrit dans son dos et Luther passa la tête dehors.

— Tout va bien ? demanda-t-il.

— Oui, oui, bien sûr, répondit Calvin en se forçant à grimacer un sourire rassurant.

Il hocha la tête d'un air excédé en montrant le téléphone :

— Vous connaissez les types de Madison ! ajouta-t-il en mimant une conversation intarissable.

— Bon, je venais juste aux nouvelles. Herb dit que vous pouvez commencer votre speech quand vous voulez.

Calvin acquiesça en souriant toujours.

La porte se referma.

— C'était qui ? demanda Hank.

— Peu importe. Vous ne bougez pas tant que la fille ne s'est pas montrée. Vous comprenez ?

— Bon.

— Même pas pour aller acheter un Big Mac.

— Ouais, ouais, c'est pas la peine de m'apprendre mon job.

— Bon, d'accord, dit Calvin en soupirant. Souvenez-vous que trois mille dollars vous attendent encore. Ce serait dommage de perdre cet argent parce que vous n'auriez pas eu la patience d'attendre.

— Je peux attendre, répondit Hank de la même voix monocorde que d'habitude.

Ce type-là ne s'énervait-il donc jamais ? Il parlait toujours comme un robot.

— J'ai attendu en Afghanistan, je peux bien attendre ici. J'ai de l'eau, du bœuf séché et mon fusil.

— OK.

— Ce bébé peut vous exploser la tête à soixante mètres…

— Ah…

— Et je tire toujours dans la tête, vous savez.

Merci pour les détails…

— Bien.

— Tous les snipers ne font pas ça.

— Ah, répondit Calvin d'une voix hésitante. N'oubliez pas de m'appeler le moment venu.

— Ouais, ouais.

Hank raccrocha. Calvin remit son téléphone dans sa poche, puis il sortit un mouchoir en lin et épongea la sueur qui lui coulait sur le visage.

Bon sang, il y était presque.

28

Turner ne trouva la petite route de campagne qui menait au cottage de Calvin qu'en milieu de matinée. Elle ralentit pour lire les numéros sur les boîtes aux lettres disséminées le long du chemin et s'engagea sur le troisième sentier à droite. Malgré les cahots, Glapy continuait sa sieste matinale sur le siège du passager. Rhinelander était une destination touristique et la plupart des cabanons de pêche ressemblaient à l'image que les bobos se faisaient de la vie à la dure. Elle passa devant une allée surmontée d'une arche en bois ornée de ramures de cerfs. 1408. Elle cherchait le 1475, et comme les numéros allaient en augmentant, elle jugea prudent de se garer et de faire une petite reconnaissance des lieux. Elle s'engagea sur l'allée qui menait à un bungalow vert vif dont le perron était décoré de cages à oiseaux. Un panneau sur la porte proclamait fièrement *Notre joyeux nid !* Le long de l'allée, l'herbe était haute et sèche comme du foin, à l'évidence elle n'avait pas été tondue depuis plusieurs semaines. Le nid était vide.

Elle sortit du pick-up et attendit que Glapy s'en extraie à son tour avant de refermer la portière. Elle vérifia qu'elle avait bien une bouteille d'eau et son téléphone portable, puis elle se mit en route, le chien trottant gaiement à ses côtés. Glapy était toujours partant pour une petite balade. Elle suivit le chemin qu'elle avait quitté quelques minutes plus tôt en prenant la précaution de marcher sous le couvert des arbres au cas où il lui faudrait disparaître vivement. Le danois allait et venait, s'enfonçant dans la forêt avant de ressurgir en bondissant, la tête dressée et remuant la queue. Elle passa devant trois allées menant à des cabanons quand elle entendit un bruit de moteur. Un SUV doré la dépassa dans un grand nuage de poussière. Elle réprima une irrésistible envie de courir et se força à marcher calmement jusqu'à ce qu'elle parvienne à proximité du cottage de Calvin. Alors elle s'enfonça dans le sous-bois. Elle portait un jean et un tee-shirt noirs mais la pâleur de son visage et de ses bras se voyait de loin et se détachait sur le fond sombre de la forêt. Et elle savait que John était en alerte.

De hauts arbres l'entouraient, pour la plupart des pins, mais il y avait aussi des trembles et des bouleaux dont le feuillage commençait déjà à roussir bien que l'on fût encore en août. C'était sans doute à cause de la sécheresse. Turner foula un tapis de feuilles tombées lors de l'automne précédent. En cette saison, il aurait dû être humide et spongieux, mais la canicule et l'absence de pluies avaient desséché le sous-bois. Les feuilles bruissaient et se craquelaient en dégageant une poussière odorante. Les branches basses des pins griffaient sa peau, ce n'était pas vraiment douloureux mais de petites taches de sang apparurent sur ses bras. Aveuglée par la lumière du soleil, Turner plissa les yeux pour lire les chiffres sur la boîte aux lettres plantée de l'autre côté du chemin. C'était un pimpant camion de pompier portant le numéro 1475. Elle retint sa respiration et fit un pas en arrière dans la forêt, attentive au moindre mouvement. Après quelques instants, elle avança la tête pour observer les lieux. Devant elle s'étirait l'allée qui menait au cottage de Calvin. Elle était apparemment déserte. Elle sentit quelque chose sur son bras, baissa les yeux et vit une tique se glisser tranquillement sous sa manche. Beurk. Elle la balaya d'un revers de main et reporta son attention sur l'allée. Elle entendit le grondement d'un moteur puis, quelques instants plus tard, vit passer un pick-up rouge sur la route. Le problème, elle le savait, c'est que même si elle ne distinguait pas de présence, cela ne voulait pas dire que John n'était pas là quelque part à la guetter et à l'attendre. Ce serait...

Une ombre immense se dessina à sa droite. Turner sursauta, se retourna et tomba les quatre fers en l'air. Une langue râpeuse vint lui lécher le visage.

— Quel idiot, murmura-t-elle au danois qui remua la queue, prenant cela comme un compliment.

Elle tourna la tête à temps pour éviter un autre coup de langue. Ce chien était vraiment très affectueux, se dit-elle.

— D'accord, mon vieux, on ne va pas rester là toute la journée à attendre, on ferait mieux d'aller jeter un coup d'œil.

Elle se releva prudemment et, tenant le dogue par le collier, elle commença à avancer vers l'allée. Elle aurait bien laissé Glapy attaché à un arbre mais elle savait qu'il se mettrait à gémir et à hurler et elle n'avait pas besoin de cela. Il valait mieux qu'elle l'emmène avec elle. Elle s'arrêta pour scruter le chemin et tendit l'oreille. Tout ce qu'elle entendait, c'était le halètement de Glapy à côté d'elle et le vent dans la cime des arbres. Rien sur l'allée. Turner la traversa rapidement, s'attendant à chaque pas à recevoir une balle.

Arrivée de l'autre côté de la voie, elle courut sans ralentir jusqu'aux arbres, essoufflée comme si elle avait réalisé un marathon et trempée de sueur. Elle commençait à peine à reprendre son souffle quand son portable se mit à sonner.

Tais-toi, tais-toi, tais-toi ! murmura-t-elle en fulminant. Elle sortit fébrilement le téléphone de sa poche et appuya sur la touche verte.

— Oui ?

— Où êtes-vous ? demanda John.

Était-il à portée de voix ? Pouvait-il l'entendre ? Elle respira profondément avant de répondre.

— Vous savez très bien que je ne vous le dirai pas.

— Oui. Mais je dois vous le demander.

Elle ferma les yeux en se laissant aller contre un arbre.

— Je sais, murmura-t-elle en sentant les larmes lui piquer les yeux. Vous faites quoi ce matin ?

— Vous savez très bien que je ne peux pas vous le dire, répondit-il d'une voix douce. Qu'est-ce que vous avez mangé au petit déjeuner ?

Elle fronça le nez. Ah oui, le petit déjeuner.

— Rien, Glapy et moi avons oublié de le prendre.

— J'ai du mal à croire que Glapy puisse oublier de manger.

Elle regarda l'énorme chien. Il avait tourné quelques instants autour d'elle en reniflant les feuilles mortes, puis il s'était couché à ses pieds avec un soupir.

— Il n'a pas réclamé. Et vous, qu'avez-vous mangé ?

— Des barres de céréales Granola.

— Beurk.

— Ce n'est pas si mauvais que cela, répondit-il sur la défensive, cela a un goût de beurre de cacahuètes.

— Mon Dieu ! C'est ce que vous prenez d'habitude pour votre petit déjeuner ?

— Non, seulement quand je suis en mission, la plupart du temps je préfère des céréales.

— Et comment commence la journée quand vous êtes à la maison ?

— Comme toujours. Rasage, douche, petit déjeuner.

— Tous les jours ?

— Bien sûr. Tous les jours. À moins, évidemment, que vous ayez passé la nuit avec moi.

Sa voix grave pénétrait profondément dans son oreille. Se rendant compte qu'elle retenait son souffle, elle expira doucement.

— Vous avez beaucoup d'imagination.

— Vous trouvez ?

— Je...

— Je vous imagine bien chez moi un de ces jours, pas vous ?

Elle déglutit, ne sachant que répondre :

— John…

— Un de ces jours proches.

— Et en quoi cela serait-il différent de d'habitude ? demanda-t-elle en regardant un pivert grimper sur un tronc.

Elle ne parvenait pas à croire que c'était elle qui était là, écoutant ces sous-entendus troublants.

— D'abord, je pense que nous serions encore au lit.

— En semaine ?

— Peut-être pas en semaine.

— Vous savez que je ne parle pas de ça, dit-elle en se tortillant contre l'arbre.

Glapy leva la tête. Heureusement que c'était un chien et qu'il ne pouvait pas comprendre pourquoi elle rougissait de la sorte.

— Je parle d'après, reprit-elle.

— C'est bien de cela que je parle. D'après, répondit-il d'une voix taquine. D'abord nous flirterions un peu, et puis je me sentirais très excité parce que vous seriez nue et…

— John, avertit-elle.

— Et ensuite, nous…

— Une fois debout ! s'écria-t-elle.

Surprise par le son de sa voix, elle regarda autour d'elle, espérant ne pas avoir crié trop fort.

— Rabat-joie ! D'accord, une fois debout, je vous ferais évidemment des pancakes avec des fraises.

— Vous savez faire les pancakes ?

— Hé, vous me prenez pour qui ? Il y a des mix tout prêts !

D'accord, mais quelque chose la chiffonnait…

— Comment savez-vous que j'aime les pancakes ?

— Deux mots. Crème fouettée.

Elle éclata de rire. Elle ne put s'en empêcher. Glapy y vit un signe l'autorisant à poser son museau dans sa main.

— Comment savez-vous que j'aime la crème ? Je n'en ai jamais parlé.

— Vous avez du lait entier dans votre frigo. Et de toute façon, vous êtes un chat.

— Un chat ? demanda-t-elle en fronçant les sourcils. Où avez-vous pêché cela ? Je n'aime même pas les chats.

— Secret du FBI. En général, les chats n'aiment pas les autres chats.

— Hum, hum. Et vous, vous êtes un chat vous aussi ?

— Non, bébé, moi je suis le grand méchant loup qui va vous attraper.

Il était difficile de dire s'il plaisantait ou non, mais elle sentait intuitivement qu'il était redevenu sérieux. Elle n'avait pas envie de s'aventurer sur ce terrain glissant et préféra changer de sujet.

— Pourquoi avez-vous décidé de devenir un agent du FBI ?

— Un agent spécial.

— Si vous voulez, répondit-elle en levant les yeux au ciel. Pourquoi ?

— Pour toutes les raisons habituelles. L'amour du pays. Le désir de se débarrasser des sales types. Et parce qu'on se promène avec un très gros pistolet tout le temps.

— Vous me racontez n'importe quoi. Je veux connaître la vraie raison.

Il resta silencieux un moment. Elle entendit un faible tap-tap dans le téléphone.

— Je crois que personne ne me l'a jamais demandé, reprit-il enfin.

— Vous essayez de gagner du temps, répliqua-t-elle d'une voix douce.

— C'est vrai, reconnut-il en riant. Mon père était officier de police, je dois avoir cela dans le sang. L'envie de faire respecter la loi.

Le tap-tap recommença.

— Et pourquoi ne pas le faire sur le plan local, pourquoi ne pas avoir choisi d'être un simple flic ?

Il soupira puis dit brusquement :

— Il a été tué.

Elle vit un pivert grimper le long du tronc d'arbre à quelques mètres d'elle. Il laissait derrière lui une série de petits trous. Arrivé sur son nouveau terrain de jeu, il recommença à cogner du bec sur le bois.

— J'étais à l'université, dit John d'une voix qui ressemblait à un murmure. J'étais en première année. Il y a eu un hold-up dans une banque. Mon père n'était pas de service. Il a tiré mais les braqueurs ont répliqué en le prenant pour cible. Trois balles dans le ventre.

Elle hoqueta sous la violence des mots. Le pivert s'envola.

— Il s'est vidé de son sang avant qu'on puisse le conduire à l'hôpital.

— Oh, mon Dieu !

— Cela n'aurait dans doute rien changé. Les balles dans le ventre, en général, c'est fatal.

Il arrêta de parler et Turner l'entendit respirer.

Et toujours ce tap-tap en fond sonore. Elle écarquilla les yeux et fixa la rangée de trous le long du tronc.

Un pivert.

Le tap-tap à l'autre bout du fil, c'était un pivert. Il se tenait à côté d'un pivert. Comme celui qu'elle observait quelques instants auparavant.

Il était dans le bois.

Elle éloigna le téléphone de son oreille et regarda autour d'elle. Elle n'entendait plus le tap-tap. Le pivert de John était hors de portée. Elle remit le combiné à son oreille, elle entendit à nouveau la voix de John et le tap-tap.

— … c'est pourquoi sans doute, j'ai préféré le FBI à la police locale. Ce sont les fédéraux qui enquêtent sur les braquages de banque. Et le côté élitiste m'a probablement séduit aussi.

— De quelle façon ? demanda Turner qui se redressa en tapotant la tête de Glapy pour qu'il se tienne tranquille.

Le cabanon de Calvin était à sa droite. Elle attrapa le collier du chien, fit quelques pas et s'arrêta en tendant l'oreille.

— Je crois que je voulais être le meilleur dans mon job.

— Je comprends, répondit-elle mécaniquement.

Elle n'entendait plus le pivert. Elle s'enfonça prudemment dans la forêt.

— Et vous, pourquoi avez-vous choisi d'être bibliothécaire ? C'était une couverture en prévision de ce que vous faites aujourd'hui ?

L'étrangeté de la question la fit revenir dans la conversation.

— Quoi ? Non. Quelle drôle d'idée !

— Vous avez bien vécu les quatre dernières années comme une bonne sœur, ou comme un agent secret infiltré, n'est-ce pas ?

— Ne dites pas n'importe quoi.

Elle devait se concentrer, mais ce qu'il disait la distrayait de son objectif. Une bonne sœur ? Elle faillit éclater de rire mais se retint au dernier moment. Elle respira lentement et se remit à avancer.

— À quand remonte votre dernier dîner avec un homme, chérie ?

— Je…

Elle resta sans voix. Impossible de s'en souvenir. Elle contourna un groupe de bouleaux.

— Et est-ce que vous avez des amis proches ? Je n'en ai pas trouvé un seul malgré mes recherches.

— C'est ridicule, se défendit-elle, j'ai plein d'amis. Il y a mon assistante à la bibliothèque, Kate, et Missy et Hope de l'église…

— Est-ce qu'elles connaissent l'existence des escarpins rouges à talon aiguille cachés dans le fond de votre dressing, Turner ? Savent-elles que vos lunettes sont fausses ? ajouta-t-il d'une voix tendre qui la paniqua presque autant que de s'apercevoir qu'elle n'entendait plus le pivert dans le téléphone.

Elle s'arrêta et tourna la tête de gauche à droite sans bouger les pieds. Les troncs des arbres autour d'elle étaient assez gros pour cacher un homme.

— Savent-elles que vous faites les mots croisés du *Chicago Tribune* ou du *New York Times* et que vous ne vous donnez pas la peine de faire ceux des journaux locaux ? poursuivit John implacablement.

Elle apercevait désormais l'arrière du cabanon. Il ne devait pas être loin. Elle s'efforça de respirer calmement et de discipliner son souffle. Au-dessus d'elle, les feuilles des arbres frissonnèrent dans le vent, des branches craquèrent.

— Savent-elles que vous aimez lire Graham Greene et que vous préparez du ragoût de thon pour Tommy ?

Elle fit deux pas de plus.

— Savent-elles que cela fait quatre ans que vous préparez votre vengeance, Turner ? et à quel point vous êtes énergique, forte et implacable ?

Oh, mon Dieu, il était à vingt mètres devant elle. Elle voyait sa nuque, une épaule et une jambe qui se terminait par une botte de cow-boy. C'était sûrement John. Il était assis sous un grand pin, sa main gauche tenait le téléphone contre son oreille. C'était un miracle qu'il ne l'ait pas entendue s'approcher. Et maintenant, comment allait-elle pouvoir entrer dans le cabanon avec lui assis devant ?

À côté d'elle, Glapy se mit à gémir.

29

— Est-ce que vos amies vous connaissent telle que vous êtes, Turner ? Vous connaissent-elles aussi bien que moi ?

À l'autre bout du fil, John entendit Turner suffoquer. Il grimaça. Il savait qu'il la poussait dans ses retranchements mais il n'avait pas le choix : il fallait mettre un terme à cette course folle, cela ne pouvait pas durer plus longtemps. Lui-même ne pourrait pas supporter davantage cette tension. Au-dessus de lui, les arbres s'agitèrent sous la brise comme s'ils l'approuvaient.

— Vous avez peut-être raison, admit-elle.

— Quoi ?

— Je n'ai peut-être plus de véritables amis. C'est vrai.

Il la sentait quant à lui étrangement proche.

— Ce n'est pas...

— Mais cela n'a pas d'importance.

— Turner...

— Ce qui est important, c'est que Calvin soit traduit en justice. Je suis désolée, John.

— Attendez !

— Je suis désolée.

Elle raccrocha.

John jura, puis il remit son téléphone dans sa poche. Presque simultanément, il entendit un bruit bizarre dans le bois. Comme un pleur, une plainte profonde, presque un hurlement. Cela commençait comme un gémissement, variant des graves jusqu'aux aigus, et se terminait par un bref glapissement. Une pause et la plainte sinistre recommençait aussitôt.

C'était le danois volé.

Il hurlait à la mort dans le bois. Cela signifiait que Turner était là, tout près. John se redressa et tourna la tête en direction du bruit. À la limite de son champ de vision, un mouvement attira son attention. Il distingua une silhouette à l'extrémité de la clairière. Merde, elle prenait des risques, elle s'enhardissait, allant jusqu'à le provoquer sur son propre terrain ! Sauf que ce n'était pas une silhouette féminine.

La personne dans la clairière était un homme. Un homme armé. Interloqué, John observa attentivement le tireur, un type barbu, grand et fort, positionné à l'arrière du cottage de Calvin, attendant tranquillement sa proie. Visiblement, le gars n'avait pas conscience de la présence de John à quelques dizaines de mètres de lui. La tête levée, il avait l'air de se concentrer sur les gémissements du chien. De là où il était, John ne voyait pas Glapy, mais l'homme pouvait sans doute l'apercevoir. Le hurlement du danois s'interrompit brusquement et il se mit à aboyer bruyamment. Des aboiements puissants et furieux. Malgré son nom, Glapy savait apparemment se comporter en véritable chien de garde.

Où était Turner ?

— La ferme, cria l'homme d'une voix étrangement atone.

Puis il leva son fusil, l'épaula et visa Glapy.

— Hé, le chien, dit-il, ferme-la.

Le danois continua d'aboyer furieusement.

Bon sang !

John dégaina son Glock et le pointa sur l'homme en criant :

— FBI, jetez votre…

Il n'eut pas le temps de terminer sa phrase parce que aussitôt le salopard visa les bois dans sa direction et tira.

Merde. Ce type était complètement fou.

John plongea tout en déchargeant quatre coups en direction du tireur. Une fois au sol, bien qu'assourdi par les détonations du Glock, il couvrit sa retraite de deux nouveaux coups. Puis il se mit à ramper vers un tronc d'arbre couché derrière lequel il se dissimula. Il risqua un coup d'œil. L'homme n'était plus en vue. Impossible de savoir s'il l'avait tué, mais compte tenu de la distance, il se dit que le type devait être encore vivant.

John lança une deuxième sommation.

— FBI, jetez votre arme !

Il reçut une salve nourrie en réponse et des copeaux de bois volèrent autour de lui. Les tirs provenaient de l'avant du cabanon. John ajusta trois coups dans cette direction pour tenter de déloger celui qui l'avait pris pour cible. Glapy hurlait à la mort, le pauvre animal devait être terrifié. C'était étrange qu'il ne se soit pas enfui. John quitta son abri et rampa jusqu'à un autre arbre en maudissant sa fichue épaule qui le faisait terriblement souffrir. Le dingue avec le fusil tira deux coups secs. Le jeune arbre devant lui vola en éclats.

Son portable sonna.

Il jura et plongea la main au fond de sa poche pour couper le son.

— Quoi ?

— John ? John ? cria Turner d'une fois affolée, presque hystérique. Oh, mon Dieu, est-ce que ça va ?

— Salut, chérie. Je suis un peu occupé pour le moment.

L'homme passa la tête à l'angle du cabanon et John tira à trois reprises pour le faire tenir tranquille. Une cornière de bois explosa sous l'impact.

— Êtes-vous blessé ?

— Non, je vais bien, dit John en roulant sur lui-même pour quitter sa position.

À la place qu'il occupait une seconde plus tôt, les feuilles mortes furent hachées par une nouvelle rafale.

— Écoutez, Turner, vous devez fuir au plus vite.

— Mais...

— Ce type est dingue, il lui manque une case. Il tire sur tout ce qui bouge. Dites-moi que vous êtes loin et à l'abri.

— Je suis dedans.

— Dans le cabanon ?

— Oui.

John ferma les yeux une seconde.

— Merde.

— Quoi ?

— Désolé. Je ne voulais pas être grossier.

Il se redressa sur les coudes et tira deux nouveaux coups de feu. Aussitôt, les arbres autour de lui reçurent une nouvelle salve furieuse. Bien. Le tireur n'avait pas changé de position, il était toujours caché derrière l'angle de la maison.

— OK. Turner, dites-moi si vous pouvez voir le tireur de là où vous êtes.

— Non. Je suis couchée par terre dans la cuisine.

Il regarda la bâtisse. De l'endroit où il était, il n'en distinguait que l'arrière et ses quatre fenêtres.

— La cuisine est-elle sur l'arrière ? demanda-t-il.

— Oui.

— Pouvez-vous agiter quelque chose devant la fenêtre ?

Il y eut une pause, puis un balai apparut à l'angle de la deuxième fenêtre en partant de la droite.

— Je vous vois. Je veux que vous alliez jusqu'à la dernière fenêtre. C'est-à-dire à votre droite en regardant vers moi. Est-ce que vous pouvez y arriver sans vous relever ?

— Oui, répondit-elle essoufflée, mais vous ? Il va vous tuer, John !

Elle fut interrompue par un nouveau tir auquel John répondit aussitôt.

— Je suis un agent du FBI, chérie, répliqua-t-il en roulant sur lui-même.

Il éjecta le chargeur vide et le remplaça par un plein, puis dans le même mouvement, se remit en position sur les coudes et tira en direction de l'inconnu.

— Il faut avoir confiance.

— Mais...

Bon sang ! le type n'avait pas répliqué.

John hurla dans le téléphone.

— Maintenant ! Allez-y !

John se leva en même temps et fonça tête baissée vers le cabanon. Le silence du tireur était peut-être une ruse pour le faire sortir du bois, mais il devait prendre le risque. Il réussit à atteindre l'arrière de la maison sans avoir été tué et s'adossa contre les bardeaux poussiéreux.

— Turner, je ne vous vois pas ! Pourquoi n'êtes-vous pas à cette fenêtre ?

— Je suis...

Il entendit un coup de feu assourdissant à l'intérieur du cabanon.

Mon Dieu, non !

John sentit la panique le gagner. Il jeta un coup d'œil par la fenêtre et aperçut la silhouette d'un homme. Il mit son portable dans sa poche, et tira à cinq reprises au jugé dans la pièce, son épaule secouée douloureusement par chaque coup de feu. La vitre explosa et des tessons volèrent. John plissa les yeux pour tenter de distinguer quelque chose dans toute cette pagaille. Le tireur était effondré contre la porte du fond. L'écran placé sur la fenêtre à la gauche de John éclata, John tourna la tête et eut le temps d'apercevoir Turner qui sautait au-dehors. Elle avait l'air d'être indemne,

Dieu merci ! Il reporta son attention vers l'homme, mais la silhouette avait disparu.

Merde, le type avait profité d'une seconde de distraction pour se dissimuler quelque part dans le cabanon.

— Courez ! hurla-t-il en direction de Turner.

Elle lui lança un regard affolé par-dessus son épaule et disparut dans le bois.

Il remit son Glock dans son holster, arracha l'écran placé devant la fenêtre, puis plaça ses deux mains sur le rebord et se hissa à l'intérieur, serrant les dents à cause de l'élancement insupportable dans son épaule. Un morceau de verre se planta dans la paume de sa main gauche. Il s'accroupit et dégaina à nouveau son Glock en silence. Tout était calme. Il fit un rapide tour du regard. La cuisine était une pièce carrée meublée d'une table rustique en bois entourée de quatre chaises, dont deux gisaient sur le sol à côté du balai que Turner avait brandi quelques instants plus tôt. Le sol était couvert de verre pilé mais il ne vit aucune trace de sang. John longea le mur en direction de la porte, le verre crissant sous ses pieds. Il s'arrêta et prêta l'oreille.

Rien.

Il prit une profonde inspiration et, brandissant son arme devant lui, tourna l'angle de la cuisine. Il regarda à gauche, puis à droite, tendit l'oreille mais le seul bruit qu'il entendit fut sa propre respiration. À sa droite se trouvait une porte à double battant menant sans doute au salon et au hall d'entrée. Mais Turner s'était enfuie par l'arrière, est-ce que le tireur l'avait suivie ? John se dirigea vers la gauche. La pièce correspondait à une des quatre fenêtres de l'arrière qu'il avait vues quelques minutes auparavant. Il fit un pas, tendit la main et ouvrit brusquement la porte qui se rabattit bruyamment contre le mur. C'était une chambre. Il y avait un lit pour une personne et une penderie sur la droite. John s'avança vers le meuble, qui ne contenait que des cintres vides. Il s'approcha du lit, prêt à tirer au moindre mouvement, s'accroupit et releva le couvre-lit d'un geste sec. L'espace sous le sommier était vide. Il revint dans le couloir et ouvrit la porte suivante. Une autre chambre, un lit d'une personne, la fenêtre par laquelle Turner s'était échappée, éventrée. Il y eut un vacarme soudain à l'avant de la maison. John se précipita, tenant son arme à deux mains devant lui. Depuis le début, ce salaud devait s'être caché dans une pièce de devant, attendant tranquillement que John se pointe pour le tirer comme un lapin. Le couloir menait à un espace ouvert, une grande salle de séjour. Il balaya la pièce d'un regard circulaire, puis s'avança prudemment et vérifia que personne ne se tenait tapi derrière le canapé et les fauteuils avant de se précipiter à l'extérieur où il vit des traces de pas dans la poussière. L'agent scruta le sous-bois autour du cabanon puis il s'accroupit pour observer les traces sur le sol. Deux types d'empreintes arrivaient vers la maison, celles d'une femme apparemment, compte tenu de la taille, et celles d'un homme portant des bottes. Seules en repartaient celles de l'homme. Le tireur s'était enfui par la porte de devant.

Un gémissement lugubre l'arracha à ses pensées. John fit le tour de la bâtisse, son pistolet à la main. Un énorme chien noir et blanc était assis à l'orée du bois. En le voyant s'approcher, le danois se leva et se mit à aboyer. Il était attaché à un arbre. Voilà pourquoi il ne s'était pas enfui en entendant tirer. Turner avait été très maligne, pensa John, Glapy avait fait diversion pendant qu'elle se glissait à l'intérieur du cottage.

John jura, puis il serra les dents pendant qu'il enlevait le morceau de verre planté dans sa main gauche. Du sang coula de la plaie.

— Je crois bien qu'elle nous a abandonnés tous les deux, mon vieux, dit-il enfin au chien d'un air dépité.

30

Turner enfonça la pédale de frein. La Chevy pila brutalement et elle dut s'accrocher au volant pour ne pas être projetée à l'extérieur. En quittant le cabanon de Calvin, elle avait pris le premier chemin forestier venu pour s'éloigner le plus possible du lieu de la fusillade. Elle coupa le moteur, attrapa son portable et composa le numéro de John. Elle entendit sonner.

Décroche, s'il te plaît, décroche !

Elle sentait son menton trembler malgré elle, sans doute le contrecoup du stress ou plus certainement parce qu'elle craignait pour la vie de John.

Quinze minutes plus tôt, elle avait réussi à se glisser à l'intérieur du cottage de Calvin. Elle avait peur, son cœur battait la chamade, mais c'était une peur excitante, presque un jeu : tromper l'attention de John et entrer dans la maison à son nez et à sa barbe sans qu'il s'en aperçût alors qu'il était posté à côté. Mais l'excitation s'était muée en panique et en terreur quand elle avait compris que ce qu'elle entendait à l'extérieur était un bruit de fusillade, et que l'un des deux tireurs était John. Ensuite, tout était allé très vite. Un homme était entré et l'avait mise en joue. Elle ne savait pas par quel miracle il l'avait ratée alors qu'il était si proche d'elle. John lui avait crié de sortir de la bâtisse et de courir. Elle n'avait pas aimé ça. Elle ne trouvait pas que c'était une bonne idée de le laisser en tête à tête avec un tueur mais instinctivement elle sentit que cela eût été pire de rester à ses côtés car sa présence l'aurait sans doute distrait. Alors elle avait couru de toutes ses forces et l'avait abandonné aux prises avec un assassin. Et maintenant, il ne répondait pas au téléphone. Il avait beau être un agent du FBI, tous les jours des flics mouraient en service. Oh, mon Dieu !

— MacKinnon.

Elle ferma les yeux et poussa un soupir de soulagement, mais fut incapable de dire le moindre mot tellement sa gorge était serrée, puis elle murmura :

— Vous êtes vivant !

— Glapy et moi, nous sommes vivants.

Turner écarquilla les yeux et jeta un coup d'œil sur le siège vide à côté d'elle.

— Oh, mon Dieu, je l'ai oublié !

— Chut ! Il vous entend. Vous allez lui faire de la peine.

— Il va bien ?

— J'ai la preuve qu'il aime les barres de céréales Granola au beurre de cacahuètes.

Turner grimaça.

— Vous n'avez pas fait ça !

— Hé, il avait faim. Je vous rappelle que vous ne lui avez rien donné à manger ce matin. Vous vous souvenez ?

— Oui, mais…

— Avez-vous trouvé ce que vous étiez venue chercher chez Calvin ?

— Non. Je venais à peine d'entrer quand la fusillade a éclaté.

— C'était une bonne idée, le coup du chien attaché à l'arbre. Laisser Glapy hurler pendant que vous fouilliez tranquillement la maison, c'était une bonne diversion.

— Merci.

— Je vous en prie, répondit-il d'une voix sèche, et que cherchiez-vous exactement ?

— Un ordinateur ou un disque.

— Vraiment ?

— Je n'ai rien trouvé, mais je n'ai eu que le temps de fouiller la cuisine et la grande pièce sur le devant du cottage.

— Bien.

Elle l'entendit ouvrir une porte.

— Nous sommes donc à la recherche de documents ou de livres de comptes prouvant que Calvin a détourné l'argent de la banque, reprit-il.

Elle retint sa respiration.

— Oui. Euh, est-ce que cela veut dire que vous allez m'aider ?

— Peut-être. Mais s'il n'y a pas de livres de comptes cachés ? S'il n'y a pas de disque informatique ?

Cela faisait quatre ans qu'elle repoussait cette éventualité, se raccrochant à l'espoir que Calvin avait gardé des traces de ses opérations frauduleuses.

— Cela voudra dire que je n'ai pas de chance, répondit-elle en croisant les doigts. Mais je suis sûre qu'il y a une preuve quelque part. Il est très méticuleux, à la banque il consigne tout lui-même et il se met dans une colère noire si on oublie de reporter la moindre écriture ou de l'enregistrer sur la base de données de la banque.

— D'accord, dit John.

— Vous l'avez arrêté ?

— Qui ?

— Le tireur.

— Non, répondit-il d'une voix essoufflée comme s'il poussait quelque chose de lourd.

— Heureusement qu'il ne vous a pas touché.

— Mmmm. Vous savez, je trouve que l'image que vous avez de moi – un petit être fragile qui se blesse facilement – est pour le moins curieuse et commence sérieusement à entamer mon amour-propre masculin. Je vais finir par avoir besoin d'aller voir un psy.

— Je ne voulais pas...

— Oui, je sais. Votre chien hurle sous la fenêtre.

— Il vous aime déjà, vous devez lui manquer, dit Turner en souriant.

— Moi, ou les barres de céréales Granola.

— Vous savez que c'est très mauvais pour sa santé ?

— Et les harengs marinés ?

— Vous devriez lui acheter de la nourriture pour chien mais faites bien attention, ne prenez qu'une bonne marque. Je n'ai aucune confiance dans les produits génériques...

— Turner ?

— Et choisissez des croquettes spécialement destinées aux chiens de grande taille. C'est conçu pour leurs articulations.

— Je ne vais pas garder Glapy, dit-il sur un ton catégorique.

Elle se redressa sur son siège.

— Vous n'allez tout de même pas le mettre à la fourrière ?

— Bien sûr que non.

— Ni dans un chenil, n'est-ce pas ? Il est beaucoup trop grand pour vivre dans un chenil.

— Il appartient à Hyman...

— Vous allez le rendre à ce criminel ?

— Et son nom est Duke.

— John !

Elle l'entendit soupirer avec exaspération.

— Écoutez, ce chien n'est pas le vôtre. Vous n'avez pas le droit de le voler juste parce que vous en avez envie.

— Calvin l'a laissé en plein soleil sans eau.

— Une journée.

— Je...

— Non, écoutez-moi, dit-il d'une voix dure, la police n'a enregistré aucune plainte contre Hyman pour mauvais traitement à un animal. J'ai vérifié. Le fait que Glapy n'a pas eu d'eau à sa disposition n'est qu'un oubli exceptionnel.

— Mais...

— Écoutez-moi, grogna-t-il.

Turner pinça les lèvres.

— Il est possible que Hyman ait fait ce que vous le soupçonnez d'avoir fait, dit John lentement en appuyant sur chaque mot. Il a peut-être détourné l'argent de la banque, il est peut-être un voleur, il est peut-être même, pourquoi pas, un tueur en série, mais il n'a pas maltraité ce chien.

— Il n'avait pas d'eau !

— OK, admettons, Turner. Admettons qu'il ait maltraité Glapy, mais si c'est le cas, bon sang, à votre avis, à quoi sert la police ? Normalement, on porte plainte, la police enquête, et si la preuve est faite, il y a un procès. C'est comme cela que ça se passe en Amérique. C'est un bon système qui nous protège de l'anarchie. Le problème, c'est que vous voulez faire justice vous-même.

Elle grimaça parce qu'elle savait qu'il avait raison. Mais elle ne put s'empêcher d'insister.

— Je ne veux pas que vous lui rameniez Glapy.

Il poussa un grand soupir, puis :

— Je ne trouve rien ici.

Sa façon de changer de sujet n'était pas très subtile, mais elle était curieuse de savoir.

— Avez-vous fouillé les poches des vêtements pendus dans la penderie de la chambre ? Toutes les informations doivent tenir sur un petit disque.

— Je sais fouiller une maison, chérie.

— Et le garage ?

— Je vais encore vérifier le cottage et le garage une nouvelle fois, mais je ne vois rien pour l'instant.

Turner se renfrogna. Si les preuves n'étaient pas dans le cabanon, alors où étaient-elles ?

— Est-ce que vous allez venir maintenant ? demanda-t-il d'une voix tendre, sur un ton séducteur très agaçant.

Elle regarda autour d'elle. Dans cette partie de la forêt, les arbres les plus proches du chemin avaient été coupés, ils étaient couchés dans la sciure comme des géants vaincus. Autour d'eux, tout le sous-bois avait été débroussaillé par de puissantes machines.

— Je ne peux pas, murmura-t-elle.

— Bon sang ! dit-il révolté, j'ai l'impression que vous n'avez vraiment rien entendu de tout ce que je vous ai dit. Vous vous conduisez comme une justicière. Pourquoi refusez-vous de vous rendre ?

— Je vous l'ai dit. C'est important. Je ne peux pas abandonner parce que la route est mauvaise.

— Et si la route devient mortelle ?

— Quoi ?

— À votre avis, après qui en avait ce type ?

Elle n'y avait pas pensé.

— Je...

— Il était installé dans la place bien avant que vous arriviez, j'ai trouvé six mégots de cigarette sous un arbre, dit John.

— C'est...

— Il vous a suivie à l'intérieur du cabanon.

— Moi ? s'exclama-t-elle, ayant soudain la gorge sèche. C'est après moi qu'il en avait ? Ne dites pas de bêtise, je ne suis qu'une bibliothécaire.

— Vous n'êtes plus seulement une bibliothécaire. Vous avez laissé tomber votre couverture, vous avez décidé de faire la loi vous-même. Désormais, tout le monde sait que vous êtes en chasse.

— Pour l'amour de Dieu !

— Écoutez-moi bien, ce type voulait vous tuer. Il avait un fusil de chasse et il se planquait dans les bois, prêt à vous descendre.

Elle plaça un doigt tremblant entre ses sourcils comme pour faire disparaître la ride profonde qui venait de s'y creuser. Elle avait du mal à y croire.

— Mais vous êtes un agent du FBI. Il vous poursuivait peut-être. Vous devez sûrement avoir des ennemis ?

— Plein. Mais pas lui. Je vous demande de vous rendre...

— Non !

— Mais vous avez failli être tuée aujourd'hui ! Est-ce que votre désir de revanche et votre *ego* valent la peine de mettre votre vie en jeu ?

— Mon *ego* ? hoqueta-t-elle.

— Exactement, votre *ego*. Ne pensez-vous pas que vous avez un petit problème à régler de ce côté-là ? Turner Hastings, qui est tellement plus intelligente que tout le monde...

— Oh, vous !

— Qui se moque de toute une ville en se faisant passer pour la douce bibliothécaire...

— C'est...

— Qui se passe des flics ou du FBI, qui peut faire son enquête toute seule et arrêter elle-même les voleurs.

Turner se força à respirer calmement. Un petit lézard grimpait tranquillement sur un rondin de bois à côté de la voiture. Il était marron clair mais sa queue était bleue. Un bleu électrique. Elle le fixa, le lézard disparut. Elle avait peut-être rêvé, un lézard à la queue bleue, on n'avait jamais vu un truc pareil.

— Moi, je crois que c'est vous qui avez des problèmes d'*ego*, dit-elle calmement. Le dur et coriace agent du FBI qui n'arrive pas à mettre une petite bibliothécaire sous les verrous.

John resta silencieux. Sans doute elle en avait trop dit, elle l'avait poussé à bout, il allait raccrocher. Mais elle l'entendit soupirer.

— Vous avez peut-être raison, il est possible que mon *ego* soit blessé. Mais vous devez quand même vous rendre.

Pourquoi se sentait-elle aussi bizarrement soulagée qu'il n'ait pas raccroché ?

— Pourquoi le tireur en avait-il après moi, John ?

— Vous êtes très intelligente, bébé, ne jouez pas à l'idiote avec moi. C'est Hyman qui a dû l'engager.

Elle déglutit avec difficulté.

Calvin, le président de la banque ? Le maire de Winosha ?

— Ce n'est pas possible. Où aurait-il trouvé un tueur dans le Wisconsin ?

— Croyez-vous que cela soit si difficile ? Est-ce que vous avez enfin compris pourquoi il faut que vous vous rendiez ?

— Non.

— Nom de Dieu ! Je vais finir par péter les plombs, dit-il d'une voix enragée.

Elle sursauta, c'était la première fois qu'elle l'entendait perdre ainsi tout contrôle sur lui-même.

— Vous avez un tueur à vos trousses, Turner ! Ce type n'a même pas arrêté de tirer quand je me suis identifié. Il n'a pas peur de tuer un agent du FBI. Je vous en prie !

— Je ne…

— Votre vie est en danger, croyez-moi ! Faites ce que je vous dis, pour une fois !

— Je…

Une sirène retentit dans le téléphone.

— Merde, voilà les flics locaux, jura John, il ne manquait plus que cela.

— Ils ont pris leur temps, constata Turner en regardant sa montre. J'ai appelé le 911 il y a une heure.

Il y eut un court silence.

— Vous avez appelé la police ! dit-il d'une voix interdite.

— J'avais peur de vous laisser tout seul avec ce dingue.

— Je suis un agent du FBI et vous avez appelé les flics pour qu'ils viennent m'aider !

— Les agents du FBI peuvent être tués eux aussi.

— Agent spécial, précisa John en soupirant. Écoutez, je n'ai plus de temps, ils sortent de leurs voitures. Où pouvons-nous nous retrouver ?

— Je ne peux pas.

— S'il vous plaît, Turner.

— Je suis désolée.

— Surtout ne raccrochez pas !

Mais elle coupa la communication. Elle appuya sa tête sur le dossier avec lassitude. Elle se sentait épuisée, comme si elle n'avait pas dormi depuis plusieurs jours. Quelle panique. Elle avait perdu Glapy, elle n'avait trouvé aucune preuve de la culpabilité de Calvin, et elle avait un tueur à ses trousses.

Et elle avait tout gâché avec John.

Totalement et définitivement. Il ne la rappellerait plus pour lui parler des mots croisés du jour ni pour lui demander ce qu'elle avait mangé au petit déjeuner. C'était déjà miraculeux que cela ait duré aussi longtemps. Ses yeux s'emplirent de larmes, elle ne prit même pas la peine d'essuyer son visage. Personne ne la regardait, elle était toute seule au milieu des bois. Elle scruta le tronc d'arbre couché devant elle mais le lézard à queue bleue resta invisible.

31

Il fut très vite évident que les Crown Victoria n'avaient pas vraiment été conçues pour transporter un danois géant. Si Glapy s'était contenté de rester couché sur le siège arrière, il aurait tenu sans problème malgré sa taille. Le hic, c'est que ce chien était curieux et voulait profiter du paysage. Assis sur son arrière-train, la tête passée par-dessus l'épaule gauche de John, il haletait dans son cou, les oreilles au vent, en bavant avec délice sur sa chemise.

— Tu es vraiment collant, mon vieux, lui dit John, soulagé que personne ne puisse le voir parler à un chien. Et je te trouve bien difficile, tu as pris de mauvaises habitudes avec Turner, qu'est-ce qui ne te plaît pas dans ma berline ?

Glapy gémit et lui lécha l'oreille. Il s'essuya en grimaçant.

— Et ne me lèche pas l'oreille ! Les garçons ne font pas de léchouilles. En tout cas pas entre eux. Tu as passé trop de temps avec une femme !

Le dogue se contorsionna pour changer de place. Il avait peut-être besoin de faire pipi. Il gémit à nouveau, balayant de son souffle fétide la joue droite de John.

— OK, OK, je m'arrête.

Le chien se mit aussitôt à aboyer comme un fou, comme s'il avait compris que l'arrêt-pipi était proche. John crut qu'il resterait sourd à jamais. Il ralentit, se gara à côté d'une balise historique qui jalonnait la route et sortit du véhicule. Glapy bondit derrière lui, se précipita vers la borne et leva la patte dessus. John s'adossa contre la voiture en soupirant. Il avait passé des heures au cottage de Calvin à se disputer avec les flics locaux, bornés et tatillons, et n'avait pu s'échapper qu'après avoir rempli des liasses de paperasserie. Il n'avait pu se résoudre à se séparer de Glapy, et donc n'avait pas prévenu Hyman qu'il avait retrouvé son animal. Il en était incapable. Même si légalement le banquier en était le propriétaire, pour John ce chien était indissociable de Turner.

Glapy tournait joyeusement autour de lui, la truffe au sol. Qu'allait-il faire de lui ? Qu'il se balade en compagnie d'un danois géant ne serait pas très positif pour son évaluation professionnelle annuelle. D'un autre côté, il reconnaissait que Turner avait bon goût. D'accord, elle avait volé un chien, mais elle en avait choisi un superbe, et pas un petit roquet bruyant. Glapy était un très beau spécimen, sportif et racé, avec une magnifique tête carrée et un large poitrail. Un chien viril, malgré le nom ridicule qu'elle lui avait donné. Le portable sonna à sa ceinture. Il le détacha et vérifia le numéro avec espoir mais il ne le reconnut pas.

— MacKinnon.

— On peut se parler, maintenant ? demanda une voix adolescente en colère.

— Bien sûr, mon ange, répondit John avec un large sourire, soulagé que sa fille le rappelle. De quoi veux-tu parler ?

— De maman et de toi.

Il ferma les yeux et son cœur se serra. Encore.

— As-tu interrogé maman depuis notre dernière conversation téléphonique ?

— Oui, répondit-elle, la voix lourde de frustration, comme si elle était à bout. Maman ne veut pas me parler franchement. Elle ne cesse de répéter que tu n'étais jamais là, que tu nous quittais en plein milieu du dîner pour aller sur une affaire et qu'elle détestait cela.

— C'est peut-être la réponse à ta question. C'est difficile d'avoir une relation avec quelqu'un qui est souvent absent. C'est vrai qu'au début de ma carrière je n'étais pas très disponible, et quand on m'appelait pour une mission je devais partir sur-le-champ. En fait, c'est toujours le cas.

— C'est ça ? Tu veux dire que maman et toi vous avez divorcé parce que tu n'étais pas là à tous les dîners ? Elle t'en a voulu parce que tu ratais ses repas gastronomiques ? La connaissant, je veux bien croire que ça l'ait mise hors d'elle !

Il n'y a pas plus sarcastique et ironique qu'une ado de seize ans, se dit John en grimaçant.

— Rachel...

— Oh, je t'en prie, *John*. C'est quoi le grand secret ? Tu es gay ? Tu passais ton temps dans les bars homos au lieu d'être sagement à la maison avec bobonne et fifille ? Étais-tu...

— Rachel, ça suffit !

Il y eut un silence. Puis un sanglot.

Oh, mon Dieu, que devait-il dire ? Que pouvait-il dire à sa fille qu'il n'avait pas vue depuis trois ans ? Qu'attendait-elle de lui ?

— Non, Rachel, je ne suis pas gay, répondit-il calmement. Et non, je ne traînais pas dans les bars et n'ai pas trompé ta mère avec qui que ce soit quand nous étions mariés.

— Alors...

— Je crois que tu me dois une explication, toi aussi : pourquoi soudain un tel intérêt ?

— Qu'est-ce que ça veut dire ? explosa-t-elle, aussitôt sur la défensive. Je n'ai pas le droit de poser des questions sur le mariage de mes parents ? Je n'ai pas le droit de savoir pourquoi mon père m'a abandonnée ?

Il était impressionné par son culot, mais il n'avait pas l'intention de la laisser se faire les griffes sur lui impunément.

— Je te rappelle que je ne suis plus ton père.

Elle en eut le souffle coupé. Il ignora sa réaction et continua délibérément.

— Je ne suis plus ton père légalement. C'était ta décision, et non la mienne. Tu as choisi de me sortir de ta vie il y a trois ans quand Dennis t'a officiellement adoptée.

— Alors maintenant, tu n'as même pas…

— Rachel ! Écoute-moi, je t'aime, je t'aimais et je t'aimerai toujours. Mais je ne suis pas un punching-ball sur lequel tu peux te défouler dès que tu en as envie.

Il l'entendit chercher son souffle mais il y avait de l'espoir, elle n'avait pas encore raccroché.

— Bon, maintenant dis-moi, as-tu des problèmes avec Dennis ?

Dennis était l'homme pour lequel Amy l'avait quitté. John avait du mal à avoir un avis objectif sur lui, mais il devait reconnaître que c'était un type bien. Et aussi un salaud qui l'avait fait cocu. Mais s'il n'avait pas été quelqu'un de bien, il ne l'aurait jamais laissé adopter sa fille unique.

— Non !

— Il ne t'a pas fait de mal ?

— Non !

— Ou fait des attouchements ?

— Mais c'est dégoûtant ! Accuser Dennis de harcèlement, c'est vraiment bas. Cela ne m'étonne pas que maman t'ait plaqué ! Ton esprit est aussi répugnant qu'un égout. Mon Dieu, je n'arrive pas à croire…

— D'accord, d'accord, dit John avec lassitude, mais reconnais que si tu avais été abusée sexuellement, tu aurais été soulagée que j'aborde la question, n'est-ce pas ?

— Il ne m'a pas fait de mal, admit-elle d'une voix furieuse après un court silence.

Glapy avait disparu dans le fossé qui longeait la route, les roseaux s'agitaient au rythme de sa progression. Il serait sans doute couvert de boue quand il réapparaîtrait.

— D'où vient cette soudaine curiosité à mon sujet ? reprit-il. Il y a trois ans, tu m'as dit que si tu ne me revoyais jamais plus, cela ne te ferait rien.

— Je n'ai pas dit ça !

— C'est resté gravé dans ma mémoire, mon ange.

Ce n'était que la pure vérité. Il revoyait son petit visage crispé de rage et avait encore dans l'oreille ces mots cruels qu'elle lui avait jetés à la figure. Ces mots qui l'avaient blessé, qui l'avaient fait saigner. Les blessures internes sont les plus longues à guérir, et parfois il avait l'impression qu'il saignait encore.

— J'ai le droit de changer d'avis, non ?

Ces quelques mots prononcés presque à voix basse lui mirent du baume au cœur.

— Je veux seulement savoir ce qui s'est passé entre maman et toi, poursuivit-elle.

Un rire lui échappa.

— Qu'y a-t-il de si drôle ? demanda-t-elle avec indignation.

— Excuse-moi. Je suis frappé de te découvrir aussi têtue. C'est une qualité chez un agent du FBI.

Elle la tenait sans doute de lui, mais il se garda bien de le lui dire pour ne pas envenimer les choses.

— Tu parles, comme si j'avais envie de devenir un agent du FBI ! C'est une vraie Gestapo, j'ai lu comment ils ont espionné Martin Luther King Jr. dans les années 1960...

— Allons, allons, ce n'était pas moi en personne, je te fais remarquer du reste qu'à cette époque j'étais moi-même encore en couche-culotte.

— Mais quand même...

— Tu sais que l'une des premières règles de l'interrogatoire, c'est d'aller directement au cœur du sujet ?

Rachel ne répondit pas, retournant cette phrase en silence dans sa tête. Glapy émergea des fourrés couvert de vase et l'air fou de bonheur.

— Tu me fais le coup du méchant flic et du gentil flic ?

— Cela me serait difficile de faire les deux en même temps, tu ne crois pas ? observa John. Tu peux toujours malmener ton suspect, mais les études ont prouvé qu'on obtient toujours plus par la douceur que par la violence.

— Hum.

— Bon, alors quoi de neuf du côté des petits copains ?

— Je n'en ai pas, dit-elle à contrecœur, mais le fait qu'elle accepte de lui répondre fit plaisir à John.

Il croisa les pieds et s'adossa plus confortablement contre la voiture.

— Pourquoi ?

— Ils sont tous cons dans mon nouveau quartier. Si tu n'acceptes pas de tailler une pipe dès le premier rendez-vous, ils n'ont plus envie de sortir avec toi.

Dieu tout-puissant !

Dans sa carrière, il avait été confronté à pas mal de truands armés et il avait déjà ressenti la panique, mais jamais comme à cet instant. Ses cheveux se dressèrent sur sa tête mais il s'efforça de garder un ton calme.

— Euh, cela doit être difficile.

— Oh, pas vraiment, j'ai mieux à faire que de caresser l'*ego* de petits pervers.

— Tant mieux. *C'est le moins que l'on puisse dire !* Tu fais toujours de l'athlétisme ?

— Oui, je viens de reprendre l'entraînement.

— Bien.

Il l'imagina courant sur la piste, ses cheveux blonds volant autour de sa tête. Il ressentit une soudaine douleur dans le cœur.

— Bon, c'est tout ?

— Comment ça, c'est tout ? demanda-t-il en fronçant les sourcils.

Elle poussa un soupir exaspéré.

— J'ai répondu assez gentiment, non ? Maintenant, tu vas me dire pourquoi maman et toi avez divorcé ?

— Rachel, on en a déjà parlé !

— Et tu ne m'as rien dit !

— Demande-lui. Si elle a envie d'en parler, je serai heureux de…

— Je te répète qu'elle ne veut rien me dire.

— Peut-être a-t-elle une bonne raison !

John regretta ces mots dès qu'il les eut prononcés mais il était trop tard pour les rattraper.

— Que veux-tu dire ?

— Je ne veux pas en parler avec toi.

— Très bien, répondit-elle au bord des larmes, alors je n'ai aucune raison de poursuivre cette conversation.

— Rachel !

Mais elle avait déjà raccroché.

Encore une fois.

Merde !

Il jeta le téléphone dans la voiture. Glapy crut que c'était un jeu et lui sauta dessus, posant ses grosses pattes boueuses sur ses épaules.

— Descend, bon sang ! s'exclama John en le repoussant.

Le chien s'éloigna, la queue entre les jambes. Génial, maintenant il maltraitait les animaux ! John se laissa glisser le long de la voiture et s'accroupit, la tête entre les mains. Il redoutait la suite. Rachel ne l'écouterait pas, elle continuerait à chercher une réponse à ses questions, et comme elle était têtue, elle ne s'arrêterait que lorsqu'elle aurait trouvé la sordide vérité. Il ne pourrait pas l'en empêcher. Sa fille avait déjà renoncé à son père, que se passerait-il quand elle aurait découvert que sa mère n'était pas aussi innocente qu'elle le croyait ?

Et Turner, l'autre femme de sa vie ? Elle était tout aussi entêtée et déterminée à faire tomber Calvin Hyman, quoi qu'il arrivât, et qu'elle ait un tueur à ses trousses ne changeait rien. Elle était toute seule, ne faisait confiance à personne, pas même à lui, et c'est ce qui le blessait le plus.

Il sentit un souffle chaud et odorant et une langue râpeuse vint lui lécher l'oreille.

— Qu'est-ce qu'on avait dit à propos des mecs et des léchouilles dans l'oreille ? demanda-t-il au danois.

Glapy grimaça en remuant la queue, il avait déjà pardonné à John, ou bien sa cervelle de chien avait tout oublié. Dommage que cela ne soit pas aussi facile avec les femmes qu'il aimait, se dit-il. Il soupira et se releva. Il fallait qu'il arrive à Madison s'il voulait être à l'heure au rendez-vous de demain entre Turner et Victoria Weidner. Il ouvrit la portière avant de la Crown Vic et laissa Glapy grimper dedans. Puis il se mit au volant, démarra et s'engagea dans le trafic sur la 51.

Il avait un désagréable sentiment d'impuissance. Un type armé d'un fusil essayait de tuer Turner et il ne savait même pas où elle était, il ne la reverrait que le lendemain. Et si le tueur la trouvait avant lui ? Il avait les mains liées parce qu'elle l'avait repoussé. Et de toute façon, il ne pouvait pas grand-chose, assis dans sa voiture en compagnie d'un danois. Le chien avait dû enfin trouver une position qui lui convenait parce qu'il ne bougeait plus. Ils approchaient de Portage, la dernière ville avant Madison, et il se dit qu'il pourrait s'arrêter pour déjeuner – ou plutôt pour dîner, compte tenu de l'heure tardive. Il mit son clignotant pour sortir de l'autoroute. À droite de la bretelle de sortie, il aperçut l'enseigne d'un McDonald's, mais il n'était pas sûr que son estomac supporte un Big Mac. Il poursuivit sa route en direction de la ville, passa devant un centre commercial. Il ralentit parce qu'il y avait des travaux sur la route. Dans un vacarme assourdissant de machines et une poussière épaisse, des ouvriers refaisaient le revêtement de la route.

Zut.

John ralentit et chercha une route secondaire pour sortir de là. Un peu plus loin, il aperçut un panneau annonçant La Cuisine d'Alice. Il prit cette direction. À sa gauche, apparut un motel familial peint en rose criard. Il lui jeta un coup d'œil distrait.

Une Chevy bleu ciel était garée sur le parking.

Il faillit ne pas la voir, tant il était plongé dans ses pensées, et il fut tellement stupéfait qu'il faillit renverser un ouvrier du chantier. Il eut une décharge d'adrénaline dans les veines. Il aurait parié sa prochaine paie que cette Chevy était un modèle 68.

32

Comme c'était tentant !

Assise dans son pick-up, Turner contemplait le petit motel à la périphérie de Portage.

Portage était une petite ville située au nord de Madison, sur la nationale 51. Elle aurait pu se rendre directement à Madison, mais alors il lui faudrait trouver un endroit discret pour dormir sans que sa Chevy bleue se remarque. Or, à Madison, elle était attendue. Elle n'avait pas une confiance aveugle en Victoria et n'écartait pas l'hypothèse que celle-ci ait prévenu les autorités.

Voilà pourquoi la solution du motel et de ses dix bungalows roses aux portes blanches lui semblait si attirante. À côté du bureau d'accueil, rose lui aussi, il y avait un parterre planté de pétunias mauves et un petit bassin dans lequel des nains de jardin aux bonnets rouges pêchaient tranquillement. C'était merveilleusement ringard, mais, plus que le décor, ce qui lui paraissait alléchant était le panneau annonçant *Salles de bains dernier cri.*

Un bain.

Un gémissement lui échappa.

Ou une douche. Elle n'était pas difficile, du moment qu'il y avait de l'eau. Et que c'était propre. Elle n'avait pas fait une vraie toilette depuis samedi et on était mercredi, cela faisait... Eh bien !

quatre jours sans se laver. Rien qu'à cette pensée, elle eut envie de se gratter.

Son portable sonna bruyamment sur le siège à côté d'elle et elle sursauta, regarda par réflexe autour d'elle d'un air inquiet avant de le prendre et de décrocher.

— Allô ?

— Au moins, je vois que tu n'es pas encore en prison, dit une voix tendue à l'autre bout du fil.

— Brad ? C'est toi ?

— Oui, c'est moi. Qui d'autre que moi peut te téléphoner, « Miss la plus recherchée d'Amérique » ?

— Humm.

— Tu es toujours en balade dans le Wisconsin ?

— Oui, on peut le dire comme ça.

— Écoute, quand tu auras réglé ta crise de croissance, ça te dirait de venir me rendre une petite visite ?

— Une visite ?

— Oui. Tu sautes dans un avion, tu manges trois cacahuètes, tu te poses en Californie, je t'attends à l'aéroport. Une petite visite, quoi.

Turner écarquilla les yeux. C'était la première fois que Brad l'invitait à venir le voir. Elle ignorait même s'il vivait dans un appartement ou dans une maison.

— Je…

— Ce ne serait pas pour très longtemps, dit Brad en parlant vite, comme s'il avait peur qu'elle lui raccroche au nez, et tu n'es pas obligée de me dire oui tout de suite. Réfléchis-y pendant que tu cambrioles des coffres-forts ou pendant toute autre activité à laquelle tu te livres à tes heures perdues.

Elle ignorait comment elle allait s'y prendre, mais elle savait qu'elle n'aurait pas l'esprit libre tant qu'elle n'aurait pas fait tomber Calvin. En tout cas, elle était touchée par la proposition de Brad.

— Merci. Je vais y penser.

— Bien. Parfait.

Il y eut un silence gênant.

— Et, euh, que me vaut cette soudaine invitation ? demanda-t-elle en s'éclaircissant la gorge.

— Eh bien, tu sais…

— Non, je ne sais pas, dis-moi.

— J'ai réfléchi. Après t'avoir parlé hier. Je sais que nous ne nous sommes pas beaucoup vus ces dernières années. Nous devrions nous voir davantage. Nous pourrions essayer d'apprendre à mieux nous connaître. Après tout, tu es ma seule parente proche vivante.

— Oui, nous pourrions essayer.

— Oui, dit Brad, paraissant soulagé. Juste essayer, tu vois, sans pression.

— OK.

— Super, et essaie de ne pas t'attirer d'ennuis, hein, Turner ?

Elle grimaça, sachant qu'il lui serait difficile de tenir cette promesse, mais Brad avait vraiment l'air inquiet.

— OK.

Il lui dit au revoir et elle reporta son attention sur le motel. Est-ce que cela ferait bonne impression sur Victoria si elle se présentait à elle dans cet état de saleté ? Difficile de défendre son cas et de convaincre un interlocuteur quand on sent mauvais, et Turner avait la désagréable impression d'empester. C'est ce qui la décida. Elle descendit du pick-up et se dirigea vers le bureau rose.

Dix minutes plus tard, elle en ressortait avec une clé attachée à une balle de ping-pong. Peinte en rose. Apparemment, la direction du motel avait eu des clients tête en l'air qui étaient partis avec la clé. Désormais, il était quasiment impossible de l'emporter par mégarde. Turner remonta dans le pick-up et se dirigea jusqu'au bungalow qu'on venait de lui attribuer. Heureusement, le parking des cottages se trouvait sur l'arrière du motel, ce qui signifiait qu'on ne pourrait pas apercevoir la Chevy depuis la route. Elle sauta de la voiture, en fit le tour et ouvrit l'autre portière pour prendre sa valise sur le siège. Une fois à l'intérieur, elle ferma la porte et la verrouilla, puis elle laissa tomber la valise à ses pieds. La chambre était fraîche, l'air conditionné avait dû fonctionner toute la journée.

Elle alla jusqu'à la salle de bains et ferma les yeux avant d'ouvrir la porte. Si elle venait de dépenser cinquante dollars pour une chambre avec une simple douche crasseuse… Mais non. Turner sourit largement. Comme le panneau à l'extérieur l'annonçait, la salle de bains était neuve. Toute rose, bien entendu, et extrêmement propre. Des flacons de shampooing aux herbes, de démaquillant et de crème pour le corps étaient disposés sur le lavabo.

Enchantée, elle se déshabilla et ouvrit les robinets à fond. Elle entra dans l'eau avec délice. Ahhhh, il n'y avait rien de mieux que de se débarrasser de sa crasse et de se sentir propre. Elle se lava deux fois les cheveux et se frotta vigoureusement tout le corps. Quand elle sortit enfin de l'eau, sa peau luisait de propreté. Elle se sécha puis s'enveloppa la tête dans une serviette. Elle essuya le miroir couvert de buée pour appliquer la crème sur son visage. Quand elle ôta la serviette, elle éclata de rire en voyant ses cheveux courts se dresser sur sa tête. Elle avait oublié sa brosse dans sa valise posée dans la chambre. Elle sourit en passant la main dans ses mèches hirsutes et ouvrit la porte.

Elle faillit tomber par terre quand Glapy se jeta sur elle. Enchanté de ces retrouvailles, le chien se tortillait en gémissant. Mais ce n'est pas cela qui la fit frissonner.

John était allongé sur le lit, adossé aux oreillers. Ses yeux bleus la fixaient calmement avec une expression indéchiffrable. Sur la table de nuit à côté de lui, il y avait un pistolet et un holster. Il avait enlevé sa veste et remonté les manches de sa chemise, mais à part cela il était complètement habillé et paraissait très à l'aise.

Sauf qu'il était menotté et que ses mains étaient attachées au-dessus de sa tête au montant du lit.

33

La deuxième chose que John remarqua fut que Turner jeta aussitôt un coup d'œil en direction de la porte. Tout en caressant le chien, la jeune femme au regard de chat n'avait visiblement qu'une idée en tête, s'échapper. Heureusement qu'il avait pris la précaution de pousser le bureau devant la porte. Il n'était pas très lourd et semblait avoir été fabriqué avec des allumettes, mais si son intention était de prendre la poudre d'escampette, cela la ralentirait dans sa fuite. Et de toute façon, il faudrait d'abord qu'elle s'habille. Parce que la première chose que John avait notée quand Turner avait ouvert la porte de la salle de bains, c'est que…

Seigneur ! Elle était nue. C'était peut-être enfin sa récompense après une semaine foutrement pourrie.

— Pourquoi vos mains sont-elles attachées au lit ? demanda-t-elle.

Glapy lui lécha les doigts puis il alla se coucher dans la penderie où il s'enroula sur lui-même et s'endormit. John arracha son regard des seins de Turner, doux et ronds, dont les mamelons bruns se détachaient sur sa peau blanche. Il sentit son pénis palpiter.

— Je pensais que ce serait plus facile pour vous.

Les jambes et les bras écartés, elle paraissait sur ses gardes, aux aguets, comme un animal sauvage prêt à se sauver à la moindre alerte.

— Plus facile pour quoi ?

— Pour parler.

C'était le pari qu'il avait fait. En se disant que s'il ne lui faisait pas peur, elle ne partirait pas en courant, il avait tout misé. C'était un pari risqué car si cela ne marchait pas, il n'avait aucun plan B pour la retenir.

— Parler ? demanda-t-elle en faisant un pas sur le côté.

Il eut un peu peur de voir ses craintes se réaliser, mais elle se contenta de se diriger vers le fauteuil pour y prendre la veste qu'il y avait posée avant de s'allonger sur le lit, quelques minutes auparavant. Elle l'enfila, les pans du vêtement lui arrivaient à mi-cuisses. Techniquement, elle était vêtue, mais en partie seulement, et la vision de la jeune femme à moitié nue lovée dans sa veste d'homme eut sur lui un puissant pouvoir érotique. Il retint le grondement qui montait dans sa gorge et parvint à parler d'une voix calme et claire. Comme lors de leurs conversations téléphoniques. Il ne voulait surtout pas l'effrayer.

— Oui, parler. Il me semble qu'il est temps que nous passions quelques moments ensemble tous les deux pour essayer de trouver une solution à cette affaire.

— Et les menottes ? demanda-t-elle avec un mouvement du menton en direction de ses mains attachées, gardant ses propres bras croisés autour de son corps nu.

— J'ai pensé que cela vous intimiderait moins, et je n'ai pas mon Glock non plus, précisa-t-il en montrant la table de nuit sur laquelle étaient posés son holster et son pistolet. Si vous décidez de partir, je ne pourrai pas vous poursuivre.

— C'est une plaisanterie, dit-elle en riant.

— Bébé, est-ce que j'ai l'air de plaisanter ? demanda-t-il en faisant tinter les menottes métalliques contre la tête de lit.

— J'étais curieuse de voir quelle serait votre expression en disant cela, dit-elle d'une voix rauque.

— Quoi ?

— Bébé, répondit-elle le regard ouvertement fixé sur son entrejambe.

Il dut s'éclaircir la gorge pour pouvoir parler.

— Moi, je me demandais autre chose à votre sujet.

Elle l'observa, se leva et fit un pas en avant. Il n'aurait su dire si elle était consciente de ce rapprochement.

— Et que vous demandiez-vous à mon sujet ?

— Quel serait le goût de vos lèvres. Je rêvais de vous embrasser pour en découvrir la saveur.

Elle le fixa comme si elle était fortement tentée, en tout cas c'est ce qu'il espéra, mais elle ne se rapprocha pas. Elle resta immobile au pied du lit, ses mains fines tenant toujours les bords de la veste serrés l'un contre l'autre.

— Et si vous vous asseyiez ? demanda-t-il dans un souffle.

— Je dois y aller, répondit-elle les sourcils froncés. J'ai peur que vous ayez appelé du renfort.

— Je ne l'ai pas fait.

Elle se mordit la lèvre inférieure comme si elle se demandait si elle pouvait lui faire confiance.

— Nous sommes seuls, dit-il d'une voix douce, juste vous et moi.

Leurs regards se croisèrent, elle avait toujours l'air de se méfier. John attendit, s'efforçant de respirer calmement. Pendant qu'elle réfléchissait, les yeux fixés sur lui, il se concentra sur sa respiration et parvint à garder un visage impassible et rassurant.

— D'accord, dit-elle en s'asseyant sur le bord du lit.

Il réprima un sourire. Il avait gagné le premier round mais elle semblait toujours sur le qui-vive, prête à s'envoler à la moindre alerte.

— J'imagine que le bain a dû vous sembler agréable ? demanda-t-il.

— Visiblement, je ne suis pas faite pour ce genre de vie puisque vous m'avez rattrapée dès que je me suis arrêtée pour faire un brin de toilette, dit-elle avec dépit.

Il sourit. Il mourait d'envie de la toucher mais le seul fait de voir son visage s'animer quand elle parlait était en soi une source de plaisir.

— Ce n'était pas si mal que cela. Vous avez tout de même réussi à échapper deux fois à la vigilance d'un agent expérimenté du FBI.

— Mais pas la troisième fois, dit-elle en plissant les yeux. À propos, comment m'avez-vous trouvée ? demanda-t-elle d'un air soupçonneux, qui lui donna encore davantage l'air d'un chat aux aguets.

Il savait très bien qu'il avait eu un gros coup de chance, mais il avait sa fierté.

— Je ne peux quand même pas dévoiler toutes les ficelles du métier, répondit-il en secouant la tête. Alors, que comptez-vous faire maintenant ?

— Que voulez-vous dire ? demanda-t-elle.

Était-ce un effet de son imagination, il aurait juré qu'elle rougissait.

— Vous n'avez pas trouvé les preuves, n'est-ce pas ?

Il y eut un bref ronflement dans la penderie. Apparemment, ils dérangeaient Glapy dans son sommeil.

— Non.

— Alors, qu'allez-vous faire ? insista-t-il.

Il croisa les jambes négligemment et elle ne perdit rien de son mouvement. Il reprit :

— Qu'avez-vous prévu d'autre ?

Il ne mentionna pas le rendez-vous du lendemain avec Victoria Weidner. Il ne voulait pas lui dire qu'il était au courant car il devait garder un atout dans sa manche. Ainsi, si le pari qu'il avait fait de se « livrer » à elle menotté pour gagner sa confiance ne marchait pas, il pourrait toujours la serrer demain à Madison. Mais surtout, il espérait qu'elle lui en parlerait d'elle-même.

Elle n'en fit rien.

— Je ne sais pas, répondit-elle enfin.

— Alors, que comptez-vous faire ?

— Vous voulez que je renonce, n'est-ce pas ?

— Pas renoncer complètement, précisa-t-il. Si Hyman a bien détourné de l'argent de la banque, nous l'arrêterons. N'ayez pas de doute là-dessus.

— Mais cela prendra du temps, n'est-ce pas ? Il vous faudra un mandat de perquisition, une équipe d'enquêteurs et un minimum de preuves pour commencer. Et cela, même si c'est le FBI qui décide d'enquêter. Et pendant tout ce temps, Calvin engagera les meilleurs avocats et détruira toutes les preuves existant contre lui.

— Turner, soupira-t-il.

— Non. J'ai raison, n'est-ce pas, John ?

Il changea de position. Cette idée de se menotter lui-même aux montants du lit n'était pas si judicieuse, finalement. Il avait envie de la toucher et de la prendre dans ses bras pour l'empêcher de partir. Bien sûr, il pouvait se détacher lui-même s'il le voulait, il avait glissé une clé à l'intérieur du bracelet de sa montre. Mais il voulait maintenir l'illusion de sa vulnérabilité.

Et puis se détacher ne manquerait pas de lui prendre un certain temps.

— C'est vrai que cela peut ne pas marcher de cette façon, mais il y a tout de même une chance.

— Une chance ? Cela ne me suffit pas, répliqua-t-elle.

— Mais c'est ainsi que le système fonctionne.

— Non, désolée, je ne peux pas attendre une chance qui ne viendra sans doute jamais.

Elle se leva et il se tendit vers elle par réflexe. Du moins il essaya car les menottes l'empêchaient de bouger.

— Restez.

Elle avait déjà la main dans sa valise prête à y prendre de quoi s'habiller, mais elle s'arrêta.

— Pourquoi ? lui lança-t-elle par-dessus son épaule.

— Parce que j'en ai envie.

— Que dites-vous ?

— Restez avec moi, répéta-t-il en la regardant intensément. Oubliez Hyman, la banque et tout le reste. Juste pour cette nuit. Restez avec moi.

— John...

— Rien que nous deux. Ici. On laisse à l'extérieur, tout ce qui s'y trouve. Je vous en prie. Restez avec moi.

— Vous essayez de gagner du temps, dit-elle en regardant la porte.

— Non.

— Vous attendez du renfort et vous...

— Mais non ! s'exclama John qui réagit si violemment qu'il manqua de se désarticuler l'épaule. Merde !

Elle fut aussitôt à ses côtés.

— Je peux croire que vous vous soyez vous-même attaché à ce lit !

— Ouais, bon, ce n'est sans doute pas une des meilleures idées que j'aie eues.

— Je n'en suis pas sûre, répliqua-t-elle d'un air narquois, après tout, je suis toujours là, non ?

— Restez là avec moi, murmura-t-il en fermant les paupières.

— Vous vous êtes blessé.

— Turner...

— Je ne peux pas rester, vous le savez.

— Pourquoi ? demanda-t-il en ouvrant les yeux.

Il fut surpris de la voir de si près. Elle s'était rapprochée sans qu'il s'en rendît compte.

Il respira profondément. Il retrouvait l'odeur de pin. Il la reconnaissait malgré le bain qu'elle avait pris, les produits qu'elle avait utilisés. C'était l'odeur de Turner. Son odeur intime. Elle le regardait en silence. Il pouvait distinguer des éclats dorés dans ses yeux verts, tant elle était proche. Enfin. Il ne la laisserait pas disparaître à nouveau.

— Il n'y a personne dehors. C'est juste entre vous et moi.

— John, murmura-t-elle de sa voix basse et sexy, c'est impossible, vous le savez.

— Pourquoi ? On ne le dira à personne.

— C'est…

— C'est seulement vous et moi. Oubliez tout le reste.

— Je ne peux pas, dit-elle en passant une main dans ses cheveux courts. Vous voulez m'arrêter, je veux coincer Calvin. Cela ne marchera pas.

— Juste pour cette nuit.

— Vous êtes fou, dit-elle en riant doucement.

— Peut-être, mais j'ai tellement besoin de vous. Bébé !

Elle soupira et détourna le regard.

— S'il vous plaît.

Bon sang, était-ce lui cet homme menotté et suppliant ?

— Comment défait-on ceci ? demanda-t-elle en lui caressant le bras.

Il était en train de la perdre, il l'aurait parié maintenant. Il sentit un vent de panique lui serrer cœur.

— Ne partez pas, je veux…

Elle se tourna vers lui et soudain son visage ne fut plus qu'à quelques centimètres du sien.

— Que voulez-vous ? demanda-t-elle.

Puisse-t-il vivre encore quarante ans, il n'oublierait jamais le pouvoir érotique de la voix rauque de Turner murmurant à son oreille.

— Que voulez-vous ?

Vous, avait-il envie de crier. Je vous veux maintenant et pour toujours.

Mais il choisit de répondre quelque chose de beaucoup moins intimidant.

— Je veux que vous m'embrassiez.

34

Un baiser.

Quoi de plus innocent ?

Sauf que celui qui venait d'en faire la demande était un homme au regard désespéré et dont le corps était si tendu que c'en était presque palpable.

Un homme comme John.

Turner plongea son regard dans le sien. Ses iris étaient d'un bleu pâle qui devenait plus foncé juste autour des pupilles. Des yeux si clairs qu'ils devaient gêner certaines personnes, mais à cet instant précis, ce n'étaient pas ses yeux qui la troublaient, et l'excitaient. C'était ce qu'elle lisait dedans, du désir et de la fougue. John avait terriblement envie d'elle.

Il ne l'avait pas laissée tomber. C'était la première pensée qu'elle avait eue en le découvrant allongé sur le lit les mains entravées. D'une certaine façon, bien qu'elle l'ait poussé à bout à de nombreuses reprises, malgré son caractère intraitable et indépendant, il était resté. Il l'avait suivie pas à pas. Contre toute logique, elle se sentait triomphante. Triomphante et enflammée. Elle avait envie de cet homme. Elle changea de position sur le lit. La veste qu'elle portait était un peu remontée quand elle s'était assise à côté de lui et ses fesses nues étaient en contact avec le dessus-de-lit. En haut, elle était décente, mais en dessous…

Pourquoi était-elle encore là ?

Elle aurait dû profiter de l'initiative chevaleresque qu'il avait eue de se menotter au lit. En moins d'un quart d'heure, elle aurait été loin. Mais au lieu de fuir, elle était restée, elle s'était assise au bord du lit à moitié nue, et elle se penchait vers lui. Ils étaient si proches l'un de l'autre qu'elle percevait la chaleur de son corps, qu'elle sentait son odeur.

Elle ferma à demi les yeux. Voilà ce dont elle rêvait depuis la première fois qu'elle avait vu John, c'est-à-dire à peine deux jours auparavant, devant chez Tommy. Elle avait eu envie de respirer sa peau. Maintenant, elle le pouvait enfin. Son parfum l'enivrait. Il avait une odeur d'homme. Un homme délicieux et merveilleux. Pas un fond de tabac ni de transpiration, pas même une senteur identifiable comme une eau de Cologne. Juste lui.

L'essence de son être.

Turner sentit sa tête tourner et son corps tangua un peu, irrésistiblement attiré. Elle ouvrit les yeux et fut surprise de voir sa bouche si proche de la sienne. Et soudain, cette présence lui parut naturelle et normale, et répondre à la demande qu'il lui avait faite un peu plus tôt lui sembla être dans l'ordre des choses.

Elle l'embrassa.

Elle effleura ses lèvres, chaudes et fermes, se retira puis les frôla à nouveau. Elle sentit sa barbe naissante lui picoter la joue et il répondit à son baiser. Il ouvrit la bouche et caressa ses lèvres de sa langue, elle se livra lentement et le baiser devint plus exigeant. Il gronda d'impatience et darda sa langue en elle. Elle haleta, elle avait le goût de John dans sa bouche. Un goût de café et de quelque chose d'autre qu'elle n'identifiait pas. Sa langue caressa la sienne, la goûtant à son tour. Elle se recula un peu et le regarda.

— Viens plus près, murmura-t-il.

Il avait les yeux mi-clos. Son visage était tendu de désir. Elle s'avança au plus près, jusqu'à ce qu'elle sente sa hanche contre lui, elle se pencha alors et se mit à lui mordiller doucement, délicatement la lèvre supérieure. Il la regardait faire, ne perdant aucun de ses mouvements. Elle lécha longuement sa lèvre inférieure à petits coups de langue, puis revint frôler sa lèvre supérieure. Elle prenait tout son temps et il ne la quitta pas un instant du regard. Elle termina par un baiser léger sur le bord des lèvres qui fit un petit bruit humide et intime et résonna dans la pièce silencieuse. Puis elle leva la tête et le contempla.

Il ne fit aucun commentaire. Elle se pencha à nouveau vers lui. Cette fois, il tendit immédiatement le visage vers elle et chercha sa bouche comme s'il était affamé. Emportée par la violence de son baiser, elle répondit à son impatience, leurs langues se mêlèrent et se goûtèrent jusqu'à ce qu'il gémisse.

— Viens encore plus près, Turner. Viens sur moi, implora-t-il.

Elle écarquilla les yeux mais fit ce qu'il lui demandait. Elle se mit d'abord à genoux sur le lit puis elle passa une jambe par-dessus son corps. Dans le mouvement, la veste remonta un peu sur ses hanches. Une fois assise à califourchon sur lui, à moitié sur ses cuisses, à moitié sur son bassin, elle resta immobile un moment, attentive à la sensation du tissu sur ses fesses et ses jambes nues. Par réflexe elle resserra la veste autour d'elle – sa veste –, mais son regard croisa le sien et elle desserra sa prise. Les pans du vêtement s'écartèrent.

Le regard de John caressa sa toison et son sexe entrouvert. Il plissa les yeux, scrutant intensément son visage.

Elle s'allongea sur lui, posa une main sur sa poitrine et l'autre sur son menton, l'attira vers elle et se mit à l'embrasser, jouant de ses lèvres et de sa langue, profitant pleinement de lui en toute liberté. Elle pouvait faire ce qu'elle voulait – tout ce qu'elle aimait ! – avec cet homme menotté. Elle avait toute la nuit.

Elle s'écarta un peu et se mit à lui mordiller le menton, ses dents faisant crisser sa barbe naissante. Il poussa un soupir mais resta silencieux. Il renversa la tête en arrière, elle lécha sa gorge à petits coups de langue et sentit sa pomme d'Adam monter et descendre à chaque fois qu'il déglutissait.

— La clé est dans le bracelet de ma montre, dit-il d'une voix rauque, détache-moi.

— Non.

Elle se recula, s'assit et le regarda. Il avait le visage crispé, la mâchoire tendue et son regard bleu la fixait. Elle sourit. Et se mit à déboutonner sa chemise. C'était une chemise blanche en Oxford, rien de spécial. Elle passa un doigt sous la boutonnière et fit sauter le premier bouton. Son sourire s'élargit, John avait des poils sur la poitrine.

— Turner…

Elle ôta deux autres boutons, écarta la chemise puis, s'allongeant sur lui, se mit à embrasser et à lécher sa peau nue. John avait un goût salé.

— Mon Dieu, dit-il d'une voix étouffée.

Elle caressa son torse des deux mains, savourant la chaleur de son corps. Le tissu du pantalon sur lequel elle était assise devait sans doute être humide mais ça lui était complètement égal. Ses mains descendirent le long de la poitrine de John et atteignirent sa ceinture. Elle s'arrêta. La respiration de John s'accéléra. Lentement, elle détacha le ceinturon. Quand elle descendit la fermeture de son pantalon, son gémissement s'éleva à travers la pièce. Elle ouvrit la braguette et faillit éclater de rire.

Un boxer bleu marine.

— Qu'est-ce qui te fait rire ? murmura-t-il.

— Je m'attendais à un caleçon blanc.

— Oups, dit-il d'un air distrait parce qu'il venait de s'apercevoir que son boxer avait du mal à contenir son désir.

— Soulève les hanches, lui ordonna-t-elle.

Elle dut se mettre à genoux pour le déshabiller, et réussit à faire descendre le pantalon et le boxer jusqu'à mi-jambe. Puis elle se rassit à califourchon sur ses jambes nues dont le contact la fit se cabrer. La peau brûlante de John contre sa chair moite était une sensation délicieuse. Cela faisait si longtemps… Et d'habitude, c'est justement à ce moment-là qu'elle commençait à avoir la trouille.

Mais cette fois, elle avait seulement envie de…

Elle se pencha, courba la tête et passa sa langue sur la tête de son pénis. Elle entendit parfaitement son rugissement mais n'y prêta aucune attention, continuant à le caresser à petits coups de langue. Elle trouvait le pénis de John très beau, sa hampe veinée était plus épaisse que le gland. Les poils de son pubis étaient noirs parsemés de gris, ce qui lui parut très sexy. Elle se remit à le lécher et à le goûter avec lenteur, puis elle le prit dans sa bouche. Juste le gland, tout en effleurant légèrement sa hampe et ses testicules.

— Turner, gémit John en suffoquant.

— Mmm, répondit-elle sans s'arrêter.

— Mon Dieu ! s'exclama-t-il d'une voix gutturale. Il y a des préservatifs dans la poche arrière de mon pantalon.

Tiens tiens, voilà une information intéressante. Fallait-il qu'il fût à ce point sûr d'elle ! Elle leva les yeux pour le regarder, tenant toujours son pénis entre ses lèvres. Son visage était tendu, ses traits marqués comme s'il souffrait, et dans ses yeux pâles elle lut le désir violent qu'il avait d'elle, le même que celui qu'elle ressentait pour lui.

— Tu aurais préféré que je n'en aie pas ? murmura-t-il.

Un point pour lui, pensa-t-elle, et de toute façon, elle avait trop envie de lui. Elle passa la main sous sa cuisse jusqu'à ce qu'elle trouve la poche. Elle en sortit un étui carré qu'elle ouvrit. Elle déroula le préservatif sur son pénis, s'attendant à ce qu'il lui demande de lui détacher les mains, mais il ne le fit pas. Il se contentait de la fixer intensément, les yeux un peu vagues mais sans perdre un seul de ses gestes. Lorsqu'elle eut accompli sa mission, elle s'avança progressivement jusqu'à ce qu'elle se trouve au-dessus de lui. Elle descendit doucement.

Oh, mon Dieu ! Elle frémit en le sentant juste en dessous d'elle. *C'était si bon !* Elle commença alors à bouger lentement en basculant le bassin, allant et venant contre lui, frottant son sexe humide contre le sien. Quand son clitoris rencontra l'extrémité du pénis de John, elle s'étendit sur lui de tout son long, se plaqua contre son corps et chercha ses lèvres.

Sa langue était dure, son baiser fut presque violent. Il n'avait pas émis un seul son pendant qu'elle s'était frottée à lui en souples ondulations, cherchant son plaisir, mais elle sentait qu'il n'en pouvait plus. Elle écrasa sa bouche contre la sienne à nouveau.

— Prends-moi en toi, bébé, gémit-il contre ses lèvres. Baise-moi.

Ces mots crus dans sa bouche la firent frissonner. D'un geste impatient, elle écarta les pans de sa chemise, déchirant un peu le tissu tant elle avait hâte de sentir sa peau complètement nue contre elle, puis elle se redressa et se plaça au-dessus de lui. Alors elle s'abaissa.

Passé les premiers centimètres, elle dut peser plus fort sur lui afin qu'il puisse la pénétrer complètement. Arc-boutée au-dessus de John, sentant sous ses mains les poils de sa poitrine, elle descendit sur lui en forçant. Cela faisait des années qu'elle n'avait pas fait l'amour, et le pénis de John était épais, sans doute beaucoup plus que celui de tous les hommes qu'elle avait connus auparavant. Elle haletait, sentant chaque centimètre du sexe de John l'envahir peu à peu, l'étirant et l'écartelant.

— Doucement, murmura John d'une voix rauque, doucement, bébé. Vas-y lentement.

Elle remonta et se laissa à nouveau descendre sur lui, le faisant pénétrer en elle chaque fois davantage. Répétant le mouvement. La quatrième fois, n'en pouvant plus, il poussa vigoureusement et entra profondément en elle, la remplissant totalement. Elle gémit.

— Ça va ? s'inquiéta John.

— Oui. Oui, je...

Mais ses mots se perdirent car il s'était remis à pousser son bassin avec force vers elle, elle dut se pencher en avant et glisser ses mains sous les épaules de John pour ne pas être emportée par ses à-coups saccadés et puissants. Il allait et venait en elle, sur un rythme régulier.

— Embrasse-moi, murmura-t-il en la regardant à travers ses paupières mi-closes.

Alors, tout en le chevauchant et en s'accordant à lui, elle posa ses lèvres sur les siennes. Elle l'embrassa jusqu'à ce qu'elle sente sa bouche s'ouvrir. Alors elle redressa la tête pour le regarder.

Elle voulait le voir atteindre l'orgasme.

C'était quelque chose de si intime que de regarder un homme s'abandonner, se perdre littéralement en elle. Son visage était empourpré et il avait les dents serrées. Il ferma les yeux et poussa un grognement, puis il fut agité de spasmes saccadés et elle le sentit se contracter plusieurs fois en elle. Sous ses mains, les muscles des épaules de John étaient crispés.

Une vague de tendresse – ou quelque chose de plus fort – la traversa. Des larmes perlèrent au bord de ses paupières.

Il gémit une nouvelle fois et ses à-coups s'espacèrent alors qu'il se détendait sous elle. Turner l'embrassa, effleurant légèrement son visage de petits baisers. Il était toujours en elle, elle le sentait encore et ne voulait pas qu'il s'en aille.

Il soupira, les yeux toujours fermés.

— Tu n'as pas joui.

— Ne t'inquiète pas pour moi, cela n'a aucune importance, répondit-elle rapidement, je...

— C'est important pour moi, dit-il en ouvrant les yeux et en lui souriant.

Ses traits étaient détendus et la tension sur son visage avait complètement disparu. Elle se sentait gênée comme si elle avait échoué à un examen que tout le monde réussissait facilement.

— Non, vraiment...

— Non, vraiment, c'est important pour moi.

Il donna un coup de reins et elle frémit à ce contact.

— Je m'en doutais, murmura-t-il. Maintenant, nous avons deux options.

Elle le regarda, à la fois intimidée et excitée. Elle avait du mal à croire qu'ils étaient en train de parler de…

— Soit tu grimpes jusqu'ici et tu t'installes commodément au-dessus de moi, poursuivit-il sur le ton de la conversation, comme cela je pourrai te lutiner à loisir jusqu'à ce que tu cries.

Elle écarquilla les yeux. Il était hors de question qu'elle…

— Soit tu te frottes contre moi comme tu le faisais tout à l'heure.

Elle aurait voulu disparaître.

— Je, je peux le faire toute seule…

— Je sais que tu peux le faire, bébé, dit-il sans sourire cette fois, mais j'ai envie que tu le fasses avec moi.

Oh, mon Dieu !

Elle ne pourrait jamais. Faire ça devant quelqu'un ? Presque en public ? Impossible. Elle en était tout simplement incapable.

John attendait sans la quitter des yeux. Elle voulait lui faire plaisir. Alors elle ferma les paupières et inclina son bassin jusqu'à ce que son clitoris se trouve en contact avec lui. Elle le sentait toujours en elle bien qu'il ne soit plus aussi dur désormais. Elle savait que si elle bougeait trop, elle le perdrait, et elle voulait le sentir quand elle…

C'était beaucoup trop intime et presque insupportable. Elle se pencha vers lui, consciente qu'il la regardait et qu'il guettait chacune de ses émotions. Les pointes de ses seins effleurèrent sa poitrine et un gémissement rauque monta de sa gorge. Elle se frotta à nouveau contre lui en plaquant davantage son ventre contre le sien, envoyant promener toutes les raisons qu'elle avait de ne pas le faire. Elle pensa plutôt à John, et à ce qu'elle avait ressenti en le voyant atteindre l'orgasme devant elle.

— Comme ça, bébé, entendit-elle à travers un brouillard, fais-le pour moi, l'encouragea-t-il.

Elle se sentait en feu, comme si une tornade se formait lentement en elle.

— Tu es tellement belle, murmura-t-il, tellement sexy. Viens ! Mon Dieu, je suis à nouveau excité.

Elle savait qu'en ce moment elle ne devait être ni élégante ni gracieuse, elle s'agitait sur lui presque frénétiquement maintenant et sentait son visage se tordre d'une façon incontrôlée.

— Je n'ai jamais rien vu dans ma vie d'aussi érotique que toi en ce moment, poursuivit-il d'une voix implacable. J'ai envie de te refaire l'amour. Une seule fois ce n'est pas assez. Viens, pour moi, bébé.

Sa lèvre supérieure était moite, elle faisait des bruits incongrus et cela n'avait aucune importance, tout ce qui comptait c'était que…

— Turner !

Son gémissement s'éleva de plus en plus fort à travers la chambre. Ce fut fulgurant. Presque effrayant. Au moment où la vague qui montait en elle allait se briser et l'engloutir, elle ouvrit les yeux. John la regardait, les traits à nouveau tendus, avec une expression possessive – et aussi autre chose.

Mais elle fut bien incapable d'analyser ce qu'elle voyait car elle se mit à haleter, son corps se cabra et elle eut un orgasme.

Devant lui, ses yeux rivés aux siens.

Elle sut à ce moment précis qu'ils avaient franchi un point de non-retour et que le monde ne serait jamais plus le même. Sa vie était bouleversée à jamais, mais elle l'aimerait peut-être davantage comme cela, complètement dingue, bizarre et folle, tant que John serait avec elle.

John.

Des larmes inondèrent son visage.

35

— De quelle façon aimerais-tu mourir ? demanda Nald d'une voix haletante en trébuchant sur une racine.

Bon sang, pourquoi y avait-il autant d'arbres dans les forêts ?

— Tu préférerais être attaqué par quatre serpents géants gros comme un bras ou une jambe et que chacun te tire dans un sens jusqu'à ce que tes bras et tes jambes se détachent et que ton gros petit corps tombe par terre et que tu te retrouves, *ah ! ah ! ah !* incapable de bouger jusqu'à ce qu'un des serpents te bouffe la tête. Ou bien, poursuivit-il en repoussant une branche qui lui revint dans la figure, manquant de lui crever un œil, tu aimerais mieux être attaqué par une énorme pieuvre violette qui t'étoufferait et rentrerait un de ses tentacules dans ta gorge comme ça tu ne pourrais plus respirer et tu ferais *arg ! arg ! arg !* et alors les tentacules arriveraient dans ton estomac et grossiraient et ton estomac exploserait et tout ton corps avec ?

— Pourquoi tu me poses ce genre de questions débiles ? grommela Fish qui marchait devant Nald.

— C'est une question…

— Je sais que c'est une question, imbécile ! dit Fish qui se retourna et fit face à son acolyte.

Une épaule en l'air et l'autre plus basse, il ressemblait à ce type qui jouait le rôle d'un bossu dans une église, se dit Nald en le regardant. Après l'épisode Bucky, son débardeur jaune en résille était complètement déchiré, et son ventre poilu présentait de profondes éraflures qui saignaient.

A priori, avant cette rencontre, Nald aurait dit que Bucky n'était qu'un symbole, qu'il n'avait pas l'air bien redoutable, et, pour dire la vérité, qu'il le prenait un peu pour une mauviette. Rien de plus, mec. Maintenant, avec du recul, il reconnaissait que la bestiole en avait dans le ventre ! Ça c'était une mascotte ! Mais il valait mieux désormais éviter le sujet et ne plus prononcer son nom devant Fish, que la simple évocation de l'animal rendait nerveux. Aussi, Nald préféra changer de sujet.

— Eh bien, je...

— Plus de questions ! Je ne veux plus de questions ! Pourquoi est-ce que tu me poses toujours des questions, bon sang ?

Nald s'arrêta pour réfléchir. Ils étaient arrivés dans une petite clairière au milieu des bois dont le sol était recouvert de grandes plantes vertes. OK, les plantes, en général, c'était vert, mais le soleil matinal chauffait déjà et les longues feuilles brillaient d'un beau vert vraiment bien brillant.

— Ben, c'est juste pour parler...

— Évidemment que tu parles, tu parles tout le temps, tu n'es qu'un...

Nald se gratta le torse et regarda Fish s'énerver : ses yeux globuleux lui sortaient de la tête et, s'il ne se calmait pas, ils allaient finir par tomber par terre. Il décida de l'aider.

— Un mec cool ?

— Non !

— Un sacré mec ?

— Non !

— Un super-mec ?

— Non ! Non ! Non ! hurla Fish, perdant complètement les pédales. Tu es le mec le plus con de toute la planète, et celui qui pue le plus !

— Hé ! protesta Nald, se sentant insulté.

Fish leva les bras et faucha rageusement les hautes tiges à grands coups de sac rempli d'argent.

— Pourquoi ? Pourquoi ? Pourquoi ? hurla-t-il. Pourquoi moi ? Pourquoi suis-je perdu dans une forêt à la con avec un mec à la con ? Pourquoi est-ce que je trimbale de l'argent plein d'encre à la con et pourquoi me suis-je fait attaquer par un putain d'animal sauvage à la con ? Ma putain de vie à la con ne pourrait pas être pire !

— Eh bien, tu pourrais… tenta Nald.

— Ce n'était pas une putain de question ! rétorqua Fish.

— Alors pourquoi tu dis *pourquoi* tout le temps ?

— J'ai pas dit pourquoi ! hurla Fish, juste avant de perdre l'équilibre et de tomber au milieu des plantes.

Il disparut dans une marée verte et mouvante, mais se redressa aussitôt, toujours en colère :

— Putain, c'est pas possible…

— Hé, dit Nald, ces plantes me disent quelque chose…

— … que je t'aie emmené avec moi…

Nald coupa une tige. Chaque longue feuille ressemblait à une main avec des nombreux doigts. Où avait-il déjà vu… ?

— … dans cette foutue banque…

Nald renifla la feuille.

— … alors que j'aurais pu…

— Herbe ! hurla-t-il.

— Hein ? demanda Fish.

— Herbe, dit Nald en lui fourrant la feuille sous le nez.

— Je sais reconnaître de l'herbe, espèce d'andouille.

— Non, insista Nald patiemment, je te dis que c'est de *l'herbe* !

— Au secours, je suis perdu au milieu des bois avec Rain Man !

— Pas de l'herbe, *de l'herbe* ! reprit Nald, qui commençait à s'impatienter.

— Ce n'est pas de l'herbe, c'est une plante, répliqua Fish, comme s'il parlait à un demeuré.

— Et moi je te dis que cette plante, c'est de l'herbe, dit Nald en la lui faisant sentir.

Le visage de Fish s'éclaira soudain, il eut l'air émerveillé. Comme la fois où ils étaient allés voir ce show topless *et* nu intégral à Superior, lorsqu'une rousse complètement nue était arrivée sur scène et s'était tordue en arrière et avait posé les mains sur le sol derrière sa tête. Le regard de Fish disait *le monde est un endroit étrange et merveilleux*.

— On est dans un champ couvert *d'herbe* ! cria Fish.

— Ouais, s'exclama Nald fièrement.

— Il y a de quoi fumer pendant des années !

— Ouais !

— Il y en assez pour faire notre fortune ! dit Fish en esquissant trois pas de danse.

— Ouais.

— Et tout ça, c'est à nous !

— Non, dit une voix aussitôt suivie par le *cha-chak* d'une cartouche qui venait d'être introduite dans un fusil.

Nald se retourna lentement.

Une femme petite et trapue, portant de longues tresses grises, se tenait derrière eux. Elle les visait avec un fusil.

— C'est *mon* herbe, précisa-t-elle.

Nald se fendit d'un sourire parce que ce n'était qu'une vieille femme et parce que, en général, les femmes l'aimaient bien. Mais lorsque le coup partit, il changea d'idée.

Boum !

Une rangée entière de plantes fut décapitée. Nald se baissa vivement et passa sa main sur sa tête pour s'assurer qu'elle était encore sur ses épaules.

— Cours ! hurla Fish, ce qui était la chose la plus sensée qu'il ait dite de tout le jour.

Nald prit ses jambes à son cou et s'élança vers les bois. Derrière lui, le fusil fit entendre son *cha-chak* suivi d'un autre *Boum !*

— Vers la route ! dit Fish en haletant, cours !

Il dépassa Nald malgré ses jambes courtes. On aurait dit que son sac poubelle contenant l'argent avait un trou. Des billets volaient autour de lui, se répandant sous les broussailles avant qu'il les piétine.

Cha-chak. Boum !

Nald rentra la tête dans les épaules et zigzagua à travers les arbres. Il était à bout de souffle mais il y avait urgence, il devait atteindre la route.

Cha-chak. Boum !

Un billet de vingt dollars échappé du sac de Fish se colla sur ses yeux et l'aveugla presque. Il le balaya de la main en maintenant son rythme, il y était presque...

Boum !

Nald sauta dans le fossé juste derrière Fish et ils grimpèrent à quatre pattes la butte qui les séparait de la route. Arrivé là, Fish s'arrêta pour reprendre haleine, mais Nald s'élança sur le bitume comme s'il avait le feu aux fesses. Il courait si vite qu'il mit un certain temps avant de s'apercevoir que Fish l'appelait en criant.

— Stop ! Merde ! Stop !

Nald trébucha, sa poitrine se levait et s'abaissait convulsivement, un point de côté le coupait en deux, il se retourna. Derrière lui, Fish était allongé sur l'asphalte, les bras et les jambes battant l'air comme ceux d'un nouveau-né. Cependant, malgré l'étrangeté de sa position, ce n'était pas lui que Nald regardait d'un air éberlué, c'était l'argent. Des centaines de billets volaient dans l'air entre eux deux. Un vrai nuage de dollars, de jolis billets verts emportés en tourbillons ascendants par une brise légère puis déposés sur les arbres comme une nuée d'étourneaux ou se collant sur le goudron de la route. Nald se rendit compte soudain que son sac était plus léger qu'auparavant. Il l'ouvrit et ne vit au fond qu'un seul billet taché d'encre. Dans le mouvement qu'il fit pour le saisir, le billet lui échappa et, tel un minuscule hélicoptère, s'envola dans les airs et se mit à danser avec ses frères. Comme s'il était heureux de les retrouver.

C'est alors que la voiture de police arriva.

36

Le lendemain matin, le jeudi, John ouvrit un œil au moment où Turner quitta le lit. En fait, il s'était déjà réveillé à plusieurs reprises, quand elle s'était levée pendant la nuit pour aller à la salle de bains. Chaque fois, il avait été conscient de ses moindres mouvements, de sa place dans la pièce et même de sa respiration. Mais là, quand elle sortit de la salle de bains, elle commença à s'habiller.

Elle ne s'était pas rendu compte qu'il la regardait.

La nuit dernière, après cet orgasme si déchirant contre lui, Turner s'était abandonnée contre sa poitrine pour retrouver peu à peu son souffle, puis elle avait déverrouillé les menottes et l'avait libéré. Il avait enfin pu la prendre dans ses bras. Pouvoir ainsi la tenir, la serrer contre lui et la caresser l'avait comblé presque autant que de faire l'amour avec elle.

Maintenant, elle enfilait sa culotte, faisant glisser le coton rose pâle et l'ajustant sur ses hanches. Puis elle prit un soutien-gorge blanc dans sa valise. Cela l'amusa de constater que les femmes commencent toujours par la taille, pour attacher leur soutien-gorge, avant de le faire pivoter pour le monter jusqu'aux seins. Il distinguait la courbure de son dos et la petite bosse que faisait sa colonne vertébrale quand elle se penchait. John trouvait que chacun de ses mouvements avait un pouvoir érotique. Mettre un soutien-gorge est en soi un acte banal pour une femme mais c'est aussi un geste très féminin et très intime qu'elle ne fait que devant son amant. À cette pensée, John eut un pincement au cœur.

Glapy se réveilla et s'étira, ses longues pattes étendues devant lui. Il bâilla bruyamment, puis se leva pour saluer Turner.

— Chut, murmura-t-elle au chien en lançant un coup d'œil vers le lit.

Il en fut irrité. Pensait-elle qu'il était idiot au point de dormir pendant qu'elle s'apprêtait à prendre la poudre d'escampette ? Sans même lui dire au revoir ? Il attendit en silence jusqu'à ce qu'elle soit habillée et qu'elle ait rangé ses affaires. Elle commençait à déplacer le bureau lorsqu'il lui dit doucement :

— Reste.

Elle sursauta.

Elle le croyait vraiment profondément endormi. John plissa les yeux de colère.

— Je ne peux pas, répondit Turner par-dessus son épaule.

Il contemplait son profil, ses lèvres fermes et douces. Ses yeux de chat évitaient de croiser son regard. Il lut sur son visage de la culpabilité et d'autres émotions qu'il eut du mal à identifier.

— Je t'ai prise en chasse, je t'ai laissée échapper, je ne t'ai pas arrêtée alors que j'aurais pu le faire, je t'ai ménagée et j'ai pris des gants pour ne pas te faire peur. Mais il y a quelqu'un dehors qui en a après toi et qui, lui, ne s'embarrassera pas de scrupules. Il veut te tuer et je n'ai pas l'intention de le laisser faire.

— Je…

— Même si cela dérange tes projets, conclut-il.

— Je sais tout cela, répondit-elle les yeux baissés.

— Non, tu ne le sais pas, dit-il en élevant la voix et en se redressant dans le lit. Je ne joue plus selon tes règles du jeu, Turner. Si tu sors d'ici, je ne m'interdirai plus rien. Tu devras te rendre quand je le voudrai et où je le voudrai. Que tu sois prête ou non.

— John…

— Reviens dans le lit, ordonna-t-il. Maintenant.

— Je ne peux pas.

— Bon sang, Turner ! s'exclama-t-il, sentant qu'il commençait à perdre le contrôle, comme au téléphone avec elle deux jours plus tôt. Ne me sors pas ces arguments sur ton oncle et sur le fait que Hyman doit payer. Il ne s'agit plus de cela. Il s'agit de ta vie !

— C'est plus que cela.

— De quoi parles-tu ?

— De ça, dit-elle en désignant son estomac d'un geste de la main. Entre toi et moi. Cela dépasse l'histoire avec oncle Rusty. C'est pour cela que je dois partir.

— Cela n'a aucun sens !

— Je sais !

Elle avait l'air au bord de la crise de nerfs, ses paupières étaient meurtries et gonflées.

— Explique-moi, demanda-t-il d'une voix aussi douce qu'il le put, bien que le résultat ne fût pas à la hauteur de ses espérances.

— Je ne peux pas non plus.

— Turner !

— Je ne peux pas, John ! répondit-elle violemment.

Étaient-ce des larmes qu'il voyait dans ses yeux ? John fronça les sourcils et repoussa les couvertures sans se soucier du fait qu'il était nu.

— Non, cria-t-elle en levant les mains devant elle comme pour se protéger.

Comme si elle avait peur qu'il lui fasse du mal.

Comme si elle avait peur de lui.

Il s'immobilisa. Il ressentait une douleur dans le ventre, désarçonné par ce geste de défense qu'elle venait d'esquisser.

— Qu'est-ce qu'il y a ? Explique-moi.

— Je ne peux pas, dit-elle en s'essuyant les yeux. Je ne peux pas rester ici avec toi, je dois partir, John.

— Mais, pour l'amour du ciel, dis-moi au moins pourquoi !

— Parce que, chaque fois que je te regarde...

Elle s'interrompit et le regarda de ses yeux de chat emplis de grosses larmes :

— Quoi ? murmura-t-il.

— Je *sens*.

L'instant d'après, elle avait disparu.

Sens ?

Qu'avait-elle voulu dire ? Abasourdi, John fixa la porte un long moment, partagé entre l'envie de lui courir après, même tout nu, et celle de la laisser aller. S'il l'arrêtait sur le parking, ils allaient reprendre cette discussion stérile mais cette fois en public. Merde.

Il passa sa main dans ses cheveux.

Si...

La sonnerie de son portable interrompit ses réflexions moroses. Il jura et étendit le bras pour attraper son pantalon qui gisait de l'autre côté du lit. Il prit le téléphone dans l'étui de sa ceinture, il continuait à sonner. Glapy gémit. Zut, elle était partie sans le chien qui, visiblement, avait besoin de sortir.

— OK, OK, dit-il entre ses dents, s'adressant autant au chien qu'au téléphone.

Il décrocha et coinça l'appareil entre son épaule et son oreille pour enfiler son pantalon.

— MacKinnon.

— Je vous réveille ? demanda la voix de Torelli.

— C'est pour quoi ? demanda John d'une voix rogue.

Si son suffisant adjoint avait été dans la pièce, il lui aurait balancé son poing sur la figure avec une grande satisfaction.

— Nous avons Bob l'Éponge et Yoda, monsieur.

— Il était temps ! s'exclama John en ouvrant la porte.

Glapy bondit dehors, manquant de le renverser dans sa hâte.

— Où les avez-vous trouvés ?

— En fait, précisa Torelli en toussotant, ce n'est pas moi qui les ai arrêtés.

John eut un petit sourire satisfait. C'était la première bonne nouvelle de la journée.

— Ah oui ? Et qui vous les a amenés ?

— Un shérif adjoint qui travaille à mi-temps à Sawyer, le comté voisin. Il patrouillait quand il est tombé sur eux. Il a vu deux types courir le long de la nationale, lançant de l'argent en l'air en hurlant.

— En l'air ? répéta John en cherchant Glapy du regard.

Ce serait un coup de malchance s'il perdait aussi le chien.

— Vous voulez dire qu'ils lançaient l'argent de la banque en l'air ?

— Apparemment.

— Ils sont devenus dingues, ou quoi ?

Merde. Où était passé le chien ? Il ne voyait aucun signe de sa présence nulle part et la nationale n'était qu'à quelques dizaines de mètres de là. John sortit du bungalow et en fit le tour.

— Je crois que oui. L'adjoint dit qu'ils étaient couverts de piqûres et de griffures d'insectes et qu'ils ont été attaqués par un blaireau enragé.

— Mon Dieu ! et où ont-ils trouvé un blaireau ?

— Je...

— Peu importe, coupa John en secouant la tête. Quand pourrez-vous les interroger ?

Derrière le bungalow s'étendait un grand champ et, au-delà, il y avait la nationale. Glapy allait et venait dans le champ, la truffe au sol. Merci mon Dieu, au moins il n'avait pas perdu le chien.

— Cet après-midi, je pense, répondit Torelli. Il y a pas mal de paperasses à remplir à Sawyer et j'ai l'impression qu'ils traînent les pieds pour nous les amener ici, au bureau du shérif. D'après eux, Yoda et Bob l'Éponge doivent recevoir des injections de vaccin contre la rage.

— Hé, mon vieux, le comté voisin doit être, au pire à... quoi ?... quatre-vingts kilomètres ? Je ne vois aucune raison qui vous empêche de vous y rendre !

Il y eut un bref silence, puis Torelli reprit :

— Je ne voudrais froisser aucune susceptibilité locale ni marcher sur les plates-bandes de personne, monsieur.

— Cette précaution vous honore, mais plus tôt vous interrogerez ces deux imbéciles, plus tôt nous pourrons clore cette affaire.

— À ce propos, dit Torelli, où en êtes-vous avec la bibliothécaire en fuite ?

— Ça va, j'avance.

— Besoin d'un coup de main ?

— Non.

Glapy courut vers lui. Il tenait dans sa gueule quelque chose qui ressemblait à un animal mort et il déposa fièrement sa trouvaille aux pieds de John. Génial. Cela avait toutes les apparences – et l'odeur – de la charogne en décomposition.

— Parce qu'il est encore temps de demander du renfort à la police de Madison, insista Torelli.

— J'ai dit non, dit John en s'adressant autant à son subordonné qu'au danois.

Il attrapa ce dernier par son collier pour l'éloigner du cadavre qu'il s'apprêtait apparemment à déguster pour son petit déjeuner. Bon sang, les chiens étaient vraiment dégoûtants...

— Quoi ? demanda Torelli.

— J'ai dit non, grogna John qui avait le plus grand mal à détourner le dogue de son objectif. Nous en avons déjà parlé. Pas de renforts extérieurs.

— Mais...

— Et prévenez-moi dès que vous aurez interrogé Yoda et Bob l'Éponge. Je suis certain que ce n'est pas eux qui ont planifié le braquage de la banque, il faut savoir qui est derrière tout ça, ajouta-t-il en s'arc-boutant sur le collier du chien.

Glapy s'assit et résista avec entêtement, son collier glissa jusqu'à ses oreilles, donnant à son museau un amusant aspect plissé. On aurait dit un âne refusant obstinément d'avancer.

— Il me semblait que notre théorie était que c'était la bibliothécaire qui était le cerveau.

— La bibliothécaire s'appelle Turner Hastings et non, nous ne pensons pas que c'est elle qui a organisé le hold-up.

Un long silence suivit cette affirmation. John arrêta de tirer sur le collier mais garda la main dessus. Glapy s'effondra comme une masse à ses pieds.

— Torelli ?

— Oui, monsieur ? Permettez-moi de vous faire remarquer respectueusement que vous me semblez être extrêmement proche de cette suspecte.

John plissa le nez, ce fichu molosse sentait terriblement mauvais. Turner était à nouveau en fuite et Torelli lui portait sur les nerfs. Et, de surcroît, il n'avait pas encore pris son café. Tout était réuni pour que le grand méchant agent spécial du FBI craque.

— Non, je ne vous permets pas, respectueusement ou pas d'ailleurs. Je vous appellerai après le rendez-vous de Madison. D'ici là, je veux des réponses à mes questions, c'est clair ?

— Oui, monsieur, très clair.

— Bien.

John raccrocha et regarda Glapy qui remua la queue.

— Allez, viens, on a tous les deux besoin de faire un brin de toilette.

Il donna une claque sur sa cuisse, le chien se leva et, après un dernier coup d'œil à la charogne puante, il le suivit sans protester. Ce qui était une bonne chose parce que après une douche et un petit déjeuner, il y avait de la route jusqu'à Madison.

Aujourd'hui, il arrêterait Turner.

Quels que soient ses sentiments à elle.

Ou les siens.

37

— Alors, comment ça va ? demanda Calvin d'une voix chaleureuse en entrant dans le bureau du shérif en ce jeudi matin.

Il apportait quatre cafés et un sac de beignets de chez Kwik Trip qu'il tenait devant lui dans une boîte en carton.

— Super, merci monsieur Hyman, s'exclama Doug Larson en prenant une tasse en carton avec reconnaissance.

— Calvin, appelez-moi Calvin, Doug, dit-il en souriant. Après tout, avec un peu de chance, je serai bientôt votre représentant au Parlement.

— C'est vrai, répondit Doug en souriant et en prenant un beignet à la confiture dans le sac en papier. Je suis certain que vous serez élu, monsieur Hyman. Tout le monde à Winosha votera pour vous.

— J'aime à vous l'entendre dire ! s'exclama Calvin en lui donnant une tape dans le dos.

Il fit le tour de la pièce du regard. C'était un bureau banal avec des murs en béton garnis d'étagères cabossées en métal vert. De vieilles portes en chêne s'ouvraient sur une salle de réunion dont le plafond était parcouru de canalisations apparentes. Le shérif était assis derrière son bureau, il avait posé ses pieds dessus et il parlait au téléphone. Clemmons avait adressé un signe de tête à Calvin lorsque celui-ci était entré dans la pièce, mais il n'avait pas pour autant interrompu sa conversation. Le bureau du shérif était flanqué d'un autre bureau qui, en temps normal, devait être celui de son adjoint, mais visiblement il avait été réquisitionné par le FBI. Le plus jeune des deux agents envoyés à Winosha – comment s'appelait-il déjà ? Un nom latino ou quelque chose dans le genre – était lui aussi en train de téléphoner avec son portable. Il n'avait pas l'air ravi d'entendre ce que lui disait son interlocuteur.

Calvin prit une tasse de café et ôta avec précaution le couvercle en plastique qui le gardait au chaud. Il sirota une gorgée et sourit. Chez Kwik Trip, le café était vraiment immonde.

— Du nouveau dans le braquage de la banque ?

— Oh, oui ! Nous avons eu quelque chose ce matin, les tireurs ont été arrêtés, répondit Doug.

Occupé à ouvrir le petit pot de crème qui accompagnait le café, il ne vit pas l'expression de Calvin, ce qui était préférable pour ce dernier qui faillit s'étrangler, se racla la gorge et ne put dire que :

— Oh ?

— Ouais, dit Doug en versant quelques gouttes de crème dans son café. Vers Sawyer.

— Vraiment ? Ce n'est pas très loin.

— Ne m'en parlez pas ! D'après l'adjoint qui les a appréhendés, ils marchaient sur la route en lançant l'argent en l'air. Vous imaginez la tête de l'adjoint qui était en train de faire sa patrouille et qui a vu tous ces billets s'envoler et deux types qui hurlaient après. Évidemment, il a stoppé son véhicule pour voir de plus près, et voilà nos deux braqueurs arrêtés aussi facilement que cela.

— Bien, bien.

— J'aimerais bien avoir autant de chance à chaque fois, conclut Doug en buvant une gorgée de café.

Calvin sentit que le sourire qui étirait ses lèvres commençait à se figer. Il mourait d'envie de mettre ses mains autour du cou de l'adjoint du shérif et de serrer jusqu'à ce qu'il ait dit tout ce qu'il savait. Mais il prit sur lui pour rester calme.

— Je parie que vous les avez déjà interrogés.

— Oh non, répondit Doug en désignant le shérif qui était toujours au téléphone.

Dans le mouvement, de la confiture jaillit du beignet et s'écrasa sur le linoléum mais il n'eut pas l'air de s'en rendre compte. L'agent du FBI leur jeta un coup d'œil.

— Le shérif Clemmons est en train de régler cela, il semble qu'ils aient été mordus par un animal sauvage.

— Hein ? Qui ? demanda Calvin d'un air ahuri.

Plongé dans ses propres pensées, il avait un peu perdu le fil de la conversation.

— Bah, vous savez, les braqueurs de la banque, reprit Doug patiemment. Ceux qui avaient un masque ? Fish et Nald. Je suppose qu'ils ont marché pendant des heures dans la forêt et qu'ils en ont bavé parce que, croyez-moi, ces deux types ne sont pas des hommes des bois.

— Et ? demanda Calvin les sourcils froncés.

— Apparemment ils ont été attaqués par un animal, un ours ou un glouton. Je ne sais pas s'il y a des gloutons dans le Wisconsin, à mon avis c'était une mouffette, dit Doug avec un rire gras, en tout cas il faut qu'ils soient examinés par un médecin.

— Je vois.

Il se sentit un peu soulagé que les deux bozos n'aient pas été interrogés par la police. En tout cas pas encore. Mais qu'en était-il de son autre sujet d'inquiétude, c'est-à-dire Turner Hastings ?

— Je me demande si on va les piquer dans le ventre, poursuivait Doug la bouche pleine, vous savez avec une grosse seringue pour le vaccin contre la rage ?

La perspective avait l'air en tout cas de lui plaire. Calvin sourit.

— Nous pouvons tous être reconnaissants au bureau du shérif pour la rapidité avec laquelle ce crime a été résolu. C'est rassurant de savoir que nos impôts sont efficacement employés. J'en parlerai dans mon prochain discours.

— Ben vous savez, ils étaient au bord de la route et… commença Doug d'un air un peu gêné.

— Et vos patrouilles les ont appréhendés rapidement.

— Oui, mais c'était une patrouille du comté de Sawyer…

— Oui, oui, reconnut Calvin qui balaya l'objection d'un revers de la main.

Quel idiot ce Doug, ne pouvait-il pas accepter simplement le compliment ?

— Vous avez fait du bon boulot, insista-t-il, peu importe qui a procédé aux arrestations.

— Eh bien…

— Mais je suppose que Turner Hastings est toujours en fuite ?

— Oui, mais plus pour longtemps, répondit Doug en fanfaronnant.

— Quoi ? s'exclama Calvin le cœur battant.

— Je ne peux pas vous en dire plus, c'est top secret, dit-il en enfournant la dernière bouchée de beignet. Mais croyez-moi, on lui mettra la main dessus aujourd'hui, articula-t-il la bouche pleine.

Calvin s'arracha un sourire.

— Vraiment ? Cela ne m'étonne pas de vous, vous êtes la meilleure équipe d'enquêteurs de la région, après tout…

Doug bomba fièrement la poitrine.

— … cela dit, aujourd'hui, c'est un peu optimiste, non ? poursuivit Calvin d'un air sceptique. Aujourd'hui, vous êtes sûr ?

— Oui, oui, aujourd'hui, dit Doug qui avait vu le doute dans les yeux de Calvin.

Il fit un pas en avant et éleva la voix :

— Je sais ce que je dis. L'agent spécial MacKinnon va l'arrêter lui-même !

Sauf si Calvin s'en mêlait...

— Mais comment ? demanda-t-il.

— On a eu un tuyau. Nous savons où elle sera.

Calvin voyait bien que le jeune agent du FBI qui était toujours au téléphone, les regardait, mais Doug lui tournait le dos et ne se rendait pas compte qu'ils étaient surveillés.

Calvin sentit la sueur perler sur sa lèvre supérieure.

— Où elle sera ? Vous êtes persuadés que vous l'arrêterez aujourd'hui alors que vous ne savez même pas où elle est actuellement ? s'exclama-t-il avec un rire forcé. Désolé, Doug, mais cela ne me paraît pas très convaincant.

— Mais, je vous assure...

— Une source mystérieuse vous a donné une information de première main ? C'est ça ?

— Mais non, elle est tout à fait réglo, rétorqua Doug, vexé.

— « Elle » ? Sûrement une vieille bonne femme un peu folle qui rêve de devenir un indic des flics !

— Non, non, protesta Doug vigoureusement, elle est membre du bureau du procureur fédéral à Madison. Elle s'appelle Victoria Weidner.

— C'est vrai ? demanda Calvin, se forçant à mettre une nuance de respect dans la voix alors que son cœur battait la chamade.

Merde, un procureur, il ne fallait à aucun prix que Turner lui parle. Il reprit :

— Mais comment êtes-vous certain que Turner se montrera ?

— Elle sera là.

— Comment le savez-vous ? hurla-t-il.

Doug haussa les sourcils, surpris par une telle véhémence. Hyman respira profondément pour essayer de calmer la panique qui le gagnait. Pour tenter de retrouver son calme, il ouvrit un pot de crème et le versa dans son café en prenant un air détaché.

L'agent du FBI s'était retourné et le regardait. La réponse de Doug tardant à venir, Calvin reprit d'une voix plus posée :

— Ce que je veux dire, c'est que si elle a rendez-vous avec cette femme, elle pourrait ne se montrer qu'à la dernière minute ou changer d'avis et ne pas venir du tout. Beaucoup de choses peuvent se passer entre maintenant et ce soir.

Il l'avait dit à tout hasard, mais cela marcha.

— Leur rencontre n'est pas prévue ce soir, répliqua Doug triomphalement, Hastings doit voir cette femme en face de son bureau à midi et demi, dans la partie nord du jardin de la ville. C'est seulement, s'interrompit-il en jetant un coup d'œil à sa montre, dans moins de trois heures maintenant, il n'y a aucune raison pour qu'elle nous échappe.

— Ah, dit Calvin en essayant de masquer son désarroi.

Mon Dieu, il restait moins de trois heures, aurait-il le temps de contacter Hank ? Et s'il y parvenait, ce dernier pourrait-il se rendre à Madison avant 12 h 30 ? Il essayait frénétiquement de calculer mentalement la distance qui séparait Rhinelander de Madison, tout en adoptant une expression détachée.

Doug continuait à discourir, sans s'être aperçu le moins du monde que ce qu'il venait de dire avait eu, pour Calvin, l'effet d'une bombe.

— ... Cela a l'air intéressant. Bien sûr, il y a les risques du métier, FBI, agent spécial et tout ça, mais j'ai réfléchi, continuait Doug qui se mit à rougir, je pourrais poser ma candidature au FBI.

— Vraiment ? murmura Calvin abasourdi.

— Je pourrais essayer, je veux dire, dit timidement l'adjoint du shérif qui enfonça ses mains dans ses poches et eut aussitôt l'air d'un petit garçon de douze ans. Non pas que j'attende quoi que ce soit, je ne suis pas comme ça mais...

Le jeune agent du FBI referma son portable d'un claquement sec, se leva et se dirigea vers eux.

— Bien, bien, dit Calvin précipitamment.

Il devait joindre Hank au plus vite afin de l'avertir que Turner serait bientôt à Madison et de s'assurer qu'elle serait éliminée avant de pouvoir parler au procureur fédéral.

— C'était très intéressant, Doug, vraiment passionnant, mais je dois y aller, dit-il avec un petit rire qui sonna faux à son oreille. Pas de repos pour les braves, ajouta-t-il avec un clin d'œil tout aussi forcé.

— Oh oui, bien sûr, dit Doug, je ferais bien d'y aller moi aussi… ajouta-t-il en jetant un coup d'œil perdu autour de lui, de l'air de se demander où il devait aller, au juste.

Mais Calvin n'avait plus de temps à perdre et l'agent du FBI s'approchait dangereusement.

— Je ne veux pas vous empêcher de faire votre travail !

Il fit comme s'il n'avait pas vu l'agent du FBI et, après un vague geste de la main en direction du shérif toujours au téléphone, il prit la poudre d'escampette. Dehors, il fut ébloui par le soleil, il sortit un mouchoir de sa poche pour s'éponger le front et la lèvre supérieure.

Puis il ouvrit son portable et composa le numéro de Hank.

38

Turner appliqua une dernière couche de vernis noir sur l'ongle du petit doigt de sa main droite, puis elle revissa le flacon et secoua les mains pour faire sécher le produit tout en surveillant le parking autour d'elle. Madison s'était beaucoup agrandie depuis la dernière fois qu'elle était venue. Il y avait davantage de centres commerciaux en périphérie et dans le centre-ville de nouveaux buildings étaient sortis de terre. Elle s'était engagée sur East Washington tôt dans la matinée, avait suivi le boulevard jusqu'à la bande de terre qui séparait les lacs Mendota et Monona. Le Capitole s'élevait entre les deux plans d'eau, c'était un immeuble classique carré, tout blanc, coiffé d'un dôme. Elle en avait fait le tour plusieurs fois et, après s'être empêtrée dans le réseau de rues à sens unique qui l'entouraient, elle s'était décidée à se garer. Elle avait changé son apparence. Bien que Victoria ait accepté de la rencontrer, elle n'était pas sûre de pouvoir lui faire entièrement confiance – après tout, elle travaillait au bureau du procureur fédéral et, techniquement, en ouvrant le coffre-fort de Calvin à la banque, elle-même avait commis un crime fédéral. Le respect de la loi avait probablement pris le pas sur leur tiède relation scolaire. Elle n'avait aucun moyen de savoir si Victoria avait contacté la police locale ou même le bureau du FBI. La jeune femme était consciente que c'était peut-être un piège. D'où l'idée de se déguiser avant de rencontrer Victoria. Avant d'arriver en ville, elle s'était arrêtée dans un surplus de l'armée. Une fois garée dans ce parking couvert avec pour seuls compagnons quelques moineaux qui volaient autour de leurs nids installés sous le toit, elle avait verrouillé les portes de la voiture et avait enfilé les vêtements qu'elle avait achetés au surplus. En pleine journée, l'endroit était désert. À un moment, un bruit l'avait alertée, mais les pas s'étaient éloignés et elle avait recommencé à respirer. L'avertissement de John à propos de ce type dangereux ne quittait pas son esprit. D'après lui, il avait été envoyé pour la tuer et elle le croyait. Cela l'avait choquée que Calvin aille aussi loin, mais à bien y réfléchir, qu'il ait engagé un tueur était assez logique. Le banquier avait bien trahi son meilleur ami pour couvrir ses propres malversations, alors pour lui ce n'était sans doute là qu'un petit pas de plus. Une fois sa transformation physique terminée, Turner rangea le flacon de vernis et ouvrit le sac marin qu'elle avait acheté au surplus, y rangea les vêtements qu'elle venait de quitter, mit son sac à main à l'intérieur et sortit du pick-up. Hors du parking, le soleil était vraiment aveuglant, les couleurs avaient l'air délavées et les trottoirs et les murs de la ville irradiaient de chaleur. Elle avait du mal à imaginer que, par une journée aussi ordinaire et aussi ensoleillée, quelqu'un cherchât à l'éliminer. Elle était néanmoins sur le qui-vive et marchait au milieu du trottoir en se tenant éloignée des entrées de buildings où il était facile de se dissimuler. Les rares piétons qu'elle croisait avaient des allures de personnes normales à l'heure de la pause déjeuner. Mais un tueur pouvait lui aussi avoir l'air ordinaire, se disait-elle. Le problème, c'est qu'elle n'avait pas pu voir son visage au cabanon. Elle n'avait aperçu qu'une ombre noire avant l'horrible rafale qui avait suivi. S'il surgissait devant elle, elle n'était même pas sûre de pouvoir le reconnaître. Ce qui n'avait rien pour la rassurer. Turner alla jusqu'au jardin du Capitole où elle se mit à flâner tranquillement. Le bureau du procureur fédéral se trouvait dans un immeuble quelconque en briques situé en face du jardin. Il n'y avait qu'un numéro discret sur la façade, sans nom ni plaque. Elle jeta un coup d'œil à sa montre. Quelques minutes avant midi. Il lui restait du temps pour vérifier les alentours tout en réfléchissant à ce qu'elle allait dire à Victoria. Dans le parc, la municipalité avait planté de grands parterres de pétunias mauves et de sauges rouges. Elle s'arrêta et s'accroupit pour regarder les fleurs en rassemblant ses pensées. Elle devait convaincre Victoria du sérieux de ses accusations. Elle devait lui dire que non seulement Calvin avait détourné l'argent de la banque de Winosha, mais que ce trafic durait depuis des années, et que la dernière fois qu'il avait senti que la justice risquait de s'intéresser à lui, il avait lancé la police sur la piste de Rusty – et qu'aujourd'hui il venait d'engager un tueur pour lui faire la peau, à elle.

Tout cela sans aucune preuve !

Une femme promenant un petit carlin noir la dépassa. Le chien tira sur sa laisse pour la renifler, mais sa maîtresse l'en empêcha. Glapy lui manqua soudain. Et elle, manquait-elle au grand chien ? Elle n'avait même pas demandé de ses nouvelles à John la nuit dernière et en ressentait de la culpabilité comme si elle était une mauvaise mère. Allait-il bien ? John avait dit qu'il avait l'intention de le rendre à Calvin, pourquoi ne l'avait-il pas fait ? Était-ce par manque de temps ou bien pour lui faire plaisir à elle ? Et lui, John, comment allait-il ?

Elle soupira et regarda un homme grand et barbu passer en traînant les pieds. Il portait des lunettes noires à la propreté douteuse, une cigarette pendait à ses lèvres et, malgré le soleil brûlant, il était vêtu d'un pardessus. Elle retint sa respiration et baissa la tête pour dissimuler son visage. Lorsqu'il passa près d'elle, il jeta sa cigarette dans les pétunias où elle se mit à fumer. Elle l'écrasa d'un coup de talon. Le barbu s'éloigna, traversa la rue et disparut dans un immeuble qui faisait l'angle.

Elle revint à ses réflexions. Elle avait soigneusement évité de penser à John depuis le matin. Il était sûrement en colère et sans doute un peu blessé. Très blessé. Mais elle avait complètement paniqué et elle avait compris qu'elle devait s'éloigner de lui au plus vite. Mettre de la distance entre elle et ce corps chaud allongé à ses côtés dans ce lit, fuir l'intense pression mentale qu'il exerçait sur elle. Rien que de penser à la façon dont elle s'était abandonnée devant lui, sans pudeur, totalement libérée, son corps et ses émotions exposés à son regard, elle se sentait brûler. Était-ce de l'adrénaline ou de la terreur ? En tout cas, c'était une évocation très érotique qui lui coupait le souffle et lui rendait les mains moites. Parce que la nuit dernière, au lieu de se trouver mal à l'aise et angoissée à l'idée d'être nue devant lui, elle s'était sentie profondément excitée. Elle n'avait jamais connu un orgasme comme celui-là, jamais en présence d'une autre personne. Et cela la perturbait terriblement.

En plus, John lui en voulait, il était à la fois en colère contre elle et bien décidé cette fois à l'arrêter. Elle n'avait pas sous-estimé sa détermination à mettre un terme à sa cavale, et ce matin plus que jamais. Elle était prévenue, il ne prendrait plus de gants. Elle se demandait ce qu'il ferait s'il parvenait à ses fins. La dernière vision qu'elle avait de lui, c'était qu'il était nu et que ses yeux bleus lui lançaient un regard furieux, glacé et impitoyable.

Elle refoula des larmes qui montaient. Rien ne restait des instants de douceur qu'ils avaient partagés ; au petit matin, elle avait tout piétiné comme elle venait de le faire avec cette cigarette. Et maintenant qu'elle l'avait repoussé et qu'elle était de nouveau libre de se concentrer sur sa vengeance pour sauver l'honneur d'oncle Rusty, elle se sentait désespérée.

C'était comme si elle avait perdu un trésor dont elle n'avait pas estimé la valeur.

Mais pourquoi avait-elle autant envie de pleurer ? Elle venait d'énumérer toutes les raisons qui justifiaient sa fuite précipitée du matin. Perdre le contrôle de son corps et de ses émotions la mettait mal à l'aise, elle n'avait jamais vécu cela et elle détestait cette sensation. C'était épuisant. Sans parler des découvertes qu'elle avait faites sur elle-même et dont elle se serait bien passée. Par exemple qu'elle était quelqu'un d'égoïste qui semblait incapable d'établir une relation normale et adulte avec un homme, ou encore que sur le plan de sa sexualité quelque chose ne tournait pas rond. Elle essuya les larmes qui coulaient sur son visage. Bon. Elle avait tout de suite mis fin à leur histoire, c'était une bonne chose, non ? Il n'y aurait plus de questions gênantes ni de vérités dérangeantes. Peut-être avait-elle vraiment besoin de consulter un psy.

Ce n'était pas le moment de se pencher sur la question. Le bureau de Victoria était en face d'elle, de l'autre côté de la rue. Un espace pavé terminé par une volée de larges marches menait aux portes vitrées et teintées du building.

Turner jeta un coup d'œil à sa montre.

12 h 25.

Juste à ce moment, une femme mince aux longs cheveux bruns poussa la porte vitrée et sortit de l'immeuble.

39

Il ne pouvait pas la voir. Bon sang, il ne voyait pas Turner ! John se tenait dans le hall de l'immeuble, juste derrière les vitres teintées, scrutant l'espace devant lui. Quelque part, dans les étages, parmi tous les bureaux des services du procureur fédéral, il y avait celui de Victoria Weidner. Derrière lui, le hall était équipé d'un portique de sécurité avec un détecteur de métaux, un scanner avec alarme et deux gardes – une jeune femme qui avait l'air d'une ado et un vieux bonhomme aux cheveux gris et au ventre rebondi. John leur avait expliqué, ainsi qu'à Victoria Weidner, comment il comptait procéder pour l'arrestation de Turner. La jeune juriste devait se contenter de sortir dans le jardin devant l'immeuble et d'attendre que Turner se montre. Quant à lui, depuis sa position derrière les vitres, il pensait qu'il la verrait aisément arriver, mais ce n'était pas le cas et il sentait la panique le gagner.

Deux femmes étaient assises sur le mur en briques longeant le jardin. Une Noire et une blonde platine. Elles mangeaient leur déjeuner en discutant avec animation, quelques promeneurs flânaient et un jeune crado – difficile de dire si c'était un garçon ou une fille – était accroupi devant un parterre de fleurs. Un homme court sur pattes et au ventre proéminent traversa le parvis d'un pas vif et se dirigea vers l'entrée de l'immeuble. Il passa à côté de deux gamins qui faisaient du skateboard sur les marches, puis poussa les portes vitrées et jeta un coup d'œil à John au passage. L'agent lui répondit par un signe de tête et le petit homme poursuivit son chemin.

Et si elle ne se montrait pas ? Il n'avait pas mâché ses mots ce matin avec elle et elle lui avait paru complètement déprimée et sur le point de craquer. Elle n'avait pas une tête de femme comblée et n'affichait pas l'expression d'extase qu'un amant, qui a donné le meilleur de lui-même, espère voir sur le visage de celle avec laquelle il a passé la nuit. Mais Turner était forte. C'est ce qu'il avait compris en la voyant. Elle était petite, mais il avait croisé des vétérans qui avaient moins de résistance mentale. Et si elle ne se montrait pas, ce ne serait pas par crainte de la confrontation avec lui. Car elle ne la redoutait pas. Et c'est ce qui l'inquiétait le plus : elle semblait n'avoir peur de rien. La seule faille qu'il avait perçue chez Turner se plaçait sur le plan émotionnel. Cela avait été fugace et en lien direct avec lui. Elle se méfiait, et la peur qu'elle avait de lui le bouleversait et lui faisait mal, comme si quelque chose le déchirait de l'intérieur. Comment pouvait-il souffrir autant alors qu'il la connaissait à peine et qu'ils n'avaient passé que quelques heures ensemble ?

Il la terrifiait à ce point qu'elle avait préféré le sortir de sa vie. D'un coup de ciseaux, elle avait coupé net le fil ténu qui les unissait. Et hop, ni vu ni connu, elle s'était débarrassée de lui. Qu'elle ne parût pas aussi touchée que lui par la nuit qui venait de s'écouler le mettait dans tous ses états. Ce qu'il avait ressenti en lui faisant l'amour, puis en la regardant chercher son plaisir contre lui, l'avait à la fois stupéfait et ébloui. Être en elle lui avait semblé une évidence, comme s'il avait enfin trouvé un refuge après avoir erré des années dans une tempête de neige. Et puis, au petit matin, elle s'était enfuie, comme honteuse de ce qu'ils avaient partagé pendant la nuit. Sa fierté masculine avait reçu une grande gifle. N'étaient-ce pas plutôt les femmes qui se sentaient inquiètes le lendemain ?

John se morigéna. Si…

Le jeune crado assis sur le bord du parterre de fleurs de l'autre côté de la rue venait de se lever. Ce gamin avait la même stature, la même taille qu'une Turner qui se serait déguisée, mais il aurait plutôt misé sur l'étudiante blonde qui venait de s'asseoir dans la pelouse pour manger une pomme.

Mais comme l'ado faisait quelques pas, John le suivit du regard et en le voyant marcher, son cœur fit un bond. Il eut la certitude que c'était Turner.

C'était la faille avec les déguisements. On avait beau changer son apparence et les traits de son visage, transformer complètement son personnage – il espérait du reste que les piercings à la lèvre inférieure et aux sourcils étaient factices –, on ne peut pas modifier aussi facilement sa démarche. Cet ado marchait comme une femme. Trop de balancements dans les hanches, un centre de gravité plus bas. Une évidence.

C'était elle.

John la regarda s'approcher. Elle avait aplati ses cheveux courts avant de les enduire d'une espèce de poudre qui leur donnait un aspect miteux et poussiéreux. Elle portait un pantalon large, dont elle avait retroussé et remonté les jambes jusqu'aux genoux comme un bermuda baggy lui laissant les mollets nus, et un tee-shirt noir trop grand avec une inscription orange dessus. Elle avait des bracelets aux bras et à la cheville. Mais la *pièce de résistance*[1] de son déguisement était la série de tatouages dont elle s'était ornée. Des tatouages noirs s'enroulaient sur ses bras, depuis les poignets jusqu'aux épaules.

Il la regardait avec admiration, et en même temps il sentit quelque chose se casser en lui. Il ne voulait pas l'arrêter et surtout pas en public. Elle serait humiliée. Il faudrait qu'il lui attache les mains dans le dos, c'était la procédure habituelle.

1. En français dans le texte (NdT).

Merde.

Putain de job de merde.

John tendit la main pour saisir les menottes et se prépara à renoncer à leur ébauche d'histoire. Il vit Turner s'approcher de Victoria Weidner. L'assistante du procureur fédéral n'avait pas encore compris que l'ado tatoué qui venait vers elle était Turner. Elle jetait des coups d'œil à gauche et à droite, scrutant l'esplanade. John sut exactement à quel moment Turner lui adressa la parole. Victoria Weidner pivota sur elle-même et tourna la tête pour dévisager son interlocuteur. Alors, à contrecœur, John poussa la porte vitrée.

Il y eut une détonation brutale qui se répercuta sur les façades des buildings. Une femme hurla. La blonde assise sur l'herbe leva la tête.

Et Turner et Victoria Weidner s'effondrèrent.

Il y eut une pagaille monstre.

Nom de Dieu de nom de Dieu !

40

— Où veux-tu déjeuner ? demanda Victoria.

Turner ouvrit la bouche pour lui répondre lorsque la jeune femme sembla trébucher et tomba sur elle. Au même moment, il y eut un bruit assourdissant.

Boum !

Turner s'écroula sous le poids de Victoria et elles chutèrent ensemble lourdement. Son coude heurta violemment le sol, la douleur irradia dans tout son bras. Elle crut que Victoria l'avait plaquée pour procéder à son arrestation et une décharge d'adrénaline parcourut ses veines.

C'est alors qu'elle entendit la seconde détonation.

Boum !

Quelqu'un tirait des coups de feu. Les deux femmes qui étaient en train de déjeuner se jetèrent par terre à l'abri du muret, leurs jupes relevées de façon bien involontaire. Le corps de Victoria roula sur lui-même et Turner jeta des coups d'œil éperdus autour d'elle. Elle ne voyait pas le tireur. L'une des femmes accroupies le long du mur se mit à sangloter et ses hoquets hystériques résonnèrent sur la place. Les jeunes skateboarders paraissaient pétrifiés, un air d'incompréhension sur le visage.

— Couchez-vous, bon sang ! hurla John, couchez-vous !

Les skateboarders ne l'entendirent pas. Turner leva la tête en reconnaissant sa voix. Bizarrement, elle ne fut pas surprise de le savoir là. Accroupi contre le mur de l'immeuble, son pistolet au poing, il scrutait les toits des buildings. Il jeta un coup d'œil dans sa direction et leurs regards se croisèrent.

Elle distingua de la colère et de la peur dans le bleu pâle de ses yeux.

— Es-tu blessée ? cria-t-il.

Boum !

Un morceau du pavement en pierre explosa juste à côté d'elle. La douleur cuisante des éclats sur ses mollets nus, la fit sursauter. Elle regretta d'avoir roulé les jambes de son pantalon pour que son déguisement fasse plus vrai.

— Es-tu blessée ? cria John à nouveau.

Boum !

Elle secoua la tête.

— Qu'est-ce qu'on fait ? murmura-t-elle à Victoria.

Elles se trouvaient à une quinzaine de mètres de l'endroit où se tenait John. À quinze mètres de la sécurité. Mais si elles se mettaient à courir, ne risquaient-elles pas de constituer une cible de choix ? Oui, mais couchées là, au beau milieu de l'esplanade, elles étaient aussi exposées. Il était clair que le tireur en avait après elles. Il aurait leur peau, ce n'était qu'une question de temps.

Victoria grogna quelque chose.

— Je crois qu'on ferait mieux de courir, dit Turner en se tournant vers elle.

Elle vit la jeune femme agripper le haut de son bras et une crispation de douleur déforma ses traits. Sous ses doigts serrés, une tache rouge s'étendait rapidement.

— Cours vers l'immeuble ! cria Victoria en hoquetant.

Oh, mon Dieu !

— Elle est touchée ! hurla Turner. John, elle perd son sang !

Quelle andouille ! se dit-elle, tout le monde voyait bien que Victoria était blessée. En se contorsionnant, elle passa son tee-shirt par-dessus sa tête, le roula en boule et le coinça contre l'épaule de Victoria.

Boum !

Les skateboarders comprirent soudain ce qui se passait. L'un d'entre eux partit ventre à terre, le second resta debout la bouche ouverte et l'air ébahi.

— Vas-y, dit Victoria d'une voix rauque.

Turner détacha les yeux de la blessure de Victoria et scruta son visage gris de souffrance.

— Quoi ?

— C'est toi qu'il veut. Tu fais de moi une cible.

Turner mit quelques secondes pour assimiler ce qu'elle venait d'entendre.

Boum !

Une série de tirs explosèrent derrière elle. Puis elle sentit des mains puissantes la saisir sous les aisselles, la tirer en arrière, détacher ses doigts du linge qui comprimait la blessure de Victoria.

— Non, hurla Turner en se débattant, je dois l'aider !

— Tu ne peux pas l'aider, dit John à son oreille, tu vas seulement te faire tuer.

Il la traîna presque jusqu'à la porte d'entrée de l'immeuble. Une jeune femme, officier de police, couvrait leur retraite, arrosant d'un tir nourri l'endroit où le sniper était dissimulé mais que Turner ne parvint pas à localiser.

— Tiens-toi éloignée des vitres, dit John à Turner une fois à l'intérieur du bâtiment.

Il tourna les talons et ressortit aussitôt pour affronter le feu du tireur. Turner savait qu'il voulait porter secours à Victoria, mais égoïstement, elle mourait d'envie de le retenir auprès d'elle.

— Venez-vous asseoir ici, miss, lui dit un officier de police aux cheveux gris en la prenant fermement par le bras. Il l'installa sur un banc en marbre et resta debout devant elle, prêt à contrer toute velléité de fuite.

Elle n'avait aucune envie de fuir, John était toujours dehors, que faisait-il ? Avait-il localisé le tireur ? Avait-il été blessé ?

Elle poussa un gémissement et joignit les mains – *Oh, s'il vous plaît, faites que John soit indemne.*

Comme en réponse à sa prière silencieuse, les portes s'ouvrirent et la jeune officier de police entra en soutenant les deux femmes qui déjeunaient sur le muret quelques minutes avant que la fusillade éclate. John les suivait, portant Victoria. Il lança un regard perçant à Turner puis s'adressa au policier qui montait la garde près d'elle.

— Elle est blessée. Avez-vous appelé les secours ?

— Oui, répondit le policier qui l'aida à allonger Victoria sur le sol, ils seront là d'ici quelques minutes.

Victoria avait les yeux fermés. Turner se dit qu'elle était peut-être évanouie.

La femme policier parlait dans son talkie-walkie, Turner vit que ses mains tremblaient. John s'approcha de la vitre pour regarder à l'extérieur, il tenait toujours son pistolet.

— Il ne tire plus, dit-il, je pense qu'il est parti.

— Attendez du renfort, lui conseilla le plus vieux policier.

— Il va essayer de s'enfuir, protesta John.

— Oui, mais il va vous tirer dessus et une fois que vous serez mort, vous serez bien avancé.

John grimaça en scrutant toujours les alentours. On entendit des sirènes au loin, dont le hurlement s'intensifia à mesure qu'elles se rapprochaient. La femme policier quitta les deux personnes qu'elle avait secourues et vint aux nouvelles.

— Il tire encore ?

— Non, répondit John, pas depuis que j'ai ramené miss Hastings.

Il réfléchit un moment, puis eut l'air de se décider :

— Protégez mes arrières, ordonna-t-il.

Et il sortit à nouveau.

Turner baissa les yeux vers ses mains. Elles étaient couvertes de sang. Elle plia les doigts, sentant la viscosité poisseuse qui les enveloppait. Si elle ne lui avait pas donné rendez-vous, Victoria n'aurait pas été blessée. À cette heure-ci, la jeune femme serait sans doute en train de déjeuner tranquillement. John réapparut, suivi d'un groupe de policiers et de membres de l'équipe de secours. Turner n'entendit pas ce qu'il disait mais elle imagina qu'il leur expliquait la situation et leur donnait des ordres. Quoi qu'il en soit, cela lui était bien égal, le plus important était qu'il ne soit pas blessé. C'est tout ce qui comptait à ses yeux.

Il se matérialisa soudain devant elle, fronçant les sourcils.

— J'ai besoin d'un médecin ici, appela-t-il.

— Je vais bien, murmura Turner, mais il ignora ses propos.

Une jeune auxiliaire médicale se précipita vers elle et lui prit sa tension.

— Je vais bien, répéta Turner en s'adressant à elle.

La jeune femme, dont le visage était couvert de boutons d'acné, lui adressa un sourire professionnel et répondit :

— Je m'assure qu'il n'y a pas de souci, c'est tout, cela ne coûte rien, n'est-ce pas ?

— Non, c'est vrai, reconnut Turner.

John s'éloigna pour échanger quelques mots avec les policiers mais il lui jetait de rapides coups d'œil. Il avait toujours les sourcils froncés. Victoria fut évacuée sur une civière, un infirmier courait derrière elle en tenant en l'air une potence de perfusion. Turner tenta de capter son regard mais elle avait toujours les yeux fermés et son visage était couvert de sueur.

— Est-ce que ça va aller ? demanda Turner à l'auxiliaire médicale.

— Votre amie ? La balle a touché l'épaule et elle a perdu pas mal de sang mais elle va s'en sortir.

Le hall se remplissait peu à peu, des personnes en civil pour la plupart mais portant l'insigne des forces de police. Un jeune homme mince s'approcha de John et lui tendit un papier chiffonné. John acquiesça à ce qu'il lui disait.

— Tenez, dit la femme policier à Turner en lui mettant entre les mains une bouteille de jus d'orange. Buvez-en un peu, cela vous fera du bien.

Turner se demanda où elle l'avait trouvée. Elle détestait le jus d'orange mais elle obéit, dévissa le bouchon et but une gorgée.

— Merci, dit-elle à la jeune femme.

L'auxiliaire médicale qui commençait à ranger ses instruments eut un sourire. John fixait toujours Turner et les plis soucieux de son visage s'accentuèrent. Il interrompit le jeune homme et lui tendit un jeu de clés, puis il prit un sac en papier des mains d'un autre policier et s'approcha de Turner.

— Ça va ? demanda-t-il à l'auxiliaire médicale.

— Oui. Elle est un peu secouée mais c'est nerveux, répondit-elle, comme si Turner n'était pas là. Assurez-vous qu'elle termine bien son jus d'orange.

— Compris, dit John, merci.

— Je vous en prie.

L'auxiliaire médicale tourna les talons et alla proposer ses services aux deux femmes qui déjeunaient sur le muret.

— Enfile ça, dit John à Turner en lui tendant une robe en jean qu'il venait de sortir du sac en papier.

Cela ressemblait à une de ces robes housses que portent les institutrices de maternelle.

Turner le regarda d'un air idiot. Où avait-il dégoté un truc pareil ? John dit quelque chose à mi-voix et se mit devant elle pour faire écran. Il sortit du sac un tee-shirt blanc à manche longues. C'est alors qu'elle se rendit compte qu'elle ne portait sur le haut du corps que son soutien-gorge. Il lui enfila le tee-shirt et fit de même avec la robe. Turner se laissait faire passivement, se contentant de lever les bras, comme un enfant endormi que sa mère doit habiller. La robe était beaucoup trop grande pour elle mais elle couvrait tout son corps, y compris son pantalon. La touche finale fut un grand chapeau de paille dont il la coiffa.

— Partons d'ici, dit-il en lui prenant le bras et en l'aidant à se lever.

Elle fut surprise de sentir ses jambes se dérober sous elle.

Ils passèrent devant les policiers et le personnel médical et sortirent par les portes vitrées.

Dehors, le soleil brillait comme si de rien n'était. Comme s'il n'y avait pas eu de fusillade.

Sauf que, sur les pavés de l'esplanade, s'étalait une grande tache de sang.

41

Turner avait l'impression d'avoir vieilli de vingt ans en quelques heures. Il lui semblait qu'elle ne pourrait jamais plus sourire de sa vie. John jura entre ses dents, il aurait volontiers donné sa main droite pour pouvoir remonter le temps et effacer les événements qui venaient de se produire.

Il serra fermement le bras de Turner et lui fit traverser l'esplanade au pas de course. Bien qu'il eût pris soin de vérifier que les lieux étaient sûrs, il se sentait tout de même trop exposé. Les policiers avaient trouvé l'endroit d'où le sniper avait tiré, trahi par des mégots de cigarette et une photo de Victoria Weidner, tirée d'un listing d'ordinateur. Le tireur avait disparu mais John ne voulait pas courir le risque que ce salopard revienne terminer son travail. La Crown Vic les attendait à l'angle de la rue, amenée là par un policier de Madison.

— Vous ne m'aviez pas prévenu pour le chien, dit celui-ci à John d'un air irrité.

— Désolé, marmonna John.

John installa Turner sur le siège passager et fit le tour de la voiture pour prendre le volant. Le policier lui tendit les clés.

— Merci.

— Je vous en prie, répondit celui-ci en adressant un regard curieux à Turner.

Puis il repartit aussitôt au pas de course vers l'immeuble où l'on s'agitait encore beaucoup.

John verrouilla les portières, démarra et s'éloigna. À l'arrière, Glapy gémit et Turner tendit la main pour le caresser distraitement. C'est alors qu'elle se rappela que sa main était couverte de sang, elle la retira et la mit sur ses genoux. Elle ne posa aucune question, ne cherchant pas à savoir où il l'emmenait. Il sortit de Madison et prit la I-94 vers l'est. De temps en temps, il lui jetait un coup d'œil mais il ne croisa pas son regard, elle avait les yeux baissés sur ses mains, se frottait les doigts puis regardait droit devant elle, comme hypnotisée. Ce ne fut que plus d'une heure plus tard, lorsqu'ils atteignirent les faubourgs de Milwaukee, qu'elle sembla revenir à elle et qu'elle ouvrit enfin la bouche.

— Est-ce que je suis en état d'arrestation ?

— Non, répondit-il en fronçant les sourcils.

— Pourquoi ? dit-elle sur le même ton qu'elle eût employé pour demander s'il allait pleuvoir.

— Parce que.

Parce qu'il avait décidé de jouer selon ses propres règles à lui et tant pis si cela emmerdait sa hiérarchie. Il sentait son regard peser sur lui.

— C'est ma faute si Victoria a été blessée, tu devrais m'arrêter.

— Non, dit-il en mettant son clignotant pour dépasser un camion. Non, ce n'est pas ta faute si madame Weidner a été blessée, et non, je ne vois pas pourquoi je t'arrêterais.

— Mais…

— Écoute, c'est cet enfant de salaud planqué sur le toit qui a tiré sur Victoria Weidner, personne d'autre, dit-il, conscient de la frustration et de la culpabilité qui perçaient dans ses mots, mais c'était plus fort que lui, il ne pouvait contenir sa rage. C'est lui qui l'a blessée. Point. Mais si tu veux parler de torts, de fautes et de ce genre de choses, vas-y, ne te gêne pas. Je suis chargé de cette affaire, bon Dieu, et je savais que tu avais un tueur aux trousses. J'aurais pu – j'aurais dû – empêcher madame Weidner de venir à ce rendez-vous avec toi dans un endroit public. Mais je ne l'ai pas fait, n'est-ce pas ? Et maintenant, elle est à l'hôpital.

Turner garda le silence quelques minutes. Il crut que ces mots durs l'avaient blessée.

— Tu jures beaucoup quand tu es énervé, non ?

— Euh, oui, c'est possible, répondit-il un peu calmé.

— Ce n'est pas non plus ta faute, John, dit-elle doucement. Tu ne pouvais pas savoir qu'il serait là.

C'était discutable. En tant que professionnel, il aurait dû anticiper cette éventualité, s'assurer que les alentours étaient sécurisés et qu'il n'y avait pas de danger. Ce ratage s'ajouterait à la longue liste des choses qu'il se reprocherait jusqu'à la fin de sa vie. Mais il ne voulait pas discuter de cela avec Turner pour le moment. Ce qui lui importait le plus, c'était qu'elle lui parlât à nouveau.

— Comment te sens-tu ? lui demanda-t-il.

Elle ne répondit pas directement à sa question, encore sous le coup du choc qu'elle venait de subir.

— Comment savait-il sur qui il devait tirer ? Je veux dire, je sais que mon déguisement n'était pas extraordinaire, mais tout de même, de si loin, je ne pense pas que j'étais reconnaissable.

— La police a trouvé une photo de madame Weidner sur un des toits, dit John.

— Victoria ? C'est à elle qu'il en voulait ? Je croyais que c'était moi sa cible.

— Il n'en avait pas après elle, précisa John qui s'en voulut de la détromper mais qui estimait qu'elle devait savoir la vérité. Nous sommes quasiment certains que c'est toi qu'il visait.

— Alors il a tiré sur elle par erreur ?

— On dirait bien.

— Alors, pourquoi avait-il une photo de Victoria ?

— Pour t'identifier.

— Quand je me suis avancée vers elle, il a su que c'était moi. Mais comment... savais-tu que je serais là ?

— Je le savais parce que madame Weidner nous a téléphoné hier matin.

— C'est ce que je craignais, mais je devais courir le risque, dit-elle en grimaçant.

Il était impressionné, non seulement par sa logique en de pareilles circonstances, mais aussi par son énergie et sa détermination.

Elle n'insista pas, apparemment désireuse d'oublier le tueur ou simplement épuisée par ce qu'elle venait de vivre, et préféra changer de sujet. Elle regarda avec curiosité le quartier qu'ils étaient en train de traverser.

— Si tu ne m'arrêtes pas, alors où m'emmènes-tu ?

— À la maison, dit-il en mettant son clignotant.

Il sentit son regard peser sur lui pendant qu'il s'engageait sur le parking de son immeuble. Il se gara, sortit, fit le tour de sa voiture et ouvrit sa portière.

— J'imagine qu'emmener les suspects chez soi est une procédure habituelle au FBI, dit-elle ironiquement.

— Très drôle ! Tu sais très bien que ce n'est pas le cas, répliqua-t-il en faisant descendre Glapy à son tour, lequel s'empressa d'arroser le tronc du premier arbre venu.

— Est-ce que les chiens sont autorisés dans ta résidence ?

— Maintenant, ils le sont, répondit-il en attrapant le danois par son collier. Est-ce que tu as une laisse ?

— Non, je n'ai pas eu le temps de la prendre chez Hyman.

— Il faut qu'on en achète une, murmura-t-il en entraînant Glapy qui aurait bien poursuivi son tour de quartier.

Il le tint par le collier jusqu'à l'entrée de l'immeuble et passa devant Turner pour lui montrer le chemin. Arrivé devant son appartement, il dut jongler entre ses clés et le collier de Glapy pour ouvrir la porte. Il fit signe à Turner de ne pas bouger, lâcha le chien et fit une rapide inspection des lieux. Quand il revint, la jeune femme était toujours dans l'entrée.

— Tu inspectes toujours ton appartement quand tu rentres chez toi ? demanda-t-elle d'un air curieux.

— Euh, non, répondit-il en refermant la porte d'entrée et lui faisant un geste pour l'inviter à passer au salon. Veux-tu boire quelque chose ? proposa-t-il en se demandant s'il avait vraiment quelque chose à boire.

— Non, merci. En fait, dit-elle les yeux à nouveau baissés sur ses mains, est-ce que je peux utiliser ta douche ?

— Bien sûr, c'est par ici.

Bon sang, à quand remontait le dernier nettoyage de la salle de bains ? Il ne s'en souvenait pas et espérait que Turner ne serait pas révulsée par l'état de la douche. Il lui donna des serviettes de toilette – Dieu merci il était passé à la laverie – et lui montra le chemin. Elle lui sourit et lui ferma la porte au nez. John retourna dans le salon et trouva Glapy confortablement installé sur le canapé.

— Mon vieux, il va falloir qu'on parle tous les deux, lui dit-il en lui faisant les gros yeux.

Pour toute réponse, le chien se contorsionna et se mit sur le dos les pattes en l'air.

— Très joli, mais je veux que tu descendes de là, dit John en lui indiquant le sol.

Glapy soupira et s'extirpa du canapé en prenant tout son temps. Il tourna sur lui-même et s'allongea au beau milieu du passage. John eut l'impression qu'il pourrait y passer la journée, mais il avait mieux à faire que d'empêcher Glapy d'occuper tout son territoire. En soupirant, il prit son téléphone et appela d'abord le policier de Madison qui lui avait amené la voiture au bas de l'immeuble quelques heures auparavant. Il écouta son rapport sur l'enquête en cours d'une oreille distraite, préoccupé par les sons qui provenaient de la salle de bains. Le deuxième appel fut pour Torelli.

— Allô ? répondit ce dernier.

— Il y a eu une fuite, dit John sans prendre la peine de se présenter.

— Comment ?

En quelques mots, John raconta la fusillade à Torelli.

— Merde ! s'exclama ce dernier pour tout commentaire.

C'était la première fois que John l'entendait jurer.

— L'information sur le lieu et l'heure de la rencontre entre les deux femmes a transpiré. Ce type savait avec qui et à quelle heure Turner avait rendez-vous. Il avait une photo de madame Weidner.

— Ce n'est pas moi.

John fronça les sourcils, surpris par la réaction de Torelli. Cela lui donnait à penser.

— Vraiment ? demanda-t-il pour tester son jeune assistant.

— Je vous en prie Mac, vous ne pensez pas sérieusement que je pourrais compromettre une enquête en laissant s'échapper ce genre d'information ?

John ne répondit pas. Il s'approcha de la porte de la salle de bains, à l'écoute de ce qui se passait à l'intérieur. Est-ce que Turner… ?

— Je n'y crois pas ! s'exclama Torelli.

Elle pleurait.

Il entendait ses sanglots à peine couverts par le bruit de la douche. Merde. Il devait la laisser seule et respecter son intimité. Turner était quelqu'un de très secret et serait certainement gênée qu'il sût qu'elle pleurait.

— Vous m'en voulez depuis l'affaire Bertram. Simplement parce que j'ai partagé mes inquiétudes…

— Bon, Torelli, je dois y aller, dit John qui lui coupa la parole et lui raccrocha au nez.

Le portable se remit aussitôt à sonner, mais il le jeta sur le canapé.

Que cela plaise ou non à Turner, il ne pouvait pas rester derrière la porte à l'écouter pleurer sans rien faire.

Il entra dans la salle de bains.

42

Le sang ne partait pas.

Debout sous la douche, Turner se frottait les mains frénétiquement comme une Lady Macbeth démente. Le sang devenu noir restait incrusté sous deux ongles et elle ne parvenait pas à l'enlever. Elle ne s'aperçut qu'elle sanglotait que lorsque John ouvrit le rideau de douche et la prit dans ses bras.

— Arrête, tu te fais du mal, dit-il.

— Je n'arrive pas à l'enlever.

Il la considéra avec compassion et comprit ce qu'elle voulait dire.

— Laisse-moi faire, dit-il en lui retirant le gant de toilette.

Alors, il entra tout habillé dans la douche et lui lava les mains avec douceur. Elle se laissa faire, les yeux fixés sur le visage de John qui avait l'air sombre et les traits tirés. Il rinça le gant, remit du savon dessus et frotta de nouveau.

— Ça va ? demanda-t-il.

Il attendait sa réponse, sa chemise complètement trempée lui collant au corps.

Turner savait que si elle lui disait qu'il en restait encore, il recommencerait à lui frotter les mains. Autant de fois qu'il le faudrait, jusqu'à ce qu'elle s'apaise et qu'elle se sente lavée du sang versé. Sa gorge se serra, personne, jamais, n'avait pris soin d'elle de cette façon, avec autant de tendresse et de douceur. Il donnait l'impression de savoir ce qu'il fallait faire alors qu'elle-même l'ignorait. Elle se sentit coupable, elle n'était pas digne de toutes ces attentions, elle ne les méritait pas. Mais comme il attendait toujours une réponse, elle hocha la tête.

— Bien, répondit John d'un air plus détendu.

Il enleva sa chemise et la laissa tomber dans le bac de la douche. Puis il reprit le gant. Turner se sentit soudain intimidée, complètement nue devant lui qui portait toujours son pantalon.

— Ce n'est pas la peine de… commença-t-elle.

— Je sais, l'interrompit-il, s'il te plaît ?

Les rides autour de sa bouche étaient profondes, lui aussi venait de traverser des moments éprouvants qui avaient dû lui rappeler de mauvais souvenirs. Il avait assisté à la fusillade sans pouvoir intervenir. Pour un homme comme John, cela avait dû être une épreuve particulièrement difficile.

— Oui, dit-elle.

Elle ferma les yeux parce qu'elle ne pouvait supporter de le voir toucher son corps nu. Elle sentit d'abord le gant de toilette sur ses mains, doucement. Il commença par dessiner de petits cercles sur la paume de sa main droite. Elle soupira, attentive aux sensations qui parcouraient sa peau, totalement concentrée sur ses émotions. Le gant remonta sur son bras en un lent mouvement tournant. Puis il s'interrompit et la main de John guida son bras sous le jet tiède de la douche. Elle sentit l'eau frapper sa peau, comme des dizaines de têtes d'épingle. Elle eut l'impression que la peur et la culpabilité se dissolvaient dans cette pluie bienfaisante autour d'elle, tourbillonnaient dans le bac à douche et disparaissaient dans les canalisations. John prit sa main gauche et répéta les mêmes gestes. Puis le gant se déplaça sur son cou, et elle étira la tête en arrière pour le laisser atteindre sa gorge. Il frotta doucement ses épaules et ses seins puis son ventre, décrivant des petits cercles autour de son nombril. Elle sentit des frissons dans le bas-ventre et retint sa respiration. Il la rinça, aspergeant tout son corps avec le jet tiède. Il avait dû détacher la pomme de son support mural parce qu'elle n'eut pas à bouger. Debout sous la douche, totalement passive comme un mannequin, elle le laissa la laver de tous ses péchés. Un mannequin n'a pas de sentiments – pas de culpabilité, ni de rage, ni de peur. Il ne ressent rien, pas même l'amour. C'était bon de pouvoir s'offrir ce luxe, de faire abstraction de ses émotions et de le laisser faire. Quand il passa à ses hanches puis à ses jambes, elle garda les yeux fermés. Il lui lava les pieds, savonnant chacun de ses orteils, puis il les rinça. Elle sentit qu'il se relevait et changeait de position. Il passa sa main sur son front et lui fit pencher la tête en arrière, l'eau coula sur sa tête et il lui massa les cheveux avec du shampoing. Turner sourit, cela devait être un produit bon marché jugea-t-elle à son odeur de fraise chimique. Une odeur d'enfance. Il la rinça soigneusement et elle se prépara à revenir dans la réalité. Ouvrir les yeux, sortir de la douche et reprendre ses responsabilités de femme adulte.

— Attends, murmura-t-il, je n'ai pas fini.

Elle sentit ses doigts sur son visage. Elle aspira une bouffée d'air en silence. Ils parcoururent ses lèvres et elle en eut la chair de poule, parfaitement consciente de ses seins qui se dressaient, leur pointe durcie. Il frôla sa bouche, la caressant légèrement et avec fermeté. Puis, du bout des doigts, l'eau dégoulinant toujours sur elle, il lui massa le visage, remontant vers les tempes puis redescendant vers le nez. Il traça délicatement le contour de ses narines et effleura doucement ses paupières fermées. Elle tressaillit et il recommença, ce qui, bizarrement, l'apaisa. Enfin, il prit son visage entre ses mains et caressa son front comme pour effacer de sombres pensées.

Puis il enleva ses mains.

Elle resta debout, immobile, les yeux fermés. Personne ne l'avait jamais touchée d'une manière aussi intime, et aussi possessive. La pensée que cela aurait dû l'effrayer lui traversa l'esprit. Venant d'un autre que John, cela aurait été le cas, mais elle ressentait comme une évidence qu'il avait le droit de faire tout cela. De la toucher comme il en avait envie. Elle avait atteint avec lui un niveau d'intimité qu'elle n'avait jamais connu avec qui que ce fût.

Il reprit son visage entre ses mains et recommença à la caresser mais cette fois avec les lèvres, l'effleurant et la frôlant aux mêmes endroits que ses doigts auparavant. Elle pencha la tête en arrière et il posa ses lèvres sur les siennes, l'embrassant légèrement. Son baiser lui sembla à la fois plus doux et plus assuré que la nuit précédente. Elle ouvrit la bouche, leur étreinte se fit plus profonde et il colla son corps contre le sien. Il était nu – il avait dû se déshabiller quand elle avait les yeux fermés – et elle sentit qu'il la désirait. Mais il ne profita pas de la situation. Il se pressa contre elle, et ce contact lui parut naturel. Elle le prit dans ses bras et le serra contre elle. C'était le signal qu'il attendait. Il se détacha d'elle et la prit dans ses bras pour la faire sortir de la douche. Turner ouvrit les yeux quand il la reposa au sol pour draper une serviette autour d'elle et une autre autour de ses cheveux. Puis il la porta jusqu'à la chambre meublée, en tout et pour tout, d'un immense lit où il la coucha après en avoir ouvert les draps. Il la sécha, puis il rabattit les draps sur elle et se sécha à son tour. Allongée dans les draps frais, Turner le regarda. Il était toujours en érection mais son visage avait une expression fermée et indéchiffrable. Elle se souvint que cet homme était un agent du FBI qui arrêtait des gens et qui évoluait dans un monde étranger au sien. Lorsqu'il écarta les draps, elle lui ouvrit les bras. Malgré la façon dont il s'était occupé d'elle sous la douche, elle ne se sentait ni particulièrement sexy ni attirante mais, visiblement, ce n'était pas son avis à lui et elle voulait lui rendre un peu de la tendresse qu'il lui avait donnée. John s'allongea sur le dos et l'attira vers lui. Elle se blottit contre lui et caressa son torse puis sa main descendit vers son ventre. Mais il intercepta son geste. Étonnée, elle redressa la tête pour le regarder.

— Plus tard, pour l'instant, on devrait dormir un peu, dit-il en lui embrassant le bout des doigts.

Puis il entrecroisa ses doigts avec les siens, posa sa main sur sa poitrine et ferma les yeux. Turner le regarda un instant en silence, puis elle aussi s'abandonna au sommeil.

43

Calvin Hyman repoussa une frite froide sur le bord de son assiette et écouta son directeur de campagne d'une oreille distraite.

— On va remporter cette élection les doigts dans le nez, Calvin, je suis très confiant, disait Stan, mais il reste quelques petites choses que nous devons revoir. Les primaires ne sont que dans une semaine et l'opposition remonte dans les sondages, j'ai vérifié.

— Comment ? demanda Calvin en se redressant.

Il fit un effort surhumain pour revenir au sujet, obsédé qu'il était de savoir si Hank avait pu se rendre à temps à Madison.

— Je croyais que c'était dans la poche ? On a l'appui de Mason Carter, oui ou non ? Pourquoi baisserais-je dans les sondages ? demanda-t-il à Stan.

Avec sa curieuse mèche grise et crépue rabattue sur son crâne chauve et sa petite moustache, nul n'aurait pu deviner que ce type avait autant de cœur et d'humanité que le gardien d'un camp nazi, se dit Calvin.

— L'appui de Mason Carter, c'est de l'or, Cal, de l'or pur, dit Stan avec condescendance, mais votre adversaire est jeune, il présente bien et il parle comme s'il était déjà dans la place. Et par-dessus le marché, il a un très bon contact avec les gens.

— Moi aussi, observa Calvin avec humeur.

— Bien sûr, Calvin, dit Stan en grimaçant, je n'ai jamais dit le contraire. Il faut simplement que nous travaillions un peu plus sur la façon dont vous êtes perçu. Il faut vous assouplir, perdre en rigidité, être moins strict. Vous pourriez porter des jeans de temps en temps, embrasser des enfants, dit Stan en attrapant le bras d'une serveuse au passage. Vous pouvez me réchauffer mon café, mon ange ?

Ils s'étaient retrouvés pour un dîner rapide au Grill la Friture, dans la rue principale de Winosha. L'endroit s'enorgueillissait d'une carte unique qui tenait sur une seule page plastifiée et proposait une batterie de sandwichs d'une banalité à pleurer et de burgers qui avaient tendance à tous se ressembler. Mais il fallait se montrer dans des endroits comme celui-là. Il devait jouer le type qui vit comme tout le monde : c'était bon pour son image et cela pourrait lui rapporter des voix ; tous ceux qui étaient attablés autour de lui étaient des électeurs potentiels. La porte s'ouvrit sur le shérif Clemmons et le jeune agent du FBI. Ce dernier jeta un regard circulaire autour de lui et ses lèvres dessinèrent une moue de dégoût, comme si ses narines délicates venaient de percevoir une odeur nauséabonde, comme si, dans un petit restaurant du nord-est du Wisconsin, il s'attendait à déguster des bruschette accompagnées d'un chardonnay français. Lorsqu'il croisa le regard de Calvin, le shérif leva les yeux au ciel. Cindy, la plus âgée des serveuses, revint à leur table chargée d'un pot de café et remplit leurs tasses.

— Salut, Cal. Shannon est passée il y a une demi-heure, elle te cherchait, elle avait l'air très énervée.

« Cal » se demanda pourquoi tout le monde soudain raccourcissait son prénom. Quant au fait que Shannon le cherche, cela n'avait rien d'étonnant, elle avait sans doute encore dégoté un nouveau cache-pot en forme de cochon et voulait probablement lui demander de l'argent pour compléter son inestimable collection.

— Merci de me prévenir, Cindy, répondit Calvin avec un sourire, je suis sûr que cela n'a rien d'urgent.

— Eh bien, je ne sais pas, dit Cindy en faisant demi-tour, les semelles de ses chaussures orthopédiques claquant sur le sol. Elle a dit quelque chose à propos de la banque.

— Quoi ? s'écria-t-il, soudain affolé ; son cri fit sursauter Cindy qui aspergea son uniforme de café.

Stan lui jeta un regard désapprobateur, mais Calvin était trop préoccupé pour en tenir compte.

— Qu'est-ce qu'elle a dit à propos de la banque ?

Cindy fit bouffer sa permanente orange.

— Ben, je ne me souviens pas vraiment, elle a juste parlé de la banque. Peut-être que les braqueurs ont été arrêtés, c'est ça, non ?

Calvin essaya de se détendre, il possédait déjà cette information, il savait que Nald et Fish avaient été interpellés.

— Il y a un problème, Cal ? demanda Stan.

— Non, non, répondit Calvin qui se força à prendre un ton détaché et but une gorgée de café. J'ai simplement été pris au dépourvu, je crois que depuis le hold-up je suis très nerveux dès que l'on me parle de la banque. Heureusement qu'ils ont mis fin aux agissements de ces deux minables.

Il sourit en voyant le shérif approcher.

— Je suppose que vous êtes tous au courant de la fusillade à Madison ?

Calvin sentit une bouffée d'espoir fou. Enfin une bonne nouvelle ! Il leva les sourcils en s'efforçant de prendre un air horrifié, celui de « l'homme politique et candidat inquiet pour ses concitoyens ».

— Mon Dieu, non, que s'est-il passé ?

Clemmons tira une chaise et s'assit lourdement à leur table.

— Il semble qu'il y ait eu une fusillade sur l'esplanade du Capitole.

— Non ! s'exclama Cindy en revenant vers eux, tenant toujours son pot de café dans une main.

— Malheureusement, c'est la vérité, dit Clemmons en hochant la tête. Une jeune femme qui travaille au bureau du procureur fédéral a été touchée.

— J'ai toujours dit qu'il ne fallait pas laisser les personnes âgées manipuler des armes, glapit Cindy en faisant de grands gestes avec son pot, à moins que ce soit un de ces étudiants étrangers qui vont à l'université de Madison. Vous savez qu'ils leur laissent acheter des armes à feu ?

— Voilà pourquoi il faut voter pour Calvin, intervint Stan avec enthousiasme, ignorant apparemment que son candidat s'était prononcé en faveur du port d'armes. Il faut absolument nettoyer les rues de l'Amérique de ces fous dangereux, et Calvin Hyman est justement favorable à des peines plus lourdes et à un raccourcissement du temps passé dans le couloir de la mort.

— En fait…, commença le shérif Clemmons.

— Y a-t-il eu d'autres blessés ? interrompit Calvin fébrilement.

Clemmons prit tout son temps pour répondre et but d'abord une gorgée de café.

— Non, dit-il enfin.

Merde.

Hank avait raté son coup. Turner était donc toujours en vie. Calvin prit sur lui pour garder son calme. Comment allait-il régler cette affaire ? En plus, il était en pleine campagne électorale…

— Ça y est ! Je me souviens de ce que Shannon voulait te dire ! s'exclama Cindy en claquant les doigts subitement.

— Quoi ? demanda Calvin dont les réflexions angoissées furent interrompues.

— L'audit de la banque ! pépia Cindy joyeusement, il aura lieu demain !

44

Turner sentit la chaleur de l'homme contre son dos et poussa un profond soupir.

Un soupir de contentement.

Elle n'avait pas senti cela depuis… elle était incapable de s'en souvenir tellement c'était loin. Elle avait l'impression d'être un chat lové bien au chaud chez lui, près de la cheminée et ronronnant d'aise. Ce qui était une image un peu niaise parce que tout d'abord elle n'était pas un chat – peu importait ce que John pensait –, et ensuite elle n'était pas chez elle.

Cette idée lui fit ouvrir les yeux. La pièce était plongée dans une semi-obscurité. Elle distinguait une table de chevet, du genre de celles que l'on trouve dans les motels modestes. Une lampe au pied en métal était posée dessus, à côté d'un réveil digital sur lequel elle put voir qu'il était 20 h 16. Ils avaient donc dormi tout l'après-midi. Près du réveil était posé un livre dont elle ne parvint pas à lire le titre. Elle le fixa pendant quelques instants, mais sa curiosité naturelle l'emportant, elle tendit un bras nu de dessous les couvertures et attira le livre à elle. C'était *Cold Service* de Robert B. Parker avec en sous-titre : *Les jours du défi : Sumter, Sécession et le début de la guerre civile.* Tiens tiens, c'était plutôt intello pour un agent du FBI. Elle retourna le livre et commença à lire la quatrième de couverture. Le bras masculin qui reposait sur son ventre se mit à bouger.

— Tu aimes Robert B. Parker ? demanda John d'une voix rauque et encore ensommeillée.

— Pas vraiment, dit-elle en reposant le volume et en se lovant dans ses bras. Il écrit des livres d'hommes.

Turner le regarda. Il avait des poches sous les yeux, des traces d'oreiller imprimées sur la joue, une barbe naissante et ses cheveux poivre et sel étaient tout ébouriffés. Mon Dieu, comment pouvait-il être à ce point sexy ?

— Des livres d'hommes ? demanda-t-il d'un air interrogateur.

— Tu sais bien, des armes, de la bagarre et des femmes avec de gros seins.

— Et quelle conclusion tires-tu de ce que tu vois sur ma table de chevet ?

— Que tu aimes les livres historiques sur la guerre.

— Rien d'autre ?

— Non. J'oublie quelque chose ? demanda-t-elle, le regard fixé sur ses lèvres.

Ils étaient nus tous les deux et allongés dans les bras l'un de l'autre. Elle sentait la chaleur de ses cuisses contre les siennes. Peut-être était-il trop fatigué ? Il bougea la jambe et il devint clair que ça n'était pas le cas le moins du monde.

— Tu sais, continua-t-il comme si de rien n'était, une table de chevet peut fournir une multitude d'informations sur quelqu'un.

— Comme quoi ? demanda-t-elle en passant une jambe par-dessus sa hanche.

— Les gens rangent beaucoup de choses dans ces petits meubles et…

Elle fit mentalement l'inventaire des menus objets qu'elle avait pu y placer dans sa propre chambre. Pas grand-chose, lui semblait-il, à part quelques pastilles pour la toux.

— … des pistolets, des médicaments, des vibromasseurs en forme de lapin…

— En forme de lapin ? demanda-t-elle ébahie.

De toute façon, elle n'était pas concernée, elle n'avait pas de vibromasseur, en forme de lapin ou non.

— … des journaux intimes, de la littérature érotique féminine…

— De la littérature érotique… ? commença-t-elle avant de s'interrompre soudain au souvenir du livre rangé dans sa table de chevet.

Le livre avec les trois histoires… Oh, mon Dieu. Était-il possible qu'il l'ait lu ? Elle toussota et demanda :

— Et en quoi ce genre de choses peut-il intéresser un agent du FBI ?

— C'est drôle justement que tu le demandes, dit-il en lui caressant le bras et en remontant sa main jusqu'à la jonction entre sa nuque et son épaule. Après une étude détaillée d'un certain livre érotique sur lequel je suis tombé récemment, poursuivit-il d'une voix basse et intime, il apparaît que les jeunes femmes aiment particulièrement les très gros pénis. Et de préférence en plusieurs exemplaires en même temps.

Il avait lu son livre. Elle en était sûre maintenant.

— Ce n'est qu'un fantasme, tu sais, dit-elle en essayant de garder contenance. Je ne crois pas que les jeunes femmes veuillent vraiment plusieurs, euh, partenaires en même temps.

— Tu me rassures, murmura-t-il dans son cou.

Elle frissonna.

— Mais reste la question de la taille, poursuivit-il. Les dimensions dont il est fait mention dans ce livre érotique sont vraiment très impressionnantes. On dirait que l'un des types a été victime d'une poussée d'hormones incontrôlée.

— Et c'est cela qui t'a étonné ? demanda-t-elle amusée.

— Non, dit-il en caressant ses seins.

Ses doigts s'attardèrent sur ses mamelons qui se dressèrent. Elle se cambra involontairement alors qu'un spasme délicieux parcourait son corps. Il poursuivit comme si de rien n'était :

— Mais je t'avoue que j'ai été déçu de constater à quel point les femmes sont terre à terre. Je croyais qu'elles étaient plus romantiques que cela.

— Tiens ! Comme si les hommes ne s'intéressaient pas aux belles poitrines !

— Oui, bien sûr, dit-il en fronçant les sourcils et faisant mine de réfléchir intensément.

Il frotta doucement avec son pouce les pointes tendues de ses seins, comme pour accentuer ses propos.

— Mais cela dit, tous les hommes ne sont pas obsédés par leur volume… ajouta-t-il.

— Oh !

— Et un homme pourrait avoir des complexes après avoir lu ces histoires remplies d'énormes pénis.

— Un complexe ? Tu veux dire d'infériorité ? demanda Turner ébahie. Je ne crois vraiment pas que tu aies à craindre quoi que ce soit dans ce domaine !

— Merci, chère madame, cela me fait plaisir de vous l'entendre dire, plaisanta John.

Elle ouvrit la bouche pour lui rabattre son caquet, mais il se pencha vers elle et l'embrassa, alors ce qu'elle voulait lui dire n'eut plus aucune importance. Ses lèvres étaient fermes et douces, il s'emparait d'elle avec sensualité, lui mordillant les lèvres puis les effleurant à peine. Turner soupira et il en profita pour introduire sa langue dans sa bouche. Elle était à la fois exigeante et possessive, l'envahissant avec autorité. Il s'amusa de son impatience, allant et venant entre ses lèvres comme s'il voulait échapper à tout contact prolongé jusqu'à ce que, n'y tenant plus, elle s'accroche à son cou et attire sa bouche vers la sienne, leurs deux souffles se mêlant enfin, alors qu'elle caressait son dos. Il changea de position et elle perçut le mouvement de ses muscles sous sa peau. Il s'allongea sur elle, les hanches rivées aux siennes, elle eut le sentiment d'être clouée au lit. Puis il glissa une jambe entre les siennes, forçant le passage, et elle sentit les poils des jambes de John contre la chair tendre à l'intérieur de ses cuisses. Elle était vulnérable. Offerte. Et cette idée l'excita incroyablement. Il remonta un peu plus sa jambe et la pressa contre son sexe, elle écarta davantage les siennes et sentit les lèvres de son sexe s'ouvrir. Il frotta lentement sa cuisse contre son clitoris.

— John, gémit-elle en interrompant leur baiser.

— Est-ce que c'est trop fort pour toi ? demanda-t-il d'un air interrogateur, comme s'il parlait de gastronomie.

Elle se mordit les lèvres. C'était si bon qu'elle ne savait pas où poser les yeux, d'autant qu'il était juste au-dessus d'elle, guettant chacune de ses réactions, tout à fait conscient de ce qu'il provoquait en elle. Son ventre était brûlant et rempli de désir, et elle était sûre qu'il sentait que la cuisse qu'il frottait contre elle était déjà humide.

— Turner, dit-il d'une voix calme, est-ce que c'est trop pour toi ?

— Je… dit-elle en s'humectant les lèvres, je ne sais pas…

Les yeux plantés dans les siens, il reprit ses caresses. Le poids de sa cuisse sur son pubis, la sensation du frottement contre la partie la plus sensible de son corps, et les lentes allées et venues contre son sexe, déclenchèrent en elle une irrésistible envie de se trémousser contre lui.

— Je ne veux pas te faire du mal, murmura-t-il, est-ce que tu as mal ?

Oh, mon… Elle cligna des yeux, essayant de comprendre ce qu'il venait de dire. Mais c'était difficile.

— Quoi ?

— Certaines femmes sont plus sensibles que d'autres, expliqua-t-il d'une voix veloutée, certaines ne supportent pas un contact direct sur leur clitoris, d'autres le peuvent. Et toi ? demanda-t-il en poussant doucement sa cuisse contre elle.

— Je… oui. Euh, oui…, bégaya-t-elle, pas très sûre de savoir de quoi il voulait parler.

Lui apparemment le savait.

— C'est bien, dit-il, alors tu vas aimer cela.

Il descendit sa cuisse afin qu'elle s'emboîte parfaitement entre ses deux jambes à elle. La sensation de plaisir s'intensifia aussitôt. Pouvait-il faire cela ? Avait-il le droit de la toucher de cette façon aussi intime ? Elle avait l'impression qu'il évoluait à des années-lumière sur le plan de la sophistication sexuelle. Était-il désinhibé à ce point pour ne ressentir aucune gêne ? Mais bien sûr, ce n'était pas lui qui…

Oh, mon Dieu, elle ne savait où poser le regard.

— Ouvre les yeux, bébé, murmura-t-il d'une voix sensuelle, je veux te voir.

Me voir ?

Rien que d'y penser, elle frissonna.

— Mais…

— Chut. Sens…

Il se mit en appui sur les coudes et posa ses deux mains sur ses seins.

— C'est bon, n'est-ce pas ? demanda-t-il.

Oui.

Ça l'était. Elle sentait qu'elle était sur le point de perdre le contrôle sur son corps, sur elle-même, sur tout.

— Sens, murmurait-il comme une incantation.

— Je…

Elle n'en pouvait plus. Chaque mouvement de la cuisse de John entre ses deux jambes à elle s'accompagnait de bruits doux et humides extrêmement gênants. Il caressa les pointes de ses seins – les deux en même temps – en intensifiant la pression de sa jambe. S'il ne l'avait pas tenue si serrée contre lui, elle aurait sauté du lit et quitté cette chambre en courant. Elle ne pouvait pas…

— Mon Dieu, si tu savais comme tu es sexy, murmura-t-il, si bas qu'elle l'entendit à peine.

Une vague d'excitation monta en elle.

— Je garderai toujours cette image de toi, ajouta-t-il d'une voix rauque, ton dos est cambré, tu es douce et vulnérable, je sens tes seins durcir sous mes doigts et ma jambe frotte contre ta chatte.

Oh, mon Dieu.

Personne ne lui avait jamais parlé de cette façon. Si explicitement, dans des termes aussi crus. Elle aurait dû en être choquée, mais dans la bouche de John ces mots lui parurent extraordinairement érotiques. Elle ouvrit les yeux et le regarda, il avait le visage tendu, les yeux plissés et, à travers la fente de ses paupières, elle distingua à peine le bleu de ses prunelles. Son excitation s'accrut encore.

— Je sens ta chaleur, bébé, dit-il d'un air affamé presque cruel, et ton envie de moi. Je vais te prendre bientôt, te pénétrer et te faire jouir à nouveau et pendant tout ce temps, je te regarderai…

— *John…*

Elle se sentit partir. Son corps frémit, elle ferma les yeux et fut incapable de résister et de l'empêcher de glisser vers la pure volupté. Elle ouvrit plus largement les jambes et arqua son bassin au contact de la cuisse dure. Le souffle court, elle fut agitée de spasmes incontrôlables. Lorsqu'elle ouvrit à nouveau les yeux, John la regardait d'un air satisfait. Il se releva et s'agenouilla entre ses jambes. Incapable de bouger, les muscles de son corps complètement relâchés, elle le vit tendre le bras vers la table de chevet, ouvrir le tiroir et en sortir un préservatif.

— Tu es prête ? demanda-t-il sur le ton de la conversation en déchirant l'étui. Parce que je suis excité comme je ne l'ai jamais été de ma vie. J'ai failli avoir un orgasme rien qu'en te regardant.

Elle cligna des paupières et s'humecta les lèvres. Ses yeux descendirent jusqu'à son sexe. Il se dressait entre ses cuisses, le long de son ventre plat. John déroula le préservatif sur son pénis, la laissant le regarder se préparer pour elle. Cela la fit frissonner de plaisir. Ce qu'il accomplit ensuite lui fit écarquiller les yeux. Il glissa deux doigts dans son vagin puis les passa sur son sexe à lui. Elle avait dû gémir sans s'en rendre compte parce qu'il leva la tête et introduisit à nouveau ses doigts en elle.

— Je veux être sûr d'être prêt pour toi.

Il tenait son sexe érigé d'une main et de l'autre, l'enduisait de haut en bas de son liquide intime. Elle le fixait, fascinée.

— Parce qu'une fois que je serai en toi, bébé, je veux que cela dure le plus longtemps possible. Je vais te faire l'amour et, cette fois, je serai en toi quand tu jouiras. Je veux que tu te souviennes de l'homme qui te fait l'amour aujourd'hui, et quand ce sera fini, je veux que tu sois faible, épuisée et parfaitement comblée.

Ses yeux s'élargirent et à ces mots, elle frémit intérieurement.

— Je...

Il s'allongea contre elle et s'accouda.

— Regarde.

Elle ne put s'empêcher d'obéir. Son regard descendit le long de son corps jusqu'à l'endroit où son pénis touchait sa peau. Elle le vit guider et introduire son sexe en elle d'une main.

— Est-ce que tu regardes ? murmura-t-il.

— Oui, haleta-t-elle.

— Est-ce que tu me sens ?

Elle gémit en réponse. C'était presque trop fort pour elle – de le voir et de le sentir en même temps. Elle avait envie de fermer les yeux mais elle les garda ouverts, rivés à ceux de John.

— Bon, je suis avec toi maintenant, dit-il en glissant profondément en elle comme pour souligner son propos.

Elle eut un cri étouffé et releva les genoux de chaque côté de John.

— Serre-moi, dit-il.

Il se retira d'elle presque complètement puis la pénétra à nouveau d'un violent coup de reins. Il continua ce mouvement de va-et-vient sur un rythme rapide. Chaque poussée faisait grincer le lit et vibrer Turner au plus profond d'elle-même. Accrochée aux épaules de John, elle arqua son corps, la tête étirée en arrière. C'était trop fort. Il ne lui laissait pas le temps de s'adapter à lui, de lutter contre l'exquise sensation de plaisir qui montait en elle, de rester entière. Il…

— Ne refuse pas. Reste avec moi ! dit-il en prenant son visage entre ses mains, ses hanches allant et venant toujours au-dessus d'elle.

— Je ne peux pas…

Il passa une main entre eux deux et posa son pouce sur le point le plus sensible de son corps, tout en continuant d'aller et venir en elle, chaque poussée étirant son clitoris tendu.

— Je…

— Sens.

Son regard la transperçait. Son pouce la caressait légèrement et sans relâche. Elle se mit à haleter. Il pencha soudain la tête vers elle et l'embrassa sans aucun ménagement, sa langue pénétrant dans sa bouche sur le même rythme que son sexe entrait en elle. Puissamment, en maintenant la pression de son pouce fermement sur elle. Elle écarta la tête, aspirant l'air qui lui manquait. Puis saisissant les fesses de John pour l'attirer davantage vers elle, elle mit ses jambes autour de sa taille, sa main à lui s'activant toujours entre eux.

— Oh, je…

Proche, si proche.

Il plongeait en elle, violemment et de plus en plus vite. Elle vit des étoiles. Un million d'étincelles jaillirent derrière ses paupières closes et elle comprit qu'elle s'abandonnait. Qu'elle avait perdu le contrôle de son corps, de son esprit, de tout son être.

Cela lui était égal et c'était merveilleux.

Elle entendit John rire, d'un grand rire sonore et joyeux qui s'arrêta soudain.

Lui aussi atteignait l'orgasme.

45

— Eh ben, mon vieux, grogna Fish.

— Hé, c'est une vraie torture, mec, pleurnicha Nald.

Ils étaient dans une petite pièce attenante au bureau du shérif du comté de Sawyer. Air conditionné hors d'usage, murs blancs, et, mis à part une table et quatre chaises métalliques, ils étaient seuls, vêtus de ce stupide uniforme orange. Quelqu'un leur avait dit qu'on avait dû brûler leurs vêtements après qu'ils s'étaient changés, mais c'était sûrement une blague. Une blague pas drôle, se disait Nald. Fish et lui portaient des chaînes. Du genre de celles que l'on peut voir dans les films où il y a des donjons et des châteaux. Des chaînes allant d'une cheville à l'autre, les obligeant à traîner la jambe pour avancer, et d'autres reliant leurs mains à une troisième série d'anneaux attachée autour de leur taille. Complètement moyenâgeux, archaïque et bruyant.

Apparemment, les flics du comté de Sawyer les prenaient pour des types dangereux. Mais ce n'est pas ce qui faisait pleurnicher Nald. Non, la cerise sur le gâteau, en quelque sorte, c'est qu'un jeune type venait d'entrer dans la pièce, les bras chargés d'un volumineux sac en papier. Le gars portait un costume noir, on aurait dit qu'il avait du gel dans les cheveux, c'était sûrement un nase, mais Nald s'en fichait pas mal. Ce type avait de la nourriture. Nald la sentait.

Il posa le sac sur la table et l'ouvrit. Il en tira d'abord des sandwichs faits avec du pain à la mie bien molle et bien épaisse comme il l'aimait. Il exhuma ensuite un gros sachet de chips Lay's saveur barbecue et des canettes de Yoo-hoo. Nald retint sa respiration quand le type plongea à nouveau sa main au fond du sac. Il en ressortit une longue boîte blanche. Se pouvait-il que ce soit…

Nald était tellement excité qu'il serra les paupières et fit une petite prière.

S'il vous plaît, faites que…

Il ouvrit un seul œil.

Gagné !

Il ouvrit les deux yeux pour contempler avec respect la grosse boîte de Little Debbie Zebra Cakes, ces merveilleux gâteaux recouverts d'un glaçage au sucre rayé de chocolat noir. Soudain intimidé, Nald considéra le nase sous un angle neuf. Ce type-là avait bon goût, c'était indéniable.

Le type s'assit derrière la table et leur jeta un coup d'œil. Il ôta sa veste noire et Nald vit qu'il portait un gros pistolet noir attaché sous le bras. Mal à l'aise, Nald se contorsionna sur sa chaise. Le tueur potentiel sortit de sa poche un minuscule magnétophone et le posa sur la table. Il pressa un bouton rouge.

— Je m'appelle Dante Torelli, dit-il, apparemment pas du tout l'air gêné de porter un nom aussi ridicule.

Il parlait sans presque remuer les lèvres, ce qui, en y réfléchissant, était vraiment curieux, jugea Nald.

— Je suis un agent spécial du FBI.

Nald s'humecta les lèvres en se demandant s'il disait cela pour leur faire peur. Peut-être que ce mec allait les passer à tabac avec un tuyau en caoutchouc ou un truc comme ça. D'un autre côté, pourquoi se contenterait-il d'un tuyau en caoutchouc alors qu'une bonne clé à molette était un outil beaucoup plus efficace ? C'était une bonne question. Mais Fish l'interrompit dans ses pensées.

— Pourquoi « spécial » ? demanda-t-il.

Le type cilla.

— C'est ainsi qu'on nous appelle. Des agents spéciaux.

— Pourquoi ? demanda Nald.

— Parce que c'est ainsi qu'on appelle les agents du FBI.

— Mais vous n'êtes pas différents des autres mecs du FBI ? dit Fish qui aimait que les choses soient précises.

— Non.

— Alors pourquoi dites-vous que vous êtes spéciaux si... commença Nald.

Le type frappa un grand coup sur la table devant lui. Fish sursauta. Nald déglutit. Le gars soupira, puis il sourit. On aurait dit qu'il faisait tout son possible pour se montrer amical, mais le résultat n'y était pas. C'était plutôt terrifiant. Nald lui rendit néanmoins son sourire pour le remercier de sa tentative. S'il était gentil avec le nase, peut-être que le nase lui donnerait un Little Debbie Zebra Cake ?

— Bien, messieurs, dit monsieur FBI dont le sourire s'effaça. Je vais vous poser quelques questions à propos du braquage de la banque.

— Nous ne parlerons qu'en présence de notre avocat, dit Fish en se raidissant sur sa chaise. Vous croyez qu'on n'a jamais vu de film policier ? ajouta-t-il en s'esclaffant bruyamment pour souligner à quel point c'était improbable.

— Ouais, ajouta Nald, moi j'ai vu tous les épisodes de *Reno 911*.

— D'abord, vous nous trouvez un avocat, dit Fish en se levant.

— Ouais, dit Nald en se levant lui aussi.

— Sinon, c'est même pas la peine. On la boucle, conclut-il en se rasseyant et en fixant l'agent du FBI.

Nald essaya de croiser les bras mais s'apercevant que cela lui était impossible à cause des chaînes, il décida de faire comme Fish et se rassit à son tour, espérant que le regard qu'il lançait à ce grand niais du FBI était aussi déterminé que celui de son acolyte.

Un petit muscle se mit à danser sur la joue du flic comme s'il était vexé. Puis il tendit le bras vers le sachet de chips, l'ouvrit largement et en prit une – juste une –, confirmant ainsi l'intuition première de Nald. Pas de doute, ce type était vraiment un nase. Quel genre d'homme mange les chips une par une ?

— C'est vraiment regrettable, dit l'agent du FBI en agitant la petite rondelle de pomme de terre grillée devant leur nez.

Nald aurait juré sentir l'odeur du barbecue, il en ressentit le goût dans la bouche et son estomac gronda.

— Euh, dit Fish, un peu moins fier maintenant que la bave lui coulait sur le menton.

Le mec du FBI mangea une première chips puis il plongea la main dans le sac pour en prendre une deuxième.

— Écoutez, dit-il, j'ai une petite heure à tuer. Vous êtes sûrs que vous ne voulez pas parler ? demanda-t-il, la bouche à présent pleine de chips.

— Euh, souffla Fish à court d'argument, le cerveau paralysé par la délicieuse odeur.

Le type du FBI recommença son manège en prenant tout son temps, et Nald, comme hypnotisé, suivit le mouvement de sa main allant et venant du sachet de chips à ses lèvres. Il lui semblait sentir la fine lamelle frite dans sa bouche, salée et croquante, et se transformant sur sa langue en purée délectable. Nald gémit. L'agent lui lança un coup d'œil.

— Oh, vous en voulez peut-être une ? demanda-t-il, comme si cette idée venait à peine de l'effleurer.

— Mmm, grommela Fish en tendant la main, mais ses chaînes entravèrent son geste et il put à peine avancer le coude.

Le sachet de chips était toujours hors de portée.

— Tut-tut, fit le type du FBI en secouant la tête d'un air désapprobateur.

On aurait dit une vieille dame interdisant à un garnement de traverser son salon avec ses chaussures boueuses.

— Vous savez qu'il y a des choses dont je voudrais que nous parlions, monsieur Fish, ajouta-t-il, et je serais très heureux de partager mon déjeuner avec vous pendant notre petite discussion.

— Arrgh, grogna Fish, le menton tremblant.

Il était clair que cela lui coûtait terriblement de renoncer à ces chips, mais n'avait-il pas toujours clamé haut et fort que, dans le monde des voleurs, le code de l'honneur était sacré ?

Nald déglutit avec difficulté. Il s'en fichait, lui, de ce code de l'honneur. Après tout, si les voleurs en avaient un, pourquoi volaient-ils ?

Le type du FBI ouvrit un emballage plastifié en forme de triangle. Il prit une moitié de sandwich et mordit dedans avec appétit. À leur nez et à leur barbe. Un peu de sauce bolognaise apparut au bord du pain et scintilla dans la lumière crue.

Nald tendit la main.

Le type du FBI recula vivement le sandwich en haussant les sourcils. C'est vraiment le roi des abrutis, pensa Nald.

— Vous avez quelque chose à dire, monsieur Nald ?

— C'est bon, je me mets à table, dit-il en remuant les doigts frénétiquement, comme s'il sentait déjà que le sandwich était à portée de main.

— Nous... commença Fish, mais il s'interrompit en voyant le type du FBI tendre à Nald une moitié de sandwich.

Nald dut se plier en deux à cause des chaînes pour pouvoir mordre dedans, mais cela n'avait aucune importance, car c'était la meilleure chose qu'il eût jamais mangée.

— Tu es prêt à me balancer pour un demi-sandwich à la bolognaise ? s'écria Fish.

— C'est un Miracle Whip[1] ! se défendit Nald, la bouche pleine.

1. Les produits Miracle Whip, affichant le fanion Solution sensée, promettent d'aider le consommateur à faire des choix équilibrés pour un mode de vie sain (NdT).

— T'es trop con !

— Toi-même !

— Après tout ce qu'on a traversé…

— Ouais, comme le marais ? s'esclaffa Nald en envoyant des postillons de sauce bolognaise dans les airs.

— J'en veux ! s'exclama Fish, à bout de résistance.

— Vous promettez de…

— Ouais, ouais, c'est d'accord, moi aussi je dirai tout, grogna Fish.

Il reçut l'autre moitié du sandwich. Nald lorgnait déjà sur ceux qui restaient. Il y en avait un qui avait l'air d'être un sandwich poulet-salade. Celui-là aussi, c'était un Miracle Whip.

Le type du FBI sortit un bloc de papier et un stylo.

— Alors, qui a organisé le hold-up de la banque ?

— Et les Yoo-hoo ? demanda Fish d'un air rusé.

— D'abord vous parlez, ensuite les Yoo-hoo.

Fish fit la moue.

— OK. Y'a un type qui nous a appelés… commença Nald.

— Hé, c'était p't'être bien une fille, intervint Fish.

— Ouais, p't'être bien, comme cette nana, Trinity.

— Ouais, exactement, dit Fish, qui, ayant fini sa moitié de sandwich en deux bouchées, bavait à nouveau devant le reste du festin étalé sous ses yeux.

— Et… dit lentement le type du FBI qui n'avait encore rien écrit sur son bloc. Vous êtes en train de dire que c'est Trinity de *Matrix* qui a organisé le hold-up de la banque ?

— Mais non, répondit Nald en levant les yeux au ciel, la voix, elle était comme qui dirait déguisée, ça aurait pu être une fille comme la fille de *Matrix*…

— Ouais, ou alors un mec, intervint Fish.

Le type du FBI mit son coude sur la table et posa sa tête sur sa main comme s'il avait la migraine. Ils parlaient sans doute trop vite pour lui.

— La-voix-était-celle-d'un-mec, dit Nald lentement.

— Ou-celle-d'une... commença Fish.

— ...-fille ! J'ai compris, dit le type du FBI en soupirant. OK, et comment cette personne est-elle entrée en contact avec vous ?

— Pas question, dit Fish.

— Qu'est-ce que ça veut dire, pas question ? demanda l'ahuri du FBI.

— On vous a dit un truc, on a droit à un Little Debbie.

— Un Little Debbie Cake ? s'offusqua le nase en détachant les mots comme si c'était eux qui avaient du mal à suivre. Vous voulez un Little Debbie Cake parce que vous m'avez dit que c'est un homme, ou peut-être une femme, qui vous a appelés ?

Ils acquiescèrent avec tant de force qu'ils firent tinter leurs chaînes.

— Voilà ce que vaut cette information, dit le flic.

Il prit une des chips du sachet, la coupa en deux et leur en tendit une moitié à chacun.

— C'est un peu maigre, dit Fish en regardant la chips d'un air méprisant, mais il la prit et la mangea.

Nald l'imita.

— Allez, dit le type du FBI en s'impatientant, donnez-moi quelque chose de concret.

— Eh bien, dit Fish en jetant un coup d'œil à Nald, on a bien eu ce coup de fil.

— Ouais, même qu'on était en train de regarder *South Park* au sous-sol de la maison de ton oncle. Tu sais, c'était l'épisode où Kenny est blessé.

— Sauf que Kenny est blessé chaque fois !

— Je sais, tête de nœud, mais cette fois c'était hyper-sanglant !

— Oh oui, enchaîna Fish tout excité, avec la broche...

Ils rirent tellement fort que Nald s'étrangla. Quand ils levèrent à nouveau la tête, des larmes coulaient sur leurs joues. Le gars les dévisageait en silence, tapotant sur la table du bout des doigts.

— C'est tout à fait passionnant, messieurs, mais je ne sais toujours pas ce qui a été dit au cours de cet échange téléphonique. Et je veux que vous m'en répétiez chaque mot.

— Ah ouais, d'accord, dit Fish en fronçant les sourcils pour raviver sa mémoire. OK, alors le téléphone a sonné ; j'ai décroché et j'ai dit, *Hé !*

— Non c'est pas vrai, dit Nald en secouant la tête.

— Si !

— Non !

— Si ! Je dis toujours *Hé !* quand je décroche.

— Pas cette fois. Tu étais énervé parce que tu ne réussissais pas à ouvrir le sachet d'allumettes au fromage. Alors tu as dit, *Quoi ?* au lieu de *Hé !*

— Ah ouais !

— Messieurs, interrompit le flic, le temps passe. Qu'a dit votre interlocuteur ?

— Euh, il... commença Fish.

— Ou *elle*, corrigea Nald.

— Ouais, c'est ça, il ou elle a dit *Quoi ?*

— Non, ça c'est ce que tu as dit, toi, reprit Nald. Tu as dit *Quoi ?*

— Ouais, mais il ou elle a dit *Quoi*, aussi. Et j'ai dit *Quoi,* moi aussi et *Quoi ? Quoi ? Quoi ?*

— On aurait dû raccrocher, dit Nald en secouant la tête.

— Messieurs ! interrompit Torelli d'une voix excédée.

Nald sursauta et se souvint alors que le type était peut-être un nase, mais que ce nase avait un flingue accroché sous le bras.

— Qu'a-t-il dit après la série de *Quoi ?* demanda l'agent spécial.

— Euh, dit Fish en se concentrant. Est-ce que ça nous plairait de gagner beaucoup d'argent ?

Ils regardèrent Torelli.

— Et ? demanda l'autre, attendant la suite.

Ce mec devait être un peu retardé.

— Ben, on a dit oui, précisa Nald.

— Tu parles ! s'exclama Fish, évidemment qu'on avait envie de gagner beaucoup d'argent !

— Comme tout le monde, dit Nald en levant les yeux au ciel.

— Y'a que les vrais cons qui n'auraient pas envie de gagner beaucoup d'argent.

— Et nous, on n'est pas cons !

Le type du FBI ferma les yeux d'un air exaspéré.

— Est-ce qu'il…

— Ou elle, lui rappela Nald.

— Ou elle, reprit-il entre les dents, a dit autre chose ? Sur la date du braquage ? À propos des armes ? Sur la façon de le faire ? Quelque chose ?

Fish réfléchit intensément.

— Il – ou elle – a dit qu'on pourrait trouver les armes à la carrière désaffectée. On a demandé comment s'y rendre parce que cela faisait un moment qu'on n'y était pas allés.

— Et il fallait faire le coup le samedi, précisa Nald.

— Ouais, et même qu'il insistait pour que ce soit ce samedi-là.

— On a dit, pourquoi pas lundi ? reprit Nald.

— Ouais, c'était mieux le lundi parce qu'on est plus en forme, mais pas question !

— Il fallait que ça se fasse le samedi, conclut Nald.

Il se redressa soudain, l'œil brillant.

— Et si c'était un indice ? comme dans *Scooby-Doo* ?

— C'est ça, et nous on mérite une récompense, comme Scooby-Doo ! s'écria Fish en ouvrant la bouche et en frétillant comme un chien mendiant un os.

Nald rit et fit lui aussi comme Scooby-Doo.

L'homme les regarda fixement, un tic nerveux agitait sa paupière. Puis il se leva et sortit de la pièce sans les saluer.

Mais ils s'en fichaient pas mal, l'essentiel, c'est qu'il avait laissé sur la table les Little Debbie Cakes.

46

John fut réveillé le vendredi matin par la pire odeur qu'il eût jamais sentie de toute sa vie. Il ouvrit les yeux et tomba nez à nez avec Glapy, oreilles dressées, langue pendante, haletant à son chevet. Qu'est-ce que ce chien avait mangé pour sentir aussi mauvais ? Son haleine empestait la charogne. Le danois comprit que John était réveillé, il recula de deux pas, gémit, et s'avança à nouveau vers lui, sa chaude haleine balayant à nouveau le visage de John.

— OK, murmura ce dernier.

Il s'assit et le chien aboya de contentement.

— Qu'est-ce que c'est ? murmura Turner d'une voix ensommeillée.

— Ton chien, répondit John en se tournant vers elle.

Couchée à la place qu'il occupait habituellement, elle squattait les deux oreillers. Elle avait l'air encore endormi, et la vue de l'adorable épi dressé sur le haut de sa tête le fit sourire. Les draps froissés s'arrêtaient à sa taille. Il avait déjà une érection matinale mais, à la vue de ses seins doux et blancs aux mamelons détendus, son sexe se durcit davantage. Il s'allongea en travers du lit et embrassa le sein le plus proche.

— Bonjour, dit-il.

Elle lui sourit en retour.

Le chien aboya impatiemment. John jura.

— Je crois qu'il a besoin de sortir, dit Turner.

— Oui, apparemment.

Il soupira et se redressa, cherchant son pantalon du regard. Il se souvint alors qu'il l'avait laissé la veille dans la salle de bains, complètement trempé. Super. Il se dirigea vers la penderie, sortit un pantalon de sport et l'enfila, pendant que Glapy, au comble de l'excitation, faisait des bonds autour de lui en aboyant. John enfila ses chaussures de sport et jeta un coup d'œil au chien.

— On n'a toujours pas de laisse pour toi.

Le danois s'assit en balayant le tapis de sa queue.

— Est-ce que tu as une corde à linge ? demanda Turner.

— Une corde à linge ? répéta-t-il, interloqué.

— Oui, ou une ceinture ?

— Une ceinture, j'en ai une, pas de problème.

Il sortit d'un tiroir un ceinturon en cuir et l'attacha au collier de Glapy. Ce serait un peu court, mais il n'avait pas le choix.

— Tu ne bouges pas, dit-il à Turner.

— Oui, promit-elle, réprimant un sourire en voyant John qui, emporté par le dogue, décolla presque.

Quand il rentra à l'appartement dix minutes plus tard, elle n'était plus au lit mais dans la cuisine. Entièrement vêtue, elle portait un de ses tee-shirts et avait remis par-dessus, la robe de la veille.

— Tu as cassé mon coup, dit-il d'un air piteux au chien en le détachant.

Ce dernier alla aussitôt jeter un coup d'œil dans le réfrigérateur ouvert. Turner le repoussa d'un air absent.

— As-tu des anchois ?

— Euh, non, répondit John qui alla à l'évier remplir un récipient d'eau fraîche. En le posant par terre, il prit note mentalement de remplir ses placards de poissons de toutes sortes. Glapy but goulûment en aspergeant autour de lui.

— Tant pis, bon, et une omelette ? demanda Turner en soupirant.

John sentit la panique le gagner. Dix-sept ans au FBI et il n'avait pas la moindre idée de la façon dont on faisait une omelette.

— Euh, je peux te faire des œufs brouillés, suggéra-t-il d'une voix hésitante.

— Non, moi je te propose de te faire une omelette si tu veux, précisa-t-elle. Cela te dit ?

— Si c'est toi qui cuisines, bien sûr, répondit-il.

Elle lui sourit et sortit la boîte d'œufs. Il tenta de se souvenir de la date d'achat et de calculer s'ils étaient encore consommables, puis il décida que cela n'avait aucune importance car la vie était trop courte pour se prendre la tête avec des détails pareils. Si les œufs étaient périmés, ils le sauraient bien assez tôt. Il sortit le café et commença à le moudre en la surveillant du coin de l'œil. Elle avait meilleure mine ce matin et il en fut soulagé. La veille, dans la voiture, elle lui avait paru si fragile et si proche de l'anéantissement qu'elle lui avait fait très peur. Ce matin, elle avait toujours les traits tirés mais elle paraissait plus sereine. Il aurait aimé que ce soit parce qu'ils avaient fait l'amour, mais c'était plus probablement grâce aux longues heures de sommeil réparateur. Le sommeil, mais aussi les larmes qu'elle avait versées dans la salle de bains et qui l'avaient libérée. Il sentait qu'elle ne s'était pas souvent offert le luxe de pleurer. Turner ouvrit un placard et en sortit une poêle qu'elle regarda d'un air méfiant. John ne voyait pas ce qui l'inquiétait, car cette poêle lui paraissait tout à fait correcte ; néanmoins, il ajouta cet ustensile à la liste des choses qu'il devait acheter rapidement. Ayant finalement décidé de s'en servir, elle posa la poêle sur la cuisinière et alluma le feu. John s'approcha de l'évier pour verser de l'eau dans le réservoir de la cafetière et faillit s'étaler car Glapy avait choisi de s'allonger en plein milieu du passage.

— Sors de là, dit-il au chien en le tapotant du bout de sa chaussure.

Glapy lui renvoya un regard morne, se leva en prenant tout son temps et se dirigea vers le coin-repas d'où il pouvait continuer à les surveiller et où il s'effondra en soupirant. Turner cassa les œufs dans un bol et se mit à les battre à la fourchette. Sur le comptoir à côté d'elle, John vit que son répondeur clignotait, il appuya machinalement sur le bouton avant de se rendre compte que ce n'était peut-être pas une bonne idée. Il entendit une série de déclics indiquant que la personne avait raccroché et il en fut soulagé. Puis il y eut un soupir suivi d'une voix qui disait :

— John, il faut que je te parle. S'il te plaît, rappelle-moi.

Une hésitation, puis :

— C'est ta fille.

Clic.

D'après le répondeur, l'appel datait du lundi après-midi. Rachel devait d'abord avoir appelé ici et, comme il ne répondait pas, elle avait essayé de le joindre sur son portable. Le seul autre message venait de la police de Madison l'informant que Victoria Weidner était tirée d'affaire et s'en sortirait sans séquelles.

— C'est une bonne nouvelle, commenta-t-il.

Il versa des croquettes dans une assiette qu'il posa par terre. Glapy se précipita dessus.

— Oui, répondit Turner sans se retourner, mais il avait noté qu'elle s'était raidie à l'écoute du passage sur Victoria. Je croyais que tu ne parlais plus à Rachel ?

Il nota avec plaisir qu'elle se souvenait du prénom de sa fille, mais il ne put s'empêcher de se sentir sur la défensive, il n'avait aucune envie d'aborder le sujet maintenant.

— Oui, euh, en fait elle m'a téléphoné plusieurs fois ces derniers jours.

— Est-ce qu'elle s'adresse toujours à toi en t'appelant John ? demanda-t-elle d'une voix neutre.

— Oui, je crois qu'elle le fait exprès pour m'énerver. Et ça marche, cela m'énerve.

Il jeta un coup d'œil impatient à la cafetière remplie à peine à la moitié. Dieu que cette machine était lente, il avait un besoin urgent de caféine pour cette discussion. Ignorant les chuintements désapprobateurs de l'appareil, il n'attendit pas et se servit une tasse de café.

— Ah.

Elle versa les œufs dans la poêle qui grésillait et regarda l'omelette prendre, une spatule à la main. Finalement, ce n'était pas plus compliqué que cela, comme il le découvrait, une omelette n'était rien d'autre que des œufs brouillés cuits comme des pancakes.

— Qu'est-ce qu'elle dit au téléphone ? insista-t-elle.

Bon sang. Si cela avait été quelqu'un d'autre que Turner, il lui aurait répondu sèchement de s'occuper de ses affaires. Mais c'était Turner, et, justement, il avait envie qu'elle s'occupe de ses affaires. Même s'il craignait le résultat.

— Elle veut savoir pourquoi sa mère et moi avons rompu.

— Elle ne le sait pas ?

— Elle connaît la version officielle.

— C'est-à-dire ?

— J'étais débordé, je n'étais jamais à la maison, je n'avais pas de temps à leur consacrer, blablabla.

Il sortit le lait du frigo, le renifla et décida qu'il prendrait son café noir. Et il ajouta mentalement du lait à la liste.

— Et la raison non officielle ?

— Elle couchait avec un autre mec.

Elle le dévisagea, interloquée. Il but une gorgée de café, c'était meilleur avec du lait mais au moins c'était chaud et caféiné.

— Désolé. Ce n'est pas aussi simple que cela. Les torts sont partagés. Nous ne vivions pas au même rythme, nous nous sommes éloignés l'un de l'autre peu à peu, nous avions du mal à parler. Un jour, je suis rentré chez moi et j'ai vu un rasoir dans la salle de bains. J'ai compris qu'elle avait choisi. Elle avait trouvé quelqu'un qui était plus présent et qui l'écoutait. Elle a fini par l'épouser. Il s'appelle Dennis et il a adopté Rachel. J'ai été un fichu mari.

— C'est difficile à croire, dit-elle en roulant l'omelette et en la faisant glisser dans une assiette.

— C'est pourtant vrai. J'étais beaucoup plus jeune évidemment.

Il s'éclaircit la voix.

— Euh, je crois que je ferais beaucoup mieux aujourd'hui, comme mari et comme père.

Sa main resta en suspens dans les airs pendant une seconde mais elle ne commenta pas. Il prit cela pour un signe encourageant et décida de s'en tenir là pour le moment. Turner partagea l'omelette en deux et la disposa dans les assiettes. John prit le pain dans le frigo, un pot de beurre de cacahuètes et ils allèrent s'installer à table. Aussitôt, Glapy se dressa sur ses pattes, attiré par l'odeur de la nourriture alors qu'il venait à peine de terminer son repas.

— Pourquoi n'expliques-tu pas cela à Rachel comme tu viens de le faire ? Sans utiliser de mots grossiers évidemment.

— Je pense que cela ne la regarde pas.

— Pourquoi ?

— Parler de la vie sexuelle de sa mère ? Tu crois vraiment que c'est un sujet de discussion pour une fille de seize ans ?

— Elle pose des questions, n'est-ce pas ? Elle sent qu'il y autre chose que ce qu'on lui a dit. Par ailleurs, tu passes pour le méchant, et ce n'est pas juste.

— Ce n'est pas cher payé pour qu'elle soit heureuse.

— Mais l'est-elle ?

John piqua dans son assiette en réfléchissant. L'omelette était délicieuse, il pourrait bien s'y habituer.

— Elle ne l'est pas, n'est-ce pas ? Sinon elle ne te téléphonerait pas, ajouta Turner.

— Je ne vois pas en quoi le fait de lui ouvrir les yeux à propos de sa mère pourrait résoudre quoi que ce soit.

— Mais…

— Je suis un grand garçon. Je peux supporter le poids de l'échec de mon mariage. J'accepte d'être le bouc émissaire.

Elle fronça les sourcils, il vit qu'elle ne lâcherait pas le morceau et il jugea qu'il était temps de parler d'autre chose.

— Comment te sens-tu après ce qui s'est passé hier ? demanda-t-il.

Turner, qui s'apprêtait à parler, ferma la bouche, le regarda entre les fentes de ses yeux de chat, se demandant si elle allait le laisser changer de sujet. Finalement elle soupira, baissa le nez sur son assiette.

— J'ai l'impression que ça va. En fait, je ne sais pas trop quoi penser.

Il acquiesça, découpa un morceau d'omelette et le tendit à Glapy qui ne l'avait pas quitté du regard depuis le début du repas. Le chien le prit délicatement et se remit à fixer la fourchette de John.

— Cela peut prendre beaucoup de temps pour se remettre d'une fusillade, c'est pourquoi la plupart des services de police disposent de psys pour aider les flics qui ont été confrontés à une épreuve pareille.

— Je comprends, dit-elle en repoussant les restes d'omelette sur le bord de son assiette.

— Mais ?

— Eh bien, je vis très mal ce qui est arrivé à Victoria…

Il chercha son regard mais elle gardait la tête baissée.

— Il y a autre chose, murmura-t-elle.

Il continua de manger en attendant qu'elle rassemble ses pensées.

Elle se leva soudain de table, s'approcha de la fenêtre et regarda dehors. L'appartement donnait sur l'immeuble d'en face. John avait une vue imprenable sur une rangée de climatiseurs extérieurs.

— Cela fait si longtemps que je ne pense qu'à Calvin et au détournement de fonds de la banque ! Cela a occupé toute ma vie pendant plusieurs années et maintenant c'est… fini. Je me sens à la dérive.

— Hmmm.

— Mais c'est presque un soulagement.

— Que veux-tu dire ?

— Il n'y a pas de preuves, s'exclama-t-elle en levant les bras. J'ai cherché partout, mais je dois me rendre à l'évidence, il n'y en a pas. Et en plus Victoria est hors jeu. J'ai perdu. Honorablement, précisa-t-elle en baissant les bras. Mais j'ai perdu.

John termina son assiette et, son café à la main, s'adossa à sa chaise pour réfléchir. Il fallait qu'elle trouve une issue à cette histoire de revanche et, comme elle venait de le dire elle-même, c'était une sortie honorable. Elle avait fait tout ce qu'elle pouvait, remontant chaque piste. Il aurait dû se sentir soulagé qu'elle ait pris sa décision, mais est-ce que dans quelques mois, ou dans quelques années, tout cela ne reviendrait pas la hanter ? Pour l'instant, elle était sous le choc. Même pour le combattant le plus aguerri, il est difficile de reprendre le combat après un échec. À sa façon, Turner était une combattante. Regretterait-elle de ne pas avoir fait tomber Hyman ? Est-ce que la victoire du banquier signerait sa perte à elle ?

— Je ne sais que faire maintenant, dit-elle en venant s'asseoir à côté de lui. Peut-être rien. Je ne sais pas.

Il plongea les yeux dans son café ; une auréole de gras flottait à la surface. Elle croisa les bras sur la poitrine.

— J'étais tellement persuadée qu'il y avait une preuve quelque part. Je n'ai jamais envisagé qu'il n'y en avait peut-être pas.

— C'était logique de le croire.

— J'ai gaspillé quatre ans de ma vie, dit-elle en se mordant les lèvres.

Les larmes perlèrent à ses paupières.

— C'est idiot, n'est-ce pas ?

— Ce n'est pas du gaspillage, dit John d'une voix douce, tu voulais que justice soit rendue pour ton oncle que tu adorais.

— Et pour tout le bien qu'il m'a fait, dit-elle avec regret, en balayant ses yeux d'un revers de main.

— Dis-moi où tu as cherché, demanda John en se penchant en avant.

— Tu le sais déjà, répondit-elle en lui lançant un regard surpris. Dans son coffre-fort, chez lui, dans sa maison, au cottage, partout.

— Tu n'as pas eu beaucoup de temps pour fouiller le cottage.

— Mais tu l'as fouillé toi aussi.

— Oui, dit-il en réfléchissant, il y a forcément un autre endroit.

— John…

Il leva la tête vers elle.

— Je ne sais pas si je suis prête à reprendre les recherches, dit-elle en posant ses coudes sur la table. Gâcher encore quatre autres années de ma vie dans une quête vaine.

— Et si elle ne l'était pas ?

Elle secoua la tête.

— Crois-tu être vraiment prête à abandonner ? Et s'il y avait un dernier endroit où tu n'as pas cherché ?

Elle ne dit rien pendant un instant. Il plaça ses mains sur les siennes et les serra. Elles paraissaient toutes petites et fragiles entre les siennes, mais il savait qu'elles étaient fortes.

— Je me suis demandé s'il avait caché des disques d'ordinateur dans sa voiture, dit-elle lentement. Cette grande Cadillac dans laquelle il parade.

— Alors pourquoi aurait-il envoyé un tueur à tes trousses ? demanda John en secouant la tête.

— Il m'en veut peut-être, dit-elle en souriant pour la première fois de la journée.

— Ça, c'est sûr ! répondit-il en souriant à son tour. Mais il y a autre chose. La preuve – qu'il s'agisse d'un disque ou d'un ordinateur – doit être en un lieu difficile d'accès même pour lui.

— Pourquoi dis-tu cela ?

— Il essaie par tous les moyens de t'empêcher de le trouver. S'il l'avait chez lui ou dans sa voiture, il se serait contenté de le détruire et le problème que tu représentes pour lui aurait été résolu.

— Alors, ce serait encore au cabanon ?

— Ou bien dans un endroit que nous n'avons pas encore fouillé.

— Cela veut dire que tu crois qu'il y a des preuves quelque part ?

— Oui, je le crois.

Elle fronça les sourcils. Glapy s'approcha d'elle et posa sa tête sur ses genoux en lançant des coups d'œil explicites à l'omelette qui refroidissait dans son assiette. Distraitement, elle lui en tendit un morceau.

— Est-ce que Calvin a une famille ? demanda John.

— Il y a Shannon, sa femme, et il a trois fils qui ont une trentaine d'années.

— Où habitent-ils ?

— Les deux plus âgés vivent dans l'État de Washington et le plus jeune quelque part sur la Côte Est. Crois-tu qu'il leur a envoyé les disques ?

— C'est trop loin. Je pense qu'il a voulu pouvoir accéder à ces informations sans trop de difficulté. Et son entourage ? A-t-il des amis ?

— Il y a une photo sur son bureau, il est avec le gouverneur du Wisconsin et un groupe d'autres hommes, ils sont dans la neige et ils tiennent à bout de bras des poissons givrés.

— Des poissons givrés ? demanda John.

— Oui, tu sais, c'est de la pêche sur glace.

John réfléchit.

— Si Calvin pratique la pêche sur glace, cela veut dire qu'il a…

— Quoi ? demanda Turner.

— Il a forcément une cabane de pêche sur glace.

— Je croyais qu'en hiver, les pêcheurs allaient sur un lac, faisaient un trou, lançaient leur ligne et s'asseyaient sur un seau en attendant que ça morde.

— Tu vois Calvin passer des heures dans le froid pour le plaisir de pêcher dans un trou au milieu de la glace ? demanda John d'un air amusé.

— Non, reconnut-elle en secouant la tête lentement.

— Alors, cela signifie qu'il a une cabane de pêche sur glace et je parierais qu'elle est même très confortable.

Elle le regarda, les yeux remplis d'espoir.

47

Turner inspecta les alentours pendant que John garait son énorme truck dans l'allée menant au cottage de Calvin. Il était déjà deux heures de l'après-midi en dépit du fait qu'ils avaient roulé comme des fous. C'était en partie dû à l'insistance de Turner qui lui avait demandé de l'arrêter devant un magasin de discount afin d'acheter un short et un tee-shirt à sa taille. Avec cette robe en jean, elle avait l'impression d'être dans un sac géant. Ensuite, John était passé à son bureau pour rédiger les termes d'un mandat de perquisition lui donnant le champ d'investigation le plus large et il avait fallu enfin trouver un juge compréhensif à Milwaukee. John avait tiré le pauvre homme du lit – il était en vacances – et l'avait tanné jusqu'à ce qu'il signe le mandat permettant de fouiller l'installation de Calvin et ses dépendances. Turner croisait les doigts pour que la cabane existe vraiment et se trouve près du cottage du banquier. John semblait assez confiant pour sa part. Durant tout le trajet jusqu'à Rhinelander, il lui avait paru absorbé et concentré sur son objectif comme un loup sentant la piste d'un lapin. Turner, quant à elle, était sur la piste de Calvin depuis tant d'années, elle avait connu tant d'espoirs déçus et surmonté tant de déconvenues qu'elle ne pouvait s'empêcher de penser que, cette fois encore, elle ne trouverait au bout du compte que désillusion. John sortit du truck. Glapy sauta par-dessus le siège et courut derrière lui. John lui jeta un coup d'œil irrité.

— Il risque de hurler, lui rappela Turner.

Ils avaient pensé initialement laisser le danois à l'appartement, mais il s'était mis à gémir dès qu'ils avaient fermé la porte. D'un certain côté, c'était assez flatteur. Turner était persuadée qu'il restait de marbre quand Calvin et Shannon le laissaient, car Calvin ne l'aurait sûrement pas supporté et s'en serait purement et simplement débarrassé. Mais elle devait reconnaître que Glapy devenait envahissant et que lorsque tout cela serait terminé, une thérapie canine ne serait sans doute pas superflue.

John leva les yeux au ciel d'un air résigné mais ne fit aucun commentaire.

— Où Calvin aurait-il pu installer une cabane de pêche sur glace ? demanda Turner.

— Je n'en ai pas vu dans le garage quand j'ai fouillé la dernière fois. Je suppose qu'il doit l'entreposer près du lac.

Il siffla, Glapy arriva en galopant et les suivit jusqu'aux rives du lac. Turner eut l'impression que les arbres avaient jauni, mais cela devait être un effet de son imagination parce que l'épisode de la fusillade au cabanon ne remontait qu'à quelques jours. Au bord du lac, on avait aménagé un ponton en fibre de verre et une rampe permettant de mettre des bateaux à l'eau. Une sorte de petit hangar se trouvait un peu plus loin. Ils s'en approchèrent et constatèrent que l'abri était plus grand qu'il le paraissait à première vue. Il faisait environ quinze mètres carrés, ce qui était plus vaste que la plupart des cabanes de jardin mais moins spacieux qu'un garage à voitures. Tandis qu'ils l'observaient, Glapy leva posément la patte contre un des angles de la construction.

— Bingo, s'exclama John en désignant des patins sous le hangar. Cela doit lui permettre de le traîner sur la glace en hiver.

— Ah, s'exclama Turner, sentant l'excitation la gagner. Alors on l'a trouvée ?

Elle ne parvenait pas à croire que le but fût si proche et qu'il l'eût atteint si facilement. Elle s'attendait à des gardes armés, des codes secrets – au minimum à de gros verrous. Au lieu de cela, ils étaient arrivés droit au but et la cabane n'était même pas dissimulée. Bon, d'accord, il y avait un gros verrou sur la porte, que John examinait déjà.

— Je retourne à la voiture pour chercher une pince. Attends-moi là.

— OK.

Turner fit quelques pas vers le lac. Une petite brise ridait la surface de l'eau et le soleil se réfléchissait d'une façon charmante sur les vaguelettes. Cela dit, à en juger par les rives complètement desséchées, une bonne pluie aurait fait plus de bien que ce soleil insolent. C'était un lac superbe, digne d'une carte postale, avec les arbres qui descendaient jusqu'au bord et se reflétaient dans l'eau. Elle vivait depuis si longtemps dans cette région qu'elle avait oublié à quel point le nord du Wisconsin était splendide, et elle trouvait aujourd'hui ce lac tellement magnifique qu'elle en avait le souffle coupé. Elle entendit un bruissement dans les fourrés derrière elle puis le cliquetis de pattes de chien sur le ponton. Glapy arriva à sa hauteur, baissa la tête et se mit à renifler l'eau.

— N'y songe même pas, dit Turner.

Le chien la regarda d'un air innocent en remuant la queue.

— Turner ? appela John revenu à la cabane armé d'une pince de belle taille.

La pince fut efficace : en quelques secondes le verrou sauta et la porte fut ouverte. À l'intérieur, ils découvrirent une petite pièce aménagée de façon confortable dans le style d'un ranch des années 1970. Un tapis en corde tressée marron recouvrait le sol ; dans un angle un canapé beige faisait face à deux fauteuils assortis. Il y avait aussi un bar devant une kitchenette, avec frigo et plaques chauffantes.

— Sympa, pour une cabane de pêche ! commenta John.

Turner acquiesca ; c'était la première fois qu'elle visitait une installation de ce genre et elle n'avait donc pas de référence en la matière. John s'approcha du bar, le fouilla, puis le déplaça pour regarder derrière. Turner se concentra sur le canapé. Devant celui-ci, découpée dans le tapis et dans le bois du plancher, elle découvrit une trappe qui, une fois soulevée, permettait au pêcheur frileux de creuser la glace puis de lancer sa ligne en restant bien au chaud sur son canapé. Cela ressemblait bien à Calvin, se dit-elle avec mépris.

— Turner ? appela John d'une voix basse et monocorde en posant sur le bar un ordinateur portable.

Turner sentit son pouls s'accélérer. Il alluma l'ordinateur. Elle retint sa respiration. L'écran devint bleu. Cinq minutes plus tard, il avait ouvert un dossier appelé simplement « Banque ». Des rangées interminables de chiffres apparurent avec, en face de chaque ligne, une date. D'après ce qu'ils purent en juger au premier coup d'œil, cela remontait à une dizaine d'années.

— On l'a trouvé, souffla Turner, captivée.

Elle s'appuya contre l'épaule de John pour mieux voir les chiffres qui défilaient. Apparemment, d'après les montants qui s'affichaient, le détournement était beaucoup plus important encore que ce qu'elle avait imaginé. Une fortune. En dix ans, Calvin Hyman avait volé plus de trois millions de dollars à la First Wisconsin Bank de Winosha. Où l'argent était-il passé ? Il avait dû le mettre en sûreté quelque part. Sa maison et sa voiture ne valaient pas cette somme.

— Est-ce suffisant pour l'arrêter ? murmura-t-elle.

— Oh, oui ! répondit John d'un air satisfait. Apparemment il a soigneusement consigné chacune de ses opérations, il y a de quoi le mettre à l'ombre pour un bout de temps. Heureusement que j'ai pris soin de mentionner la saisie éventuelle d'un ordinateur sur le mandat.

Turner ferma les yeux. Après quatre ans d'attente, elle aurait dû ressentir de l'allégresse, du soulagement, mais la seule émotion qu'elle ressentait était... un grand vide. Elle était hébétée. John referma l'ordinateur et le rangea dans son étui noir, puis se dirigea vers la porte.

— On l'emporte...

Dehors, Glapy aboya une fois, puis il se mit à grogner d'une voix basse et menaçante. Les yeux de Turner s'élargirent de surprise, elle ne l'avait jamais entendu grogner. Il y avait quelqu'un à l'extérieur.

— Reste ici, murmura John en lui tendant l'ordinateur et en sortant un gros pistolet noir de dessous sa veste.

— John, murmura Turner en s'agrippant à la poignée de la valise.

Elle sentit la panique la gagner. Est-ce que le tueur les avait suivis ? Il ne fallait pas que John sorte dehors tout seul. Il lui lança un coup d'œil courroucé accompagné d'un geste impérieux. Le message était clair : Ne bouge pas.

Non !

Le dos contre le mur, il entrouvrit la porte, jeta un bref coup d'œil par l'interstice et ne prononça qu'un seul mot :

— Torelli.

Torelli ?

Le partenaire de John ?

Merci, mon Dieu ! Turner poussa un soupir de soulagement. Ce n'était pas le tueur. Elle serra l'ordinateur contre sa poitrine et s'avança pour regarder à son tour à l'extérieur.

Dehors, un bel homme, vêtu d'un costume impeccable à l'élégance irréprochable, se tenait immobile, son regard allant de John à Glapy, et *vice versa*. Le chien était en arrêt devant lui, sa tête et sa queue dans le prolongement de son corps. Un grognement sourd, menaçant et ininterrompu sortait de sa gorge. Tous les poils le long de son échine étaient dressés. L'homme brandissait dans sa main gauche le même impressionnant pistolet noir que celui de

John. Pour se balader dans les bois du nord du Wisconsin, il avait choisi une tenue tout à fait inappropriée, estima Turner.

— Si je comprends bien, c'est le chien qui a été kidnappé, observa calmement le visiteur.

Turner reconnut qu'il avait du cran. Il était tout de même menacé par un danois géant de soixante kilos prêt à bondir.

— Que faites-vous ici ? lâcha John d'une voix que Turner jugea peu amène à l'égard de son jeune collègue.

— Cela ne vous dérange pas de rappeler le chien ? demanda Torelli, dont le ton calme était démenti par un regard inquiet. Et pourriez-vous également ranger votre pistolet ?

— Répondez à ma question, dit John sans bouger d'un centimètre.

Torelli blêmit.

— J'ai compris qui a organisé le braquage de la banque, Mac, alors je me suis précipité pour vous le dire. C'est vous qui dirigez l'enquête après tout.

John marmonna quelque chose qui ressemblait à un affreux juron.

— John ! murmura Turner à côté de lui.

Pourquoi était-il aussi odieux avec son partenaire ?

Torelli l'aperçut à demi dissimulée derrière l'épaule de John.

— C'est la bibliothécaire ?

— Vous ne l'arrêterez pas, déclara John avec fermeté.

Torelli eut un regard surpris.

C'est alors qu'on lui tira dans le dos.

48

— Reste en arrière, cria John à Turner tout en essayant de voir d'où était venu le coup de feu.

Rien ne bougeait dans le bois en face d'eux, celui qui avait tiré sur Torelli était bien caché. En entendant la détonation, Glapy s'était enfui, la queue entre les jambes, et avait disparu dans la forêt. Torelli était tombé face contre terre, mais John le vit se redresser sur les coudes et ramper avec effort pour se mettre à l'abri dans la cabane. Une tache sombre apparut sur sa veste, s'élargissant peu à peu, mais il continua de progresser lentement. D'où il était, John avait du mal à juger de la gravité de la blessure, mais force lui était de reconnaître que ce type ne lâchait pas le morceau facilement et qu'il était sacrément têtu.

Un sacré têtu qui ferait bien de s'accrocher à la vie.

John tira une série de coups de feu en direction de la forêt pour couvrir Torelli. Comme il n'y eut pas de réponse, il fit une courte prière et tenta le tout pour le tout. Il sortit en courant, s'attendant à recevoir une balle à tout moment, et saisit son jeune partenaire sous les aisselles.

Torelli grogna de douleur. John ignora sa plainte et commença à le tirer sur le sol. Il avait conscience que la traction devait le faire terriblement souffrir, mais il n'avait pas le choix : ainsi exposés, les deux hommes constituaient des cibles beaucoup trop tentantes pour un tueur embusqué. John le traîna ainsi jusqu'à la cabane, l'allongea par terre et referma la porte sur eux. Torelli continuait à pester.

— Bienvenue, lui dit John, en recommençant à guetter à travers les interstices de la porte. Mais où est passé le tireur ? maugréa-t-il.

— John, il est blessé, murmura Turner d'une voix pleine de reproche.

John comprit qu'elle prenait le parti du jeune homme. Penchée sur lui, elle essayait de lui enlever sa veste.

— Merci, grogna Torelli entre ses dents.

Il devait beaucoup souffrir mais il ne jurait plus, constata John.

— Dante Torelli, dit-il. Vous êtes Turner Hastings ?

— Oui.

— Ce n'est pas elle qui a organisé le braquage de la banque, lâcha John sur la défensive, scrutant toujours les alentours.

— Je sais.

Surpris, John se retourna. Le dos de la chemise du jeune flic était inondé de sang.

— Attends, dit-il.

John mit son Glock dans la poche arrière de son pantalon et ôta son tee-shirt. Il le tendit à Turner avec son portable.

— Appelle le 911, demande-leur du renfort et une ambulance. Qu'est-ce que cela veut dire, « je sais » ?

Turner coinça le téléphone contre sa joue et tout en faisant une boule avec le tee-shirt, se mit à parler à un interlocuteur invisible.

— J'ai interrogé Bob l'Éponge et Yoda ce matin, expliqua Torelli qui gémit quand Turner comprima sa blessure.

Apparemment, la balle avait touché le haut du bras droit sans l'endommager trop puisque Torelli parvenait tout de même à le bouger. John ignorait si le blessé serait capable de lui donner un coup de main, mais en l'état actuel des choses, il valait mieux ne pas compter sur lui.

— Le type qui a organisé le hold-up les a contactés par téléphone, poursuivit Torelli d'une voix faible. Il a dû utiliser un logiciel pour déformer sa voix. Fish et Nald ne savent pas qui cela peut être.

Il marqua une pause. John ne le quittait pas des yeux.

— Il faut appuyer le tee-shirt fermement contre son dos, dit-il à Turner en sortant un couteau de sa poche et en le lui tendant, découpe sa veste et fais-en des bandes.

— Hé, c'est une Hugo Boss, protesta Torelli.

— Très pratique pour courir dans les bois, répliqua John. Quoi d'autre sur l'interlocuteur de Yoda et de Bob l'Éponge ?

— Ils ne m'ont pas dit grand-chose d'autre et je crois qu'ils n'en savent pas beaucoup plus. À eux deux, ils n'ont même pas un seul neurone…

— L'interlocuteur ?

— Il voulait que le hold-up ait lieu le samedi.

Torelli se souleva pour aider Turner à enrouler une bande de tissu autour de son torse.

— Serre bien, conseilla John.

Le jeune homme grimaça.

Turner obtempéra. Pendant qu'elle le soignait, elle avait posé le téléphone par terre à côté d'elle, mais son visage très pâle parlait pour elle. Elle avait l'air paniquée. Elle regarda John.

— L'ambulance ne sera pas là de sitôt, ils disent qu'il y a un violent incendie à Tomahawk.

— Merde ! s'exclama John.

Ignorant leur échange, Torelli poursuivit son rapport.

— Je crois que le choix de la date a son importance. J'ai vérifié. Il n'y a eu aucune remise importante d'argent, ni le vendredi ni le samedi de la semaine précédente, et il y a eu un important transfert le vendredi, veille du hold-up. Donc, les caisses de la banque n'étaient pas pleines. Le but du braquage n'était pas l'argent. En revanche, le lundi, il y avait un rendez-vous très important pour l'avenir de la banque.

— L'audit, intervint Turner.

— Oui, confirma Torelli en lui jetant un coup d'œil. Le hold-up devait se dérouler le samedi pour que l'audit n'ait pas lieu.

— Et la seule personne qui avait intérêt à différer l'audit, c'est celle qui avait détourné l'argent de la banque, ajouta John.

— Calvin, dit Turner, le regard noir.

— Oui, confirma Torelli.

John n'apprécia pas vraiment le regard admiratif que le jeune agent jeta à Turner.

— Pourquoi êtes-vous ici puisque vous savez que Turner n'est pour rien dans le braquage de la banque ?

— Parce que Hyman a disparu.

— Quoi ? s'exclama John en jetant un regard vers la porte. Qu'est-ce que cela signifie ?

Torelli haussa les épaules, ce qui lui arracha une grimace de douleur.

— Évaporé. Introuvable depuis ce matin, d'après sa femme. Et le Smith et Wesson enregistré à son nom s'est également volatilisé.

— Merde.

— Oui, j'ai essayé de vous prévenir mais votre portable était éteint. J'ai appelé le bureau de Milwaukee et ils m'ont dit que vous étiez en route pour venir ici. J'ai pensé qu'il y avait un risque que Hyman se pointe et j'ai voulu vous avertir. Je crois que, concernant Hyman, j'avais vu juste mais, malheureusement, je suis arrivé un peu tard.

— Vous croyez que c'est Hyman qui a tiré sur vous ? demanda John.

— Qui d'autre ?

— Cela peut parfaitement être le même salopard qui était à Madison hier. Et peut-être sont-ils là tous les deux.

— Mais je croyais que le tueur était là sur les ordres de Calvin : quel intérêt aurait-il à venir lui-même ?

— Visiblement, son plan ne marche pas aussi bien que prévu. Le fait est que nous ignorons qui nous tire dessus.

Où était le sniper ? Il s'était peut-être enfui. Devant la cabane, une pente douce tapissée d'herbes sèches et jaunies descendait vers la rive du lac, mais l'arrière de la construction donnait directement sur la forêt, un endroit susceptible d'offrir de multiples cachettes pour un tueur. Le problème, c'est qu'ils n'avaient pas le choix, Torelli était gravement blessé et perdait beaucoup de sang, ils ne pouvaient rester là à attendre les secours au risque de voir le jeune flic tomber dans le coma ou succomber à une hémorragie.

— Mais… commença Turner.

John prit une décision.

— Attendez ici. Je vais jeter un coup d'œil.

Torelli jura à nouveau, mais John était déjà dehors. Plié en deux, il courut jusqu'aux arbres, s'attendant à chaque instant à servir de cible. Mais il parvint aux buissons sans encombre. Le Glock dans la main droite, il s'accroupit et tendit l'oreille. Au-dessus de lui, le vent léger agitait les branches, quelque part dans le bois, un pivert cognait son bec contre un arbre. Cela lui rappela que la dernière fois qu'il était là, le tueur avait failli descendre Turner. Il poussa un soupir silencieux puis, ramassé sur lui-même, se mit à progresser silencieusement. Il passait d'un arbre à l'autre en faisant attention à l'endroit où il posait les pieds. Le sol était jonché de branches et de feuilles mortes qui, en craquant, auraient signalé sa position au sniper. La forêt devenait peu à peu plus clairsemée, le soleil pénétrait jusqu'au sol en dessinant des taches de lumière. Avec les couleurs de l'automne, le spectacle était magnifique, mais John commençait à se sentir trop exposé. Le danger était désormais partout.

C'est alors qu'il le vit.

Un bref éclat rouge entre les arbres.

John se figea, puis, le plus lentement possible, gagna un tronc d'arbre derrière lequel il se dissimula. Il reprit sa progression à pas comptés, en prenant soin de mettre toujours un arbre entre l'endroit où il avait aperçu le tireur et lui. Il avait la bouche sèche, son sang battait dans ses tempes. Il fit un pas de plus.

Wouhouhouh !

Merde.

Glapy avait trouvé le type. John pria pour que le tireur ne l'abatte pas. Couvert par les hurlements du danois qui s'étaient transformés en aboiements furieux, il se mit à courir.

— La ferme ! Bon sang, ferme-la, Duke !

Duke ?

Dissimulé derrière un arbre, John vit Hyman pointer un pistolet sur Glapy.

— Jetez votre arme !

Hyman sursauta en criant, et faillit commettre l'erreur fatale de tirer sur un agent fédéral. John lut dans son regard que l'idée l'avait effleuré.

— Je ne vous le conseille pas ! cria-t-il par-dessus les aboiements du dogue.

Les pattes raidies, les babines retroussées, Glapy avait l'air résolu à ne pas laisser à Hyman la moindre chance de s'enfuir. Visiblement, il ne portait pas son ancien maître dans son cœur. Calvin, les yeux écarquillés, fixait le molosse ; il écarta les doigts et son pistolet tomba sur le sol. John le força à s'allonger face contre terre, ramassa l'arme puis, un genou au sol, menotta les mains du banquier dans son dos tout en récitant le code Miranda pour lui faire connaître ses droits. Pendant tout ce temps, il garda une conscience aiguë de la cible idéale qu'ils constituaient tous les deux pour l'autre tireur, celui que Hyman avait engagé pour abattre Turner et qui se cachait peut-être lui aussi dans le bois. Glapy s'approcha et vint renifler le prisonnier.

— C'est une erreur, protesta celui-ci, vous ne comprenez pas, je suis chez moi, j'ai tout à fait le droit d'être ici…

— La ferme !

— Mon pistolet est enregistré et…

— Vous allez vous taire, bon sang !

Hyman ne broncha plus. Ce qui était une bonne chose parce que John venait de découvrir qu'il allait devoir faire face à un autre problème.

Un gros problème.

Il sentait une odeur de brûlé.

49

À l'intérieur de la cabane, tout en surveillant Torelli, Turner jetait de fréquents coups d'œil à la porte. Où était John ? Malgré le bandage qu'elle avait réalisé avec les moyens du bord, Dante continuait à s'affaiblir. Le tee-shirt qu'elle avait appliqué en boule sur la plaie était tout rouge. Le sang l'avait traversé et coulait le long de son dos, elle le sentait poisseux sous ses propres doigts dont elle ne parvenait pas à contrôler le tremblement. Cela lui rappela les événements de la veille. Victoria blessée, par sa faute. Elle ne pouvait oublier le regard accusateur de la jeune femme brune.

Elle essayait de garder un visage calme et de ne pas communiquer sa terreur à Torelli. Le partenaire de John avait beau être un agent du FBI, elle ne voulait pas l'alarmer. Le jeune homme était allongé sur le sol, la pâleur de son visage contrastant avec la tache écarlate de sa chemise. Il avait les yeux fermés et cernés de noir, et maintenant qu'elle le détaillait de près, Turner se rendit compte qu'il était beaucoup plus jeune que John.

Elle regarda sa montre à nouveau, elle avait l'impression que cela faisait des heures que John était parti mais il avait franchi la porte de la cabane à peine quelques minutes plus tôt. Bien qu'elle n'eût entendu aucun coup de feu, elle était toujours inquiète car il était dehors et un tueur rôdait.

C'est alors que Glapy se mit à aboyer. Des aboiements déterminés, intentionnels, comme lorsqu'il avait signalé la présence de Torelli. Turner se raidit.

— Ne bougez pas, dit le jeune agent d'une voix qui, malgré sa faiblesse, avait conservé son autorité.

Il avait ouvert les yeux et il la regardait intensément.

— Mac est parfaitement capable de s'en sortir tout seul, ajouta-t-il.

— Mac ? demanda-t-elle d'un air distrait.

— John MacKinnon, c'est son nom mais tout le monde l'appelle Mac. Il ne vous l'a pas dit ?

Elle secoua la tête.

— Pourquoi l'aurait-il fait ? demanda-t-elle.

Il eut un charmant sourire, ses yeux bruns se plissèrent au coin. Il était vraiment très beau, se dit Turner.

— Vous ne l'aimez pas beaucoup, n'est-ce pas ? demanda-t-elle soudain.

— Qu'est-ce qui vous fait croire cela ?

— Oh, je vous en prie, vous êtes à peine aimables l'un avec l'autre.

— Nous avons eu, euh, un différend professionnel. Nous n'étions pas d'accord sur les moyens à employer lors de la dernière affaire sur laquelle nous avons travaillé ensemble.

— Et ?

— C'est tout. Bon sang, cette balle est en train de me tuer à petit feu, ajouta-t-il en grimaçant.

Elle le regarda, il essayait visiblement de changer de sujet. Elle n'avait pas l'intention de le laisser s'en tirer à si bon compte.

— Racontez-moi.

— Vous êtes têtue, soupira-t-il. OK. Nous étions sur une affaire et j'avais l'impression que Mac se comportait comme… – il lui jeta un coup d'œil – le roi des cons. Il faisait cavalier seul, ne me donnait aucune information, me tenait écarté de l'avancement de l'enquête. Alors je suis allé voir notre supérieur hiérarchique, je lui ai expliqué comment Mac agissait, et je lui ai dit qu'à mon avis il fallait retirer à John la direction de cette affaire.

Turner regarda Dante avec incrédulité.

— Vous avez cafardé ? Vous êtes allé moucharder dans son dos ?

C'était évidemment la dernière des choses à faire avec quelqu'un comme John. Qu'est-ce qui était passé par la tête de Dante pour faire un truc pareil ?

— Non, répondit-il en essayant de se redresser comme s'il voulait défendre son cas, mais il y renonça en grimaçant. Non, j'étais seulement inquiet pour le bon déroulement de l'enquête…

— Bon, bon, admit-elle sur un ton compatissant. Et après, il vous a massacré ?

— Presque, dit-il avec un rictus. En fait, il s'est trouvé que John et notre chef étaient copains…

— Houlà !

— Ouais, la politique et moi, ça fait deux, constata-t-il avec une mimique de petit garçon déçu qui la fit sourire.

— Et depuis ce jour, il fait tout ce qu'il peut pour me tenir à l'écart de ses enquêtes. C'est la première fois que nous retravaillons ensemble depuis cette histoire, conclut-il.

— Vous ne pouvez pas le lui reprocher.

— Non, mais c'est vraiment… – il jeta à nouveau un regard rapide à Turner – un con. Et je le pense même s'il vient de me sauver la vie.

— Vous êtes tous les deux… commença Turner en riant.

Mais elle fut interrompue par Dante qui arqua soudain les sourcils en fronçant le nez.

— Fumée, dit-il en essayant de se relever sur les coudes, je sens de la fumée.

Turner pivota sur elle-même. Un mince filet de fumée blanche montait en volutes derrière le bar. Il y eut comme un bruit de bouchon qui saute et soudain des flammes apparurent au-dessus de leurs têtes. La cabane était en feu.

— Venez, dit-elle en passant ses mains sous le bras de Dante qui n'était pas blessé, il faut sortir d'ici.

Elle le souleva de toutes ses forces mais elle ne parvint pas à le mettre sur ses jambes, et il resta assis par terre.

— Non, dit-il d'une voix rauque, c'est peut-être un piège.

Il avait dû respirer trop fort et inhaler de la fumée car il se mit à tousser violemment, chaque secousse lui arrachant une grimace de douleur.

— Si c'est le cas, il est bien pensé, parce que si nous restons là, nous allons finir brûlés vifs.

— Alors, laissez-moi passer le premier, dit-il.

Il sortit son pistolet.

— Vous ne pouvez même pas vous mettre debout tout seul, protesta-t-elle.

Turner n'était pas sûre qu'il y parviendrait même avec son aide. Pour l'instant, il s'appuyait sur elle et était toujours assis par terre.

— Je...

La porte s'ouvrit brusquement et aussitôt, Dante pointa son pistolet devant lui. John apparut dans l'encadrement de la porte.

— Venez !

— John, il ne peut pas se mettre debout ! cria Turner.

— Je peux...

John ne lui laissa pas le temps de finir sa phrase. Il fit deux pas, passa ses bras autour de Torelli et le mit sur ses pieds, mais il tituba aussitôt. Dante faisait un effort louable mais sa tête vacillait sur ses épaules. Turner qui tenait l'ordinateur dans une main, passa de l'autre côté et soutint Dante. Ainsi équipés, ils sortirent tant bien que mal de la cabane en flammes. Une fois dehors, ils aspirèrent avidement l'air frais. Puis il y eut un craquement, des tourbillons de fumée noire s'échappèrent de la cabane et, dans un souffle brusque, la fragile construction s'embrasa jusqu'au toit.

— Mon Dieu, dit une voix à côté de Turner, avez-vous une idée du prix que m'a coûté cette installation ?

Debout près d'un arbre, les mains dans le dos, Calvin Hyman regardait d'un air consterné son joujou partir en fumée. Turner comprit qu'il était menotté. Glapy, assis devant lui, le surveillait étroitement mais il avait l'air inquiet. Il haletait nerveusement, sans doute à cause de l'incendie. Elle aussi se sentait à bout de nerfs. Elle jeta un coup d'œil anxieux autour d'elle. La forêt était complètement sèche, cela faisait des semaines qu'il n'avait pas plu.

— Il faut appeler les pompiers.

— C'est déjà fait, dit John, j'ai utilisé le portable de Hyman.

Ils tournèrent le dos au lac et se dirigèrent vers le sentier qui remontait jusqu'au cottage du banquier. L'instinct de Turner la poussait à s'éloigner au plus vite du feu – ses bras se hérissaient de terreur devant le danger –, mais ils ne pouvaient pas courir. Pas avec Dante, qui pesait de plus en plus lourd sur eux. Turner se demandait s'ils arriveraient à l'amener jusqu'en haut de la pente. S'il s'évanouissait, ce serait un poids mort et elle n'était pas sûre de pouvoir le porter.

— Glapy ? Viens, appela John.

Le chien arriva en courant, apparemment ravi de s'éloigner du feu. Les feuilles des arbres autour de la cabane commençaient déjà à s'enflammer.

— Vous aussi, Hyman, ordonna John sans se retourner pour vérifier si le banquier suivait.

— Détachez-moi, je ne peux pas grimper le chemin avec les mains attachées.

— Essayez quand même, répondit John froidement.

Turner glissa sur les graviers et chuta douloureusement sur un genou, entraînant Dante qui tomba de tout son poids sur elle.

Boum !

Calvin hurla. Glapy s'enfuit la queue entre les jambes, *Oh, mon Dieu !* Turner sursauta et s'affala face contre terre en tremblant. Elle connaissait ce bruit. Quelqu'un leur tirait dessus. Encore. Elle lâcha la poignée de l'ordinateur et passa un bras sous le corps de Dante pour se dégager et l'entraîner avec elle sous le couvert des arbres.

Boum ! Boum ! Boum !

Les tirs résonnaient dans sa tête. La fumée de l'incendie emplissait ses narines. Coincée sous le corps de Dante, la jeune femme gémit de désespoir, elle ne voulait pas rester là, revivre cela une deuxième fois. Elle ne voulait pas mourir. Calvin jura à haute voix et s'enfuit dans les bois dans la direction opposée.

Boum ! Boum ! Boum !

Elle planta ses talons dans le sol poussiéreux et rassembla toutes ses forces pour soulever Dante. Elle eut une soudaine impression de légèreté et vit John debout à côté d'elle, soutenant Torelli. D'un bond, elle fut sur pieds et courut à sa suite se mettre à l'abri en tremblant. John tirait sans discontinuer, le bruit était tellement assourdissant qu'elle crut devenir folle. Elle mit ses mains sur ses oreilles pour ne plus entendre la fusillade mais rien n'y faisait. Le tireur rendait coup pour coup. Des éclats de bois se détachèrent d'un arbre juste devant son nez. Elle entendit Dante jurer, il avait réussi à sortir son pistolet mais était incapable de s'en servir. La fumée était devenue épaisse et étouffante, les arbres s'enflammaient les uns après les autres et leur seule voie de salut était bloquée par un tueur.

— Mon Dieu !

John ne répondit pas, tout entier concentré sur les arbres devant lui, cherchant à deviner, d'après l'origine des tirs, où le sniper se tenait.

— Arrêtez, c'est moi ! cria Calvin de l'autre côté du sentier. Bon sang, Hank, c'est moi, Calvin Hyman. Tuez-les mais pas moi !

— Je savais bien qu'il avait recruté ce salopard, grommela John entre ses dents.

Boum ! Boum !

Turner sentit un goût de cendre dans sa bouche. John changea de position et s'abaissa, entraînant avec lui Dante qui gémit. Les traits tirés par la souffrance, il avait l'air inconscient ou le serait bientôt, se dit Turner avec inquiétude.

— Écoute-moi, lui ordonna John, tu vas prendre le pistolet de Torelli, j'enlève le cran de sécurité, tout ce que tu as à faire c'est de viser et de tirer.

Pour la première fois depuis qu'ils avaient plongé sous le couvert des arbres, Turner le vit de face et sur son visage, il y avait du…

Sang.

Du sang coulait de sa tête, sur ses sourcils, descendait le long d'une de ses joues et tombait goutte à goutte sur le sol. Elle eut l'impression qu'elle en sentait l'odeur de cuivre, âpre et écœurante, mélangée à celle de la fumée de l'incendie.

John était blessé.

Non, non, pas John. Elle se jeta contre lui sans se soucier du pistolet qu'il tenait à la main. Mais il l'arrêta et lui mit l'arme dans la main avec autorité.

— Prends garde. Si je perds conscience, continue de tirer. Il faut le tenir à distance, lui faire croire que je suis toujours là.

Le sang.

Elle gémit, sentant la panique la gagner. Il la regarda d'un air sombre et impérieux jusqu'à ce qu'elle se calme.

— Turner, dit-il en plantant ses yeux pâles dans les siens, ce type est fou à lier, nous sommes pour lui des cibles vivantes, c'est un tueur, il faut que tu l'empêches d'avancer si moi je ne peux plus le faire. Parce que si tu ne le fais pas, il va te tuer. Il va tous nous tuer.

Il dut s'interrompre parce que la fusillade avait repris.

Boum !

Elle courba l'échine instinctivement et, rassemblant tout son courage, repoussa l'image de John couvert de sang. Ses yeux piquaient à cause de la fumée et elle avait du mal à respirer. Combien de temps tiendraient-ils avant que le feu les atteigne ? Avant de brûler vifs ?

— Laissez-moi passer, Hank ! hurla Calvin de l'autre côté du sentier, je ne peux plus respirer ! Il fait trop chaud !

Pour toute réponse, il y eut une nouvelle salve. À ses côtés, Dante toussa, sa poitrine se soulevant convulsivement à chaque quinte, puis il se mit à geindre sur un ton monocorde. Turner était sûre désormais qu'il était inconscient.

— Putain ! hurla Calvin, je reviens !

En face d'elle, de l'autre côté du chemin, Turner vit des branches s'agiter frénétiquement puis, toussant et crachant, Calvin sortit du bois en titubant, les mains toujours attachées dans le dos. Il se figea au milieu du sentier, cherchant à se diriger lorsque son regard tomba sur l'ordinateur abandonné par Turner quelques minutes plus tôt. Il fut agité d'un débat intérieur, puis il tourna autour de la mallette, et amorça un mouvement curieux, comme une révérence maladroite pour essayer de saisir la mallette par-derrière. John jura, leva son arme mais le sniper fut plus rapide que lui.

Boum !

Une balle vint se ficher dans le sol à quelques centimètres du pied de Calvin. Le banquier sursauta, cria et s'effondra. Puis une rafale de tirs dansèrent autour de lui, heurtant des cailloux mais sans l'atteindre.

À côté de Turner, John visa et tira trois coups si rapides qu'elle eut l'impression qu'il n'y avait eu qu'une seule explosion. Ses oreilles sifflèrent à cause de la puissance de la déflagration et elle les couvrit de ses mains. Elle crut d'abord qu'il avait tué Calvin, mais sa cible se trouvait juste au-dessus de lui. Il y eut un silence, puis on entendit quelque chose de lourd tomber et des branches se casser sous le poids. Turner fut soulagée que le corps reste dissimulé par les broussailles ; seul un bras dépassait sur le sentier. Le fusil du sniper atterrit au milieu du chemin. Pendant quelques instants, rien ne se passa. Il n'y eut plus que les craquements des arbres agonisants dans les flammes. Turner fixait le bras, s'attendant à le voir bouger et s'emparer du fusil. Mais il resta inerte.

Pendant l'échange de tirs, les flammes en revanche avaient continué leur progression.

Désormais, le feu leur barrait la route.

50

— Il faut retourner vers le lac, dit John en toussant à plusieurs reprises.

Turner se contenta de hocher la tête, elle ne pouvait plus parler, l'épaisse fumée pénétrait dans sa gorge, congestionnait ses bronches, brûlait ses yeux. Des étincelles dansaient dans l'air. L'une d'elles tomba dans son cou. Paniquée, la jeune femme crut qu'elle allait prendre feu et se frappa frénétiquement la nuque pour l'éteindre. John saisit Dante sous l'aisselle droite et elle prit l'autre bras. Ils le portèrent ensemble en contractant tous leurs muscles sous l'effort. Le jeune homme était maintenant complètement inconscient. Turner espérait que cette inertie était due à la perte importante de sang qu'il avait subie et non à quelque chose de plus sérieux.

Ils revinrent sur le sentier en titubant. Turner faillit tomber en heurtant des racines car la fumée était si dense qu'elle ne voyait plus ses pieds. Calvin les précédait en boitillant. Il n'y avait aucun signe de Glapy. Turner espérait que son instinct l'avait guidé vers la sortie de la forêt. En cas d'incendie, beaucoup d'animaux paniquent. Elle se souvenait d'histoires de chats se cachant sous un lit dans une maison en flammes et de chevaux refusant de sortir de leur écurie en feu. Mais ce n'était pas le moment de s'inquiéter pour le chien. Elle devait rassembler ses forces et tenir le coup pour Dante. Ils arrivèrent sur le chemin, là où la mallette contenant l'ordinateur reposait dans la poussière. Turner se pencha rapidement et l'attrapa. Elle passa la poignée sur son avant-bras. John la regarda faire sans mot dire. Devant eux, le lac bleu s'étendait, calme et serein, le soleil le faisait scintiller, indifférent au drame qui se jouait : à John qui avait sauvé leurs vies en en prenant une, au brasier qui rugissait tout proche comme un démon s'apprêtant à se jeter sur ses proies avant de les dévorer. Encore quelques pas, le sentier était raide. Juste au bord de l'eau, un bouleau s'embrasa et explosa en millier de flammèches qui s'envolèrent. Des feuilles d'arbres volaient autour d'eux comme des feux d'artifice miniatures. John trébucha, se reprit puis trébucha à nouveau. Dante s'effondra de tout son poids sur Turner et ils tombèrent tous les trois comme un château de cartes. Turner dérapa sur le dos, Dante glissa la tête la première sur le chemin caillouteux. Le choc le ranima car il se mit à gémir et à jurer, ce qui arracha un sourire à Turner. C'était bon signe, au moins il n'était pas mort. Elle se remit debout en respirant douloureusement. Le vent, qui quelque temps plus tôt était une douce brise, avait pris de la force et soufflait désormais en rafales violentes, tournant autour d'eux et les enveloppant d'une fumée qui les asphyxiait. Les yeux brouillés de larmes et toussant, elle tenta de se repérer. Devant eux et pourtant hors d'atteinte, s'étendait le lac bleu.

— Vas-y, ordonna John.

Elle se retourna vers lui. Il ne s'était pas relevé, au contraire, il restait agenouillé sur le sol, la tête baissée et les mains sur les genoux. Du sang coulait de sa tête sur son pantalon kaki.

— Vas-y, j'arrive avec Dante.

Et elle comprit.

John ne comptait pas la suivre. Il savait qu'il n'avait pas la force de faire les quelques mètres qui les séparaient du lac. Il voulait simplement qu'elle sauve sa vie.

Des larmes envahirent ses yeux. Comment pouvait-il imaginer, après tout ce qu'ils avaient traversé ensemble, qu'elle l'abandonnerait ? qu'elle accepterait d'être seule à nouveau ? Pouvait-il croire qu'elle était restée la même femme solitaire que celle qu'elle était six jours auparavant ? Elle n'était pas cette femme.

Elle ne l'était plus.

Turner jeta l'ordinateur dans la poussière, s'approcha de John et se mit à le tirer.

— Viens.

— Vas-y, lui dit-il en la regardant.

Sur son visage, le sang s'était mélangé à la terre, à la cendre et à la sueur.

— Non, je ne te laisserai pas, dit-elle en secouant la tête. On va atteindre le lac, ensemble.

Elle le tira une nouvelle fois et John se remit sur ses pieds, dans un effort colossal. Une fois debout, il vacilla dangereusement. Mais il se reprit et se pencha avec détermination vers Dante dont il saisit un bras alors que Turner prenait l'autre. Elle le tira de toutes ses forces. Dans l'état dans lequel ils étaient, il n'était plus question d'essayer de le remettre sur ses pieds, ils le traînèrent sur le dos. Lentement, centimètre après centimètre, les muscles de leurs épaules et de leurs bras atrocement douloureux, ils progressèrent vers la berge.

Vers l'eau salvatrice.

Vers la vie.

Pas une seule fois Turner ne regarda en arrière vers l'endroit où elle s'était débarrassée de l'ordinateur. Tout ce qui comptait était désormais à côté et devant elle, ce qu'elle laissait derrière n'avait plus d'importance. Et lorsqu'ils arrivèrent enfin sur la rive, le lac leur ouvrit les bras comme une mère accueillante recevant ses enfants. À mesure qu'elle pénétrait dans l'eau, Turner sentit la fraîcheur sur ses pieds puis sur ses jambes et ses cuisses. Ils avancèrent jusqu'à ce qu'ils aient de l'eau au menton, John soutenant la tête de Dante afin qu'il pût respirer.

Une fois hors de danger, ils se retournèrent. Le spectacle était apocalyptique, toute la rive et la forêt derrière étaient en feu. Les flammes léchaient les arbres, s'élevaient dans les airs en se nourrissant de leur sève, avant de les dévorer dans un bruit de tonnerre. Le sentier sur lequel ils avaient laissé l'ordinateur disparaissait dans la fumée. Le ciel était couvert d'un manteau noir, comme si la nature était en deuil. Un spectacle macabre et effrayant. Autour d'eux, tout parlait de mort. Tout, sauf le lac dont le charme restait intact, un sanctuaire frais qui les gardait en vie.

— Ah ! s'exclama Calvin qui barbotait à quelques mètres d'eux. L'ordinateur est en train de brûler. Vous n'avez plus de preuves contre moi.

— Meurtre avec préméditation commis par un tueur à gages, braquage de banque, agression… murmura Dante avant de perdre à nouveau connaissance.

— Joli palmarès, sans oublier que c'est un beau salopard, continua John d'une voix traînante. À mon avis, il va rester à l'ombre un bon moment, ajouta-t-il en souriant à Turner du coin des lèvres.

Turner lui rendit son sourire.

C'est alors que jaillissant du bois en feu, Glapy, courant comme un fou, se jeta dans l'eau au milieu d'eux, en les aspergeant copieusement.

51

John jeta un coup d'œil à l'horloge du tableau de bord et poussa un soupir de fatigue. Il était près de minuit et Turner le ramenait chez lui. Le médecin des urgences avait eu l'intention de le garder en observation, mais il avait catégoriquement refusé car il voulait dormir dans son lit. Heureusement que Turner n'était pas blessée et pouvait conduire, sinon le médecin ne les aurait pas laissés repartir en pleine nuit.

Ils avaient été secourus par hélicoptère après être restés dans l'eau pendant plus d'une heure. Hyman avait été aussitôt placé en garde à vue. Pendant ce temps, Dante et John avaient reçu les premiers soins. Turner avait suivi par la route avec Glapy. Il ignorait comment elle avait trouvé une voiture pour aller à Milwaukee car, à cette heure, la sienne devait être un tas de cendres au milieu de la forêt brûlée. Pendant tout le temps où ils avaient attendu les secours, il s'était beaucoup inquiété pour Dante. Quand l'hélicoptère était arrivé, le jeune homme était toujours inconscient. Il avait perdu beaucoup de sang et, à l'évidence, avait au moins une fracture. Mais après l'avoir examiné, les médecins s'étaient montrés optimistes. Torelli avait eu de la chance et il s'en sortirait.

— Tourne ici, dit John à Turner qui était restée silencieuse pendant presque tout le trajet.

Glapy, dont le poil était à peine roussi mais qui sentait terriblement la vase, bâilla bruyamment derrière eux. John profita de l'éclairage de la rue pour observer la jeune femme. Elle avait une marque rouge sur le cou, sans doute la trace d'une brûlure. Elle avait été si forte aujourd'hui, si courageuse ! Et, à la fin, elle avait renoncé pour lui à prendre le trésor qu'elle convoitait depuis si longtemps, c'est-à-dire les preuves de la culpabilité de Hyman.

Qu'est-ce qu'un homme peut dire à une femme qui a tant sacrifié pour lui ?

Il ouvrit la bouche, mais ils entrèrent dans le parking et John décida que ce qu'il voulait lui dire attendrait qu'ils fussent confortablement installés. Quand la voiture fut garée, il en sortit précautionneusement. On lui avait donné un antalgique mais sa tête le faisait souffrir comme si elle avait été heurtée par un camion.

— Ça va ? demanda Turner avec inquiétude, craignant sans doute de devoir le soutenir jusqu'en haut des marches.

— Je vais bien.

Elle n'avait pas l'air convaincu mais ne fit pas de commentaire. Ils pénétrèrent dans l'immeuble et commencèrent à gravir les escaliers. Il réfléchissait à la meilleure façon de formuler ce qu'il voulait lui dire. Il fit une pause sur le palier où se trouvait son appartement.

— Turner ? dit-il en grimaçant et en fouillant au fond de sa poche pour trouver ses clés.

— Oui ? demanda-t-elle en le regardant.

— Je...

— Papa !

Mon Dieu !

Il se retourna en entendant la voix féminine. Rachel était derrière lui. Plus grande, ses cheveux blonds plus longs. Sa première impression fut qu'elle avait beaucoup mûri.

— Rachel ? demanda-t-il bêtement.

— C'est qui ? demanda-t-elle l'air renfrogné en désignant Turner. C'est à cause d'elle que tu n'as pas répondu à mes appels ?

— Rachel, tu ferais mieux d'entrer, dit-il en déverrouillant la porte.

— Je veux une réponse, *John*. J'en veux une tout de suite. Elle…

— Ton père a été blessé à la tête par une balle aujourd'hui, intervint Turner. À un centimètre près, à cette heure-ci, il pourrait être mort.

Rachel dévisagea Turner d'un air mauvais.

— De quel droit vous permettez-vous… ? commença-t-elle avant de comprendre la portée de ce qu'elle venait d'entendre.

Ses yeux s'agrandirent, elle ouvrit la bouche d'un air ahuri et dit :

— Papa ?

— Viens, entre, dit John en s'effaçant devant elle.

— Rachel ! hurla une voix stridente dans le couloir.

Ils se retournèrent. Oh, non. Il ne manquait plus que ça, se dit John en voyant Amy se précipiter vers eux, suivie de près par Dennis, l'enfoiré. Il avait l'air d'être sur le point de craquer.

— Rachel ! répéta sa mère d'une voix furieuse en se plantant devant elle les mains sur les hanches. Qu'est-ce qui t'a pris de venir ici sans nous prévenir ni l'un ni l'autre ?

Dennis, derrière Amy, leva une main et fit un petit salut à John. Celui-ci lui répondit par un bref hochement de tête. Le type était vraiment correct. Pour un enfoiré.

— Est-ce toi qui as manigancé tout cela ? demanda Amy soupçonneuse à John. J'aurais cru que…

— Elle veut savoir pourquoi vous avez divorcé tous les deux, intervint Turner.

— Comment ? sursauta Amy, et vous êtes qui, d'abord ?

— C'est sa nana, dit Rachel d'un air méprisant.

John sentit la moutarde lui monter au nez d'un seul coup.

— Turner est la femme que je vais épouser, dit-il d'une voix claire et forte.

Rachel resta bouche bée, Dennis cligna des yeux et Amy – pour une fois – ne trouva rien à dire.

— Euh, dit Turner en s'éclaircissant la gorge, je crois que vous avez beaucoup de choses à vous dire et John doit s'asseoir. Rachel, tu devrais prendre le bras de ton père avant qu'il s'effondre.

Contre toute attente, la gamine s'exécuta aussitôt.

— Je descends promener Glapy. Ravie d'avoir fait votre connaissance.

Et la seule personne que John aurait voulu garder à ses côtés, s'en alla. Il soupira. Super. La discussion ne s'annonçait pas comme une partie de plaisir, mais puisqu'il ne pouvait l'éviter, autant profiter du fait qu'il était sous calmants.

Rachel passa un bras sous le sien et l'aida à marcher comme s'il était réellement invalide. D'une certaine façon, son geste était réconfortant. Il sentit une odeur de fleur. Sa petite fille se parfumait !

— Peut-être pourrions-nous revenir un autre jour ? suggéra Dennis, John est blessé et…

— Non, non, restez, dit John en se forçant à sourire, entrez et parlons.

— Je t'apporte un verre d'eau, dit Amy.

— Je vais l'aider, dit Dennis en lui emboîtant le pas.

John s'assit sur son canapé beige, sa fille prit place à côté de lui. Turner lui manquait déjà.

— Que t'est-il arrivé ? lui demanda-t-elle. C'est vrai ce qu'elle a dit ? On t'a tiré dessus ?

— Oui, mais on m'a manqué. Ça va, ne t'inquiète pas, le bandage est très impressionnant mais ce n'est pas grand-chose.

Elle se tut pendant quelques instants. Amy était bien longue à remplir un verre d'eau, se dit-il. C'était peut-être pour leur laisser du temps seuls, tous les deux.

— Tu vas vraiment l'épouser ? demanda-t-elle d'une toute petite voix.

— Oui.

— Oh, répondit-elle la bouche tremblante.

— Je t'aimerai toujours quoi qu'il arrive, dit John d'une voix rassurante, tu seras toujours ma petite fille.

— Ce n'est pas vrai, tu m'as laissée tomber il y a trois ans, protesta-t-elle d'une voix pleine de reproche, mais il nota qu'elle se rapprochait quand même de lui.

— C'est ce que tu voulais à l'époque, ma chérie. Tu souhaitais que Dennis soit considéré comme ton père car tu ne voulais plus de moi dans ta vie.

— Peut-être... peut-être que j'ai changé d'avis.

— Tu en as le droit, dit-il en sentant un sourire étirer ses lèvres et une vague de chaleur parcourir ses veines.

Amy revint dans le salon, lui tendit un verre d'eau glacée et s'assit sur une chaise en face d'eux.

— Tu m'as fait une peur bleue, Rachel, qu'est-ce qui t'a pris ?

John but une gorgée et attendit en silence.

— Elle avait raison, la... la fiancée de papa. Je veux savoir pourquoi papa et toi avez divorcé.

— Tu le sais déjà, observa Amy sur la défensive.

— Non ! Je ne sais pas la vérité. Il y a autre chose, j'en suis sûre.

— Ta mère et moi, nous couchions ensemble, dit Dennis que John n'avait pas vu entrer dans la pièce.

— Dennis ! protesta Amy faiblement.

— Ce qui était assez moche de notre part puisque ta maman était toujours mariée avec Mac. Mais nous nous aimions et parfois les adultes, quand ils sont amoureux, ne se comportent pas exactement comme il le faudrait. Lorsque Mac s'en est aperçu, il a demandé le divorce.

— Oui, mais c'est arrivé à cause de nombreuses choses, je n'étais pas souvent présent…

— Alors, ce n'était pas ma faute, murmura Rachel.

— Mais bien sûr que non ! s'écria sa mère.

John regarda Rachel pensivement.

— Qu'est-ce qui te faisait penser cela ?

Elle baissa la tête et contempla ses mains d'un air gêné.

— J'ai toujours pensé que vous me cachiez quelque chose. Je me souviens que je pleurais beaucoup quand j'étais petite, c'était avant que tu partes.

— Et ? demanda John attentif.

— Je croyais que tu étais parti parce que tu ne supportais pas que je pleure, avoua-t-elle, en le regardant de ses grands yeux bleus noyés de larmes.

Il mit une seconde à comprendre, sans doute parce qu'il était tard et qu'il était gavé de calmants. Elle croyait que son comportement normal de petit enfant lui avait fait fuir son foyer. Comment était-ce possible ? Rachel était une fille intelligente – il le savait, même si elle n'avait plus voulu de lui comme père –, comment avait-elle pu se mettre dans la tête qu'il était parti parce qu'elle avait piqué une crise ou deux ? Mais l'intelligence n'avait pas grand-chose à voir avec les sentiments et la famille, et comme Amy et lui avaient dissimulé la véritable raison qui les avait conduits au divorce, ce n'était finalement pas étonnant qu'elle ait tiré une conclusion erronée.

— Non, répondit-il fermement en secouant la tête.

À ses côtés, Amy avait l'air sonnée.

— Non, Rachel, reprit-il, rien – *rien* – de ce que tu as pu faire n'a provoqué notre séparation. Si cela avait été possible, ta mère et moi serions restés ensemble, pour toi.

Amy le regarda d'un air étrange.

— Rachel, ma chérie… commença-t-elle.

Alors, ils parlèrent, expliquèrent, rassurèrent. Ils firent enfin ce qu'ils auraient dû faire depuis longtemps. Cela ne dura qu'une heure mais il leur sembla que des années de tension et d'incompréhension se dissipaient enfin. À la fin, John était épuisé mais cela en valait la peine, il avait renoué le dialogue avec sa fille et ils avaient même décidé que Rachel viendrait passer quelques jours prochainement chez lui.

— Nous t'enverrons les horaires d'avion par e-mail, dit Amy en ouvrant la porte, mais Rachel ne pourra rester que quelques jours, car l'école reprend juste après Labour Day[1].

— C'est déjà un bon début, assura-t-il.

Il faisait un gros effort pour essayer de garder les yeux ouverts, se demandant sans cesse où était passée Turner.

— Bye, papa, lui dit Rachel en le serrant dans ses bras.

Elle recula d'un pas et lui lança un regard inquiet.

— Je t'aime, ajouta-t-elle.

— Je t'aime aussi, dit-il en essayant d'adopter un air détendu et il les vit s'éloigner dans le couloir.

À l'instant où ils tournèrent au coin de la rue, et malgré sa faiblesse et sa fatigue, il dévala les escaliers. Cela faisait plus d'une heure qu'elle était partie promener le chien. Il n'avait pas prévu de la demander en mariage devant Rachel – si toutefois on pouvait qualifier de demande en mariage cette formulation brutale sur le palier devant son appartement. Il s'en voulait, ce n'était ni le lieu ni le moment. Il aurait voulu quelque chose de plus adapté, comme un dîner aux chandelles et une bonne bouteille de vin blanc. Mais il s'était comporté avec la légèreté et la finesse d'un rhinocéros. Il fit le tour du parking, la voiture n'était pas là. Il resta planté là avec incrédulité, puis fit demi-tour et retourna chez lui. Il savait combien Turner tenait à son intimité et à quel point elle avait du mal à se laisser approcher. Elle avait peut-être profité

1. Le jour de la fête du Travail (NdT).

de la visite inopinée de sa fille pour s'échapper loin de lui encore une fois. Le retour lui sembla plus long que l'aller, il remonta les marches d'un pas pesant, souffrant d'un violent mal de tête. Il connaissait son adresse, mais elle était si craintive qu'elle avait sans doute trouvé une nouvelle cachette. Il allait falloir qu'il la découvre... Il entendit le téléphone sonner à l'intérieur de son appartement. Il jura, sortit ses clés, se battit avec la serrure et ouvrit enfin la porte qu'il claqua derrière lui avant de se précipiter sur le téléphone.

— Oui ?

— Agent spécial MacKinnon ?

Il ferma les yeux et poussa un soupir de soulagement, se sentant proche des larmes.

— Oui, bébé.

Turner toussota, puis de sa voix rauque à l'intonation si sexy, reprit :

— Ta famille est partie ?

— Ils sont partis. Mais il n'y a que Rachel qui fasse partie de ma famille. Et toi.

Elle ne fit aucun commentaire.

— Ça te dit si Glapy et moi on revient ?

— J'adorerais, dit-il en s'adossant au mur. Où êtes-vous ?

— Ouvre la porte.

Il se redressa et regarda la porte qu'il venait de claquer derrière lui. Difficile à croire. Il l'ouvrit.

Turner se tenait sur le palier, le téléphone à l'oreille, l'énorme chien à son côté.

Elle lui sourit.

52

John avait l'air si fatigué sous le bandage blanc qui couvrait sa tête, se dit-elle avec un pincement au cœur quand il ouvrit la porte. Elle aurait dû garder cela pour demain, lui laisser une bonne nuit pour récupérer et trouver un motel pour elle et le chien. Mais il se précipita sur elle et la prit dans ses bras. Le petit téléphone portable qu'elle venait d'acheter dans un magasin ouvert vingt-quatre heures sur vingt-quatre, lui échappa et tomba par terre.

Alors elle oublia tous ses scrupules. John l'embrassait comme si elle était l'élixir de la vie éternelle. Comme si elle était la chose la plus précieuse au monde.

Comme s'il l'aimait.

Elle savait que son visage était mouillé de larmes, elle en sentait le goût sur ses lèvres, mais cela lui était égal. Dans les bras de John, elle était chez elle. Elle avait trouvé son havre après quatre ans de solitude. Quatre longues années pendant lesquelles elle n'avait fait que survivre. Rusty pouvait désormais reposer en paix, et la colère qu'elle avait nourrie contre Calvin, s'apaiser. Elle pouvait ouvrir les yeux sur le monde et vivre enfin sa vie.

Avec lui.

Elle ne savait comment, John, tout en continuant à l'embrasser, l'avait entraînée à l'intérieur de l'appartement. Son téléphone sonna mais il l'ignora, ses lèvres dévoraient les siennes, ils se cognèrent dans les meubles, heurtèrent le mur, ni l'un ni l'autre ne pouvait interrompre ce baiser. Elle espérait tout de même qu'il savait où il allait, car elle avait fermé les yeux. Elle entendit Glapy soupirer et se coucher par terre, puis elle l'oublia. John avait réussi à les conduire dans la chambre et essayant vainement d'enlever son tee-shirt, dut interrompre leur baiser.

— Ne me quitte jamais, murmura-t-il en lançant le tee-shirt sur une chaise.

— Je te le promets, répondit-elle. Mais tu ne décroches pas ?

— Je ne veux pas être obligé de te courir après à travers tout le pays, j'ai déjà donné, répondit-il en s'acharnant sur l'agrafe de son soutien-gorge.

Il le brandit enfin triomphalement et le jeta négligemment par-dessus son épaule, sans se soucier de vérifier où il avait atterri.

— Je croyais que tu étais partie, ajouta-t-il d'une voix tendue.

— J'étais seulement allée acheter de la nourriture pour Glapy, et un portable pour moi. À ce propos, vas-tu enfin répondre ?

Il jura et allongea le bras pour décrocher le combiné.

— Quoi ?

Turner en profita pour enlever le dessus-de-lit marron. Il faudrait le remplacer par un autre plus coloré, se dit-elle – pourquoi pas du rouge ? Ce serait plus gai…

— Bien. Parfait. Merci.

John raccrocha au nez de son interlocuteur, puis il arracha la prise du mur et se tourna vers elle.

— Tu n'iras pas en prison.

— Comment ?

— C'était mon boss.

— Tu as raccroché au nez de ton boss ? demanda-t-elle avec incrédulité.

— Oui, dit-il les yeux fixés sur ses seins. Il a dit que la banque ne portera pas plainte contre toi, et évidemment, compte tenu des circonstances, Hyman non plus.

— Mais, comment… ?

— J'ai appelé Tim, mon supérieur, depuis l'hôpital pour lui demander d'arranger cela, et il vient de me confirmer que c'était réglé.

— Pourquoi ?

Mais il ne répondit pas, il ne l'écoutait plus car il avait posé sa bouche sur ses seins. Elle eut l'impression d'être emportée dans une caverne chaude et humide où elle se sentait bien. Il la serra contre lui, ses grandes mains se promenant sur sa peau nue, puis il l'entraîna vers le lit, ses lèvres toujours sur ses seins. Elle s'allongea, les pieds pendant en dehors du lit, il s'agenouilla entre ses jambes et sa bouche descendit le long de son torse.

— John, viens t'allonger près de moi, lui dit-elle en se redressant sur ses coudes. Tu as été blessé à la tête.

— C'est juste une égratignure, protesta-t-il en grimaçant comiquement comme un petit garçon, tout occupé à lui dégrafer son short. Et je me sens beaucoup mieux, tout à coup.

Il envoya balader le short.

Après tout, s'il tenait tant à lui faire l'amour, se dit-elle, elle ne voyait pas pourquoi elle l'en dissuaderait. Il avait à nouveau écarté ses jambes et, la tête penchée sur elle, il passait délicatement sa langue entre les plis de son sexe. Turner s'abandonna en arrière sur le lit et ferma les yeux. Mon Dieu, il savait exactement ce qu'il faisait. Elle tendit les mains et les posa sur sa tête, caressant ses cheveux doucement, effleurant le bandage sur sa tempe. Elle sentit à nouveau les larmes monter, ce qui était idiot, si on considérait ce qu'il était en train de lui faire et combien elle aimait cela. Elle avait failli le perdre, il s'en était fallu d'un cheveu. Si la balle avait dévié un tant soit peu, il aurait été tué. Elle aurait pu dire adieu à ce qui les liait, à cet amour qui était né entre eux. La langue de John tournait autour de son clitoris, elle sursauta et se mit à haleter. La caresse se fit alors plus insistante, la torturant implacablement. La sensation était tellement intense qu'elle se mordit les lèvres.

— John, cria-t-elle en arquant son dos, mais les mains de John tenaient fermement ses hanches et ne la lâchèrent pas. John...

Elle n'avait jamais laissé un homme lui faire cela. C'était beaucoup trop intime. Mais elle écarta davantage les jambes pour l'accueillir, lui et l'amour qu'il lui donnait.

Parce que c'était lui.

C'était si bon, si chaud, si fort que c'en était presque insupportable, et pourtant elle voulait qu'il ne s'arrête jamais.

— John...

Il introduisit son pouce en elle tout en mordillant son clitoris à la fois doucement et sans répit. Elle trembla, rejeta la tête en arrière, se cambra. Une vague d'intense lumière la submergea, l'emporta, et elle se laissa aller...

Elle redescendit doucement sur terre, haletante et en paix.

Elle était avec John.

Elle sentit le lit bouger et quand ses mains la quittèrent, elle eut froid. Mais cela ne dura pas, car il revint contre elle, la prit dans ses bras et l'allongea complètement sur le lit. Ses mains reprirent ses hanches, et elle sentit son sexe contre le sien. Elle ouvrit les yeux. Il était juste au-dessus d'elle et la regardait d'un air grave et le visage tendu.

— Je t'aime, dit-il en la pénétrant, je veux que tu le saches. Maintenant et pour toujours.

Il s'introduisit profondément en elle et la sensation soudaine de son pénis lui fit ouvrir la bouche pour chercher son souffle.

Mais il n'avait pas terminé :

— Tu n'es pas obligée de me répondre tout de suite. Je sais que c'est un peu tôt. Nous ne nous connaissons que depuis une semaine, dit-il en appuyant fermement son bassin contre le sien.

La sensation de force et de chaleur était délicieuse. Elle essaya de bouger ses hanches mais son poids sur elle l'en empêchait.

— Je...

— Je veux avoir le temps de te découvrir davantage, de te faire la cour, je ne veux pas te forcer.

Elle en doutait fortement. Après tout, il avait choisi de faire sa déclaration d'amour une fois en elle. Et John était le genre d'homme qui obtenait ce qu'il voulait, même s'il prétendait le contraire.

Il grimaça légèrement, la sueur perla à son front, il faisait un effort considérable pour se tenir ainsi au-dessus d'elle.

— Je veux que tu saches...

Elle sourit et caressa sa bouche du bout de son doigt :

— Je t'aime, John MacKinnon, dit-elle d'une voix douce et rassurante.

Son visage se détendit un peu.

— Tu es sûre ? demanda-t-il néanmoins.

— Oui.

Il bougea ses hanches, réajustant son poids sur elle. Oh, c'était tellement bon. Elle faillit fermer les yeux mais les garda ouverts au prix d'un gros effort.

Il commença à bouger doucement.

— Parce que...

— John ?

Il se figea. Non, ce n'est pas ce qu'elle voulait qu'il fît. Elle prit une inspiration profonde et se concentra.

— Je t'aime de tout mon cœur et de toute mon âme. Tu es le soleil et les étoiles, je me sens complète quand je suis avec toi. Et juste au passage – et même si tu ne me l'as pas demandé officiellement – oui, je veux bien me marier avec toi et je serai ta femme jusqu'au jour de ma mort.

— Oh, eh bien... dit-il en clignant des yeux.

Elle leva les jambes et les glissa autour de sa taille. Bien serrées.

— C'est réglé maintenant ? demanda-t-elle.

— Oui.

Elle planta son regard au fond du sien et lui dit de sa voix rauque :

— Maintenant, fais-moi l'amour jusqu'à ce que je crie.

Un sourire illumina lentement son visage.

— Bien, madame.

Et il s'exécuta.

53

Quelque temps plus tard, quelque part dans le nord du Wisconsin…

— Hé, mec, c'est déprimant, s'exclama Fish, secoué comme un prunier dans le fourgon de la prison.

Ses chaînes bringuebalaient à chaque cahot.

— C'est comme la fin du *Seigneur des anneaux*, en pire, marmonna Nald. Neuf stupides heures et Frodon est amputé d'un doigt et doit aller dans un pays où c'est pas la joie avec cette espèce de magicien dont j'ai oublié le nom.

— Oui, tu peux le dire, c'est pas la joie, mec ! rétorqua Fish en changeant de position sur le siège inconfortable.

— Du foie et des oignons, murmura Nald.

Il était complètement sonné. Qui mangeait du foie et des oignons ? Ils pourraient raconter à tout le monde que c'est ce qu'on mangeait en prison. S'il l'avait su, cela lui aurait coupé toute envie de piller une banque.

— Le type à côté de moi en a repris deux fois, s'exclama Fish avec dégoût, on aurait dit qu'il mangeait de la cervelle d'extraterrestre.

— Beurk ! de la cervelle d'extraterrestre !

— Et il n'y a pas le câble !

— Pas de chaîne de science-fiction.

— Pas de chaîne de dessins animés.

— Pas de Coupe du monde de catch.

— Hé, mec, ça c'est sur les chaînes normales, corrigea Fish.

— Je m'en fiche, hurla Nald, perdant soudain les pédales. De toute façon, ils ne nous laisseront sûrement pas la voir, on sera sûrement obligés de se taper *Jeopardy !* et Martha Stewart !

— Martha Stewart ?

— Hé ! La ferme vous deux, cria le garde assis à l'avant du fourgon.

Le type était vraiment nerveux : depuis qu'ils avaient quitté la prison, une heure plus tôt, il n'avait pas cessé de leur crier dessus. Le fourgon eut un nouveau soubresaut, plus fort que les précédents et, cette fois, il stoppa.

Le garde jura et sortit du véhicule en claquant la porte derrière lui.

— Je crois qu'on a calé, dit Fish en regardant par le hublot.

Nald doutait qu'il puisse apercevoir grand-chose, dehors, tout était noir.

— Je m'en fiche, dit Nald, qui s'avachit sur son siège.

Des phares rougeoyèrent dans le lointain, Fish les vit s'approcher à travers le hublot. Ils entendirent le garde jurer encore une fois avant de cogner fortement la porte du fourgon.

— Mon vieux, dit Fish, ce mec va nous aveugler avec ses phares.

Comme il pouvait le voir, les phares clignotaient vivement maintenant. Le garde tambourinait de plus en plus fort sur la porte, le fourgon tanguait violemment.

— Tu crois qu'il veut qu'on lui ouvre la porte ? demanda Nald.

Ils entendirent un très puissant bruit de Klaxon, qui leur sembla tout proche. La porte s'ouvrit. Le garde entra brusquement, l'air très énervé, et les attrapa par leur uniforme orange.

— Hé ! protesta Fish.

L'homme les éjecta sans ménagement hors du fourgon. Quarante secondes plus tard, Nald et Fish, plantés sur le ballast d'une voie ferrée, assistèrent médusés à l'écrasement de leur fourgon par un train.

— Génial ! s'écria Fish au moment où la motrice heurta le véhicule qui s'envola dans les airs.

— Tu peux le dire, mec, acquiesça Nald, en sautant d'excitation.

C'était incontestablement le plus beau spectacle auquel il ait assisté de toute sa vie.

Le train ralentit et le conducteur du fourgon courut vers la locomotive en hurlant. Des voitures de flics arrivèrent peu après, suivies d'ambulances, bien qu'il n'y ait aucun blessé, leurs gyrophares tournoyant dans la nuit.

Nald arrêta de sauter et regarda autour de lui.

Tout le monde avait les yeux fixés sur le fourgon déchiqueté et parlait dans les radios de bord. Personne ne leur prêtait attention.

Pour la première fois depuis le samedi précédent, Nald eut une idée.

— Mec... ?

Mais Fish était encore tout excité par l'accident :

— T'as vu le pare-brise quand il a explosé ?

— Mec... ?

— Et la tête du garde ! On aurait dit qu'il disait *oh, merde !*

— Mec... ?

— Et le pneu qui a rebondi derrière le train ?

— Mec ! hurla Nald.

— Quoi ? demanda Fish en le regardant enfin.

— C'est par où, le Canada ?

Dans la collection Girls in the city chez Marabout :

Embrouilles à Manhattan, Meg Cabot
Mes amants, mon psy et moi, Carrie L. Gerlach
Sexe, romance et best-sellers, Nina Killham
Et plus si affinités, Amanda Trimble
Projection très privée à Tribeca, Rachel Pine
Mariage mania, Darcy Cosper
Mariage (en douce) à l'italienne, Meg Cabot
L'ex de mes rêves, Carole Matthews
Divorce à petit feu, Clare Dowling
Un bébé made in L.A., Risa Green
Une maman à L.A., Risa Green
Le Prince Charmant met de l'autobronzant, Ellen Willer
Cleptomania, Mary Carter
Happy end à Hollywood, Carole Matthews
Sexe, amitié et rock'n roll, A.M. Goldsher
Ma vie privée sur Internet, Carole Matthews
Plaquée pour le meilleur, Clare Dowling
Bimbo mais pas trop, Kristin Harmel
Le Prince Charmant fait péter l'audimat, Ellen Willer
Double Jeu, Emma Lewinson
Arnaque à l'amnésie, Caprice Crane
En finale de Fame Game, Carole Matthews
Ma vie de star est un enfer, A.M. Goldsher
Blonde létale, Kate White
Un break pour Kate, Carole Matthews
The boy next door, Julie Cohen

EMBROUILLES À MANHATTAN
Meg Cabot

Fandesleaterkinney : *Qu'est-ce que tu fous ?*
Katylafait : *Je BOSSE. Et arrête de te connecter sur ma messagerie instantanée pendant les heures de travail, tu sais que la RATT n'aime pas ça.*
Fandesleaterkinney : *La RATT peut crever. Et tu ne bosses pas. Je te rappelle que je vois ton bureau du mien. Tu es encore en train de rédiger une de tes fameuses listes. À faire, hein ?*
Katylafait : *Même pas vrai ! Je réfléchis seulement aux multiples échecs et aux innombrables erreurs de jugement qui semblent avoir constitué ma vie jusqu'à présent.*
Fandesleaterkinney : *Tu n'as que vingt-cinq ans, crétine ! Tu n'as même pas encore commencé à vivre.*

MES AMANTS, MON PSY ET MOI
Carrie L. Gerlach

Règle nº 1 : *Ne jamais sortir avec son boss.*
Règle nº 2 : *Se méfier des promesses faites un soir de pleine lune sur plage déserte ; elles ne survivent jamais au voyage du retour.*
Règle nº 3 : *S'il vit encore chez ses parents, il y a de fortes chances pour qu'il vous prenne pour sa mère et qu'il vous réclame de l'argent de poche.*

Ce roman drôlissime vous fera économiser les frais d'une épuisante et interminable analyse chez votre psy favori !

SEXE, ROMANCE ET BEST-SELLERS
Nina Killham

Décoiffé, la chemise déchirée, les chaussures dégoulinantes de boue, il était appuyé contre le bureau du commissariat de Venice Beach. Depuis des années, les femmes essayaient de le séduire. Et depuis des années, malgré leurs efforts vraiment héroïques, elles échouaient. Les conséquences prenaient même parfois des proportions insoupçonnables pour certaines d'entre elles : spasmes musculaires, crises cardiaques, blessures provoquées par des tirs croisés. Mais c'était la première fois que quelqu'un en mourait.

— Profession ? demanda le brigadier.

— Auteur de romans d'amour.

ET PLUS SI AFFINITÉS
Amanda Trimble

Ah ! Au secours ! Mais c'est quoi cet… ?

En passant devant le kiosque de Lincoln Park, j'attrape mon magazine préféré et là, je me sens mal. Cramponnée au *City Girls* qui est quand même l'hebdomadaire le plus lu de Chicago, je lis, écrit en énorme : « Un agent très spécial dévoile tout. » Mais ce n'est pas tout car, sous le titre, on voit une paire de fesses en gros plan. La poisse ! Dites-moi que j'hallucine… Non, c'est bien moi.

Comment gagner sa vie quand on est jolie, pressée et dingue de fringues ? Victoria Hart a trouvé la solution en devenant « agent très spécial », sorte d'entremetteuse de charme. Ne le dites surtout pas à sa mère…

PROJECTION TRÈS PRIVÉE À TRIBECA
Rachel Pine

Tout juste embauchée par une puissante maison de production cinématographique, Karen pense enfin vivre son rêve. Située à Tribeca, le nouveau quartier à la mode de Manhattan, cette maison est aux mains de Phil et Tony Waxman, des jumeaux sans scrupules.
Karen saura-t-elle résister et garder la tête sur les épaules ? Ou devra-t-elle partir si elle tient à sauver son âme ?

Une plongée hilarante et époustouflante dans le monde sans pitié des producteurs de cinéma.

MARIAGE MANIA
Darcy Cosper

Dix-sept mariages en six mois ! Malgré son aversion épidermique pour l'institution, Joy, 30 ans, ne peut échapper à ces invitations. Mais le plus important est que le garçon avec lequel elle vit depuis 18 mois, Gabriel, partage son point de vue : aucun des deux ne souhaite se marier.
Non, ça, jamais !
Au cours des six mois qui vont s'écouler, Joy pourra-t-elle concilier ses convictions les plus profondes avec l'affection qu'elle éprouve pour ceux de ses amis ou de sa famille qui s'engagent ? Son couple supportera-t-il les épreuves ?

Une comédie new-yorkaise décapante et drôlissime.

MARIAGE (EN DOUCE) À L'ITALIENNE
Meg Cabot

Que feriez-vous si votre meilleure amie partait se marier en douce en Italie ? Et si vous décidiez de tenir le livre de bord de cette fugue romantique alors que le témoin de son futur mari est un journaliste prétentieux, égoïste et, par-dessus le marché, opposé à cette union ? Si vous deviez faire avec lui le voyage jusqu'à un village isolé des Marches ? Et que, cerise sur le gâteau, vous étiez contrainte et forcée de passer les quelques jours précédant la noce avec cet insupportable snobinard terrorisé à la vue d'un chat ?

Une comédie absolument moderne, résolument décapante et connectée *via* Internet.

L'EX DE MES RÊVES
Carole Matthews

Comment garder le sourire quand on vient de se faire plaquer pour une bimbo affublée d'un 90 D ? Josie décide de faire bonne figure en se rendant au mariage de sa cousine à New York, la capitale des célibataires ! Mais saura-t-elle résister à un futur ex-mari qui ne veut plus divorcer ? D'autant qu'elle a rencontré un séduisant journaliste spécialiste de rock'n roll dans l'avion pour New York... Et comment préviendra-t-elle le jeune marié que sa femme vient de s'enfuir avec son ex-petit ami ? Et si, grâce à John Lennon, tout se terminait bien ?

Une comédie romantique et désopilante avec des personnages attachants et des scènes hautes en couleur.

DIVORCE À PETIT FEU
Clare Dowling

À peine mariée, Jackie quitte Henry sur un coup de tête et croit trouver en Dan l'Homme à épouser. Et s'il suffisait de divorcer ? Mais ce qui devait être une pure formalité s'éternise et devient chaotique. D'autant plus que l'avocate de Jackie finit par coucher avec l'avocat de la partie adverse… que sa copine complètement coincée se découvre une passion sexuelle irrépressible pour un Polonais… et que sa sœur se retrouve enceinte de jumeaux après une nuit bondage passée entre les bras d'un juge sexagénaire…

Une comédie à l'anglaise, excentrique et déjantée.

UN BÉBÉ MADE IN L.A.
Risa Green

Et si Andrew avait raison ? Et si je n'étais pas prête pour avoir un enfant ? Je m'empare d'une feuille de papier et trace deux colonnes :

Contre le bébé :
Je vais devenir grosse.
Je vais mettre des vêtements de grossesse.
Je ne suis pas faite pour devenir mère.

Pour le bébé :
Suis encore jeune : plus facile de maigrir après.
Habits de bébé, surtout de fille !!!!!

Bon. Ma liste a l'air bancale sans le dernier « pour ». Je ne vais pas trop forcer. Je trouve que j'ai déjà bien avancé pour ce soir.

Une comédie vivante, drôle et sarcastique, calée sur les neuf mois de grossesse de l'héroïne.

UNE MAMAN À L.A.
Risa Green

Très bien. Je vais réussir à le déclarer ouvertement : c'est chiant d'avoir un bébé et ça ne ressemble en rien à ce que j'avais imaginé.

Je sais ce que vous pensez. Vous vous dites : qu'y a-t-il de si horrible ? En quoi est-ce pénible à ce point ? D'accord. Premièrement, il y a le manque absolu de sommeil. Sans compter qu'il faut lui donner le sein. Mais ce n'est pas tout. Il y a pire que pleurer, se lever la nuit, avoir des seins douloureux et être dans l'incapacité de régler les heures de tétée. Quand vous avez un bébé et que par malchance vous en êtes la mère, la vie s'arrête brutalement. « Vous » n'existe plus. Il n'y a plus de « nous ». Il y a le bébé et, tout simplement, plus rien d'autre n'existe. Et ma vie de femme dans tout ça ?

La suite de *Un bébé made in L.A.*

LE PRINCE CHARMANT MET DE L'AUTOBRONZANT
Ellen Willer

Il s'appelle Frantz, il est grand et il est beau. On le dit riche, intelligent et bien élevé. C'est le célibataire dont toutes les femmes rêvent. Dans l'émission de télé-réalité produite par Emmanuelle, il va devoir faire son choix entre dix candidates au mariage.
Qui séduit qui ? Qui court après qui ? Qui trahit qui ?
Producteurs sans scrupules, paparazzis, palaces de la côte d'Azur et plateaux TV donnent un rythme d'enfer à ce roman drôle et percutant. Plus vrai que nature, il nous plonge dans un monde cynique et fascinant, en plaçant la caméra là où on ne l'attend pas : en coulisses.

Les coulisses d'une émission de télé-réalité comme si vous y étiez.

CLEPTOMANIA
Mary Carter

« Je, soussignée Melanie Zeitgar, saine de corps (moins sept kilos) et d'esprit, m'engage à : ne plus jamais voler*.
* Exceptions : ruptures, gain de poids, perte d'emploi, auditions ratées, auditions réussies après lesquelles personne ne me rappelle, factures de carte Bleue élevées, caries, traumatisme lié à l'utilisation d'un menu de téléphone automatisé, visite-surprise d'un tueur en série ou d'un cambrioleur, visite-surprise de ma mère ou de Zach, pas de visite ni de coup de fil de AMVM (l'Amour de Ma Vie du Moment) – c'est-à-dire Ray. »

Melanie Zeitgar, 29 ans, vit à New York et rêve de devenir actrice. Entre les petits boulots humiliants et les castings de pub, elle cache un lourd secret : elle est cleptomane. La rencontre avec le beau et célèbre Greg donnera-t-elle un nouveau sens à sa vie ?

Les aventures abracadabrantes d'une cleptomane dans la Grande Pomme.

HAPPY END À HOLLYWOOD
Carole Matthews

« Je sais précisément à quel moment je suis tombée amoureuse. À quel endroit aussi. Au Salon du livre de Londres. Je me souviendrai éternellement de l'heure exacte : 15 h 45.
Si je n'ai aucune idée de qui il est, ou pas encore, je suis déjà mordue, folle amoureuse de lui. Il y avait bien longtemps que je n'avais pas ressenti de tels picotements dans tout le corps.
J'ai également des fourmis dans les pieds, mais cette sensation provient sans doute davantage de mes chaussures et d'un oignon naissant que de la flèche de Cupidon. »

Lorsqu'elle rencontre Gil, un riche producteur hollywoodien, Sadie se dit qu'il est temps de changer de vie. Mais à peine arrivée sur Sunset Boulevard, elle enchaîne les désillusions...

Une héroïne parachutée dans l'univers de Hollywood avec ses bimbos aux dents longues et ses vieilles stars déchues.

SEXE, AMITIÉ ET ROCK'N ROLL
A.M. Goldsher

Meilleures amies depuis l'enfance, Naomi et Jenn partagent la même passion pour la musique. Elles décident de tenter leur chance à Manhattan en jouant dans des clubs.
Très vite, le groupe qu'elles ont formé avec Travis et Franck est remarqué par un label qui les prend en main : conseillers en tous genres, relooking, plans promo, passages télé, photos… tout s'enchaîne à un rythme d'enfer. Mais le succès a un prix : tensions, rivalités, mensonges… Naomi saura-t-elle tirer son épingle du jeu sans y perdre son âme ?

L'ascension fulgurante d'un groupe de musique qui catapulte l'héroïne dans le monde des célébrités.

Une comédie rock'n roll dans un univers électrique.

MA VIE PRIVÉE SUR INTERNET
Carole Matthews

Le jour où Emily découvre que son petit copain a mis sur Internet une photo d'elle nue, dans une position ridicule et coiffée d'un chapeau de mère Noël, elle pense que rien de pire ne peut lui arriver. Erreur, les ennuis ne font que commencer : Emily perd son travail, sa maison, son boy-friend, devient la risée de tous et la cible des paparazzis. Jusqu'à ce qu'elle rencontre un photographe qui lui propose de tirer profit de la situation… Ce qui lui semble être la fin du monde n'est en fait que le début d'une meilleure vie.

Un roman drôle, riche en rebondissements et coquin juste comme il faut !

PLAQUÉE POUR LE MEILLEUR
Clare Dowling

Comment ne pas se laisser abattre alors qu'on s'est fait plaquer par celui qu'on croyait depuis toujours l'homme de sa vie ? C'est la question que se pose Judy, 30 ans et des poussières. Alors qu'elle s'apprête à vivre « le plus beau jour de sa vie », la nuit précédant le mariage, Barry, son futur mari, disparaît sans laisser de trace. Le mariage est annulé.
Où trouver un peu de réconfort dans un moment pareil ? Auprès de ses amis ? de sa famille ? ou, mieux, auprès du séduisant Lenny, un vieil ami de Barry parti vivre en Australie et qui a la réputation d'être un tombeur ? Et si le bonheur était à ce prix...

Une comédie drôle et enlevée, où l'héroïne voit son image traditionnelle du « bonheur »... comment dire... légèrement bousculée !

BIMBO MAIS PAS TROP
Kristin Harmel

Belle, intelligente et drôle, Harper, 35 ans, a tout pour elle. Tout sauf quelqu'un qui l'aime. Depuis que Peter l'a quittée, elle a bien rencontré des garçons mais tous ont fini par s'enfuir. Et si elle était trop brillante, trop impressionnante ?
Harper et ses trois meilleures amies décident de mettre au point un plan pour en avoir le cœur net : le plan Bimbo. Le jeu consiste à enchaîner les rendez-vous pendant quelques semaines, travestie en blonde idiote, afin de voir si les hommes réagissent différemment. Les paris sont lancés !

Encore une histoire de blonde idiote qui rigole pour un rien et bat des cils en posant des questions stupides ? Pas vraiment ! Plutôt une comédie qui ne se termine pas par un classique « Ils se marièrent et eurent beaucoup d'enfants » !

LE PRINCE CHARMANT FAIT PÉTER L'AUDIMAT
Ellen Willer

Frantz est de retour. Emmanuelle, la trentaine séduisante, est à ses côtés. Chargée de tourner une fiction adaptée d'une série américaine à succès, elle l'entraîne dans son tourbillon : stylisme, décors, scénaristes, comédiens… tous les ingrédients pour faire exploser l'audimat. Et pourtant…
Pour compliquer encore les choses, lors d'un séjour à New York, elle tombe dans les bras d'un très jeune homme…
Entre Paris et New York, une comédie drôle et enlevée qui dévoile les dessous d'une série télé. Du casting à la diffusion, de l'écriture au tournage, des coulisses au plateau, les histoires d'amour, les ruptures, les trahisons, sous le regard amusé des paparazzis.

Le nouvel épisode très attendu des aventures de Frantz, le plus irrésistible des princes charmants.

DOUBLE JEU
Emma Lewinson

« Dis donc, c'est vraiment le prince charmant ton mec ! Tu me le présentes quand ? »
Quand Emma rencontre Mark, elle le trouve tellement parfait qu'elle ne peut s'empêcher d'en vanter les mérites à Candice, sa meilleure amie : Mark est tellement beau, tellement attentionné, tellement talentueux… tellement la perle rare. Candice, un poil jalouse, finit par trouver, elle aussi, chaussure à son pied…
Et si Candice avait juste piqué le fiancé de sa meilleure amie ? Et si Candice, pharmacienne, approvisionnait Emma en antidépresseurs pour la rendre K.-O. ? Et si elle avait un plan machiavélique en tête ?

Une intrigue à l'humour acéré où le suspens prend vite le pas sur la comédie.

ARNAQUE À L'AMNÉSIE
Caprice Crane

À 25 ans, Jordan n'aime pas sa vie. Si elle a tout pour elle, elle manque de confiance et d'amour-propre. Au travail, sa supérieure hiérarchique lui vole ses idées et sa promotion n'arrive jamais. Dirk, son petit ami, la trompe, mais là encore elle se tait. Sa mère et sa sœur sont unies contre elles, lui faisant sentir qu'elle n'est que la fille d'un premier mariage.
Jordan rumine tout cela sans trouver de solution. Jusqu'à ce qu'elle se fasse renverser par une voiture. Elle décide alors de feindre l'amnésie. Une nouvelle vie commence pour elle…

Feindre l'amnésie pour tout recommencer à zéro, voilà un sujet fascinant qui permet toutes les fantaisies !

EN FINALE DE FAME GAME
Carole Matthews

Fern, 35 ans, a une voix sublime mais n'a pas encore trouvé le moyen d'en vivre. Serveuse dans un pub, elle y chante deux soirs par semaine avec un guitariste, Carl. Elle cumule les petits boulots jusqu'à ce que Carl, fou amoureux d'elle, lui trouve une mission d'intérim en tant qu'assistante… d'un grand chanteur d'opéra, Evan. Sans le lui dire, Carl envoie leur candidature au jeu télévisé Fame Game, qui chaque année découvre une nouvelle star. Parachutée dans un monde d'ados formatés aux pré-sélections, Fern passe avec succès toutes les sélections, dont un membre du jury n'est autre qu'Evan…

Une comédie riche, dynamique et drôle avec la rencontre de deux univers que tout sépare, l'opéra et la pop.

MA VIE DE STAR EST UN ENFER
A.M. Goldsher

Tout s'est enchaîné très vite pour Naomi et Jenn : à peine remarquées par un label, leur groupe s'est retrouvé propulsé en tête des charts. Difficile de garder la tête sur les épaules lorsqu'on est catapulté dans le monde des célébrités. Tandis que Naomi plaque tout pour aller vivre sur la côte ouest, Jenn décide de suivre une carrière en solo.
Harcelée par les paparazzis, épuisée par les tournées, elle craque. D'autant plus que son dernier album a connu un succès mitigé et qu'elle ne sait plus trop sur qui elle peut compter. Heureusement, le fantôme de Billie Holiday va jouer le rôle de la bonne étoile...

L'envers du décor, ou la vie pas tous les jours rose d'une pop star.

BLONDE LÉTALE
Kate White

Tout avait commencé par une coïncidence. Pas une de ces coïncidences glaçantes qui vous donnent l'impression que quelqu'un vient de piétiner votre tombe. En fait, je me suis par la suite rendu compte que l'appel téléphonique que j'avais reçu cette nuit-là, à la fin de l'été, n'était pas si imprévisible que cela. Mais, sur le coup, il m'avait laissé sans voix. Et, bien entendu, il marqua le début d'une série d'événements atroces...

Une comédie doublée d'une énigme policière, avec des suspects et des mobiles à foison, et un suspens qui vous tient en haleine jusqu'à la dernière page...

UN BREAK POUR KATE
Carole Matthews

Kate, 35 ans, mène une vie de femme au foyer qui frise la perfection. Son mari occupe son temps libre entre le jardinage et le golf, ses enfants sont des modèles d'équilibre alimentaire, et son souci du jour est de savoir quand faire son repassage... Kate n'a aucune raison de se plaindre mais elle commence à se lasser de cette vie trop parfaite. Son mari lui propose de se prendre un week-end pour elle toute seule. Relevant le défi, elle s'inscrit à un séminaire de taï chi et entraîne son amie Sonia avec elle. Mais faire le point n'est pas facile, surtout quand on trouve le prof de tai chi très très séduisant...

Enfin une comédie brillante sur la lassitude de la femme au foyer ! Pour ne plus jamais associer *desperate* à *housewife* !

THE BOY NEXT DOOR
Julie Cohen

Le lendemain matin, j'ai ouvert les yeux. J'avais mal à la tête. Très mal. Ma table de chevet m'est apparue clairement. Sur le dessus était posée une bouteille d'alcool que j'avais achetée un an plus tôt pendant des vacances à Naxos, et qui était restée pleine aux trois quarts depuis onze mois. Elle était vide. Un souvenir me chatouillait l'arrière de la migraine. J'avais travaillé au pub et rencontré cet homme. Et puis… la nuit dernière… Ce n'est qu'en vidant le contenu de la poubelle de la cuisine par terre, assise parmi les peaux de banane, le marc de café et les emballages de fromage que j'ai dû admettre l'inévitable conclusion. J'avais couché avec un homme qui ressemblait à une star des années 1980 sans utiliser de préservatif.

Ou comment l'histoire d'une nuit peut bouleverser sa vie…

CINQ FILLES, 3 CADAVRES
MAIS PLUS DE VOLANT
Andrea H. Japp

Cinq copines partagent depuis toujours leurs déboires professionnels et sentimentaux : Emma la blonde pulpeuse en mal d'enfant, Nathalie la mère au foyer qui vient de se faire plaquer, Hélène la tête chercheuse qui a fait de son absence de diplomatie une arme redoutable, Charlotte la psy qui finit toujours par coucher avec le plus gratiné de ses patients, et enfin Juliette, l'esthéticienne qui dorlotte une clientèle masculine triée sur le volet.
Le jour où Charlotte découvre un cadavre enchaîné au volant de sa voiture, elle panique et appelle immédiatement ses amies à la rescousse. Très vite, elles échafaudent un plan mais se retrouvent prises dans des histoires qui les dépassent largement, d'autant plus que d'autres cadavres s'en mêlent et que le premier a disparu…

Quand la reine du crime s'attaque à la chick lit, autant dire qu'on s'amuse drôlement et qu'on tourne les pages aussi vite qu'on engloutit un macaron !

HOT
Julia Harper

« Turner observa toute cette agitation autour d'elle, ces gens qui parlaient, discutaient en essayant de prendre un air important. Elle se dit que ce serait le moment idéal pour un braquage. Elle jeta un coup d'œil à la caméra de surveillance qui enregistrait tous les mouvements à l'intérieur de la banque. Puis elle se dirigea tranquillement jusqu'au grand bureau en bois imitation acajou de Calvin et ouvrit le tiroir central. Là, juste en plein milieu, apparut une enveloppe rouge dans laquelle était rangée la clé du coffre. Elle la regarda. Elle n'aurait plus jamais une occasion pareille. Elle le savait parce que cela faisait quatre ans qu'elle attendait cet instant. C'était à son tour de braquer la banque. »

Une souris de bibliothèque qui porte de fausses lunettes, qui aime les escarpins rouges très sexy et qui lit des romans de soft-porn, il n'en faut pas plus pour intriguer mais aussi troubler John MacKinnon, agent très spécial du FBI

Pour l'éditeur, le principe est d'utiliser des papiers composés de fibres naturelles, renouvelables, recyclables et fabriquées à partir de bois issus de forêts qui adoptent un système d'aménagement durable.

En outre, l'éditeur attend de ses fournisseurs de papier qu'ils s'inscrivent dans une démarche de certification environnementale reconnue.

Photocomposition Nord Compo

Impression réalisée par
CPI BRODARD ET TAUPIN

Pour le compte des Éditions Marabout
Dépôt légal : avril 2009
ISBN : 978-2-501-05890-2
40.7943.0
Édition 01
N° d'impression : 51668

Imprimé en France